0,50

Levenslang

LIZA MARKLUND

Levenslang

Uit het Zweeds vertaald door Ina Sassen

DE GEUS

Oorspronkelijke titel *Livstid*, verschenen bij Piratförlaget
Oorspronkelijke tekst © Liza Marklund, 2007
Published by agreement with Bengt Nordin Agency, Sweden
Nederlandse vertaling © Ina Sassen en De Geus BV, Breda 2008
Omslagontwerp Robert Nix
Omslagillustratie © Fredrik Hjerling/Eric Thunfors
Druk Koninklijke Wöhrmann BV, Zutphen
ISBN 978 90 445 1189 5
NUR 331

DEEL I

JUNI

Donderdag 3 juni

De oproep kwam om 03.21 uur binnen. Het bericht was afkomstig van de provinciale meldkamer van de politie en gericht aan alle surveillanceauto's in de binnenstad van Stockholm. Het was kort en nietszeggend.

'70 hier voor alle eenheden. We hebben een verdachte schietpartij aan de Bondegatan.'

Verder niets. Geen nadere adresaanduiding, geen informatie over slachtoffers of melder.

Desondanks draaide Nina's maag om op een manier die ze niet kon thuisbrengen.

De Bondegatan is een lange straat, er wonen daar wel duizend mensen.

Ze zag hoe Andersson, die op de passagiersstoel zat, naar de mobilofoon reikte en trok snel de hoorn van het 80-systeem naar zich toe. Ze drukte op de zendknop terwijl ze de Renstiernas Gata in draaide.

'1617 hier', antwoordde ze. 'We zijn er een huizenblok vandaan. Heb je een huisnummer voor ons, over?'

Andersson zuchtte theatraal en keek demonstratief door het zijraam van de politieauto naar buiten. Nina gluurde naar hem en reed ondertussen verder in de richting van de Bondegatan. *Baby, ga jij maar lekker zitten pruilen ...*

'70 voor 1617', zei de stem in de mobilofoon weer. 'Jij bent er het dichtst bij. Ben jij dat, Hoffman, over?'

De surveillanceauto was gekoppeld aan het nummer op haar politie-insigne. Het was routine om vóór iedere dienst het nummer van je auto en je insignenummer in te voeren in het Centrale Operatieve Planning Systeem, op briljante wijze afgekort tot COPS, wat tot gevolg had dat de meldkamer altijd kon zien wie welk voertuig bemande.

'Positief', zei ze. 'Ik draai nu de Bondegatan in ...'

'Hoe ziet het eruit daar, over?'

Ze bracht de auto tot stilstand en liet haar blik langs de zware stenen gevels aan weerszijden van de straat gaan. Het licht van de ochtendschemering bereikte het plaveisel niet, ze kneep haar ogen dicht om in het donker contouren te kunnen onderscheiden. Rechts brandde licht in een zolderappartement, voor de rest was alles donker. Klaarblijkelijk was het veegnacht met het daarbij behorende parkeerverbod, waardoor de straat nog eens een extra lege en verlaten indruk maakte. Halverwege de straat, in de richting van de Nytorgsgatan, stond een eenzame roestige Peugeot, die een parkeerbon had gekregen.

'Geen waarneembare activiteit voorzover ik het kan overzien. Over welk huisnummer gaat het, over?'

Toen de meldkamer haar het adres gaf ging er een ijskoude rilling door haar heen, *dat is het nummer van Julia, dat is de ingang van Julia en David.*

En hij heeft een appartement in Södermalm, Nina! Mijn god, wat heerlijk dat ik straks van deze kamer verlost ben!

Neem hem niet om zijn huis, Julia …

'Ga ernaartoe en neem poolshoogte, 1617, stille benadering.'

Ze draaide alle raampjes van de auto open om de geluiden van de straat beter te kunnen opvangen, zette de versnelling weer in zijn één, deed de verlichting uit en reed langzaam en zonder zwaailicht en sirene naar het welbekende adres. Andersson was inmiddels wat opgevrolijkt. Hij leunde energiek naar voren en keek door de voorruit.

'Denk je dat dit wat is?' vroeg hij.

Ik hoop in godsnaam dat dit niet wat is!

Ze stopte voor de ingang en zette de motor af, boog naar voren en tuurde langs de grijze, betonnen gevel naar boven. Achter een raam op de tweede verdieping brandde licht.

'We gaan er natuurlijk van uit dat we op alles voorbereid moeten zijn', zei ze kortaf en ze greep de mobilofoon weer. '1617 hier, we zijn ter plaatse, het lijkt erop dat er mensen wakker zijn in het pand. Moeten we op 9070 wachten, over?'

'9070 is nog in Djursholm', zei de medewerker van de meldkamer.

'De Nobelmoordenaar?' vroeg Andersson en Nina gebaarde hem dat hij stil moest zijn.

'Zijn er andere auto's in de buurt?' vroeg ze via de mobilofoon. Of de ME, over?'

'We gaan over op de nulzes', zei 70. 'Alle betrokkenen, we schakelen over op kanaal nulzes.'

'Wat een vreselijk verhaal, dat met die Nobelmoorden', zei Andersson. 'Heb je gehoord dat ze die rotzak opgepakt hebben?'

In het interieur van de auto breidde de stilte zich uit, Nina voelde het kogelvrije vest tegen het onderste gedeelte van haar rug schuren. Andersson zat onrustig op zijn stoel te draaien en tuurde naar de gevel.

'Het kan natuurlijk heel goed een vals alarm zijn', zei hij, alsof hij zijn enthousiasme wilde temperen.

Lieve god in de hemel, laat het alstublieft een vals alarm zijn!

De mobilofoon ruiste wat, nu op de nieuwe frequentie.

'Oké dan, iedereen aanwezig op dit kanaal? 1617, over?'

Nina drukte weer op de zendknop, haar tong plakte tegen haar gehemelte, ze zocht krampachtig houvast bij formaliteiten en routines.

'Nulzes, wij zijn er, over.'

De anderen reageerden ook, twee patrouilleauto's uit de binnenstad en een uit de provincie.

'De ME is niet beschikbaar', zei de meldkamer. '9070 is onderweg. Hoffman, jij hebt de leiding, totdat de bus met de operationeel leidinggevende er is. We gaan nu structureren, niet iedereen rijdt ernaartoe. We omsingelen het huizenblok en verdelen de auto's over verschillende posten. Voor iedereen geldt stille benadering.'

Op dat moment draaide vanaf de andere kant een patrouilleauto de Bondegatan in. De wagen stopte bij de volgende zijstraat, de motor werd afgezet, de koplampen doofden.

Nina opende het portier van haar auto en stapte uit, de klap van haar zware schoenen tegen het asfalt veroorzaakte een echo. Ze maakte de kofferbak open, terwijl ze het oordopje stevig in haar linkeroor stopte.

'Schild en wapenstok', zei ze tegen Andersson, waarna ze kanaal nulzes instelde op de portofoon.

Bij het volgende huizenblok zag ze twee politiemannen uit de andere patrouilleauto stappen.

'1980, ben jij dat?' vroeg ze zacht in de microfoon op haar rechterschouder.

'Positief', zei een van de politiemannen en hij stak een hand op.

'Jullie gaan mee naar binnen', zei ze.

Ze gaf de beide andere auto's opdracht om zich diagonaal op te stellen met goed zicht op het huizenblok, de ene vanaf de hoek Skånegatan/Södermannagatan, de andere vanaf de Östgötagatan.

Andersson stond te rommelen tussen noodverband, brandblusser, schop, vuurpijlen, lamp, desinfecterende gel, afzetlint, gevarendriehoeken, formulieren en wat er zoal meer in de kofferbak van de auto gestouwd was.

'1617 voor 70', zei ze in de portofoon. 'Had je een naam van de melder, over?'

Korte stilte.

'Erlandsson, Gunnar, twee trappen.'

Ze keek naar boven langs de jarenzestiggevel met zijn vierkante panoramavensters, zag dat op de tweede verdieping de keukenlamp brandde achter een rood-wit geblokt gordijn.

'Hij is wakker. We gaan naar binnen.'

De andere agenten kwamen aanlopen, ze stelden zich voor als Sundström en Landén. Ze knikte kort en toetste de portiekcode in. Geen van de anderen reageerde op het feit dat ze die kende. Ze stapte naar binnen en draaide tegelijkertijd het volume van de portofoon in de holster op bijna geluidloos. De anderen glipten geruisloos achter haar aan het pand binnen. Andersson, die het laatst was, zette de deur wagenwijd open, zodat ze een vluchtweg hadden.

Er brandde geen licht in het trappenhuis en er was geen mens te bekennen. De enige lichtbron bevond zich in de lift, het licht sijpelde naar buiten door de langwerpige glaspartij in de stalen deur.

'Is er ook een binnenplaats?' vroeg Landén zacht.

'Achter de lift', fluisterde Nina. 'De deur rechts is de kelderdeur.'

Landén en Sundström controleerden ieder een deur, beide zaten op slot.

'Doe de liftdeur open', zei ze tegen Andersson.

Haar collega zette de deur open, zodat niemand de lift zou kunnen gebruiken, daarna ging hij bij de trap staan en wachtte haar instructies af.

Ze voelde de paniek in haar achterhoofd hameren en om die onder controle te krijgen, klampte ze zich vast aan de voorschriften. *Maak een eerste beoordeling van de situatie. Zeker het trappenhuis. Praat met de melder en zoek uit waar de vermoedelijke schietpartij heeft plaatsgevonden.*

'We gaan maar eens even een kijkje nemen', zei ze en ze liep snel en voorzichtig de trappen op, verdieping na verdieping. Andersson volgde haar, maar steeds een etage lager dan zij.

In het trappenhuis was het donker en stil. Door haar bewegingen kon je haar kleren horen kraken. Het rook er naar schuurmiddel. Achter de gesloten deuren vermoedde ze menselijke aanwezigheid zonder die werkelijk te horen: de piepende veren van een bed, een stromende kraan.

Het is goed, er is niets aan de hand, alles is zoals het hoort.

Ten slotte bereikte ze enigszins buiten adem de zolderappartementen helemaal boven in het gebouw. Deze verdieping onderscheidde zich van de andere door de marmeren vloer en de speciaal ontworpen veiligheidsdeuren. Ze wist dat de vereniging van woonrechtbezitters de zolderverdieping eind jaren tachtig had verbouwd tot luxeappartementen. Het project was net afgerond toen de huizenmarkt instortte. De appartementen hadden verscheidene jaren leeg gestaan en dat had de vereniging bijna de das omgedaan. Vandaag de dag waren ze natuurlijk schreeuwend duur, maar David wond zich nog steeds op over het slechte beoordelingsvermogen dat het vorige bestuur in deze kwestie had tentoongespreid.

Andersson kwam zwaar hijgend naast haar lopen. Hij wiste zijn voorhoofd af. Nina registreerde de geërgerde teleurstelling bij haar collega.

'Lijkt een vals alarm', stelde hij vast.

'Laten we maar eens kijken wat de melder te zeggen heeft', antwoordde Nina en ze ging weer naar beneden.

Op de tweede verdieping stonden Sundström en Landén te wachten, naast de deur met het bordje ERLANDSSON, G&A.

Nina liep naar de voordeur en klopte voorzichtig aan.

Geen reactie.

Andersson, die achter haar stond, verplaatste zijn gewicht ongeduldig naar zijn andere voet.

Ze klopte opnieuw aan, aanzienlijk harder nu.

Een man in een blauwgestreepte badstoffen ochtendjas verscheen achter een zware veiligheidsketting in de deuropening.

'Gunnar Erlandsson? Wij zijn van de politie', zei Nina en ze liet hem haar insigne zien. 'Je hebt gebeld over verdachte geluiden. Mogen we binnenkomen?'

De man deed de deur weer dicht, frunnikte even aan de ketting en zwaaide de deur toen open.

'Kom binnen', fluisterde hij. 'Willen jullie een kop koffie? Moeder de vrouw heeft een rolcake gebakken, met zelfgemaakte rabarberjam. Ze is nu in dromenland, want ze valt wat moeilijk in slaap de laatste tijd en heeft een tabletje genomen ...'

Nina stapte de hal binnen. Het appartement zag er precies zo uit als dat van David en Julia, het was alleen stukken netter.

'Doe geen moeite,' zei Nina, 'het is goed zo.'

Het viel haar op dat Gunnar Erlandsson tegen Landén gesproken had, de langste van de mannen. Nu keek hij verward van de een naar de ander zonder dat hij wist op wie hij zijn blik moest richten.

'Gunnar,' zei Nina terwijl ze hem licht bij zijn bovenarm pakte, 'kunnen we misschien ergens gaan zitten om jouw melding te bespreken?'

De man verstijfde.

'Natuurlijk', zei hij. 'Zeker, natuurlijk.'

Hij liep voor hen uit een overdreven nette woonkamer binnen waar bruine leren banken stonden en een dik tapijt op de vloer lag. Uit gewoonte nam hij plaats in een fauteuil voor de tv, Nina ging recht tegenover hem op de salontafel zitten.

'Wat is er gebeurd, Gunnar?'

De man slikte en zijn ogen dwaalden nog steeds heen en weer tussen de politiemensen.

'Ik werd wakker', zei hij. 'Ik werd wakker van een geluid, een knal. Het klonk als een schot.'

'Hoe kwam je op de gedachte dat het een schot was?' vroeg Nina.

'Ik lag in bed en ik wist in eerste instantie niet of ik gedroomd had, maar daarna hoorde ik het nog een keer.'

De man pakte een bril en begon die koortsachtig te poetsen.

'Jaag je?' vroeg Nina.

Gunnar Erlandsson keek haar verschrikt aan.

'Nee, bewaar me', zei hij. 'Onschuldige dieren doden, dat vind ik volkomen middeleeuws.'

'Maar als je niet bekend bent met vuurwapens,' zei Nina, 'waarom dacht je dan een schot te horen en niet iets anders? Kan het geen motor geweest zijn die terugsloeg of een ander scherp geluid van de straat?'

Hij knipperde een paar keer met zijn ogen en keek hulpzoekend naar Landén.

'Het kwam niet van de straat', zei hij en hij wees naar het plafond. 'Het kwam van de Lindholms. Dat weet ik bijna zeker.'

Nina had het gevoel of de kamer slagzij maakte, ze stond snel op, klemde haar kaken op elkaar om te voorkomen dat ze ging schreeuwen.

'Bedankt', zei ze. 'We komen terug om je een officieel verhoor af te nemen.'

De man zei opnieuw iets over koffie, maar ze liep de kamer uit, ging naar het trappenhuis en spurtte met twee treden tegelijk de trap op naar de volgende verdieping, naar de deur van David en Julia.

David en Julia Lindholm.

Ik weet niet of ik dit verder nog aankan, Nina.

Je hebt toch niets doms gedaan, hè, Julia?

Ze draaide zich om en gaf Sundström en Landén een teken dat ze het trapportaal boven en beneden hen moesten dekken, en dat

Andersson naast haar moest komen staan bij de voordeur. Ze gingen ieder bij een deurpost staan en lieten het schootsveld vrij.

Voorzichtig voelde Nina aan de deur. Gesloten. Ze wist dat de deur vanzelf dichtviel wanneer je die niet tegenhield. Ze tastte naar de ASP-wapenstok in haar koppel en klapte die uit met een korte beweging van haar pols. Duwde daarna de punt in de brievenbus en tilde het klepje voorzichtig een stukje op.

Er brandde licht in de hal. Een zwakke luchtstroom kwam uit het appartement en nam een geur van drukinkt en eten met zich mee. Ze kon een stukje van een ochtendkrant zien, die tegen de drempel lag. Snel draaide ze de wapenstok om en plaatste hem horizontaal in de opening, zodat de klep nu helemaal openstond. Vervolgens haalde ze haar pistool tevoorschijn, laadde het wapen door en gaf de anderen het teken dat ze paraat moesten zijn. Daarna knikte ze naar de deurbel om Andersson te laten weten dat ze zich bekend ging maken.

Terwijl ze op de bel drukte en het geluid binnen hoorde echoën, richtte ze het wapen op de vloer.

'Politie!' riep ze. 'Doe open!'

Ze luisterde aandachtig bij de brievenbus.

Geen reactie.

'Julia!' riep ze met een iets zachtere stem. 'Julia, ik ben het, Nina. Doe open. David?'

Het vest drukte op haar borst, ademhalen was lastig, het zweet stond op haar voorhoofd.

'Is dit ... Lindholm?' zei Andersson. 'David Lindholm? Ken jij zijn vrouw?'

Nina holsterde haar wapen, viste haar eigen mobiele telefoon uit de binnenzak van haar jas en koos het welbekende nummer van de Lindholms.

Andersson deed een stap in haar richting.

'Zeg', zei hij, waarbij hij veel te dicht bij haar ging staan, ze moest een impuls onderdrukken om terug te deinzen. 'Als jij een persoonlijke relatie hebt met iemand die hier binnen is, dan zou jij niet moeten ...'

Nina staarde Andersson met een lege blik aan, terwijl aan de andere kant van de voordeur de telefoon begon te rinkelen, lange eenzame signalen die via de brievenbus hun weg naar buiten zochten.

Andersson stapte achteruit. Het rinkelen hield midden in een signaal op, de voicemail schakelde in. Nina drukte de verbinding weg en koos een ander nummer. Een opgewekte melodie klonk op vanaf de vloer in de hal vlak achter de deur. Julia's mobiele telefoon moest daar liggen, vermoedelijk zat hij in haar handtas.

Ze is thuis, dacht Nina. Ze gaat niet weg zonder haar handtas.

'Julia', zei ze nog een keer, toen ook de voicemail van de mobiele telefoon was ingeschakeld. 'Julia, ben je daar?'

De stilte echode. Ze deed een paar stappen naar achteren, drukte op de zendknop en sprak zacht in de portofoon.

'1617 hier. We hebben met de melder gepraat en hij vertelt het volgende: hij heeft iets gehoord wat hij als schoten interpreteert, waarschijnlijk kwam het geluid van het appartement boven hem. We hebben ons bekendgemaakt, maar er is niet gereageerd vanuit de woning. Wat doen we, over?'

Het duurde een paar seconden voordat ze het antwoord binnenkreeg in haar oordopje.

'De ME is nog steeds niet beschikbaar. De beslissing is aan jou. Over en sluiten.'

Ze borg de portofoon weg.

'Oké', zei ze zacht en ze keek naar Andersson en de andere agenten op het trapportaal. 'We forceren de deur. Ligt er eentje in de 1617?'

'Wij hebben er een in onze wagen', zei Landén. Nina knikte in de richting van het trappenhuis en de agent maakte zich uit de voeten.

'Vind je het echt een goed idee dat jij de leiding hebt wanneer ...' begon Andersson.

'Wat is het alternatief?' kapte Nina af, luider dan ze van plan was. 'Dat ik alle verantwoordelijkheid aan jou overlaat?'

Andersson slikte.

'Was er niet iets raars aan de hand met Julia Lindholm?' zei hij. 'Was ze niet op de een of andere manier geflipt of zo?'

Nina pakte haar mobiele telefoon en belde Julia's nummer nog een keer, maar er kwam nog steeds geen reactie.

Landén verscheen weer in het trapportaal met het forceergereedschap tegen zich aan gedrukt, een breekijzer van krap een meter, dat in feite een versterkte en geavanceerde koevoet was.

'Kunnen we dit echt doen?' vroeg hij buiten adem toen hij haar het stuk gereedschap aanreikte.

'Doorzoeken woning zonder machtiging', zei Nina.

Paragraaf 21 van de Politiewet. *De ambtenaar van politie heeft het recht om zich toegang tot een huis of een andere plaats te verschaffen wanneer er aanleiding is om aan te nemen dat iemand daar overleden is of bewusteloos of anderszins onvermogend om hulp in te roepen ...*

Ze gaf het werktuig door aan Andersson, ontgrendelde haar wapen en knikte tegen de anderen dat ze aan de kant moesten gaan.

Toen Andersson het breekijzer naast de deurpost plaatste en kracht zette, plaatste zij haar voet zo'n tien centimeter voor de deur, om te voorkomen dat die openvloog en haar collega verwondde, voor het geval daar binnen toch iemand stond die naar buiten wilde vluchten.

Na drie zorgvuldig gedoseerde bewegingen met het breekijzer begon de veiligheidsdeur te kraken en gaf het slot mee. De luchtstroom die het trappenhuis in zwiepte, nam de laatste restjes etensgeur met zich mee. Nina luisterde aandachtig of ze iets hoorde in de woning. Ze deed haar ogen dicht en concentreerde zich. Bewoog haar hoofd daarna snel naar links voor een eerste blik in de hal, leeg, een tweede blik, deze keer in de keuken, leeg, een derde, in de richting van de slaapkamers.

Leeg.

'Ik ga naar binnen', zei ze en ze richtte zich tot Andersson: 'Jij dekt me.' Ze duwde haar rug tegen de deurpost voor steun en riep nog een keer: 'Politie!'

Geen reactie.

Met gespannen bovenbenen glipte ze om de deurpost heen, schopte de krant weg en stapte geruisloos de hal in. De lamp aan het plafond zwaaide een beetje heen en weer, vermoedelijk door de lucht die naar het trappenhuis stroomde. Julia had haar handtas inderdaad op de vloer gegooid, de tas lag links van de voordeur, Alexanders jack lag ernaast. De jassen van David en Julia hingen aan haken onder de hoedenplank rechts.

Ze staarde recht voor zich uit, naar de keuken, hoorde Anderssons ademhaling achter zich.

'Check de kinderkamer', zei ze en terwijl ze de doorgang naar de keuken in de gaten hield, wees ze met haar wapen naar de eerste geopende deur links.

Haar collega ging ernaartoe, ze hoorde de stof van zijn broek kraken.

'Kinderkamer safe', zei hij na een paar seconden.

'Check de kasten', zei Nina. 'Doe de deur achter je dicht als je klaar bent.'

Ze deed een paar stappen naar voren en wierp snel een blik in de keuken. De tafel was afgeruimd, maar op het aanrecht stonden vuile borden met resten spaghetti en gehaktsaus.

Julia, Julia, je moet echt eens wat netter worden. Ik ben het zo zat om steeds jouw troep op te ruimen.

Sorry, ik dacht er niet bij na.

De luchtstroom kwam vanuit de slaapkamer, er moest een raam op een kier staan. De gordijnen waren dicht, waardoor het in de kamer aardedonker was. Ze tuurde even in de schaduwen, geen enkel teken dat zich iets bewoog. Maar er was die geur, scherp en vreemd.

Ze stak een hand uit en deed het licht aan.

David lag op zijn rug, uitgestrekt op het bed, naakt. Er was bloed uit een gat in zijn hoofd gelopen en op het kussen terechtgekomen. Op de plek waar zijn geslachtsorgaan had gezeten, was zijn romp een bloederige massa van pezen en huid.

'Politie', zei ze en ze dwong zichzelf te handelen alsof hij nog leefde. 'Er is een wapen op je gericht. Laat je handen zien.'

Als antwoord was er de daverende stilte. Ze besefte dat ze door een tunnel zag, liet haar blik door de kamer gaan. Het gordijn bewoog een beetje, een half gevuld waterglas stond op het nachtkastje aan Julia's kant van het bed. Aan het voeteneind lag het dekbed als een hoopje op de vloer. Erbovenop lag een wapen, net

17

zo een als dat van haarzelf, een SIG Sauer 225.

Met mechanische bewegingen pakte Nina haar portofoon.

'1617 voor 70. We hebben een gewonde persoon op de plaats delict, onduidelijk of hij nog leeft. Ziet eruit als schotwonden aan hoofd en romp, over.'

Terwijl ze op het antwoord wachtte, liep ze naar het bed, keek naar het lichaam en op dat moment wist ze dat de man dood was. Zijn rechteroog was gesloten, alsof hij nog sliep. Waar het linkeroog had gezeten, gaapte de ingang naar zijn schedel. Het bloed stroomde niet meer, het hart was opgehouden met kloppen. De darmen hadden zich geleegd en een bruine smurrie van scherp ruikende ontlasting was op de matras terechtgekomen.

'Waar is de ambulance?' vroeg ze in de portofoon. 'Hebben ze niet hetzelfde alarm gekregen als wij, over?'

'Ik zal ervoor zorgen dat een ambulance en technisch rechercheurs naar jullie toe komen', zei 70 in haar oor. 'Zijn er meer personen in de woning, over?'

Andersson verscheen in de deuropening en wierp een blik op het lijk.

'We hebben je hier nodig', zei hij en hij wees naar de badkamerdeur.

Nina stopte haar wapen in de holster en liep snel naar de hal, deed de badkamerdeur open en hield haar adem in.

Julia lag naast de badkuip op de vloer. Haar haren lagen als een lichtgekleurde waaier om haar hoofd gedrapeerd, een deel ervan was besmeurd door een hoopje overgegeven spaghetti met gehaktsaus. Ze droeg een slipje en een groot T-shirt en ze had haar knieën tot aan haar kin opgetrokken, als in een foetushouding. Ze lag op een hand, de andere hand had ze krampachtig gebald.

'Julia', zei Nina zacht, waarbij ze zich over de vrouw heen boog. Ze streek wat haren weg en zag dat haar ogen wijd openstonden. Haar gezicht was bedekt met kleine lichtrode bloedspetters. Een sliert speeksel zocht zich een weg van haar mondhoek naar de vloer.

O god, ze is dood, ze is gestorven en ik heb haar niet gered. Vergeef me!

Een rochelende inademing deed de vrouw schokken, ze snikte en begon opnieuw over te geven.

'Julia', zei Nina, luid en duidelijk nu. 'Julia, ben je gewond?'

De vrouw gaf een paar keer over tot ze niet meer kon en zakte daarna terug op de vloer.

'Julia', zei Nina, terwijl ze de schouders van haar vriendin beetpakte, 'Julia, ik ben het. Wat is er gebeurd? Ben je gewond?'

Ze trok de vrouw omhoog in zittende positie en liet haar tegen het ligbad leunen.

'1617', zei 70 in haar oor. 'Ik herhaal, bevinden zich meer gewonden in de woning, over?'

Julia deed haar ogen dicht en haar hoofd viel bijna tegen het email. Nina voorkwam dat met haar linkerhand en controleerde tegelijkertijd de hartslag van de vrouw aan haar halsslagader. Het hart ging als een razende tekeer.

'Positief, twee gewonden, de ene vermoedelijk overleden, over.'

Ze borg de portofoon op.

'Andersson!' riep ze over haar schouder. 'Doorzoek het appartement, alle hoeken en gaten. Er moet hier ergens ook nog een vierjarig kind zijn.'

Julia bewoog haar lippen, Nina veegde de braakselresten van haar kaak.

'Wat zei je?' fluisterde ze. 'Julia, probeer je iets te zeggen?'

Nina keek om zich heen en constateerde dat ze geen wapen zag liggen in de badkamer.

'Hoeveel zetten we af?' vroeg Andersson vanuit de hal.

'Het trappenhuis', zei Nina. 'Er zijn technici onderweg, en mensen van de recherche. Begin maar met het verhoren van de buren. Neem eerst Erlandsson en daarna de anderen op deze verdieping. Vraag de krantenbezorger of die iets gezien heeft, die moet hier tamelijk kort geleden geweest zijn. Heb je alle kamers doorzocht?'

'Inclusief de oven, ja.'

'Nergens een jongetje?'

Andersson stond in de deuropening te dralen.

'Is er iets niet duidelijk?' vroeg Nina.

Haar collega verplaatste zijn gewicht naar zijn andere voet.

'Ik vind het volstrekt niet in de haak dat jij deelneemt aan dit onderzoek', zei hij, 'met het oog op ...'

'Ik ben hier nu en ik doe dit nu', zei ze kortaf en streng. 'Regel de afzettingen.'

'Ja, ja', zei Andersson nors en hij droop af.

Julia's lippen bewogen onafgebroken, maar ze produceerde geen geluid. Nina hield haar hoofd nog steeds recht overeind met haar linkerhand.

'De ambulance is onderweg', zei Nina, waarna ze de vrouw met haar vrije hand onderzocht; ze volgde de lijnen van haar lichaam onder het T-shirt en voelde aan de huid.

Geen verwondingen, zelfs geen schaafwonden. Geen wapen.

In de verte hoorde ze het geluid van sirenes en ineens werd ze gegrepen door paniek.

'Julia', zei ze met luide stem, terwijl ze met haar handpalm tegen de wang van de vrouw sloeg. 'Julia, wat is er gebeurd? Geef antwoord!'

De ogen van de vrouw begonnen te glanzen en heel even werden ze helder.

'Alexander', fluisterde ze.

Nina hield haar gezicht vlak bij dat van haar vriendin.

'Wat is er met Alexander?' vroeg ze.

'Ze heeft hem meegenomen', hijgde Julia. 'De andere vrouw, ze heeft Alexander meegenomen.'

Daarna raakte ze buiten kennis.

Op het moment dat Julia Lindholm op een brancard uit de echtelijke woning in Södermalm werd gedragen, was Annika Bengtzon in een taxi op weg naar de binnenstad van Stockholm. Toen de auto Roslagstull passeerde, verscheen de zon boven de horizon en kleurde de daken van de huizen vlammend rood. Het contrast met de zwarte, lege straten deed pijn aan haar ogen.

De chauffeur gluurde naar haar in de achteruitkijkspiegel, maar ze deed alsof ze het niet merkte.

'Weet je hoe de brand ontstaan is?' vroeg hij.

'Ik heb toch gezegd dat ik niet wil praten', zei ze en ze staarde naar de gevels die voorbij stoven.

Haar huis was zojuist afgebrand. Iemand had drie brandbommen door de ramen naar binnen gegooid, eerst eentje die onderaan de trap terechtkwam, daarna een in de beide kinderkamers. Ze had haar zoon en dochter kunnen redden via haar eigen slaapkamerraam aan de achterkant van het huis en hield de kinderen, die aan weerszijden van haar op de achterbank van de taxi zaten, krampachtig vast. Ze stonken alle drie naar rook, op haar korenblauwe trui zaten roetvlekken.

Ik trek dood en verderf aan. Iedereen van wie ik hou gaat dood.

Stop daarmee, dacht ze streng en ze beet op de binnenkant van haar wang. Het is me immers gelukt. De essentie is dat je iets doet en dat je goed focust.

'Ik rij eigenlijk nooit op krediet', zei de chauffeur nors, terwijl hij afremde voor een eenzaam rood verkeerslicht.

Annika deed haar ogen dicht.

Een half jaar geleden had ze ontdekt dat Thomas, haar man, een relatie had met een vrouwelijke collega, een blonde ijspegel genaamd Sophia Grenborg. Annika had ervoor gezorgd dat er een einde kwam aan de relatie, maar ze had Thomas nooit geconfronteerd met wat ze wist.

Gisteren was hij erachter gekomen dat ze het al die tijd had geweten.

Maandenlang heb je gelogen, had hij geschreeuwd, *en gedaan alsof, en me voor de gek gehouden, en dat komt terug in alles wat je doet. Jij bepaalt hoe de wereld eruit moet zien, en iedereen die het daar niet mee eens is, is een idioot.*

'Het is niet waar', fluisterde ze en ze voelde de tranen komen, daar op de achterbank van de taxi.

Ze wil me weer ontmoeten. Ik ga nu naar haar toe.

Haar ogen deden pijn, ze sperde ze open, zodat de tranen niet over haar wangen zouden rollen. De gevels van de stenen stad schitterden en glansden.

Als je nu weggaat, dan hoef je nooit meer terug te komen.

Hij had haar aangestaard met die nieuwe, vreemde, smalle blik van hem, met die rode, vreselijke, dode ogen.

Oké.

En ze zag hem over de parketvloer lopen en zijn aktetas pakken en de voordeur opendoen en naar de grijze lucht kijken. Hij stapte over de drempel en de deur viel achter hem dicht en hij keek niet één keer om.

Hij had haar verlaten en iemand had drie brandbommen bij haar naar binnen gegooid. Iemand had geprobeerd haar en de kinderen te doden en hij was er niet bij geweest om haar te redden, ze had het helemaal alleen moeten doen en ze wist heus wel wie die bommen gegooid had, dat was de buurman aan de andere kant van de heg, de man die haar gazon kapot gereden had en gaten had gegraven in haar tuin en haar bloemperken had vernield, de man die alles gedaan had om haar weg te krijgen: Wilhelm Hopkins, de voorzitter van de vereniging van huiseigenaren.

Ze verstevigde de greep om haar kinderen.

Hier zul je spijt van krijgen, rotzak die je bent.

Ze had geprobeerd Thomas te bellen, maar hij had zijn mobiel uit staan.

Hij wilde niet gebeld worden, hij wilde niet gestoord worden, want ze wist wel wat hij aan het doen was.

Oké, ze had niets ingesproken op zijn voicemail, ze had alleen geademd in zijn nieuwe, vrije werkelijkheid en daarna had ze de verbinding verbroken, maar dat was zijn verdiende loon.

Verrader. Judas.

'Bij welk nummer moet je zijn, zei je?'

De chauffeur draaide de Artillerigatan in.

Annika streelde de kinderen over hun haar om ze wakker te maken.

'We zijn er', fluisterde ze toen de taxi tot stilstand kwam. 'We zijn nu bij Anne. Kom maar, schatjes ...'

Ze deed het achterportier open en de auto vulde zich met de frisse nachtlucht, waardoor Ellen ineenkromp en zich zo klein mogelijk maakte. Kalle kreunde in zijn slaap.

'Ik wil je mobiel als onderpand', zei de chauffeur.

Annika werkte de kinderen uit de auto, draaide zich om en legde de telefoon op de vloer voor de achterbank.

'Ik heb hem uitgezet,' zei ze, 'dus je hoeft niet te proberen om ermee te bellen.' Daarna smeet ze het portier dicht.

Anne Snapphane draaide haar hoofd om en keek voorzichtig naar het hoofd van de jongeman op het kussen naast haar, naar zijn donkere gelhaar dat in pieken op zijn voorhoofd lag en naar zijn trillende neusgaten. Hij was bezig in slaap te vallen.

Het was ontzettend lang geleden dat ze naast iemand had geslapen, feitelijk was dit de eerste keer nadat Mehmet zich had verloofd met Juffrouw Monogaam en de brui had gegeven aan hun vrije doch goed functionerende relatie.

Wat is hij leuk, en zo jong ook. Een jongen nog haast.

Zou hij me te dik vinden, dacht ze en ze controleerde of haar mascara was uitgelopen. Dat was het geval, maar alleen een klein beetje.

Te dik, dacht ze, of te oud.

Wat ze het meest opwindend had gevonden was de smaak van sterk bier in zijn mond.

Ze schaamde zich een beetje toen ze dat besefte.

Ze had nu een half jaar geen alcohol meer gedronken.

Dat het nog maar zo kort was. Het voelde als een eeuwigheid.

Ze draaide zich op haar zij en bestudeerde het profiel van de jongen die naast haar lag. Dit kon het begin van iets nieuws zijn, van iets echt gezonds en goeds en moois.

Wat zou dat leuk staan in het feitenkadertje wanneer de kranten haar interviewden: *Gezinssamenstelling: dochter (5), vriend (23).*

Ze strekte haar hand uit om plukjes van zijn haar aan te raken, die harde pieken die wel rastahaar leken.

'Robin', fluisterde ze in een geluidloze uitademing en ze bewoog haar vingers vlak boven zijn gezicht. 'Zeg dat je om me geeft.'

Toen in de hal de deurbel venijnig begon te rinkelen, werd hij met een schok wakker en keek verward om zich heen. Anne trok haar hand naar zich toe, alsof ze zich gebrand had.

'Jezus', zei hij en hij staarde Anne aan alsof hij haar nog nooit had gezien.

Ze trok het laken onder haar kin en probeerde te glimlachen. 'Dat was de deurbel', zei ze. 'Ik doe lekker niet open.'

Hij ging rechtop zitten, ze zag dat zijn haarproducten een grote vlek hadden achtergelaten op het kussen.

'Is dat een vent?' vroeg hij. Hij keek haar met een sceptische en onzekere blik aan. 'Je zei dat je geen kerel had.'

'Het is geen kerel', zei Anne, die uit bed stapte met het laken in de hand. Ze probeerde het tevergeefs om haar lichaam te wikkelen, terwijl ze in de richting van de hal strompelde.

De bel ging opnieuw.

'Ja, jezus zeg', zei Anne. Een gevoel van teleurstelling welde op in haar keel. Verdomme nog aan toe, ze had er zo naar verlangd, ze had zo geprobeerd om ervaren en sensueel over te komen, maar hij voelde zich alleen maar slecht op zijn gemak.

Ze frunnikte wat aan het slot en slikte iets weg wat misschien tranen waren.

Voor de deur stond Annika met Kalle en Ellen.

'Wat wil je?' zei Anne en ze hoorde zelf dat haar stem nogal dik klonk.

Annika zag er moe en chagrijnig uit, ze stond te zuchten, alsof ze het niet kon opbrengen om uit te leggen waarom ze daar stond.

'Weet je wel hoe laat het is?' zei Anne.

'Kunnen we hier slapen?' vroeg Annika. 'Ons huis is afgebrand.'

Anne keek sceptisch naar de kinderen; brand? Achter zich hoorde ze hoe Robin de wc doortrok.

'Het komt eigenlijk erg ongelegen', zei ze. Ze hees het laken op, zodat haar borsten weer goed bedekt werden.

Kalle begon te huilen en daarna Ellen ook. Anne voelde de kou van het trappenhuis om haar voeten trekken, ze vouwde het laken wat beter om haar benen.

'Kunnen jullie alsjeblieft een beetje stil zijn,' zei ze, 'het is midden in de nacht, hoor.'

Annika stond haar aan te staren met die enorme ogen van haar, die nu vochtig werden.

Mijn god! Gaat die ook al staan blèren?

'Maar we kunnen nergens naartoe.'

Ze hoorde Robin hoesten in de slaapkamer. *Als hij nu maar niet weggaat!*

'Maar Annika', zei Anne, terwijl ze over haar schouder gluurde. 'Dat is mijn schuld toch niet?'

Annika deed een stap achteruit, ze ademde in alsof ze iets ging zeggen, maar er kwam niets.

Anne probeerde te glimlachen.

'Ik hoop dat je het begrijpt.'

'Dat kun je niet menen', zei Annika.

Anne hoorde Robin nu rommelen in de slaapkamer.

'Ik ben niet alleen, en je hebt geen idee hoeveel dit voor mij betekent.'

Annika's ogen werden smaller.

'Hoe egocentrisch kan een mens zijn', zei ze.

Anne knipperde met haar ogen. Wat? Wie?

'Ik heb geen geld uit het huis kunnen meenemen,' zei Annika, 'dus ik kan niet eens de taxi betalen. Bedoel je dat ik maar op straat moet gaan slapen met de kinderen?'

Anne hoorde zichzelf naar lucht happen en voelde woede opstijgen in haar hoofd, *hoe durft ze me de les te lezen!*

'Je bedoelt dat het tijd wordt dat ik je terugbetaal,' zei ze, 'is dat het? Omdat jij dit appartement betaald hebt? Is dat de manier waarop je denkt?'

Annika Bengtzons stem schoot in een falset.

'Kun je het nou echt niet opbrengen om mij eens een keer te helpen?'

Nu kleedt hij zich aan, nog even en hij gaat weg.

Ze wist het, hij zou haar nu verlaten, en om hem nog wat langer te laten blijven, stapte ze het trappenhuis in en deed de deur achter zich dicht.

'Al die keren dat ik naar jou geluisterd heb!' zei Anne, die zich probeerde in te houden. 'Jaar in jaar uit heb ik dat eeuwige gezeur van jou moeten aanhoren, alles wat er niet deugt, die saaie vent van je en die vreselijke baan. Ik wil je één ding vertellen, ík ben hier niet degene die een ander teleurstelt!'

Ze merkte hoe haar knieën knikten.

'Jezus, nu moet je werkelijk ophouden', zei Annika.

Anne kon haar stem nog maar nauwelijks onder controle houden.

'Al die energie die ik in jou gestoken heb,' zei ze, terwijl ze op haar benen stond te zwaaien, 'die had ik immers ook in mezelf kunnen steken? Dan was ík de succesvolle van ons tweeën geweest, dan had ík het aanbod gekregen om presentator te worden en dan was ík degene geweest die miljoenen kronen had gevonden.'

'Presentator?' zei Annika niet-begrijpend.

'Denk maar niet dat ik dat vergeten ben,' zei Anne, 'ik weet nog drommels goed hoe jij aan het opscheppen was, nadat Michelle was gestorven. Dat Highlander jou opgebeld had en jou haar baan had aangeboden, maar ík had die baan moeten krijgen. Want wie had al die jaren zitten zwoegen in dat klotebedrijf?'

Annika's ogen waren weer rond en glanzend geworden. 'Waar héb je het over?' zei ze.

'Zie je wel', zei Anne. 'Voor jou betekende het niets. Niets wat ik heb, deugt in jouw ogen.'

Annika begon nu te huilen, de tranen stroomden over haar wangen, ze was altijd een vreselijke huilebalk geweest.

'Ik begrijp dat het in jouw beleving volstrekt irrelevant is,' zei Anne, 'maar nu heb ik toevallig éíndelijk iemand gevonden met wie het iets kan worden, en nu misgunt mevrouw mij die kans?'

Annika sloot haar ogen en liet haar schouders hangen.

'Ik zal je nooit meer storen', zei ze, waarna ze beide kinderen bij de hand pakte en zich omdraaide naar de trap.

'Mooi', zei Anne. 'Dank je wel!'

Ze stapte terug in de hal, maar er steeg zo'n redeloze woede in haar op dat ze nog even naar buiten moest leunen.

'Je kunt toch naar een hotel', riep ze Annika na. 'Jij zwemt toch in het geld?'

Toen ze de voordeur dichtdeed, stond Robin achter haar. Hij had zijn spijkerbroek en shirt aangetrokken en was nu de veters van zijn gymschoen aan het strikken.

'Waar ga je naartoe?' vroeg ze en ze probeerde door haar woede heen te glimlachen.

'Moet naar huis', zei hij. 'Begin vroeg vanmorgen.'

Anne had sterk de neiging om het laken strakker om zich heen te trekken, maar in plaats daarvan probeerde ze te ontspannen en liet ze het op de grond glijden. Ze stak haar armen naar hem uit om te laten zien dat ze zich voor hem openstelde.

Gegeneerd bukte hij zich om zijn andere schoen dicht te doen.

'Maar', zei Anne terwijl ze midden in haar beweging verstijfde, 'je was toch werkloos?'

Hij sloeg een snelle blik naar haar op.

'Moet repeteren met de band', zei hij, en dat excuus was zo zwaar dat het niet eens loskwam van de vloer.

Anne raapte het laken weer op en sloeg het om zich heen.

'Ik hou van je', zei ze.

Hij aarzelde een pijnlijke seconde te lang.

'Ik vind jou ook leuk', zei hij toen.

Zeg alsjeblieft niet: het ligt niet aan jou, het ligt aan mij.

'Bel je?' vroeg ze.

Hij slikte, keek haar aan en gaf haar toen snel een zoen op haar oor.

'Natuurlijk', zei hij, en daarna liep hij de hal uit en deed de deur achter zich dicht.

De arts stevende met een fladderende witte jas de kamer van de eerste hulp binnen. Het viel Nina op hoe jong hij was, jonger dan zijzelf. Hij wierp een snelle blik op haar en liep naar de brancard waarop Julia lag.

'Weten we wat er gebeurd is?' vroeg hij, waarna hij met een zaklampje in Julia's ene oog scheen.

De deur viel achter hem dicht.

'Ze is aangetroffen in haar woning', zei Nina. 'Er is daar dus een moord gepleegd, haar man lag in bed, hij is doodgeschoten.'

'Is ze aanspreekbaar geweest?' vroeg de arts, terwijl hij met het lampje in haar andere oog scheen.

Nina onderdrukte een impuls om haar kogelvrije vest los te maken.

'Negatief. Ik dacht eerst dat ze dood was.'

'Haar pupillen reageren normaal', constateerde hij en hij deed het lampje uit. 'Kennen we de identiteit van de patiënte?'

Hij reikte naar een klembord.

'Julia', zei Nina. 'Julia Maria Lindholm, 31 jaar. Meisjesnaam Hensen.'

De jongeman keek haar even aan, schreef iets op en legde het klembord weer weg. Daarna hing hij een stethoscoop om zijn hals en wikkelde een bloeddrukmeter om Julia's bovenarm. Nina keek zwijgend toe hoe hij haar bloeddruk opnam.

'Iets verhoogde waarden, maar stabiel', zei hij.

Daarna pakte hij een schaar en knipte Julia's T-shirt kapot.

'Waren er sporen van bloed aanwezig op de plek waar de patiënte gevonden is?'

'Afgezien van de bloedspetters in haar gezicht heb ik niets gezien', zei ze. 'Ik geloof niet dat ze lichamelijk letsel heeft.'

'Geen in- of uitschotopeningen? Geen steekwonden?'

Nina schudde haar hoofd.

'Ze zou inwendig letsel kunnen hebben door een klap met een stomp voorwerp', zei de arts en hij ging met zijn handen haar lichaam langs en drukte geconcentreerd op haar buik en longen.

Julia reageerde niet.

Hij voelde aan haar nek.

'Geen stijfheid, normale pupillen, ze heeft geen bloeding in haar hersenen', stelde hij vast.

Hij boog haar benen en mompelde: 'Geen fracturen van de heupen.'

Daarna pakte hij haar hand en streelde die.

'Julia,' zei hij, 'ik ga nu je bewustzijnsgraad controleren. Ik wil kijken of je reageert op pijnprikkels. Het duurt maar even.'

Daarna boog hij zich over haar heen, plaatste zijn hand op haar borstbeen en kneep erin. Julia's gezicht vertrok en ze slaakte een kreet.

'Oké, oké', zei de arts, waarna hij iets opschreef op zijn klembord. 'Nu ga ik alleen nog een ecg maken en daarna laat ik je met rust …'

Hij bevestigde een paar elektroden op Julia's borstkas en wikkelde haar daarna in een grote deken.

'Wil je bij haar zitten?' vroeg hij aan Nina.

Ze knikte.

'Pak haar hand maar, streel die en praat wat tegen haar.'

Nina ging op de brits zitten en pakte Julia's hand, die klam en koud was.

'Wat is er mis met haar?'

Als ze maar niet doodgaat! Zeg dat ze niet doodgaat!

'Ze bevindt zich in een psychische shocktoestand', zei de arts. 'Dan worden ze soms zo, stom en verlamd, eten en drinken niet meer. Je kunt ze in de ogen kijken, maar ze merken niet dat je er bent, het licht brandt, maar er is niemand thuis.'

Hij keek Nina aan en sloeg daarna snel zijn blik weer neer.

'Het is niet iets gevaarlijks', zei hij. 'Het gaat over.'

Het gaat over? Wordt alles weer zoals het was?

Nina staarde naar het bleke gezicht van de vrouw, de lichte wimpers, de haarlokken. Het bloed op haar gezicht was ingedroogd en donker geworden. Brokstukken van hun laatste gesprek werden als korte filmfragmenten afgespeeld in haar hoofd.

Ik hou het niet langer uit, Nina. Ik moet hier iets aan doen.

Maar vertel, wat is er dan gebeurd?

Julia had er die laatste keer ontmoedigd uitgezien en ze had een rode, schilferige uitslag op haar wangen. Onder het bloed kon je de vlekjes nog steeds zien. Hoelang was dat geleden, drie weken?

Vier misschien?

'Julia', zei ze zachtjes. 'Ik ben het, Nina. Je bent in het ziekenhuis. Alles komt weer goed.'

Echt? Denk je dat?

Nina keek naar de arts, die aan het voeteneind van de brancard was gaan zitten, waar hij geconcentreerd een formulier invulde.

'Wat gaat er nu gebeuren?' vroeg ze.

'Ze krijgt een CT-scan', zei hij, 'Dat is alleen maar om iedere vorm van hersenbeschadiging te kunnen uitsluiten. We geven haar iets kalmerends en daarna gaat ze naar de acute opvang. Hopelijk bieden ze haar daar de een of andere therapie aan.'

Daarna stond hij op, waarbij zijn Zweedse klompen met een klapje tegen de vloer sloegen.

'Ken je haar persoonlijk?' vroeg hij.

Nina knikte.

'Ze zal de komende tijd heel veel steun nodig hebben', zei de arts, voordat hij in de gang verdween.

De deur viel langzaam en met een zuigend geluid achter hem dicht. In de stilte die viel na de spetterende effectiviteit van de jongeman, waren de geluiden van de eerste hulp ineens veel duidelijker te horen: de zeurende ventilator, Julia's lichte ademhaling, het gebliep van het ecg-apparaat. Haastige stappen op de gang, een telefoon die overging, een kind dat huilde.

Nina keek om zich heen in de steriele ruimte. Het krappe vertrek had geen ramen, het was er koel, het scherpe licht was afkomstig van flikkerende tl-buizen aan het plafond.

Nina maakte haar hand los uit die van Julia en stond op, Julia's wimpers trilden even.

'Julia', zei Nina zacht en ze boog zich over haar vriendin heen. 'Hallo, ik ben het. Kijk me eens aan …'

De vrouw reageerde met een lichte zucht.

'Zeg', zei Nina. 'Kijk me eens aan, hier ben ik, ik wil met je praten …'

Er kwam geen enkele reactie en ineens steeg er een vlaag van woede op in Nina's keel, het voelde als een scherpe oprisping.

'Je geeft het gewoon op', zei ze luid. 'Zo gaat dat altijd met jou, je gaat erbij liggen en laat anderen jouw rotzooi opruimen.'

Julia bewoog zich niet.

'En wat had je gedacht dat ik nu zou moeten doen?' zei Nina, terwijl ze wat dichter bij de brits ging staan. 'Ik kan jou nu niet helpen, hoor! Waarom heb je me niets verteld? Dan had ik in ieder geval een kans gemaakt …'

Toen haar portofoon begon te ruisen, deed ze van schrik twee stappen naar achteren.

'9070 voor 1617, over.'

De operationeel leidinggevende zocht haar.

Ze draaide zich weg van Julia, keek recht in een kast met noodverband, pakte de microfoon en drukte op de antwoordknop aan de zijkant.

'1617 hier. Ik ben met Julia Lindholm meegegaan naar het Söderziekenhuis, ze is zojuist onderzocht op de eerste hulp. Over.'

'Je kunt daar niet blijven', zei haar baas. 'We moeten zo snel mogelijk je verslag hebben. Ik stuur Andersson met de auto, dan kan hij bij haar blijven totdat ik iemand gevonden heb die de bewaking op zich kan nemen. Over en sluiten.'

Nina stopte de portofoon weg en voelde hoe de angst haar keel dichtdrukte.

Die de bewaking op zich kan nemen.

Natuurlijk, Julia werd natuurlijk verdacht.

Hoofdverdachte in een moordzaak.

Ze liep de kamer uit zonder nog naar haar vriendin te kijken.

LAATSTE NIEUWS

DAVID LINDHOLM VERMOORD

Geactualiseerd op 3 juni om 05.24 uur
Hoofdinspecteur van politie David Lindholm (42) is dood aangetroffen in zijn huis in Södermalm. Vermoedelijk is hij vermoord.

Lindholm is de bekendste en meest gerespecteerde rechercheur van Zweden, onder meer door zijn optreden als deskundige in het tv-programma *Crimineel*.

Ook is hij persoonlijk verantwoordelijk voor enkele van de spectaculairste politieoptredens van het afgelopen decennium, waarbij uitzonderlijk zware en gecompliceerde misdrijven konden worden opgelost.

David Lindholm groeide op in een welgesteld gezin in Djursholm bij Stockholm. Ondanks zijn burgerlijke achtergrond koos hij voor een loopbaan als gewoon politieagent. Na enige jaren in het harde milieu van de ME in Norrmalm te hebben gewerkt, groeide hij door als rechercheur en onderhandelaar.

Hij werd bij de Zweedse bevolking bekend als de rechtschapen en oordeelkundige inspecteur in het tv-programma *Crimineel*, maar binnen het politiekorps werd hij een legende door zijn aanpak van de gijzeling in kinderdagverblijf De Sleutelbloem in Malmö vijf jaar geleden.

Een wanhopige en bewapende man had zich in de crèche verschanst en dreigde de kinderen een voor een te doden. David Lindholm zocht contact met de man, en na onderhandelingen die twee uur duurden, kwam hij gearmd met de ontwapende desperado naar buiten wandelen, waarna ze in een wachtende patrouillewagen stapten.

Kvällspressen-fotograaf Bertil Strand legde dat moment vast en won met die klassieker de competitie Foto van het Jaar in de categorie Beste Nieuwsfoto.

Twee jaar geleden wist David Lindholm tijdens een verhoor met een tot levenslang veroordeelde Amerikaan zodanige informatie los te krijgen dat de overval op een waardetransport in Botkyrka kon worden opgelost. Vijf mannen werden opgepakt en een groot deel van de buit, die 13 miljoen kronen bedroeg, kon worden teruggegeven.

(wordt voortdurend geactualiseerd)

A ndersson kwam bij de ingang van de eerste hulp aanrijden in
de politieauto. Hij slipte, waardoor de banden zwarte strepen
achterlieten op het asfalt. Nina deed het portier aan de bestuur-
derskant open, nog voordat haar collega het voertuig tot stilstand
had kunnen brengen.

'Julia Lindholm is zojuist onderzocht', zei ze. 'Bewaak haar
totdat je wordt afgelost, dat zou binnen afzienbare tijd moeten
gebeuren.'

Andersson hees zijn zware benen op de grond.

'Wat is er aan de hand met de moordenares?' vroeg hij met een
lijzige stem. 'Heeft ze menstruatiepijn?'

Nina balde haar vuisten, zodat ze hem tenminste niet ging slaan.

'Ik ga het ambtelijk verslag maken', zei ze en ze stapte in de auto.

'Heb je de voorlopige doodsoorzaak gehoord?' zei hij tegen haar
rug. 'Eerst heeft ze een kogel in zijn hersenbalk gejaagd en daarna
heeft ze zijn piemel eraf geknald …'

Nina trok het portier dicht en reed met de Volvo naar de Ring-
vägen. Het was nu helemaal licht en het verkeer was op gang
gekomen. Ze wierp een blik op haar horloge, vijf over half zes.
Haar dienst duurde tot zes uur, maar waarschijnlijk zou het zeven
of acht uur zijn, voordat ze het verslag had geschreven en het p21-
formulier had ingevuld …

*Formulier? Hoe kan ik nú denken aan de formulieren die ingevuld
moeten worden? Wat ben ik voor iemand?*

Ze slaakte een diepe zucht die eindigde als een snik. Haar
handen trilden aan het stuur, ze moest haar uiterste best doen
om ze stil te krijgen.

Rechtsaf de Hornsgatan in, dacht ze. Schakelen. Voorzichtig gas
geven.

Ineens was de gedachte er, de gedachte die in haar achterhoofd
had gezeten vanaf het moment dat ze over de drempel van het
appartement stapte: *moet Holger en Viola bellen.*

Ze kwam er niet onderuit: ze moest zo snel mogelijk met de ouders van Julia praten. De vraag was welke bevoegdheden ze had, welke mogelijkheden ze had om hun te vertellen wat er gebeurd was. Geen enkele eigenlijk, ze mocht vanzelfsprekend geen informatie verstrekken aan buitenstaanders over haar waarnemingen op een plaats delict, maar dit was iets anders. *Fatsoen, of misschien moraal.*

Ze was zo ongeveer opgegroeid met Julia en haar ouders. Ze hadden haar vermoedelijk gered van het soort bestaan waarin de andere kinderen uit het gezin terechtgekomen waren. Vele, lange zomerweken had ze doorgebracht op de boerderij, terwijl haar moeder in ploegen werkte op de kippenslachterij in Valla. Tijdens de schoolweken ging ze vaak met Julia mee naar huis om te eten aan de grote klaptafel in de landelijke keuken. Ze wist nog hoe de boerensoep en het roggebrood smaakten, ze rook nog de zwakke geur van de stal die altijd om Holger heen hing. Later, toen haar moeder was opgehouden met haar ploegendiensten, moest ze deze warmte verlaten en was ze gedwongen geweest de bus naar Ekeby te nemen ...

Nina schudde even met haar hoofd om de sentimentaliteit te verdrijven.

Ik had niets te klagen. Ik mocht van geluk spreken dat ik Julia kende.

Een paar dronken tieners met een studentenpet op liepen slingerend over het trottoir links van haar. Ze bekeek het groepje wat beter. De jongelui liepen met zijn vieren naast elkaar, de armen om elkaar heen geslagen, drie jongens en een meisje. Het meisje leek nauwelijks op haar benen te kunnen staan, de jongens sleepten haar min of meer mee.

Pas jij maar op kind, dat ze je niet misbruiken ...

Een van de jongens kreeg haar in het vizier en begon obscene gebaren te maken naar de politieauto, eerst de vinger en daarna bewegingen met zijn onderlichaam. Daarop zette ze gedurende drie seconden het zwaailicht en de sirene aan en dat had zoals verwacht ogenblikkelijk effect op de jongelui, die er als een haas vandoor gingen, het meisje ook.

Zo, die zijn weer nuchter.

Bij het bureau aangekomen, parkeerde ze aan de voorkant van het gebouw en draaide de contactsleutel om. De stilte die volgde toen de motor was afgeslagen, was oorverdovend; ze bleef een paar minuten zitten om ernaar te luisteren.

Zuchtte toen diep en maakte de autogordel los, raapte Anderssons hamburgerpapier op en haar eigen Cola Light-blikje en gooide het afval in de papierbak bij de parkeerplaats, het blikje ook. Deze morgen waren er grenzen aan haar verantwoordelijkheid voor de mensheid.

Pettersson, de bureauchef, zat te bellen toen ze binnenkwam, hij gebaarde naar haar dat ze in de stoel recht tegenover hem moest gaan zitten.

'Tegen vijven?' zei hij in de hoorn. 'Is dat niet een beetje laat? Veel collega's zijn dan immers ... ja, dat is waar. Ja, daar heb je gelijk in. Dan maken we er 17.00 uur van ...'

Hij beëindigde het gesprek en schudde zijn hoofd.

'Wat een afgrijselijke geschiedenis', zei hij, waarbij hij over zijn kale schedel streek. 'Waar gaat het met deze maatschappij in vredesnaam naartoe?'

Het lijkt inspecteur Wallander wel, dacht Nina.

'We gaan een minuut stilte houden voor David Lindholm', ging Pettersson verder. 'Om vijf uur zijn verscheidene collega's al begonnen aan hun avonddienst en de dagmensen zijn dan nog niet naar huis, dus dan hebben we het grootst mogelijke effect van deze actie. Alle politiedistricten in het land doen mee. Iedereen kende Lindholm immers en hij werd gerespecteerd in alle geledingen, en na al die jaren als gastdocent op de politieacademie heeft hij vrienden onder zowel de nieuwe lichtingen als onder de oudere collega's in het hele ...'

'Zolang je het maar niet aan de media vertelt', zei Nina.

Pettersson raakte even van zijn apropos en keek haar eerst verbaasd en daarna ietwat geërgerd aan.

'Maar natuurlijk vertellen we het aan de media. *Echo* schijnt het rechtstreeks te willen uitzenden.'

'Als jij van plan was om een buurtwinkel te beroven, wanneer zou je dat dan doen als jou ter ore kwam dat alle politieactiviteiten in Zweden tussen 17.00 en 17.01 uur werden stilgelegd? En hoe zend je een minuut stilte uit op de radio? Wordt dat niet een beetje … desolaat?'

De bureauchef staarde haar een paar seconden met een lege blik aan en leunde toen naar achteren, zijn IKEA-stoel kraakte ervan.

'Laten we deze kwestie maar eens doornemen', zei hij.

Nina haalde haar schrijfblok tevoorschijn en met een eentonige stem deed ze verslag van alle feiten: oproep om 03.21 uur, verdachte schietpartij aan de Bondegatan. Aangezien 9070 en de ME zich in Djursholm bevonden, kreeg Hoffman in de 1617 de leiding toebedeeld. De melder, ene Gunnar Erlandsson op het genoemde adres, vertelde dat hij wakker was geworden van iets wat hij interpreteerde als schoten die gelost werden in het appartement boven dat van hem. Toen niemand zich bekendmaakte in het bedoelde appartement, ging patrouille 1617, samen met patrouille 1980 naar binnen krachtens paragraaf 21 van de Politiewet, doorzoeken woning zonder machtiging. In de woning werden twee personen aangetroffen, David Lindholm en Julia Lindholm. David Lindholm lag in bed, hij was gedood door twee schoten, een in zijn hoofd en een in zijn buik. Julia Lindholm werd in een psychotische shocktoestand in de badkamer aangetroffen. Zij is voor onderzoek naar het Söderziekenhuis gebracht.

Nina sloeg haar schrijfblok dicht en keek Pettersson aan.

Hij schudde opnieuw zijn hoofd.

'Wat een afgrijselijke geschiedenis', zei hij. 'Zoiets verzin je toch niet …'

'Er is nog iets', zei Nina terwijl ze naar haar dichtgeslagen schrijfblok keek. 'Julia zei iets vreemds voordat ze van haar stokje ging.'

'Wat?'

'Ze had het over haar zoon, Alexander. Ze zei: "Ze heeft hem meegenomen. De andere vrouw, ze heeft Alexander meegenomen."'

Pettersson keek haar met gefronste wenkbrauwen aan.

'"De andere vrouw", wat bedoelde ze daar in godsnaam mee?

Was er nog iemand anders in het appartement?'

Nina voelde zich nogal stom.

'Nee', zei ze.

'Waren er sporen van een gevecht of van inbraak?'

Nina dacht even na.

'Niet dat ik me zo een-twee-drie herinner, maar dat zullen de technisch rechercheurs wel onderzoeken ...'

'En de deur was op slot?'

'Die valt automatisch dicht als je hem niet openhoudt.'

De bureauchef slaakte een diepe zucht.

'Mijn god, arme David. Ze was blijkbaar gestoorder dan iemand had kunnen bevroeden.'

'Alexander was er trouwens niet', zei Nina.

'Wie?'

'Het zoontje van Julia en David. Hij was niet in de woning. Zijn kamer was leeg.'

Pettersson stopte een plukje pruimtabak in zijn mond.

'En?' zei hij. 'Waar is hij dan?'

'Weet niet.'

'Is hij als vermist opgegeven?'

Nina schudde haar hoofd.

'Weten we of er iets met hem gebeurd is?'

'Nee', zei Nina. 'Het is alleen ... het appartement is doorzocht, maar hij was nergens.'

De chef leunde naar achteren.

'Nou ja', zei hij. 'De informatie over de andere vrouw en het niet-aanwezige jongetje moet natuurlijk in het verslag worden opgenomen. Pas op je woorden als je aan het schrijven bent.'

Ze merkte dat haar wangen begonnen te gloeien.

'Wat bedoel je daarmee?' vroeg ze.

Pettersson keek haar een paar seconden indringend aan, stond daarna op uit zijn stoel en strekte zijn rug een beetje.

'Jij had toch geen dienst vannacht?' zei hij. 'Je was toch eigenlijk vrij?'

'Ik heb een extra dienst gedraaid', zei Nina. 'Om 16.00 uur ga ik weer verder met mijn normale schema.'

De chef zuchtte.

'De kranten zijn al begonnen met bellen', zei hij. 'Praat in 's hemelsnaam niet met ze. Alle commentaren lopen via de woordvoerders, er wordt niet gelekt naar die vrouw van de *Kvällspressen* ...'

Nina stond op en liep door de gang naar een kleine kamer met een bureau en computer die gebruikt werd voor het schrijven van de verslagen; onderweg passeerde ze de koffiekamer.

Ze ging achter de computer zitten, zette hem aan en logde in op het programma RAR, Rationele Aanmeldings Routine. Begon toen systematisch door het programma te klikken, terwijl ze alle relevante gegevens invulde in de daarvoor bestemde vensters: tijdstip van oproep, personeel, adres van de plaats delict, belanghebbenden, overleden personen, verdachten ...

Verdachten?

Zij zou vermeld staan als de auteur van dit verslag, dat voor eeuwig onderdeel zou uitmaken van het dossier betreffende de moord op David Lindholm. Over vijftig jaar zou het vermoedelijk worden bestudeerd en geanalyseerd op de politieacademie, en zíj zou als de schrijver van het stuk te boek staan. Zij was degene die de allereerste, voorlopige gegevens had verstrekt, zij was degene die de aanklacht zou formuleren.

Verdachten: Julia Lindholm.

Ze schoof het toetsenbord van zich af en liep de gang op, deed doelloos een paar stappen naar rechts, draaide zich toen om en liep de andere kant op.

Ik moet iets halen, dacht ze. Koffie? Dan zou ze niet kunnen slapen. Broodje uit de automaat? Ze moest kokhalzen bij de gedachte. In plaats daarvan liep ze naar de snoepautomaat; er waren alleen nog Zure Dragsters. Ze vond een tienkronenmunt in haar broekzak en kocht de op een na laatste zak. Liep daarna terug naar de bureauchef en klopte op de deurpost.

Pettersson haalde zijn blik van het computerscherm en keek haar even aan.

'Sorry,' zei ze, 'maar wie moet ik invullen als belanghebbenden? Is dat het slachtoffer of zijn dat de nabestaanden?'

'Het slachtoffer', zei Pettersson, waarna hij zijn blik weer snel op de monitor richtte.

'Hoewel hij dood is?'

'Hoewel hij dood is.'

Nina aarzelde bij de deur.

'Er is nog iets', zei ze. 'Alexander ...'

Pettersson zuchtte.

'Hij had in het appartement moeten zijn', haastte Nina zich te zeggen. 'Ik vind dat we zouden moeten ...'

De bureauchef zuchtte wat geërgerd en leunde weer naar voren, naar zijn beeldscherm.

'Als mama nu papa doodgeschoten heeft,' zei hij, 'dan is het misschien maar goed dat hun kindje dat niet gezien heeft', en Nina begreep dat het gesprek afgelopen was.

Ze draaide zich om om terug te gaan.

'Zeg, Hoffman', riep de chef haar na.

Ze bleef staan en keek hem over haar schouder aan.

'Heb je misschien behoefte aan een debriefing?' vroeg hij en zijn toon verried dat een debriefing het absoluut belachelijkste was waarnaar ze in deze *afgrijselijke geschiedenis* zou kunnen vragen.

'Nee, dank je', zei ze met een lichte stem en daarna liep ze terug naar het kantoortje. Ze maakte de zak met snoep open en kreeg bijna een rolberoerte toen ze het eerste snoepje in haar mond stopte. De Dragsters waren werkelijk onvoorstelbaar zuur.

In plaats van te klikken op het vakje *verdachten*, klikte ze eerst een formulier open over het gebruik van paragraaf 21 van de Politiewet. Dat was eenvoudiger in te vullen dan Julia's naam.

Ten langen leste had ze alles ingevuld wat er maar in te vullen viel, inclusief het spontane verhoor met Erlandsson op de tweede verdieping.

Ze staarde naar het scherm.

Klikte op *verdachten*.

Typte snel *Julia Lindholm*.

Logde uit, sloot RAR af en haastte zich de kamer uit, voordat haar gedachten haar konden inhalen.

'Mama, ik heb honger. Hebben ze hier ook pindakaas?'

Annika deed haar ogen open en een wit gordijn verscheen in haar blikveld. Ze had geen idee waar ze was. Haar hoofd voelde loodzwaar en in haar borst bevond zich een groot zwart gat.

'En melkchocopasta en jam, is er melkchocopasta?'

Het hotel. De receptie. De kamer. De werkelijkheid.

Ze draaide zich om in het bed, haar blik belandde op haar kinderen. Ze zaten in hun pyjama naast elkaar en keken haar met heldere ogen aan. Hun haren stonden recht overeind.

'Is onze pindakaas ook opgebrand?' vroeg Kalle.

'En Poppy', zei Ellen, waarna haar onderlip begon te trillen. 'Poppy en Leo en Russ zijn ook opgebrand in het vuur ...'

O god, wat zal ik zeggen? Wat moet een mens hierop antwoorden?

Ze werkte zich moeizaam overeind uit het vochtige laken, trok de kinderen zonder een woord te zeggen naar zich toe en hield ze vast, hield ze vast, hield ze in haar armen en wiegde ze, terwijl het gat in haar borst alsmaar groter werd.

'Melkchocopasta is er denk ik wel', zei ze hees. 'En jam waarschijnlijk ook. Pindakaas wordt misschien wat moeilijker.'

'Mijn nieuwe fiets', zei Kalle. 'Is die ook opgebrand?'

De computer. Alle mailtjes. Mijn telefoonboek en agenda. De huwelijkscadeaus. De kinderwagen. De eerste schoentjes van Kalle.

Ze streek de jongen over zijn haar.

'We hebben een verzekering,' zei ze, 'dus we krijgen alles terug.'

'Poppy ook?' vroeg Ellen.

'En het huis kunnen we opnieuw bouwen', zei Annika.

'Ik wil niet in het huis wonen', zei Kalle. 'Ik wil thuis wonen en naar mijn echte kinderopvang.'

Ze deed haar ogen dicht en voelde de wereld slagzij maken.

Ze had met haar gezin nog maar een maand in de villa aan de Vinterviksvägen in Djursholm gewoond toen de brand uitbrak. Hun oude appartement in Kungsholmen was verkocht aan een homostel dat er al was ingetrokken en nu de keuken aan het uitbreken was.

'We gaan ontbijten', zei ze en ze dwong haar benen over de rand van het bed. 'Hupsakee, aan die kleren.'

Ellen droogde haar tranen en keek haar verwijtend aan.

'Maar, mama', zei ze. 'Die zijn toch opgebrand in het vuur?'

Toen Annika weer op straat stond, nadat Anne haar de deur had gewezen, was de taxi al weg geweest. Aangezien ze niet kon bellen voor een nieuwe en niets meer had om te verpanden, deed ze het enige wat ze kon doen: de kinderen op de arm nemen en gaan lopen. Ze had een vage notie dat er ergens een hotel in de buurt lag, maar ze liep drie kwartier rondjes, voordat ze het gevonden had. Toen ze de foyer binnenstrompelde, stond ze op het punt om flauw te vallen. De receptioniste had bange ogen gekregen toen Annika hakkelend haar verhaal deed. Ze had hun een kamer op de tweede verdieping toegewezen.

Nu liet ze de deur van de hotelkamer achter hen dicht vallen en met haar klamme handen nam ze de kinderen bij de hand, waarna ze gezamenlijk in de lift stapten.

Het restaurant was een strak en ambitieus geheel met een glazen pui, wanden bedekt met boekenkasten en meubels van staal en kersenhout. De klok achter de bar wees kwart over negen, ze had ongeveer vier uur geslapen.

Het ontbijtbuffet was al flink gebruikt en overal lagen kloddders, de zaal was half leeg. De zakenlieden waren vertrokken naar hun belangrijke vergaderingen en er zaten nog een paar mensen, een liefdespaar van rond de vijftig en drie Japanse toeristen. Allemaal staarden ze haar en de kinderen aan, ze keken naar haar kapot-gescheurde spijkerbroek en designertrui met roetvlekken, naar de zijdeachtige Batmanpyjama van Kalle en de flanellen pyjama met vlinders van Ellen.

Excuus dat we jullie aangename ontbijt verstoren met onze onge-poetste tanden en blote voeten.

Ze klemde haar kaken op elkaar, schonk een theekop vol koffie en pakte een yoghurt en drie plakken gravad lax. De yoghurt omdat dat het enige was wat ze door haar keel kon krijgen, de zalm omdat het ontbijt bij de prijs inbegrepen was, 2.125 kronen voor een 'twin standard room' die nog het meest deed denken aan een liftschacht.

Ik kan dit niet in mijn eentje. Ik moet hulp hebben.

'Het is niet waar', zei Berit Hamrin. 'En je klinkt volkomen normaal.'

'Het alternatief is dat ik het bijltje erbij neergooi, maar dan had ik natuurlijk net zo goed in het huis kunnen blijven', zei Annika, terwijl ze controleerde of de badkamerdeur wel dicht was.

Ze had Cartoon Network gevonden op de hotel-tv die onder het plafond zweefde en had de kinderen weer in bed gezet met ieder een doosje Frosties in plaats van snoep. Daarna had ze zich opgesloten in de badkamer, waar ook telefoon was, om haar collega op de redactie te bellen.

'En je hebt helemaal niets kunnen redden? Ik las over de brand op TT, maar ik besefte niet dat het jouw huis was. Grote god!'

Annika zeeg neer op de toiletpot en liet haar hoofd tegen haar handpalm rusten.

'Volgens TT is het huis tot de grond toe afgebrand', zei Berit. 'Heeft niemand van de krant je gebeld om te vragen wat er gebeurd is?'

'Weet niet', zei Annika. 'Ik heb mijn mobiel in pand gegeven bij Taxi Stockholm. Maar ik geloof niet dat iemand van zich heeft laten horen. Er is immers niemand doodgegaan.'

Berit zei niets. Annika legde haar voorhoofd tegen de wastafel en voelde de koelte van het porselein in de richting van haar nek kruipen.

'Waaraan heb je het eerst behoefte?' vroeg haar collega.

'De kinderen hebben alleen een pyjama en ik heb geen geld kunnen meenemen ...'

'Welke maat hebben ze?' vroeg Berit, die een balpen aan klikte.

'110 en 128.'

'En schoenmaat?'

Annika kreeg een brok in haar keel, ademhalen werd moeilijker.

'Ellen heeft 26 en Kalle 31.'

'Blijf waar je bent. Ik ben er over ongeveer een uur.'

Annika bleef op de wc-pot zitten en staarde naar de handdoekdroger, voelde hoe het gat in haar borst bonkte en schrijnde. Om haar heen zweefden nevels van zelfmedelijden en hopeloosheid en bittere tranen over hoe alles haar afgenomen was, maar ze wilde er niet door omarmd worden, want in de wolken werd haar het zicht belemmerd en dan zou ze gegarandeerd verdwalen.

Jouw leven is weg, fluisterden de nevels, maar ze wist dat dat niet waar was, want ze zat hier te verkleumen en in de hotelkamer brulde Scooby Doo dat hij bang was voor spoken.

Je hebt helemaal niets meer!

'O, jawel hoor', zei ze hardop.

Een huis was belangrijk, het was de plek waar je thuishoorde, maar die plek hoefde niet te bestaan uit vier muren, kon evengoed gevormd worden door mensen of projecten of ambities.

Alles wat belangrijk voor je is, ben je kwijt.

Was dat zo?

Vandaag voelde ze dat eigenlijk veel minder dan gisteren.

De kinderen hadden geen kleren en de computer was verbrand, maar al het andere was er eigenlijk nog.

Behalve Thomas.

En Anne.

Ze richtte zich op, keerde zich naar de spiegel.

Alleen de kern was overgebleven.

De kinderen en ik, al het andere is eraf gepeld.

Ze had verloren.

Is het niet moeilijker dan dit?

Anders Schyman, de hoofdredacteur van de *Kvällspressen,* had in het kader van de bezuinigingen afstand gedaan van zijn bevoorrechte hoekkamer en zichzelf een plek gegeven in een hokje achter de redactie van de opiniepagina, iets waarvan hij met de dag meer spijt kreeg. Het enige voordeel van de herinrichting was het rechtstreekse contact met de redactie, het feit dat hij kon uitkijken over de werkvloer, terwijl hij in zijn kamer zat.

Hoewel het nog niet eens elf uur in de ochtend was, voltrok zich daar een activiteit die enkele jaren geleden nog volkomen ondenkbaar was geweest. Vandaag de dag werd de website gedurende het hele etmaal geüpdatet met uitzondering van een paar nachtelijke uurtjes rond de klok van vieren, en dat niet alleen tekstmatig, maar ook met tv-items, radio en advertenties. Het steeds vroeger starten van de persen voor de papieren krant had met zich meegebracht dat de gewone productie naar voren was geschoven en tegenwoordig grotendeels overdag plaatsvond, en dat was nieuw. De traditie wilde dat avondkranten 's nachts in elkaar gezet werden, bij voorkeur door een club rauwe drankorgels van redacteuren, die rode ogen hadden en typemachinevingers met nicotinevlekken. Op dit moment waren er bijna nergens op de krant nog zulke relikwieën te vinden. Óf ze hadden zich aangepast aan de nieuwe tijd, de drank door de gootsteen gespoeld en hun schoenen gepoetst, óf een van de bezuinigingsrondes had hen eruit gewerkt met een ontslagpremie en vervroegd pensioen.

Anders Schyman liet een diepe zucht ontsnappen.

Het gevoel dat iets hem uit de handen glipte was met de jaren alsmaar sterker geworden. Niet zo lang geleden was hij gaan beseffen wat dat was: het feitelijke doel van het werk, de elementaire journalistiek.

Tegenwoordig was het zo belangrijk om vóór al het andere het net te updaten dat soms vergeten werd dat je ook nog iets te zeggen moest hebben.

Hij moest denken aan de kritische mantra die de concurrenten in de oudheid hanteerden, in de tijd dat de *Kvällspressen* de hoogste oplage van Zweden had: de grootste maar nooit de snelste, het best gevuld, maar nooit het best.

Nu ging alles veel sneller, ten koste van waarheid en consequentieanalyse.

Maar het is echt niet allemaal rotzooi, dwong hij zichzelf te denken.

Vandaag hadden ze bijvoorbeeld weer een ontzettend goede krant, met Annika Bengtzons insiderverhaal over de Nobelmoordenaar, Berit Hamrins kritische artikelen over het terrorisme en Patrik Nilssons interview met een ster uit een docusoap die een boekje opendeed over haar eetstoornissen.

Het probleem was echter dat dat nu alweer vergeten was. Ofschoon de krant nog maar nauwelijks in de kiosken lag, waren de artikelen alweer yesterday's news, want nu was David Lindholm dood gevonden in zijn bed en werd zijn vrouw van de moord verdacht.

De lofzangen op de dode politieman die je op internet vond, waren talloos.

Zijn grootsheid zat hem in zijn inzicht in de menselijke natuur en in zijn ongelooflijke vermogen tot communiceren. Als ondervrager was hij niet te evenaren, als vriend was hij de loyaalste die je je maar kon voorstellen en zijn intuïtie was fenomenaal.

Hoe ga ik hiermee om? dacht Anders Schyman en hij merkte dat zijn gedachten zich langzaam vormden: zijn brein was niet langer gewend om te worstelen met ethische afwegingen. In een ruggenmerg dat zou moeten worden gedomineerd door journalistieke basisprincipes als nieuwswaardering, bronkritiek en reflecties rond het al dan niet publiceren van namen, was bijna alleen nog maar plaats voor financiële analyses en oplagecijfers.

Hij keek uit over de redactie.

Om te beginnen moet ik ervoor zorgen dat ik me bewust word van de situatie, dacht hij, waarna hij vastberaden opstond en de redactie op liep.

'Wat doen we met de vermoorde supercop?' vroeg hij aan de Spijker, de nieuwschef, die met zijn voeten op zijn bureau een sinaasappel zat te eten.

'De één, de nieuwsposter, de zes, de zeven, de acht en het middenblad', antwoordde de Spijker zonder op te kijken.

'En de informatie dat zijn vrouw verdacht wordt van de moord?' vroeg Schyman, die demonstratief vlak bij de voeten van de nieuwschef op het bureau ging zitten. De man begreep de hint en liet ze op de vloer glijden.

'Bedoel je de puntgrootte van de kop?' vroeg hij, waarna hij de schil van de sinaasappel in de papierbak smeet.

'Als we David Lindholm als slachtoffer identificeren en schrijven dat zijn vrouw verdacht wordt van de moord, dan wijzen we haar aan als moordenaar', zei de hoofdredacteur.

'En?' zei de Spijker, met een verbaasde blik naar zijn baas.

'Ze is nog niet eens aangehouden', zei Schyman.

'Kwestie van tijd', zei de Spijker, en vervolgens wijdde hij zich weer aan zijn beeldscherm. 'Bovendien ligt het verhaal al op straat. Zowel de Concurrent als het Schattige Ochtendkrantje heeft al haatartikelen over haar op het net staan.'

Oké dan, dacht Schyman. Daar gaat het ethische initiatief.

'Kun je in deze tijd van het jaar werkelijk sinaasappels kopen?' vroeg hij.

'Ze zijn een beetje droog,' antwoordde de Spijker, 'maar dat ben ik natuurlijk ook.'

Berit Hamrin kwam naar de desk toelopen met haar handtas over haar schouder en haar jas over haar arm.

'Hartstikke goede artikelen in de krant vandaag', zei Schyman, die probeerde positiviteit uit te stralen. 'Heb je al reacties gekregen?'

Berit bleef voor hem staan en knikte naar het beeldscherm van de Spijker.

'Julia Lindholm', zei ze. 'Is het een bewuste stellingname dat we haar op internet als moordenaar aanwijzen?'

'Waarbij we met "we" het voltallige Zweedse journalistenkorps bedoelen', zei de Spijker.

'Voorzover ik begrepen heb, publiceren alleen de Concurrent en de Ochtendkrant de informatie dat zijn vrouw verdacht wordt van de moord', zei Schyman.

'We hoeven haar naam niet te noemen', zei de Spijker.

De verslaggeefster ging een stap dichter bij Schyman staan.

'Vanaf het moment dat we David Lindholms naam publiceren, beschrijven hoe hij doodgeschoten is in zijn bed en vervolgens beweren dat zijn vrouw van de moord wordt verdacht, hoeven we haar naam niet eens meer te noemen. Iedereen die Julia kent, weet dan toch wel dat zij bedoeld wordt.'

'We moeten natuurlijk wel een spectaculaire moord kunnen verslaan', zei de Spijker verontwaardigd.

'Datgene wat op dit moment op onze website staat, zou ik niet als "verslaggeving" willen karakteriseren', zei Berit Hamrin. 'Dat noem je "roddel en achterklap". De politie heeft nog steeds hele-maal niets bevestigd, dus wat wij publiceren zijn geruchten.'

Anders Schyman zag hoe journalisten aan de bureaus om hen heen opkeken en hun oren spitsten. Was dat goed of slecht? Waren ethische discussies aan de desk een gezond teken of maakte hij er een zwakke indruk mee?

Hij besloot tot het laatste te concluderen.

'We zetten deze discussie voort op mijn kamer', zei hij beslist en hij wees met zijn vlakke hand in de richting van zijn kantoortje.

Berit Hamrin begon zich in haar jas te wurmen.

'Ik heb een afspraak met een bron', zei ze.

De verslaggeefster draaide zich om een verdween in de richting van de deur die naar de parkeergarage leidde. Schyman merkte dat hij zijn hand nog steeds uitgestrekt hield naar het hokje achter de redactie van de opiniepagina.

'Dus de gegevens over de verdachte vrouw staan al op onze homepage?' vroeg hij aan de Spijker, terwijl hij zijn hand tegen zijn bovenbeen liet vallen. 'Wie heeft die beslissing genomen?'

De Spijker keek op en speelde de vermoorde onschuld.

'Dat weet ik toch niet.'

Nee, dat was natuurlijk waar, de papieren krant en het net hadden ieder een eigen redactie.

Anders Schyman draaide zich op zijn hielen om en ging zijn hokje binnen.

De gedachte beet zich vast in zijn hoofd en schuurde tegen zijn ego: *wat doe ik hier eigenlijk?*

Berit had acht grote draagtassen bij zich.

'Ik heb geprobeerd niet al te rolbevestigend te zijn', zei ze terwijl ze zich door de deuropening wurmde en de tassen op de vloer van de kleine kamer zette. 'Hé Kalle, hallo Ellen ...'

De kinderen keken Berit een ogenblik aan en richtten hun blik toen weer op de tv. Annika zette die uit.

'Moet je kijken, Kalle,' zei ze, 'wat een blitse spijkerbroek!'

'Die is voor Ellen', zei Berit, die op de rand van het bed ging zitten en haar jas opendeed. 'Het ondergoed zit in deze draagtas, en in die andere zitten zeep en tandenborstels en zo ...'

De kinderen kleedden zich zelfstandig aan, zwijgend en ernstig. Toen Annika Ellen hielp met tanden poetsen, viel haar blik op haar eigen ogen in de badkamerspiegel. De pupillen waren groot, bedekten haast de hele iris, alsof het gat in haar borst zichtbaar was in haar ogen.

'Hoeveel ben ik je schuldig?' vroeg ze aan Berit.

Haar collega stond op en pakte een envelop uit haar tas, die ze Annika aanreikte.

'Ik ben langs de geldautomaat gereden en heb wat geld gepind. Betaal me maar terug wanneer het kan.'

Er zaten tienduizend kronen in, in briefjes van vijfhonderd.

'Bedankt', zei Annika zacht.

Berit keek rond in de kleine kamer.

'Zullen we even een frisse neus halen?'

De kinderen trokken hun jas aan en daarna liepen ze zwijgend langs de receptie naar buiten. Zigzaggend door een paar straten wandelden ze richting Humlegårdenpark.

De zware bewolking maakte de hemel grijs, de wind was koud en af en toe waren er windstoten. Annika trok haar nieuwe vest dichter om zich heen.

'Hoe kan ik je ooit bedanken?'

'Als mijn huis afbrandt, meld ik me bij je', zei Berit, die haar kraag opzette tegen de wind. 'Je moet om te beginnen de verzekeringsmaatschappij bellen. Zij dekken alle extra huisvestingskosten totdat je huis herbouwd is.'

Ze hadden nu het park bereikt. De kinderen aarzelden vanwege hun nieuwe gymschoenen. Die van Kalle waren groen, die van Ellen blauw.

Annika dwong zichzelf tegen hen te glimlachen.

'Jullie mogen rennen, hoor', zei ze. 'Berit en ik blijven hier op jullie wachten.'

Voorzichtig, met lange blikken over hun schouders, liepen ze naar de speelplaats.

'Waar is Thomas?' vroeg Berit zacht.

Annika slikte.

'Ik weet het niet. We ... hebben ruzie gehad. Hij was niet thuis toen het gebeurde. Ik weet niet waar hij naartoe gegaan is. Zijn mobiel stond uit.'

'Dus hij weet niet wat er gebeurd is?'

Annika schudde haar hoofd.

'Je moet proberen hem te pakken te krijgen.'

'Ik weet het.'

Berit keek haar onderzoekend aan.

'Is er iets waarover je wilt praten?'

Annika zonk neer op een bank, trok het vest onder haar achterwerk.

'Op dit moment niet', zei ze.

Berit ging naast haar zitten en keek naar de kinderen, die langzaam de speelplaats in bezit begonnen te nemen.

'Je komt eroverheen', zei ze. 'Maar je moet je rug recht houden.'

'Ik weet het.'

Ze deden er even het zwijgen toe, keken naar de kinderen die van de glijbaan gingen. Ellen stikte bijna van het lachen.

'Heb je trouwens gehoord wie er vanmorgen doodgeschoten is?' vroeg Berit. 'David Lindholm, hoofdinspecteur van politie.'

'De tv-politieman?' zei Annika terwijl ze naar Ellen zwaaide. 'Getrouwd met Julia Lindholm?'

'Ken je ze?' vroeg Berit verbaasd.

'Ik ben een keer een nacht met Julia mee geweest in een surveillanceauto. Weet je nog die artikelenserie over gevaarlijke vrouwenberoepen?'

Berit schudde haar hoofd en haalde een zak autoschuimpjes uit haar zak.

'Ze mogen toch wel een snoepje?' De vraag was voor Annika bedoeld. 'Kalle, Ellen!'

Ze zwaaide met de zak en de kinderen kwamen aanrennen.

'Hoeveel mogen we er pakken?' vroeg Ellen.

'Jij kunt toch niet tellen', zei Kalle verachtelijk.

Ze mochten er ieder een handvol, Ellen koos roze en Kalle groene.

'Ik zou eigenlijk een portret maken van Julia's collega', zei Annika, die de wegrennende kinderen nakeek. 'Nina Hoffman heet ze. Het was die nacht toen we op die vreselijke driedubbele moord in Södermalm stuitten, kun je je dat nog herinneren?'

Berit pakte een handvol schuimpjes en hield Annika de zak voor, maar deze bedankte.

'De bijlmoorden? Met de afgehakte handen?'

Annika slikte.

'Hè, bah', zei Berit. 'Inderdaad. Sjölander en ik hebben toen de rechtszaak verslagen.'

Annika huiverde en sloeg haar benen over elkaar.

Ze was dat voorjaar hoogzwanger van Ellen en het was zo dat zwangere vrouwen bij de *Kvällspressen* werden behandeld alsof ze zwaar imbeciel of ernstig dement waren: vriendelijk, beslist en zonder ook maar een enkele eis te stellen. Maar ze had net zo lang gezeurd tot ze een parttime opdracht mocht doen, een serie reportages over het werk van vrouwen met een gevaarlijk mannenberoep. Vier jaar geleden, op de avond van de negende maart, mocht ze mee met twee vrouwelijke politieagenten in een patrouilleauto in Södermalm. Het was een koude nacht en er gebeurde niets tijdens de dienst, ze had ruim de tijd gehad om met de beide vrouwen te praten. Ze waren jeugdvriendinnen, hadden samen op de politieacademie gezeten en werkten nu bij hetzelfde bureau. De ene agente, Julia, verklapte dat zij ook zwanger was. Niemand op het werk wist het nog, ze was nog maar in de veertiende week, en ze was de hele tijd ontzettend misselijk.

Vlak voor middernacht kwam er een melding binnen over een inbraak aan de Sankt Paulsgatan, net voorbij de Götgatan. Het was een routineklus, de buren hadden gebeld om te klagen over geruzie en gegil in de woning onder hen. Annika vroeg of ze mee naar binnen mocht en dat mocht, op voorwaarde dat ze zich op de achtergrond hield.

Ze liepen de trap op naar de tweede verdieping, en daar lag de verminkte vrouw. Ze was het trappenhuis in gekropen en leefde nog toen de politiepatrouille arriveerde. Haar rechterhand ontbrak en het bloed werd uit de kapotte aderen gepompt, het liep over de stenen vloer naar de trap en spatte tegen de muren zodra ze haar arm bewoog. Julia had overgegeven in een vensterbank. Nina had Annika met een ongelofelijke kracht en effectiviteit de straat op gewerkt.

'Ik heb niet zo veel gezien, maar ik weet nog steeds hoe het rook in het trappenhuis', zei Annika. 'Zoet, en op de een of andere manier ... zwaar.'

'In de woning bevonden zich twee mannen', zei Berit. 'Zij waren ook verminkt.'

Annika bedacht zich en reikte naar een autoschuimpje.

'De moorden zijn tamelijk snel opgelost.'

'Filip Andersson,' zei Berit, 'die financiële man. Hij werd veroordeeld, hoewel hij steeds is blijven ontkennen. Hij zit in Kumla. Levenslang.'

Berit liet de laatste snoepjes in haar hand glijden en gooide de lege zak in een afvalbak.

'Als drugsdealer kun je het maar beter niet aan de stok krijgen met je vrienden', zei Annika.

'En we hebben het ook niet over zomaar een paar kleine drugsschulden,' zei Berit, 'het ging om geavanceerde financiële transacties tussen Spanje, Gibraltar en de Kaaimaneilanden.'

'Zo bizar,' zei Annika, 'om overal je vingerafdrukken achter te laten als je net drie mensen met een bijl hebt bewerkt.'

'De criminele ingezetenen van dit land zijn over het algemeen geen lid van Mensa', zei Berit, die opstond om Ellen te helpen. Het meisje was gevallen en had haar handpalm geschaafd.

Annika bleef zitten. Haar lichaam was zwaar als cement, ze voelde de kou niet langer. De wind trok aan haar haren, maar ze kon het niet opbrengen om ze uit haar gezicht te vegen.

'Het laatste wat ik hoorde voordat ik bij de krant vertrok, was dat Julia verdacht wordt van de moord op haar man', zei Berit toen ze weer ging zitten.

'Werkelijk? En het leek zo'n timide ...'

'Hun zoon is blijkbaar ook verdwenen.'

'O, dus ze heeft een zoon gekregen ... '

Ze zwegen weer en keken naar de kinderen, die iets interessants hadden gevonden onder een grote eik aan de andere kant van de speelplaats.

'Zeg,' zei Berit, 'heb je een plek waar je naartoe kunt?'

Annika gaf geen antwoord.

'Je moeder?' opperde Berit. 'De ouders van Thomas?'

Annika haalde haar schouders op.

'Wil je met mij mee naar Roslagen? Thord is dit weekend in

Dalsland aan het vliegvissen met zijn broer. Jullie kunnen in het oude bakkershuisje logeren als je wilt.'

'Meen je dat?'

Een paar jaar geleden hadden Berit en haar man Thord hun huis in Täby verkocht en waren ze verhuisd naar een paardenhoeve tussen Rimbo en Edsbro. Annika was er een paar keer geweest, in de zomer was het je reinste idylle met een meer onder aan de heuvel en paarden in de wei.

'Zeker. Het huisje staat er toch.'

'Ontzettend graag', zei Annika.

'Ik moet naar de krant, ik moet de artikelenserie over terrorisme afmaken, maar om uiterlijk acht uur ben ik wel klaar. Ik haal je mobiele telefoon op en daarna pik ik je op bij het hotel, zullen we het zo afspreken?'

Annika knikte.

Nina bleef onzeker in de deuropening staan.

Er bevonden zich uitzonderlijk veel uniformen in de krappe koffiekamer. Ze stonden in kleine groepen met de rug naar haar toe en hadden hun hoofden dicht bij elkaar gestoken. Hun mompelende stemmen klonken als een ventilator, dof en eentonig.

Zo klinkt verdriet, dacht ze zonder te begrijpen waar die gedachte vandaan kwam. Het was kwart voor twee, zelf begon ze pas om 16.00 uur, maar ze had niet kunnen slapen, niet wíllen slapen. Toen ze ten slotte ingedommeld was, waren de dromen zo verwarrend en onbehaaglijk geweest dat ze ervoor had gekozen om wakker te blijven.

Ze drong zich naar binnen achter Pettersson langs, die de deuropening blokkeerde, en liep naar de koffieautomaat. Ze moest zich stukje bij beetje zijdelings verplaatsen om verder te komen, excuseerde zich mompelend en stapte over helmen, voeten en vesten heen. Hoe verder ze kwam, hoe stiller het werd.

Toen ze de koffieautomaat bereikt had, was het volkomen stil geworden om haar heen. Ze sloeg haar blik op en keek in het rond.

Alle aanwezigen staarden haar aan. Hun ogen stonden sceptisch, hun gezichten waren gesloten. Ze kreeg het gevoel dat iedereen achteroverhelde, weg van haar.

'Wilden jullie me iets vragen?' vroeg ze.

Niemand zei iets.

Ze draaide zich weg van de koffie, maakte zich breed, legde haar handen op haar rug en keek haar collega's recht in de ogen.

'Moet ik jullie misschien iets uitleggen wat jullie niet uit het verslag kunnen opmaken?'

De blikken begonnen onrustig te worden en een paar van de collega's die het dichtst bij haar stonden, draaiden zich weg van haar.

'Hoe kan het dat jij als eerste ter plekke was?' riep plotseling iemand die helemaal achter in het vertrek stond.

Meteen viel er weer een doodse stilte.

Nina stak haar nek uit om te zien wie er geroepen had.

'Waarom ik als eerste ter plekke was?' herhaalde ze luid en duidelijk. 'En waarom vraag je dat?'

De man die naar voren stapte, was Christer Bure, een van Davids oude collega's uit hun tijd bij de ME in Norrmalm. Zijn gezicht was donker door slaaptekort en wanhoop, zijn schouders zaten bij zijn oren, zijn zware lichaam bewoog zich moeizaam.

'Ik vind dit gewoon verrekte vreemd', zei hij, terwijl hij een halve meter van haar af bleef staan. 'Verrekte vreemd vind ik het, dat jij nou net dat appartement binnenstormt als David doodgeschoten is, en ik vind het verrekte merkwaardig dat jij nou net degene bent die die gestoorde vrouw van hem wegstopt in het gekkenhuis. Jezus nog aan toe, hoe kan dat, kun jij me dat misschien uitleggen?'

Nina keek naar de man en moest een impuls om achteruit te stappen bedwingen. Ze zou sowieso niet ver komen, de koffie-automaat stond in de weg. Hij keek haar met zo veel onverholen minachting en kwaadwilligheid aan dat ze diep moest ademhalen om te kunnen praten.

'Het is ontzettend simpel om die vraag te beantwoorden', zei ze. 'Andersson en ik zaten in de 1617 en wij waren er het dichtst bij. Had je verder nog vragen?'

Christer Bure kwam nog een stap dichter bij haar staan en balde zijn vuisten. Er ontstond beweging om hem heen, alsof een paar andere mannen zijn voorbeeld volgden.

'Die gestoorde vrouw van hem,' zei hij, 'waarom heeft ze het gedaan?'

Moet ik dit werkelijk accepteren?

'Julia Lindholm is de hoofdverdachte van de moord op David', zei Nina en ze hoorde zelf hoe haar stem begon te trillen. 'Ik ga ervan uit dat het politieonderzoek het motief van de moordenaar duidelijk zal maken, los van de vraag of het Julia is of iemand anders die ...'

'Natuurlijk heeft zij het gedaan!' schreeuwde Christer Bure, en zijn voorhoofd werd donkerrood. 'Waarom doe je in godsnaam alsof dat niet zo is?'

Er belandden een paar druppels speeksel in Nina's gezicht. Ze draaide zich om en baande zich een weg naar de deur. De tranen brandden in haar keel en ze was niet van plan om daar te blijven staan, ze gunde hem niet dat zij instortte voor het oog van de voltallige personeelsgroep.

'De persconferentie begint!' riep iemand over het plotseling teruggekeerde geroezemoes heen. Het logo van het nieuwsprogramma van TV-Zweden verscheen op de televisie die vlak voor Nina stond. Alle aanwezigen hielden op met praten en de uniformen richtten zich als één man naar het toestel. Nina bleef staan waar ze stond en zag hoe op de tv een man in een hawaïhemd zich achter een tafel liet zakken, een tafel op het podium van de grote conferentiezaal in het politiebureau van Kungsholmen. Twee mannen en een vrouw gingen aan weerszijden van de man zitten, Nina herkende de persvoorlichter van de Stockholmse politie en de baas van de rijksrecherche. De vrouw had ze nooit eerder gezien. Het geflits van de fotografen regende over hun verbeten gezichten, de persvoorlichter zei iets in de microfoon.

'Zet het geluid harder', riep iemand.

'... aanleiding van de moord op hoofdinspecteur David Lindholm', zei de voorlichter, nadat het volume was opgeschroefd. 'Ik geef het woord nu aan de leider van het vooronderzoek, officier van justitie Angela Nilsson.'

De vrouw boog zich naar de microfoon die voor haar stond. Ze had een blond pagekapsel en droeg een knalrood mantelpakje.

'Ik heb vandaag een persoon aangehouden', zei ze, 'die op waarschijnlijke gronden verdacht wordt van de moord op David Lindholm.'

Haar stem was kil en verried een hoge sociale afkomst.

Op waarschijnlijke gronden, dat was de hoogste graad van verdenking.

'Een verzoek tot inhechtenisneming wordt uiterlijk zondag bij de arrondissementsrechtbank ingediend', ging ze verder zonder van toonhoogte te veranderen. 'Ik wil benadrukken dat ik als leider van het vooronderzoek een brede en open blik houd wat het onderzoek betreft en me op geen enkele manier vastpin op één scenario, ofschoon we in een zeer vroeg stadium van het onderzoek een doorbraak hebben bereikt.'

Ze leunde weer naar achteren en gaf een teken dat ze uitgesproken was.

'Oké', zei de persvoorlichter, waarna hij zijn keel schraapte. 'Dan geef ik nu het woord aan de commissaris die de werkzaamheden bij de rijksrecherche leidt.'

Een lange politieman met een pet op zijn hoofd ging precies voor Nina staan, ze moest een stap opzij doen om de tv nog te kunnen zien.

'David Lindholm is vanmorgen vroeg in zijn woning gevonden, hij is doodgeschoten', zei de man in het wild gekleurde overhemd. 'Een in leven zijnde persoon die op de plaats delict werd aangetroffen, is naar het ziekenhuis overgebracht en in de loop van de dag is deze persoon dus op waarschijnlijke gronden aangehouden in verband met het misdrijf. We hebben enig forensisch-technisch bewijs veiliggesteld, maar in ons onderzoekswerk is nog een zeer belangrijk vraagteken blijven staan.'

Achter de mensen op het podium werd een grote foto van een kleuter geprojecteerd.

'Dit is Alexander Lindholm', zei de commissaris met het overhemd. 'Hij is de zoon van David Lindholm, en is vier jaar oud. Alexander Lindholm is verdwenen en vanmorgen als vermist opgegeven. De jongen woont officieel in het appartement dat op dit moment de plaats delict vormt, maar hij was daar dus niet aanwezig toen de politiepatrouille er vanmorgen arriveerde. Alle informatie rond Alexander Lindholm en de plaats waar hij zich kan bevinden is voor ons uiteraard van groot belang.'

Een koortsachtige activiteit ontstond in de zaal, de aanwezige fotografen begonnen de foto op de wand te fotograferen.

De persvoorlichter stelde zijn microfoon bij en begon gehaast te praten, alsof hij de groep journalisten tot kalmte wilde manen.

'Foto's van de jongen worden onder alle media verspreid,' zei hij, 'zowel digitaal als in de vorm van afdrukken ...'

De commissaris krabde op zijn hoofd, de baas van de rijksrecherche leek zich slecht op zijn gemak te voelen.

Er werden foto's en cd-roms met foto's en persmateriaal uitgedeeld onder de journalisten, en het geroezemoes en gestommel ebde weg.

'Politiemoorden zijn uiterst ongebruikelijk in Zweden', zei de chef van de rijksrecherche langzaam en er viel een drukkende stilte, zowel in de conferentiezaal van het politiebureau van Kungsholmen als in de koffiekamer op het bureau in Södermalm. 'David Lindholm was het eerste slachtoffer sinds de moorden in Malexander eind jaren negentig, en we mogen blij zijn dat we verder gespaard zijn gebleven, dat wil zeggen tot op dit moment.'

De chef zette zijn bril af en wreef zich in de ogen. Toen hij opnieuw het woord nam, was dat met nog meer autoriteit en concentratie.

'Maar wanneer een collega wordt gedood,' zei hij, 'dan sterft er niet alleen een mens, niet alleen een vriend. Dan is dat een aanval op een deel van de structuur van onze samenleving, een deel van ons democratische fundament.'

Hij knikte bedachtzaam bij zijn eigen woorden, Nina zag dat verscheidene collega's meeknikten.

'David ... was bovendien ... speciaal', zei hij, waarbij hij zijn stem liet zakken. 'Tot ver buiten het korps was hij een voorbeeld voor de mensen, een inspiratie voor burgers in alle lagen en geledingen van de samenleving.'

Nu trilde de stem van de chef van de rijksrecherche.

'Ik heb zelf het voorrecht mogen smaken om getuige te zijn geweest van Davids betrokkenheid, ik heb kunnen zien wat de effecten waren van zijn contact met zware criminelen, met drugsverslaafden, met tot levenslang veroordeelden, hoe hij ervoor zorgde dat deze mensen weer hoop kregen, weer in de toekomst gingen geloven ...'

Ineens verging Nina de lust om nog langer te luisteren. Ze wendde zich af, duwde twee collega's aan de kant en haastte zich naar de kleedkamer.

Thomas stuurde zijn zware jeep langs de straten van de voorstadsidylle en merkte hoe de voorzomer door het zijraam naar binnen stroomde, door zijn haren wervelde en aan zijn kleren trok. Sophia's gladde bovenbenen brandden nog steeds tegen zijn huid, haar geur zat in iedere baardstoppel.

Hij voelde dat hij leefde. Ja verdomd, en óf hij leefde!

De laatste vierentwintig uur had hij doorgebracht in het brede tweepersoonsbed van Sophia Grenborg. Ze had zich ziek gemeld op haar werk: Sophia vond sommige dingen belangrijker dan haar carrière. Zowel het ontbijt als de lunch hadden ze tussen de lakens genuttigd.

Was het nog maar een etmaal geleden dat hij hier voor het laatst was? Nog maar een dag en een nacht sinds hij hier tussen de berkenbomen woonde?

Hij zag de gazons langs flitsen, het voelde onbekend, alsof dit een ander land was.

Al die jaren met Annika leken nu al een lange, stoffige tocht door de woestijn, een langdurige wapenstilstand met lokaal oplaaiende gevechten en moeizame onderhandelingen.

Dat ik het volgehouden heb. Waarom ben ik niet eerder bij haar weggegaan?

De kinderen, natuurlijk, hij had zijn verantwoordelijkheden gekend.

Hij laveerde tussen de geparkeerde auto's bij de Ica door, groette een buurman die hij meende te herkennen.

Het eerste wat er gebeurde toen hij een relatie met Annika kreeg, was dat ze zwanger werd, dus in feite had hij natuurlijk niet zo veel te kiezen gehad. Óf hij kon proberen te leven met de moeder van zijn kind, óf hij was zo'n afwezige vader geworden, wiens kinderen werden geboren met een achterstand, van die kinderen die er nooit echt bij zouden horen.

Maar nu was het voorbij. Hij zou haar nukkige boosheid nooit meer hoeven te accepteren. Hij zou wat kleren bij elkaar zoeken, zijn computer en zijn verzameling grammofoonplaten meenemen, en meteen maandag zou hij contact opnemen met een eersteklas echtscheidingsadvocaat. Sophia had goede contacten in die wereld, ze kende artsen en juristen en academici, zij pakte niet de Gouden Gids, zoals Annika had gedaan zodra ze iemand zocht die specialist was op een bepaald vakgebied.

Je kon nauwelijks twee vrouwen bedenken die meer verschilden dan zij beiden, besefte hij. Sophia was alles wat Annika verachtte, vooral omdat ze zelf nooit zo zou kunnen worden: ontwikkeld, vrouwelijk en welgemanierd.

Daarbij kwam nog dat Sophia van seks hield, in tegenstelling tot de frigide geit die Annika was geworden.

O, dat was gemeen. Mag ik zo gemeen zijn?

Hij sloeg rechts af hun wijk in, liet zijn blik over lichtgroene loofbomen en witgeschilderde hekken gaan. Aan weerszijden van de straat rezen de huizen op, patriciërsvilla's, in baksteen opgetrokken nationaal-romantische villa's, serres, zwembaden en prieeltjes.

Ze mag me uitkopen, en dat gaat niet goedkoop worden.

Hij was bereid de strijd aan te gaan, dat was gewoon zo, want het huis was evengoed van hem. Annika was over een zeker bedrag gestruikeld toen ze die terroristencel in Norrbotten ontmaskerde, maar ze hadden geen huwelijkse voorwaarden, dus eigenlijk was de helft zijn eigendom.

Nu hij erover nadacht, wist hij eigenlijk niet eens hoeveel ze had gevonden. Ze had de zaak ingeleverd bij de politie, wat inhield dat ze niet meer dan tien procent aan vindersloon had ontvangen. Je kon het met andere woorden niet vergelijken met een pand in Östermalm. Sophia was met een zilveren lepel in de mond geboren, het pand waarin het zolderappartement lag waarover ze beschikte, was eigendom van haar familie.

Hij naderde de afslag naar de Vinterviksvägen en voelde zijn hartslag versnellen, dit kon behoorlijk onaangenaam worden.

Sophia had gevraagd of ze mee moest gaan, had gezegd dat ze hem graag wilde steunen in deze moeilijke omstandigheden. Maar hij had zijn poot stijf gehouden. Hij had deze ellende veroorzaakt en dus was het zijn taak om hier een mouw aan te passen.

Zij had hem ontzettend wijs gevonden.

Dit regel ik, schatje. Dit fiks ik.

Hij draaide zijn straat in en zuchtte diep.

Ik wil geen ruzie, ik wil alleen een paar dingen ophalen …

Eerst begreep hij niet wat er niet klopte aan het beeld dat in zijn blikveld verscheen, wat er niet klopte in het scenario. De werkelijkheid nam even wat tijd voordat ze hem trof als een oorvijg, voordat de geur van brand en zure as door zijn brein werd geïdentificeerd, voordat hij begreep wat hij zag.

Hij bracht zijn auto op straat tot stilstand, leunde over het stuur naar voren en staarde met open mond door de voorruit.

Zijn huis was een rokende ruïne. Het hele pand was ingestort. De resten waren gitzwart en verwrongen, verbrande dakpannen lagen over het grasveld verspreid, Annika's auto stond als een verkoold wrak op de oprit.

Hij zette de motor af en luisterde naar zijn eigen door paniek bevangen ademhaling.

Wat heb je in godsnaam gedaan, jij misselijke heks? Wat heb je met de kinderen gedaan?

Hij deed het portier open en stapte de straat op, het alarm van de auto piepte hem toe dat hij de sleutel in het contact had laten zitten en volgde hem toen hij onzeker naar de politieafzettingen liep en lamgeslagen naar het skelet van de schoorsteen staarde dat zich aftekende tegen de hemel.

O god, waar zijn de kinderen?

Zijn keel werd samengesnoerd en hij hoorde zichzelf jammeren.

O nee, o nee, o nee!

Hij zonk op zijn knieën, merkte nauwelijks hoe het vocht door zijn broekspijpen drong. Al zijn spullen, al zijn kleren, de voetbal waarmee hij gespeeld had tijdens dat toernooi in de vs, zijn studentenpet, de gitaar van Sunset Boulevard, al zijn handboeken en vinyl grammofoonplaten ...

'Vreselijk, niet?'

Hij keek op en zag dat Ebba Romanova, hun naaste buurvrouw, over hem heen gebogen stond. In eerste instantie herkende hij haar niet. Ze had altijd een hond bij zich, zonder de riem en dat mormel was ze zogezegd zichzelf niet. Ze stak een hand uit en hij pakte die en trok zich omhoog, veegde wat witte as van zijn broekspijpen.

'Weet jij wat er gebeurd is?' vroeg hij, terwijl hij in zijn ogen wreef.

Ebba Romanova schudde haar hoofd.

'Zo zag het eruit toen ik thuiskwam.'

'Weet je waar de kinderen zijn?' vroeg hij, en zijn stem brak.

Ze schudde opnieuw haar hoofd.

'Ze zijn er vast goed uitgekomen', zei ze. 'Ze hebben niets gevonden wat ...'

Ze hield op met praten en slikte.

'Eigenlijk zijn het natuurlijk alleen maar dingen', ging ze verder en haar blik gleed over de ruïne. 'Het enige wat er werkelijk toe doet is het leven zelf.'

Thomas voelde de woede ontwaken in zijn maagstreek.

'Dat kun jíj makkelijk zeggen.'

Ze gaf geen antwoord, hij zag dat haar ogen zich vulden met tranen.

'Sorry', zei ze en ze snoot haar neus. 'Het komt door Francesco, hij is dood.'

Francesco?

'Mijn hond', zei ze. 'Hij is gisteren doodgeschoten. Hij is bij mij in de woonkamer gestorven.'

De vrouw wees naar achteren, naar haar huis, en voordat Thomas kon bedenken wat hij zou kunnen zeggen, had ze zich omgedraaid en was ze snotterend en wat onvast ter been weggelopen naar haar eigen perceel.

'Wacht even', riep hij haar na. 'Wat is er eigenlijk gebeurd?'

Ze keek over haar schouder.

'Ze hebben de Nobelmoordenaar gepakt', zei ze en daarna liep ze door.

Thomas stond nog steeds op straat, verward en besluiteloos.

Wat doet een mens in zo'n situatie. Welke stappen hoor ik te ondernemen?

Hij viste zijn mobiele telefoon uit zijn binnenzak en checkte het display, geen berichten, geen gemiste oproepen.

Nu heb je zeker je zin? Dit is zeker mijn verdiende loon?

Hij had zijn mobieltje vannacht weliswaar uit staan, alleen maar om te voorkomen dat zij zou bellen en begon te schreeuwen en te janken, maar ze had een boodschap kunnen inspreken. Ze had hem kunnen vertellen dat zijn huis was afgebrand.

Is dat soms te veel gevraagd?

Hij hief het telefoontje op om haar te bellen, zodat ze hem kon vertellen dat ze nog leefde, maar besefte dat hij zich haar mobiele nummer niet kon herinneren. Hij moest het opzoeken in de telefoonlijst, toetste het daarna in en kreeg de telefoonstem van Telia.

Ze had niet eens een persoonlijk begroeting.

Hij draaide de ruïne de rug toe en liep terug naar zijn auto.

De activiteiten op het bureau waren langzaam weer op gang gekomen, maar het appèl om 16.00 uur had zich zonder veel enthousiasme voltrokken. Nina had de opdracht gekregen om weer met Andersson op pad te gaan en dat vond ze prima. Geen van de andere jonkies was veel beter dan hij.

Nu zaten ze in de koffiekamer te kletsen, geen van hen zou vertrekken vóór de minuut stilte om 17.00 uur. Nina liep geruisloos door de gang, wierp een blik over haar schouder en glipte een lege verhoorkamer binnen. Ze luisterde bij de deur en hoorde de basstem van Andersson langs de wanden kruipen.

Hoe moet ik hiermee omgaan? Hoe zorg ik dat de balans in evenwicht blijft?

Ze liep naar de telefoon, nam de hoorn op en luisterde een paar seconden naar de kiestoon. Daarna toetste ze het tiencijferige nummer in en luisterde stilletjes naar de signalen.

Ten langen leste nam iemand met een verstikte hoest op.

'Hallo. Ik ben het, Nina.'

Aan de andere kant van de lijn hoorde ze iemand zwaar ademhalen en snotteren.

'Holger? Ben jij dat?'

'Ja', zei Julia's vader.

Nina controleerde of deur goed dicht was en ging aan het lege bureau zitten.

'Hoe is het met jullie?' vroeg ze zacht. 'Hoe is het met Viola?'

'Ze is de wanhoop nabij', zei de man. 'We zijn ...'

Hij maakte zijn zin niet af.

'Ik begrijp het', zei Nina toen hij bleef zwijgen. 'Hebben jullie nog iets over Alexander gehoord?'

'Niets.'

Er viel opnieuw een stilte.

'Holger,' zei Nina, 'ik wil dat je goed naar me luistert. Wat ik nu ga zeggen, mag ik eigenlijk niet vertellen, noch aan jou, noch aan iemand anders. Je mag tegen niemand zeggen wat ik je nu vertel, behalve tegen Viola. Ik ben degene die de oproep binnenkreeg. Ik ben degene die als eerste het appartement binnenging. Ik vond Julia op de vloer van de badkamer, ik heb me over haar ontfermd en ben met haar naar het ziekenhuis gegaan. Ze was niet gewond, Holger, hoor je wat ik zeg? Ze heeft op geen enkele manier fysieke verwondingen. Ze was nogal in shock en niet echt benaderbaar, maar er is niets met haar aan de hand. Julia komt er wel weer bovenop, ze zal helemaal herstellen. Holger, begrijp je wat ik zeg?'

'Heb je ... Wat deed je bij Julia thuis?'

'Ik draaide een extra dienst. Ik was het dichtst in de buurt toen de oproep binnenkwam, dus ben ik erheen gegaan. Dat leek me de beste optie.'

'En Alexander, was hij er niet?'

'Nee, Holger. Alexander was gegarandeerd niet in het appartement toen ik arriveerde.'

'Maar waar is hij dan?'

Ze kreeg het bijna te kwaad.

'Ik weet het niet', fluisterde ze. Ze schraapte haar keel, niemand was erbij gebaat als ze nu begon te grienen. 'Krijgen jullie hulp? Hebben jullie iemand om mee te praten?'

'Wie zou dat moeten zijn dan?'

Nee, dat was natuurlijk zo, Holger en Viola werden niet beschouwd als familie van een slachtoffer van geweld, ze waren familie van een moordenaar. Er stond bepaald geen crisisteam gereed om ze in hun verdriet op te vangen.

'Ik werk zaterdag en zondag,' zei Nina, 'maar maandag kom ik naar jullie toe, wil je dat?'

'Je bent altijd welkom bij ons', zei Holger.

'Ik wil me niet opdringen', zei Nina.

'Jij dringt je nooit op. We zouden het fijn vinden als je ons komt opzoeken.'

Er viel weer een stilte op de lijn.

'Zeg, Nina', zei de man toen. 'Heeft ze hem doodgeschoten? Heeft Julia hem doodgeschoten?'

Ze haalde diep adem.

'Ik weet het niet,' zei ze, 'maar daar lijkt het op. De officier van justitie heeft haar aangehouden.'

Ze hoorde Julia's vader een tijdlang zwaar ademhalen.

'Weet je ook waarom?'

Nina aarzelde, ze wilde niet liegen.

'Eigenlijk niet', zei ze. 'Maar ik geloof wel dat ze een zware tijd doormaakten. Julia heeft me de laatste tijd niet zoveel verteld. Heeft ze misschien iets tegen jullie gezegd?'

'Niets', zei Holger. 'Niets wat erop duidt dat er iets grondig mis was. Een paar jaar geleden zei ze dat het haar speet dat David Björkbacken, je weet wel het zomerhuis, niet leuk vond, maar verder heeft ze nooit iets laten vallen ...'

Ze hoorde lawaai op de gang en daarna de sommerende stem van Andersson.

'Ik moet ophangen', zei Nina gehaast. 'Als je wilt, kun je me bellen op m'n mobiel, hoor je dat, Holger? Als je wilt ...'

Het elektronische gebliep drong Annika's brein binnen. Ze weerstond een impuls om haar vingers in haar oren te stoppen.

Ze had een gedeelte van Berits geld gebruikt om een nieuwe gameboy voor de kinderen te kopen, en die zaten nu in elkaar gedoken aan het hoofdeinde van het bed, terwijl ze helemaal opgingen in de kleine beeldschermpjes. Ellen speelde Disney Princess en Kalle deed een golfspelletje met Supermario, het piepte en tringelde en bliepte dat het een lieve lust was.

Ze kon het leven met niet meer dan een paar minuten tegelijk overzien en op de een of andere vreemde manier werd ze daar rustig van.

Nu koop ik deze portemonnee. Nu eten we deze warme worst. Nu ga ik dit telefoontje plegen ...

Op dat ogenblik begon de telefoon naast haar te rinkelen, ze schrok zich wild. Liep naar de badkamer en nam op.

Het was commissaris Q.

'Hoe wist jij in vredesnaam dat ik hier was?'

'Ik heb Berit gesproken. Ik bel over de brand in je huis. De technisch rechercheurs zijn net terug, ze hebben een voorlopige brandoorzaak gevonden. De totale verwoesting en het explosie-achtige verloop wijzen erop dat de brand op verschillende plaatsen tegelijk is begonnen, waarschijnlijk ook op verschillende verdiepingen, en dat wijst er dan weer op dat die is aangestoken.'

'Maar dat heb ik je toch al verteld', zei Annika verontwaardigd. 'Ik heb hem toch gezien, ik weet dat hij ons huis in de fik gestoken heeft.'

'Wie?'

'Hopkins. De buurman. Hij stond ons in de bosjes te bespioneren toen we het huis uit vluchtten.'

'Ik denk dat je het bij het verkeerde eind hebt, en ik denk dat je niet te snel met de vinger naar iemand moet wijzen. Brandstichting is een ernstig misdrijf, een van de zwaarste uit het Wetboek van Strafrecht. Je kunt er levenslang voor krijgen.'

'Dat zou dan zijn verdiende loon zijn', zei Annika.

'Verzekeringsfraude is ook een ernstig vergrijp', zei Q. 'Dergelijke misdrijven onderzoeken we grondig.'

Annika snoof.

'Kom daar nou niet mee aanzetten', zei ze. 'Ik weet precies wat er gebeurd is. En trouwens, heb je soms niets beters te doen dan je met mijn huis bezig te houden? De Nobelmoorden bijvoorbeeld? Of de moord op David Lindholm? En hebben jullie dat jongetje al gevonden?'

Ze hoorde een bons aan de andere kant van de lijn, iemand stapte de kamer van de commissaris binnen. Annika hoorde stemmen op de achtergrond, de hoorn werd weggelegd, er klonk geschraap en geritsel.

'Ik meld me nog', zei Q en hij verbrak de verbinding zonder een antwoord af te wachten.

Ze bleef met de hoorn in de hand zitten, hoorde hoe de geluiden van de computerspelletjes de badkamer binnensijpelden door de kier onder de deur.

Plotseling werd ze overvallen door een wanhopig verlangen naar Thomas.

Je hebt me nooit een kans gegeven. Waarom heb je niets gezegd?
Ze wil me weer ontmoeten. Ik ga er nu naartoe.

En hij liep over de parketvloer en pakte zijn aktetas, deed de voordeur open en keek naar de grijze lucht. Hij stapte over de drempel en de deur viel achter hem dicht en hij keek niet één keer om.

'Mama', riep Kalle vanuit de hotelkamer. 'Mario doet raar. Hij slaat niet tegen de bal.'

Ze duwde haar handpalmen een paar seconden tegen haar ogen en ademde snel met open mond.

'Kom eraan', zei ze en ze stond op.

Ze liet wat water in de wasbak stromen en wreef een paar seconden intensief in haar gezicht.

Kalle verscheen in de badkamerdeur.

'Ik kan niet op "slaan" drukken', zei hij, terwijl hij haar het computerspel aanreikte.

Ze droogde zich af met een washandje en liet zich op de rand van de badkuip zakken, bestudeerde het apparaat en drukte net zo lang op allerlei knoppen tot ze begreep wat er gebeurd was.

'Je heb op "pauze" gedrukt', zei ze toen en ze liet hem zien hoe hij de blokkering weer kon opheffen.

'Dat heb ik helemaal niet gedaan', zei het kind beledigd.

'Het was misschien je bedoeling niet,' zei Annika, 'maar je hebt het per ongeluk gedaan.'

'Dat is helemaal niet waar!' schreeuwde haar zoon. Tranen welden op in zijn ogen en hij trok het spel naar zich toe.

Even werd het Annika zwart voor de ogen en ze merkte hoe ze haar arm optilde om de jongen een klap in zijn gezicht te geven.

Hijgend riep ze zichzelf tot de orde, liet haar arm zakken en keek naar haar zoon die met een trillende onderlip voor haar stond.

O god, ik mag er niet aan onderdoor gaan. Waar moet ik heen als ik eraan onderdoor ga?

'Nu kan Mario in ieder geval weer met zijn golfclub zwaaien', zei ze met verstikte stem.

Vrijdag 4 juni

De deur van de werkkamer van commissaris Q stond op een kier. Nina aarzelde, ze wist niet of ze op de knop moest drukken die naast de drie lampen op de muur zat en die 'bezet', 'wachten' of 'kom binnen' betekenden, of dat ze gewoon moest aankloppen.

Voordat ze een beslissing had genomen, werd de deur opengetrokken en stond de commissaris voor haar. Zijn haren stonden recht overeind en zijn vrolijk gekleurde overhemd was slordig in zijn spijkerbroek gestopt.

'Jezus,' zei hij, 'sta jij hier een beetje luistervinkje te spelen?'

Hij stak zijn hand uit.

'Nina Hoffman, neem ik aan?'

Ze keek hem recht aan.

'Ja, dat klopt. En jij bent waarschijnlijk Q?'

'Kom toch binnen. Mijn blonde, langbenige secretaresse is vrij vandaag, dus ik moet zelf koffie halen. Hoe drink je die van jou?'

Nina staarde hem aan, waar had die man het over?

'Dank je,' zei ze, 'ik hoef niet', waarna ze de kamer binnenstapte.

De werkkamer van de commissaris, die zich op de tweede verdieping van het politiecomplex in Kungsholmen bevond, was onpersoonlijk op het randje van Spartaans. Er hingen niet eens gordijnen voor het raam. Een dode plant stond eenzaam op de vensterbank, ze nam aan dat die onderdeel van het meubilair had uitgemaakt toen hij in het kantoor trok.

Ze bleef staan, terwijl de commissaris naar de automaat liep, een eindje verderop in de gang.

'Er liggen geen mijnen onder de stoel, hoor', zei hij al wijzend, toen hij terugkwam met een dampend plastic bekertje in zijn hand.

Nina nam plaats op de versleten bezoekersstoel die haar was aangewezen en voelde zich uiterst slecht op haar gemak.

Ze had al wel over commissaris Q gehoord, al was hij lang niet zo bekend als David Lindholm. In tegenstelling tot David was hij evenmin onverdeeld populair. Veel collega's vonden hem lichtelijk geschift vanwege zijn eigenaardige kleren, en klaarblijkelijk was hij een deskundige op het gebied van meezingers. Er deden hardnekkige geruchten de ronde dat hij homo was.

Q ging aan de andere kant van het bureau zitten.

'Wel allemachtig, dat was me de samenloop van omstandigheden wel', zei hij, waarna hij in zijn koffie blies.

'Wat?' zei Nina.

'Dat jij nou net die plaats delict kwam binnenwandelen.'

'Is dit een verhoor?' vroeg Nina, waarbij ze haar kin een stukje optilde.

De commissaris spreidde zijn armen.

'Absoluut niet!' zei hij. 'Noem het een gesprek tussen collega's. Ik ben alleen maar nieuwsgierig naar je indrukken, naar de dingen waarvoor RAR geen vakje heeft.'

Nina probeerde te ontspannen, hij was inderdaad heel vreemd voor een politieman met zo'n hoge positie.

'Wat wil je weten?' vroeg ze.

'Hoe reageerde je toen de oproep binnenkwam?'

De Bondegatan is een lange straat, er wonen daar wel duizend mensen.

Ze keek uit het raam.

'Ik reageerde helemaal niet', zei ze. 'Waarom zou ik iets speciaals gedacht moeten hebben?'

De man aan de andere kant van het bureau friemelde aan zijn koffiebekertje en bestudeerde haar zwijgend, een hele minuut. Nina voelde haar tong groter worden en kreeg de onbedwingbare aandrang om haar lippen te likken.

'Zal ik je eens wat vertellen?' zei Q ten slotte. Zijn stem klonk nu vermoeid en meer gedempt. 'Ik denk dat je liegt. Ik denk dat je veel meer weet dan je tot dusver gerapporteerd hebt, want je wilt je beste vriendin beschermen. Maar geloof me, je helpt haar niet door je mond te houden. Als ik een redelijke kans wil maken om enige helderheid in deze chaos te brengen, dan moet ik erachter komen wat er gebeurd is.'

Nina deed haar best om haar rug recht te houden en knikte, ja, dat begreep ze natuurlijk.

'Ik kende David Lindholm', zei Q. 'Beter dan de meeste anderen. Laat ik zeggen dat ik de heersende heldenverering niet geheel en al onderschrijf.'

Ze keek de commissaris verbaasd aan.

'Wat bedoel je daarmee?'

'We hebben samen op de opleiding gezeten. Dat David zich daarvoor aanmeldde is een van de onopgeloste mysteries des levens. Hij was op geen enkele manier geïnteresseerd in het politiewerk, hield zich bij voorkeur bezig met extreme sporten en achter de vrouwen aan zitten.'

Hij bestudeerde Nina, wilde waarschijnlijk zien hoe ze reageerde.

'Dat zal wel bij de leeftijd gehoord hebben', zei Nina.

'Hij kon ook gewelddadig zijn, dan kon hij vreselijk doordraven. Ooit iets van gemerkt tijdens je werk bij de politie?'

'Ik heb nooit met David gewerkt. Lang voordat Julia en ik hem leerden kennen, had hij het veldwerk al achter zich gelaten.'

Q zuchtte en leunde over het bureaublad naar voren.

'Ja, ja,' zei hij, 'maar op dit moment is er iets wat belangrijker is dan zowel David Lindholms karaktereigenschappen als de vraag of Julia het gedaan heeft, en dat is hun zoontje. Heb jij enig idee waar Alexander kan zijn?'

Nina veegde een streng haar achter haar oor.

'Julia's ouders wonen in Södermanland,' zei ze, 'op een boerderij in de buurt van Katrineholm. Hij logeert soms bij hen, maar daar is hij niet. Ik heb ze gisteren gesproken ...'

'Julia's vader is degene die hem als vermist heeft opgegeven', zei Q.

Nina verroerde geen vin.

'Davids vader is allang uit beeld en zijn moeder woont in een verpleeghuis, ik heb haar niet gesproken, maar daar is hij vast niet. Julia had niet veel contact met haar buren of met de moeders van het kinderdagverblijf, maar desondanks kan hij natuurlijk bij een van hen overnacht hebben ...'

'Het kind is de afgelopen week niet op het kinderdagverblijf geweest. Na vorige week vrijdag heeft niemand hem meer gezien, het personeel noch andere ouders.'

Dit is echt heel erg. Hoe heeft het zover kunnen komen?

'Maar wat denken jullie ... dat er gebeurd is?'

'Had het echtpaar Lindholm relatieproblemen?'

Nina keek naar haar knieën.

'Dat kun je wel zeggen', antwoordde ze.

'Zodanige problemen dat Julia van plan geweest kan zijn om David te verlaten? Dat ze op de een of andere manier een vlucht voorbereidde?'

'Ik weet het niet', zei Nina.

De commissaris boog zich over het bureau en boorde zijn blik in die van haar.

'Kan ze de jongen verborgen hebben?' vroeg hij. 'Kan hij in leven zijn en ergens opgesloten zitten?'

Ze slikte moeizaam en keek uit het raam. *Kan Julia het gedaan hebben? Kan het zo zijn dat ze Alexander opgesloten heeft en vervolgens naar huis gereden is om David dood te schieten?*

'Er zijn dertig uren verstreken sinds de moord', zei Q. 'De tijd begint te dringen. Als die jongen geen toegang heeft tot water, dan moeten we hem binnen één etmaal, hoogstens twee etmalen vinden. Ik hoop dat je de ernst van de situatie inziet.'

Een luchtstroom vanuit de gang deed haar huiveren.

'Julia heeft een zomerhuisje', zei ze. 'Het is een huisje in het bos bij Katrineholm, ze huurt het van de buren van haar ouders. Ze zijn daar niet vaak, David vindt het er te primitief, maar Julia is er weg van ...'

Ze zweeg, besefte dat ze in de tegenwoordige tijd had gesproken.

Commissaris Q maakte aantekeningen.

'Dus ze huurt het? Dat is dan dus de reden dat we het niet gevonden hebben in het register voor onroerende zaken', zei hij. 'Waar ligt dat huisje?'

'In de bossen boven Floda, halverwege Granhed', zei Nina. 'Ik kan een kaartje tekenen ...'

Ze kreeg pen en papier aangereikt en tekende een eenvoudige en beverige routebeschrijving naar Julia's zomerhuis.

'Het huisje heet Björkbacken,' zei ze, 'maar er is geen bordje.

Vanaf de weg kun je het niet zien, de brievenbus bevindt zich in Floda. Maar vlak bij de toegangsweg staat een oude mijlpaal, eigenlijk is het een ijzeren plaat, waarop staat hoe ver het is naar Floda Kyrka. Die kun je niet missen.'

Ze schoof het stuk papier over het bureau en de commissaris pakte het op.

'Hoe vaak gaat ze daarnaartoe?'

Nina dacht na.

'Ik weet het niet', zei ze toen. 'Ons contact was de laatste jaren niet zo goed meer ...'

'Waarom niet?' vroeg Q snel.

Nina aarzelde.

'David', zei ze. 'Ik kon niet zo goed met hem opschieten.'

'En dat kwam door ...?'

Ze richtte haar blik op de dode plant, moest denken aan de eerste keer dat ze David ontmoette.

Hij zou een college verzorgen op de politieacademie en hij was in burger: spijkerbroek en een wit T-shirt, en stoere cowboylaarzen aan zijn voeten. Zijn haar was kort geknipt en hij had een baard van een paar dagen.

Ze herinnerde zich het rood aangelopen gezicht van de docent.

Eigenlijk zouden we het vandaag hebben over het voorkómen van misdrijven, met speciale aandacht voor het racisme, maar nu we de kans krijgen om naar David Lindholm te luisteren, zijn we daar natuurlijk ontzettend blij mee ...

Verscheidene andere docenten waren ook naar de collegezaal gekomen en dat was uiterst ongebruikelijk.

David had plaatsgenomen achter de tafel die voorin de zaal stond, met zijn ene laars losjes bungelend en de andere stevig op de vloer geposteerd. Hij leunde naar voren, waarbij zijn elleboog op zijn bovenbeen rustte, en straalde zowel nonchalance als autoriteit uit.

Julia's gefluister voelde als een warme ventilator in haar oor.

Wat een kerel! Hij is in het echt veel leuker dan op tv ...

Het college was fascinerend, een van de beste van de hele opleiding. David vertelde over de kunst van het onderhandelen met criminelen onder extreem stressvolle omstandigheden, bijvoorbeeld bij gijzelingen. Hij beschreef situaties en gebeurtenissen op zo'n manier dat de mensen met open mond in de collegebanken zaten, en met diezelfde vanzelfsprekende autoriteit wisselde hij diepe ernst af met hilarische anekdotes. Zijn glimlach was hagelwit en stralend, en hij had Julia ogenblikkelijk in het vizier. Nina merkte hoe hij zich bij verscheidene grappen speciaal tot haar richtte, een keer knipoogde hij speels naar haar. Julia begon te blozen.

Na afloop dromden docenten en studenten samen rond de beroemde politieman. Hij lachte en maakte grapjes, maar toen Nina en Julia zich opmaakten om de zaal te verlaten, verontschuldigde hij zich en kwam naar hen toe.

Er is een toekomst voor Zweden, zei hij. *Met jullie tweeën in het politiekorps zal het geboefte in de rij staan om opgepakt te worden …*

Hij deed alsof hij tegen hen allebei praatte, maar eigenlijk richtte hij zich tot Julia.

Julia lachte haar fantastische glimlach terug en haar ogen schitterden.

Nina voelde nog steeds de steek van jaloezie.

Ze sloeg haar blik op naar commissaris Q.

'Ik denk dat David vond dat ik Julia te na stond. Sommige mannen hebben daar moeite mee.'

Q keek haar een paar seconden onderzoekend aan.

'Jij was degene die met de informatie kwam dat Julia iets gezegd heeft over een andere vrouw in het appartement.'

Nina knikte.

'Dat is correct. Niets wees erop dat dat het geval was, maar ik heb natuurlijk gerapporteerd wat ze gezegd heeft.'

'Denk je dat ze de waarheid kan hebben gesproken?'

Nina zweeg een paar seconden.

'Ik heb daar geen mening over. Het is denk ik aan de technisch rechercheurs om vast te stellen of er sporen van een indringer aanwezig zijn …'

'Er bevonden zich tamelijk veel verschillende vingerafdrukken in de woning', zei Q. 'Het moet een tijdje geleden zijn dat er schoongemaakt is. Jij hebt geen tekenen gezien van een inbraak of van het forceren van de voordeur?'

'Nee.'

'De technisch rechercheurs hebben bloedsporen op de halvloer gevonden. Is jou dat opgevallen?'

'Nee. Maar ik zag een wapen op de vloer van de slaapkamer liggen, bij het voeteneinde van het bed.'

'Dat was van Julia.'

Nina zei niets, keek naar haar knieën.

'Kan die andere vrouw op een andere manier binnengekomen zijn?' vroeg Q. 'Door een open raam?'

Nina staarde naar het vieze raam van de commissaris, *de luchtstroom vanuit de slaapkamer, een raam op een kier. Dichtgetrokken gordijnen, een kamer die in diepe duisternis lag. Schaduwen, maar geen bewegingen. Alleen die geur, scherp en vreemd.*

'Het slaapkamerraam stond waarschijnlijk open', zei ze. 'Ik ben niet gaan kijken, maar er kwam een luchtstroom van die kant.'

'Hoe is de ligging van de slaapkamer?'

'De kamer kijkt uit op de Bondegatan.'

'Is het mogelijk om vanaf die kant binnen en weer buiten te komen?'

'Het appartement ligt op de derde woonlaag en de gevel is bepleisterd. Technisch is het vermoedelijk mogelijk om met een touw naar boven te klimmen en je weer te laten vieren, maar dan moet je het touw op de een of andere manier kunnen bevestigen, óf aan de buitenkant van het pand, óf binnen in de woning.'

Q slaakte een zucht.

'En je bent zeker wat die informatie over die andere vrouw betreft?'

Nina verstijfde.

'Hoe bedoel je?'

'Je kunt het niet verkeerd begrepen hebben?'

Wat denken ze eigenlijk? Wat is eigenlijk het doel van dit eigenaardige gesprek?

'Denk je dat ik dat bedacht heb om mijn vriendin te helpen?'

'Ik denk niets. Maar ik zou jouw hulp op prijs stellen bij het oplossen van deze kwestie.'

Q leunde naar voren en hield haar blik vast.

'De situatie is als volgt: Julia praat niet met ons. Het is extreem belangrijk voor ons om contact met haar te krijgen. Ik vroeg me af of jij haar met een informeel bezoekje zou willen vereren, om te horen wat ze te zeggen heeft.'

Aha, kijk eens aan. Hierom was het hem te doen.

Nina sloeg haar armen over elkaar.

'Moet ik mijn beste vriendin gaan bespioneren? Is dat wat je bedoelt?'

'Noem het zoals je wilt', zei de commissaris rustig. 'Ik bied je de mogelijkheid om Julia te ontmoeten en te informeren hoe het met haar gaat. Als jij het moment geschikt acht, kun je haar toch altijd vragen naar de andere vrouw en naar wat er gistermorgen in haar huis gebeurd is?'

'Ik moet haar dus een soort verhoor afnemen zonder dat er een verdediger bij aanwezig is?' zei Nina. 'Dat lijkt me nogal on-ethisch!'

'Mogelijk', zei Q, terwijl hij op zijn horloge keek. 'Trouwens, ze zit vanaf nu in de Kronobergsgevangenis. Ik kan toestemming regelen, zodat jij wordt binnengelaten, tenminste als je denkt dat het iets zou kunnen toevoegen.'

'Dus ze mocht het ziekenhuis verlaten? Nu al?'

'Ik heb haar gisteravond ontmoet', zei de commissaris. 'Ze was zo gezond als een vis.'

'Maar', zei Nina, 'vanmorgen was ze niet aanspreekbaar.'

'Ze was niet bepaald praatgraag, maar dat is natuurlijk ook niet zo gek. Ze gedraagt zich als de meeste mensen die in hechtenis zitten.'

De commissaris schreef iets op een stukje papier en stond op.

'Er is niets mis met Julia', zei hij. 'Ik denk dat ze jouw bezoek zou waarderen. Dit zijn mijn telefoonnummers. Bel me wanneer je een beslissing hebt genomen.'

Nina nam het papiertje aan en ook zij stond op.

'Eén vraag nog', zei ze. 'Waarom leid jij dit onderzoek?'

'Ik werk hier en ik heb niets beters te doen', zei Q.

'Wanneer politiemensen van misdrijven worden verdacht, dan

dient dat te worden uitgezocht door hun eigen politie-eenheid', zei Nina. 'Waarom gebeurt dat niet in het geval van Julia?'

De commissaris hield de deur voor haar open.

'Julia Lindholm heeft haar dienstverband bij de politie per 15 mei opgezegd', zei hij. 'De hoofdofficier van justitie van de politie-eenheid heeft besloten dat ze wordt vervolgd als een gewone sterveling. De kwestie kan immers niet onderzocht worden door haar ex-collega's in Södermalm, dus dat is de reden dat dit op het bordje ligt van de rijksrecherche en niet van de provincie.'

Nina staarde de man aan.

'Dat is onmogelijk.'

'Ik kan je verzekeren dat ik de rivaliteit tussen de provinciale politie en de rijksrecherche uiterst serieus neem, maar in dit geval kunnen we niet anders handelen dan we nu doen.'

'Ze kan geen ontslag genomen hebben. Ze zou eerst met mij gepraat hebben.'

'Aangezien mijn secretaresse vandaag vrij is, moet ik nu zelf mijn nagels gaan vijlen. Als je zo vriendelijk wilt zijn om …'

Hij duwde haar de kale kamer uit en deed de deur achter haar dicht.

Annika stond met een koffiebeker in de hand tegen de deurpost te leunen en keek naar de kinderen die op het grasveld voor het grote huis Berits hond achternazaten. Kalle was natuurlijk de snelste, maar Ellen kon goed meekomen op haar korte beentjes. Het meisje had een prima techniek, misschien zou ze een goede sprinter kunnen worden.

Ik ben ooit een goede sprinter geweest. Ook een goede langeafstand-loper trouwens, ik liep sneller dan Sven …

Ze liet de gedachte niet verder komen en duwde die weer weg.

Het uitzicht van Berits gastenverblijf was overweldigend. Rechts, tegen de heuvel op, lag het grote huis. Het bestond uit twee verdiepingen, had een terras en was versierd met houtsnij-werk. Links liep de omheinde weide af naar het meer en de bad-plaats, waar de paarden van de buren 's zomers vaak naartoe gingen om hun behoefte te doen. Recht voor haar, achter de weilanden, begon het bos.

Zo moet een mens misschien wonen, met de natuur voor de deur.

Hoewel ze wist dat ze zich na een week compleet vereenzaamd zou voelen.

'Mama, ik heb hem gevangen!'

Kalle had zich om de hals van Berits lieve oude labrador geworpen. De hond en de jongen rolden door het gras, Annika zag nu al groene vlekken op zijn nieuwe kleren die er niet meer uit zouden gaan in de was.

'Doe maar niet te wild!' riep ze. 'En het is een vrouwtje!'

Berit kwam naar het gastenverblijf toe lopen met een mok koffie in de ene en Annika's mobiele telefoon in de andere hand.

'Goed geslapen?'

'Gaat wel. Heb bijzonder eigenaardig gedroomd.'

'Over de brand?'

'Over …'

Annika slikte haar woorden in. Ze had Berit niet verteld over de ontrouw van Thomas. Macabere nachtmerries over Sophia Grenborg achtervolgden haar nu al maanden en maakten dat ze vaak hijgend en badend in het koude zweet wakker werd.

'De lader van Thord heeft een slecht contact,' zei Berit, 'dus ik weet niet in hoeverre de batterij vol is.'

Ze legde Annika's telefoon op het overdekte stoepje bij de voordeur. Annika ging naast haar zitten en keek uit over de weilanden met de koffiebeker tussen haar handpalmen.

'Je woont hier mooi', zei ze.

Berit kneep haar ogen dicht tegen het zonlicht dat door de waterspiegel werd weerkaatst.

'Het was de laatste kans voor Thord en mij', zei ze, terwijl ze naar de waterkant bleef kijken. 'We hebben die kans gegrepen en het is goed gekomen.'

Annika volgde de blik van haar collega naar het water.

'Hoe bedoel je?'

Berit keek schuin naar Annika en glimlachte wat.

'Ik heb een verhouding gehad', zei ze. Annika sloeg steil achterover.

Berit? Een verhouding?

'Ik was stapelverliefd op een andere man,' ging Berit verder, 'maar dat was natuurlijk alleen maar een illusie. Ik werd verliefd op de liefde, het was zo fantastisch om die vlinders weer te voelen, om weer zo buitensporig verliefd te kunnen zijn.'

Ze lachte wat gegeneerd.

'Hoewel het natuurlijk niet standhield. Toen ik hem bij daglicht zag, bleek hij een kerel als alle andere. Er was geen reden om alles wat ik met Thord had weg te gooien alleen maar voor af en toe wat goeie seks.'

Annika staarde in haar koffiebeker, ze kon geen woorden vinden.

Berit? Een verhouding?! Af en toe wat goeie seks? Ze was nota bene 52 jaar!

'Ik weet wat je denkt,' zei Berit, 'en ik kan je één ding verzekeren: het voelde precies als toen ik achttien was. Ergens ben ik blij dat het gebeurd is, maar ik ga het nooit meer doen.'

Zonder dat Annika zich bewust was van haar bewegingen, zette ze de beker weg, sloeg haar armen om Berits hals en begon te huilen. Ze huilde een paar minuten zachtjes terwijl haar schouders schokten, en voelde de krachtige armen van haar collega om haar rug.

'Hij heeft iemand anders', fluisterde ze en ze veegde het snot weg met de achterkant van haar hand. 'Ik droom steeds dat ik haar vermoord. Hij heeft mij verlaten, hij is naar haar toe gegaan en daarna brandde het huis af.'

Berit zuchtte en streek over haar rug.

'En je hebt nog steeds niet met hem gepraat?'

Annika schudde haar hoofd en veegde haar wangen af met de mouw van haar vest.

'Je moet hierdoorheen', zei Berit. 'Er is geen weg omheen.'

Annika knikte.

'Ik weet het.'

'Er staat een telefoon op de ladekast. De kinderen kunnen hier blijven als je ergens naartoe moet.'

Berit stond op, veegde wat gruis van haar achterwerk en liep weer met haar koffiemok naar het huis.

Annika keek haar collega na, probeerde haar met andere ogen te zien, met de ogen van een man.

Ze was tamelijk lang en slank, had brede schouders en kortgeknipt haar. Haar grote trui zwierde om haar heupen. Op het werk was ze meestal niet zo gekleed. Daar had ze meestal een colbertje aan en een donkere broek, en soms droeg ze een duur of discreet sieraad.

En dan te bedenken dat ze nooit op de gedachte was gekomen dat Berit zou kunnen vreemdgaan!

Dat haar serieuze en breed ontwikkelde collega een seksueel wezen was.

Ze vond het eigenlijk een beetje een lastige gedachte, enigszins vergelijkbaar met het idee dat haar ouders ooit seks hadden gehad.

Vervolgens overviel haar de vanzelfsprekendste gedachte van allemaal: *met wie?*

Met wie had ze een verhouding gehad?

Met iemand op de krant?

Dat moest haast wel.

Of met een bron? Berit sprak vaak af met mensen die haar informatie verschaften.

Ze zei dat de hoeve de laatste kans was geweest voor haar en Thord, wanneer hadden ze die gekocht? Een paar jaar geleden? Maar toen werkte ze zelf op de krant! Hoewel het misschien in de periode was dat ze met zwangerschapsverlof was, dan was het natuurlijk niet zo vreemd dat ze niets gemerkt had.

Als het de Spijker maar niet was!

Zeg dat het de Spijker niet is!

Op de een of andere eigenaardige manier was de gedachte aan Berits slippertje verfrissend. Annika wilde haar collega terugroepen om haar uit te horen, om meer te weten te komen.

Het was blijkbaar mogelijk om verder te gaan na een zware periode, het was niet afgelopen.

Haar blik viel op de mobiele telefoon, ze moest niet vergeten een lader te kopen in de stad.

De angst nam haar meteen in zijn wurggreep en ze ademde een aantal keren licht en oppervlakkig om hem in bedwang te houden.

Moet erdoorheen. Er is geen weg omheen.

En dus ging ze het huis binnen, nam de hoorn van de haak en toetste het nummer in van Thomas' mobiele telefoon.

En terwijl ze de kinderen buiten zag ravotten, ging de telefoon over.

En daarna nog een keer, het geglinster van het water stak in haar ogen.

En nog een keer …

'Hallo, met Thomas …'

Ze slikte luid.

'Hoi', kon ze uitbrengen, het klonk als gepiep.

Haar hart ging zo tekeer dat ze nauwelijks hoorde wat hij zei.

'Waar heb je in godsnaam uitgehangen?'

Ze beefde, ze moest de hoorn met beide handen vasthouden.

'Ik heb … het huis is afgebrand.'

'Wel ja, je vindt dit het geschikte moment om het me te vertellen, nu pas?'

'Gistermorgen was het …'

'Waarom heb je niet gebeld? Waarom heb je me niets verteld? Hoe denk je goddomme dat het voor mij was om daarnaartoe te rijden en het huis zo aan te treffen? Als een ruïne? Begrijp je wel wat voor schok dat was voor mij?'

'Ja, sorry …'

'Hoe is het in vredesnaam mogelijk dat het huis op die manier in brand vloog? Het is compleet afgebrand! Wat heb je eigenlijk gedaan?'

'Ik heb niets gedaan, ik heb alleen …'

Hij schraapte luid zijn keel.

'Hoe is het met de kinderen?'

'Goed. Ze spelen. Wil je ze zien?'

Hij legde de telefoon neer en bleef een hele tijd weg.

'Op dit moment schikt het niet zo', zei hij toen hij terug was. 'Wat zegt de verzekeringsmaatschappij?'

Hij wil de kinderen niet zien! Hij geeft niets om Kalle en Ellen!

Haar ogen stroomden over en de tranen biggelden langs haar wangen naar beneden.

'Ik heb nog geen behandelaar toegewezen gekregen,' fluisterde ze, 'dat zal waarschijnlijk volgende week gebeuren.'

'Jezus christus', zei hij. 'Hoelang gaat het duren, voordat het geld wordt uitgekeerd?'

Ze veegde de tranen weg met de mouw van haar vest.

'Weet niet ...'

'Ik wil dit zo snel mogelijk uit de wereld hebben', zei Thomas en hij klonk of hij het werkelijk meende.

'Ik vind het echt heel erg', zei Annika.

'Dat stelt niets voor vergeleken met hoe ik me voel', zei Thomas en daarna drukte hij het gesprek weg.

Voorzichtig legde ze de hoorn op de haak en liet de vloedgolf van zelfmedelijden door haar lichaam stromen. Ze haalde haar neus op en veegde haar wangen droog met haar vingertoppen. Bleef staan waar ze stond en registreerde door het raam heen het geglinster van de zon en het gelach van de kinderen.

Waarom is dit niet voldoende voor mij? Waarom is het leven nooit goed genoeg?

Ze liep weer naar buiten, ging op het stoepje voor de deur zitten en keek naar Kalle en Ellen.

Waar zou ze naartoe gaan met hen?

Ze hadden hun kinderopvang in Djursholm, maar alleen de gedachte al om ze daarnaartoe te brengen maakte haar misselijk.

Nooit meer een buitenwijk.

Het platteland was mooi, maar in de stad gedijde ze het beste.

Misschien moesten ze weer een plek in Kungsholmen zoeken. Daar hadden ze het goed gehad. Als ze geluk hadden, waren hun plaatsen op het kinderdagverblijf en de opvang voor zesjarigen nog niet opgevuld door andere kinderen, de toelatingsprocedure begon meestal pas aan het begin van het nieuwe schooljaar.

Zou ze bellen en het vragen?

Ze pakte haar mobiele telefoon, drukte op de aan/uit-toets. De oude lader van Thord had in ieder geval een beetje leven in de batterij weten te persen. Ze koos het rechtstreekse nummer van de directeur en kreeg als antwoord het bericht dat de crèche was gesloten vanwege een evaluatiedag.

Ze trok haar benen op en sloeg haar armen om haar schenen. Of dacht ze verkeerd? Was het misschien beter om opnieuw te beginnen? Om zich in een compleet ander deel van de stad te vestigen, of misschien in een nieuwe stad? Of om terug te gaan naar Katrineholm?

Haar gsm begon te piepen, het contact met de provider was gelegd en de berichten druppelden binnen.

Ze keek op het display.

Het waren er niet bijzonder veel. Vijf voicemailberichten en drie sms'jes.

De ingesproken berichten waren beurtelings afkomstig van de Spijker, van Schyman, van de Spijker, van Thomas en van Thomas. De sms'jes waren allemaal van Thomas, waarbij zijn toon alsmaar kwader werd.

Eerst wilde de Spijker haar strikken om een stuk te schrijven over David Lindholm, daarna wilde Schyman hetzelfde, vervolgens vroeg de Spijker of ze een ooggetuigenverslag wilde schrijven over de brand in haar huis, en ten slotte was er haar echtgenoot die hier dezelfde woede tentoonspreidde als in zijn sms'jes.

Dit was eigenlijk tamelijk symptomatisch voor haar leven, besefte ze. Dit was wat er gebeurde wanneer ze door een catastrofe werd getroffen, dit waren de mensen die van zich lieten horen. Twee werkgevers die wilden dat ze aan het werk ging en een razende echtgenoot die vond dat ze niet vaak genoeg neukte.

Ze ging het huis weer binnen en belde Schyman.

'Hoe is het met jou?' vroeg de hoofdredacteur. 'Leef je nog? Hoe gaat het?'

Ze ging zitten.

'Het is oké. Berit heeft me gisteren opgehaald, ik logeer nu bij haar buiten de stad.'

'We hebben je geprobeerd te bellen, maar we komen er niet door.'

'Ik weet het, maar ik heb mijn mobiele telefoon nu terug. Was er iets bijzonders?'

'In de eerste plaats is er dat gedoe rond Julia Lindholm, jij kende haar dacht ik?'

'Kende, kende, ik ben vier jaar geleden een nacht met haar mee geweest in haar patrouilleauto.'

'We willen natuurlijk over deze kwestie publiceren,' zei Schyman, 'maar ik begrijp jouw situatie. Heb je iets uit het huis kunnen redden?'

'De kinderen.'

Hij zei niets en hoestte opgelaten.

'Jemig', zei hij. 'Lastig om het je voor te stellen. Heb je behoefte aan vrije dagen?'

'Ja,' zei ze, 'er moet natuurlijk het een en ander geregeld worden.'

'Denk je dat je een stuk over Julia Lindholm zou kunnen schrijven? De nacht met de politiemoordenaar? Je kunt het vanuit huis doen.'

'Ik heb geen computer.'

Een huis had ze ook niet, maar daarover zei ze maar niets.

'Je kunt hier op de redactie een nieuwe laptop komen ophalen, ik schrijf meteen een orderbon voor je. Wanneer kun je komen?'

Ze keek op haar horloge.

'Vanmiddag', zei ze. 'Als ik over Julia Lindholm ga schrijven, dan moet ik ook praten met die andere agente die erbij was, Nina Hoffman heet ze. Eigenlijk heb ik háár toen geportretteerd.'

'Dan reken ik op je.'

Ze liet de kinderen achter op Berits grasveld, liep naar de bushalte en ging op het bankje zitten. Pakte haar mobiele telefoon en zocht in de telefoonlijst: eerst op Nina, daarna op Hoffman. Ten slotte vond ze een mobiel nummer onder Politie Nina H.

Drukte op *bellen*. De telefoon ging over.

'Hoffman.'

Ze slikte.

'Nina Hoffman? Mijn naam is Annika Bengtzon, ik ben journalist bij de *Kvällspressen*. We hebben elkaar vier jaar geleden ontmoet, ik ben toen op een avond met jou en Julia …'

'Ja, dat weet ik nog.'

'Bel ik ongelegen?'

'Waarover gaat het?'

Ze keek uit over de akkers en weilanden die haar omringden, naar de wolken aan de horizon die langzaam naar het noorden trokken, naar de Falunrode houten huizen, waarvan het oude vensterglas glinsterde.

'Dat zul je wel begrijpen', zei Annika. 'De krant wil graag een update van wat we die avond gedaan hebben, wat Julia zei en deed, hoe ik alles ervaren heb. Ik ga het artikel sowieso schrijven, maar ik wilde eerst met jou praten.'

'We hebben een persvoorlichter die de contacten met de media verzorgt.'

'Dat weet ik natuurlijk', zei Annika, die zelf hoorde dat ze geërgerd klonk. 'Maar ik wilde eerst met jou afstemmen, voordat ik iets over Julia schrijf, want als ik het goed begrepen heb, zijn jullie erg goed bevriend.'

Nina Hoffman zweeg even.

'Wat was je van plan te schrijven?' zei ze toen.

'Julia praatte zoals je weet veel over David. In de huidige situatie is ons gebabbel van die avond natuurlijk uiterst interessant geworden. Heb je tijd om met me af te spreken?'

Aan de wolk stof bij de top van de heuvel zag Annika dat de bus eraan kwam.

'Het is niet mijn bedoeling om iemand te kwetsen', zei ze. 'Dat is niet de reden dat ik bel, het is eerder zo dat ik dat wil voorkomen.'

'Ik geloof je', zei Nina Hoffman.

Ze spraken voor over anderhalf uur af bij een pizzeria vlak bij Nina Hoffmans woning in Södermalm.

De bus kwam tot stilstand bij de halte. Annika stapte in en legde Berits laatste biljet van vijfhonderd kronen op het plateautje van de chauffeur.

'Heb je niet kleiner?' vroeg de man achter het stuur.

Annika schudde haar hoofd.

'Zo'n groot biljet kan ik niet wisselen. Je moet de volgende bus maar nemen.'

'Dan zul je me eruit moeten gooien', zei ze, waarna ze het geld pakte en de bus in liep.

De chauffeur keek haar een paar seconden na, zette de bus toen weer in de versnelling en reed weg.

Ze ging helemaal achterin bij het raam zitten en zag het landschap voorbij schieten. Alles was groen in verschillende nuances, de snelheid van de bus veegde de contouren uit en maakte van de wereld een abstract schilderij.

Ze deed haar ogen dicht en legde haar hoofd tegen de rugleuning.

Met een rechte rug en snelle stappen ging Thomas bij Rosenbad, het regeringsgebouw, naar binnen. Zonder naar links of rechts te kijken, glipte hij langs een groep Zweedse staatsburgers die in de witte vestibule bij het loket van de portier in de rij stonden en hij hoopte vurig dat zijn toegangspasje het nog steeds deed.

Officieel was zijn aanstelling afgelopen maandag geëindigd en hij had geen nieuwe gekregen, een onverwachte en onaangename gang van zaken. Tot dusver was zijn carrière zo verlopen dat het ene contract het andere opvolgde, zonder dat hij in de weer hoefde met uitgebreide cv's en moeizame sollicitaties. Het zou teleurstellend zijn als dat nu anders zou lopen, net nu hij eindelijk betrokken was geweest bij een onderzoeksopdracht voor de regering.

Nou ja, gisteren had zijn chef op Justitie, Per Cramne, zich gemeld en hem gevraagd om langs te komen, en Thomas had zijn best gedaan om een niet al te gretige indruk te maken. Daarom had hij gezegd dat hij 's morgens een afspraak had, en die had hij natuurlijk ook: met Sophia.

Als het een beetje meezat, was zijn toegangscode nog geldig en hoefde hij zich niet te vernederen in de gewone bezoekersrij. Hij hield zijn adem in en toetste de cijfers in, de deur begon te zoemen en de groene lamp lichtte op.

Met een precies goed gedoseerde krachtsinspanning trok hij de witte stalen deur open en hij trad binnen in het centrum van de macht. Hij voelde de blikken uit de bezoekersrij in zijn nek, *wie is dat? Wat doet die voor werk? Dat moet iets belangrijks zijn!*

Vanzelfsprekend ging hij bij de rechterlift staan, die aan de linkerkant was een goederenlift die halverwege twee verdiepingen stopte (wachten bij de linkerlift was een typische beginnersblunder).

Hij stapte uit op de derde verdieping en liep regelrecht naar het kantoor van de chef van de po-eenheid, de eenheid voor politievraagstukken en openbare orde en veiligheid.

'Verrekte aardig om je weer te zien', zei Cramne, die hem de hand schudde alsof ze elkaar in maanden niet hadden gesproken. Feit was dat ze afgelopen maandag nog gedineerd hadden in de villa in Djursholm.

'Wat een verhaal zeg, dat met je huis', ging de chef verder, terwijl hij naar een bezoekersstoel wees. 'Hoe is het, gaan jullie het herbouwen?'

Kalm en bedaard, dacht Thomas, gewoon rustig ademhalen en afwachten wat de chef te melden heeft.

'Ja, dat neem ik aan', zei hij en hij ging zitten, leunde naar achteren en liet zijn knieën wat uit elkaar vallen, dit voelde precies relaxed genoeg.

'Nou, het afluisterproject loopt werkelijk als een trein', zei Per Cramne. 'Iedereen is verdomd tevreden met jouw werk als onderzoeker op dat terrein, dat wilde ik je even laten weten.'

Thomas slikte en stak zijn handpalmen in de lucht, als om de lovende woorden af te weren.

'Het was natuurlijk eigenlijk alleen maar een vervolg op mijn werk bij de Vereniging van Zweedse Gemeenten ...'

Cramne begon tussen wat papieren in een hangmap aan de rechterkant van zijn bureau te rommelen.

'Waar het nu om gaat zijn de consequenties', zei hij. 'De regering gaat een parlementair onderzoek instellen, waarbij alle wettelijk voorgeschreven straffen worden geëvalueerd en waarbij voorstellen zullen worden gedaan hoe ze aangepast kunnen worden.'

'Een echt onderzoek?' vroeg Thomas. 'Of een begrafenis?'

Het was altijd zo gespleten met die onderzoeken: ze werden opgestart wanneer men iets uitgezocht wilde hebben, maar evenzeer wanneer men wilde dat iets níet gebeurde. De methode voor het beantwoorden van een vraag was dezelfde als die voor het begraven van een vraag.

De chef van de PO-eenheid begon nu in een andere la, aan de andere kant van het bureau, te zoeken.

'Heb je het memo niet gelezen? Ik dacht dat het kwam toen jij hier nog werkte.'

Thomas vocht tegen de impuls om zijn benen en armen te kruisen in een soort onwrikbare verdedigingshouding.

'Nope', zei hij zonder zich te verroeren. 'Wat zijn de uitgangspunten?'

Cramne schoof de la met een klap dicht en keek op.

'De directieven zijn niet mis te verstaan', zei hij. 'De eventuele hervormingen mogen níét leiden tot hogere kosten voor het gevangeniswezen. We hebben behoefte aan een econoom in de groep die de consequenties van de voorstellen analyseert, en dat vereist een zekere politieke behendigheid. Een van onze opdrachten is het afschaffen van de levenslange gevangenisstraf, en sommige sceptici roepen nu al dat dat verrekte duur gaat worden. Ik ben voor honderd procent zeker dat ze het mis hebben.'

Er verscheen een glimlach op zijn gezicht en hij leunde zo ver naar achteren dat de rugleuning van zijn bureaustoel tegen de wand sloeg.

'Dat is het punt waar jij in beeld komt', zei hij.

'Als econoom?' zei Thomas.

De moed zonk hem in de schoenen. Hierop had hij niet gerekend. Hij had op iets anders gehoopt, op de een of andere positie op het departement. Een baan als econoom bij Justitie, dat klonk niet, dat zat maar net boven de functie van portier.

'We hebben een deskundige nodig in de voorbereidende fase', zei Cramne, terwijl hij knikte.

'Iemand die bijdraagt met financieel-economische analyses?'

'Exact. We verlengen je projectaanstelling totdat de voorbereidende fase tot een goed einde is gebracht, dat kan een paar jaar duren.'

Thomas voelde het bloed naar zijn hoofd schieten, een paar jaar! Zijn primaire reactie was bepaald niet terecht geweest, dit was natuurlijk fantastisch! Het hield in dat zijn positie steviger werd, hij zou een streepje voor hebben wanneer er een vaste aanstelling te vergeven was en zou misschien op het departement kunnen blijven. Ambtenaar in dienst van de regering! Dát zou hij worden, dat zou hij echt worden.

Het was zaak om meteen even goed te focussen.

'Waarom zou het duur worden wanneer de levenslange gevangenisstraf wordt afgeschaft?' vroeg hij. 'Zouden de kosten dan niet juist moeten dalen?'

Cramne leek enigszins geërgerd te zijn.

'Alle veranderingen hebben consequenties in de kostensfeer. Vandaag de dag zit een tot levenslang veroordeelde zo'n dertien, veertien jaar. Die mensen komen immers vrij nadat ze tweederde van hun straf hebben uitgezeten, dat weet je? Als je levenslang afschaft, dan moet de nieuwe maximumstraf uitkomen op, zeg, een vijfentwintig jaar.'

'O ja?' zei Thomas.

'Dat brengt vanzelfsprekend een enorme aanslag op het gevangeniswezen met zich mee. Maar over al die dingen gaan we het later wel hebben. Eerst moeten we natuurlijk kijken wat momenteel de feitelijke straffen zijn en hoe ze in de loop der jaren zijn veranderd, en in welke mate de straffen die mogelijk zijn, ook gebruikt worden.'

Hij leunde naar voren en liet zijn stem zakken.

'Tot dusver heeft de regering immers geen enkele straf verhoogd, afgezien van die correctie van de Wet op de zedendelicten, dus persoonlijk ben ik van mening dat het hoog tijd wordt om dit te doen.'

Hij leunde weer naar achteren, de rugleuning van de stoel sloeg nu met een bescheiden klapje tegen de wand. Thomas legde een voet op zijn knie en wreef over een vlek, zodat hij zijn hoofd niet hoefde op te tillen, waardoor Cramne zou zien dat zijn wangen gloeiden.

'Dus het werk houdt in dat ik kostenberekeningen maak met betrekking tot toekomstige wetsontwerpen?' zei hij. 'En verder ga ik gewoon door zoals ik bezig was?'

'Je houdt je kamer en je gaat op dezelfde manier aan de slag als je tot op dit moment gedaan hebt. Ik heb dit al met staatssecretaris Halenius doorgenomen en hij heeft zijn fiat gegeven. Welkom bij de club!'

Per Cramne stak zijn poot weer uit en Thomas schudde die met een grijns.

'Thanks, boss', zei hij.

'Want dat gedoe met cijfers,' zei Cramne, die weer naar voren boog terwijl hij zachter ging spreken, 'dat gaat natuurlijk een hels kabaal geven.'

De chef van de PO-eenheid richtte zich op en gebaarde in de richting van de deur. Thomas stond wat onhandig op en merkte dat hij niet helemaal stevig op zijn benen stond.

'Wanneer begin ik?' vroeg hij.

Cramne trok zijn wenkbrauwen op.

'Ja, jezus', zei hij. 'Het heeft denk ik geen enkele zin om er gras over te laten groeien. Geef de een of andere knakker bij de Raad voor de Misdaadpreventie maar een schop onder z'n achterwerk en vraag om een analyse van de wettelijk voorgeschreven straffen, dan hebben we een begin.'

Thomas liep naar zijn oude kamer op voeten die de vloerbedekking niet echt raakten. Zijn kantoor lag op de derde verdieping, ver onder de vijf en de zes, de verdiepingen van de macht. Ook was het klein en donker en keek het uit op de Fredsgatan, maar hoe je het ook wendde of keerde: het bevond zich in Rosenbad.

In gedachten verzonken bleef hij in de deuropening staan, hij liet zijn blik over het meubilair glijden, haalde diep adem en deed zijn ogen dicht.

De seks die hij had gehad was zo heftig geweest dat zijn liezen er pijn van deden, hij woonde in een mega-appartement in Östermalm en hij werkte voor de regering.

Veel beter dan dit kan het potverdorie niet worden, dacht hij, waarna hij zijn kantoor binnenstapte en zijn colbertje over een rugleuning hing.

Toen de bus plotseling remde schoot Annika naar voren en sloeg met haar gezicht tegen de leuning voor haar. Verward streek ze over haar neuswortel en keek uit het raam. De bus was vlak voor het Östra Station gestopt bij een verkeerslicht dat op rood stond.

Ze stapte uit en liep naar het metrostation bij de Technische Hogeschool. Ze keek op haar horloge. Als alles meezat, kon ze vóór haar afspraak met Nina Hoffman nog naar de bank.

Bij Slussen stapte ze uit de metro en al wandelend naar de Götgaten vond ze een filiaal van haar bank.

Ze moest twintig minuten wachten voordat ze aan de beurt was.

'Ik heb een probleem', zei Annika, terwijl ze het ingevulde opnameformulier op de balie legde. 'Mijn huis is afgebrand en aangezien ik niets in veiligheid heb kunnen brengen, heb ik geen identiteitsbewijs en geen bankpasjes. Daarom moet ik op deze manier geld opnemen. Ik hoop dat dat in orde is.'

De kasmedewerkster keek haar met een volkomen neutrale blik van achter haar sterke brillenglazen aan.

'Ik kan natuurlijk geen geld meegeven aan een persoon die zich niet kan identificeren.'

Annika knikte bevestigend.

'Jawel,' zei ze, 'dat begrijp ik wel. Maar ik heb dus geen identiteitspapieren, aangezien alles verbrand is, en ik heb ook geen geld, dat is de reden dat ik nu wat geld moet opnemen.'

De bankvrouw keek inmiddels alsof Annika een onaangename geur verspreidde.

'Daar is geen sprake van', zei ze.

Annika slikte.

'Ik ken mijn rekeningnummer uit mijn hoofd', zei ze, 'en ik weet precies hoeveel geld er op mijn lopende rekening staat. Verder heb ik Bank per Telefoon, met alle codes van dien …'

Ze stak haar mobiele telefoon in de lucht, als om haar goede wil te tonen.

'Helaas', zei de kasmedewerkster. 'Ik moet je vragen om plaats te maken.'

De witgloeiende woede was er ogenblikkelijk.

'Zeg', zei Annika, terwijl ze over de balie leunde. 'Over wie z'n geld hebben we het hier eigenlijk, over dat van jou of over dat van mij?'

De kasmedewerkster haalde haar wenkbrauwen op en drukte op het knopje voor het volgende nummer op het display. Een man stond op, hij ging uitdagend naast Annika staan.

'Ik heb bijna drie miljoen kronen op verschillende rekeningen staan bij die klotebank van jullie', zei Annika veel te hard. 'Ik wil ogenblikkelijk iedere öre opnemen en vervolgens alle rekeningen opzeggen.'

De bankvrouw keek haar met onverholen minachting aan.

'Om een rekening te kunnen opzeggen, moet je je kunnen legitimeren', zei ze en daarna richtte ze haar aandacht op de man die zich geërgerd langs Annika had gedrongen.

'Het is verdomme mijn geld!' schreeuwde ze, waarna ze zich omdraaide en snel naar de deur liep. Uit haar ooghoek zag ze hoe de andere klanten haar angstig en met onbehagen nastaarden.

Zo goed als in tranen trok ze de deur open en eenmaal buitengekomen begon ze te rennen, door de Folkungagatan, in de richting Danvikstull.

Ik moet tot bedaren komen, anders denken ze nog dat ik de bank beroofd heb.

Ze minderde vaart en dwong zichzelf tot een normaal wandeltempo. Vijf minuten later had ze Pizzeria Grodan bereikt.

Het duurde even voordat ze Nina Hoffman herkende. De politievrouw was in een hoek achter in het restaurant gaan zitten en zat geconcentreerd de menukaart te bestuderen. Zonder uniform zag ze eruit als ieder ander meisje uit Södermalm: spijkerbroek, shirt, de haren los.

'Hoi', zei Annika buiten adem en ze stak haar hand uit om Nina te begroeten. 'Het spijt me dat ik aan de late kant ben; ik probeerde geld op te nemen van mijn bankrekening, maar ik heb geen identiteitsbewijs ...'

Ze merkte dat ze bijna begon te huilen van kwaadheid en haalde diep adem.

'Sorry', zei ze. 'Neem me niet kwalijk. Wat goed dat je op zo korte termijn kon afspreken.' Ze ging aan de tafel zitten. 'Mijn huis is afgebrand en ik heb niets kunnen redden.'

Er verscheen een schittering in de ogen van de agente.

'In Djursholm? Was dat jouw huis?'

Annika knikte.

Nina Hoffman keek haar een paar seconden onderzoekend aan en pakte toen de menukaart.

'Eet je pizza?'

'Absoluut.'

Ze bestelden allebei een mineraalwater en een dubbelgeslagen calzone.

'Het is even geleden dat we elkaar gesproken hebben', zei Annika, nadat de serveerster in de keuken was verdwenen met hun bestelling.

Nina Hoffman knikte.

'Op het bureau,' zei ze, 'vlak voordat het artikel geplaatst zou worden. Jij had uitdraaien bij je die ik moest doornemen.'

'Het was dezelfde dag dat die financiële man in hechtenis is genomen', zei Annika. 'Filip Andersson, ik weet nog dat iedereen ontzettend opgelucht was dat die afgrijselijke bijlmoorden zo snel opgelost waren.'

'Ik heb zelden zo'n collectieve minachting van het politiekorps gezien jegens een individuele misdadiger', zei Nina.

'Rijk, laf en sadistisch', zei Annika. 'Geen combinatie van eigenschappen waarmee je gouden sterren verdient in de populariteitshemel. Hij zit toch in Kumla?'

Nina Hoffman stak haar kin omhoog.

'Wat wil je eigenlijk van me weten?'

Annika werd ernstig.

'Ik weet niet hoeveel jij je ervan herinnert, maar Julia heeft die avond een aantal dingen over David verteld. David wilde niet dat ze in de buitendienst zat tijdens haar zwangerschap. David vond het niet leuk dat ze haar haren had laten knippen. David vond het niet prettig dat ze een buikje begon te krijgen. David wilde het liefst dat het een jongetje werd. Het klonk mij nogal als controlebehoefte in de oren.'

Nina keek haar met een koele blik aan.

'Hoe komt het dat je dat allemaal nog zo goed weet?'

'David was toen natuurlijk ook al een tv-persoonlijkheid. Bovendien ben ik allergisch voor controlefreaks, ik krijg er ogenblikkelijk uitslag van. Hoe was hun huwelijk eigenlijk?'

Nina sloeg haar armen over elkaar.

'Vind je dat niet een erg persoonlijke vraag?'

'Je vermoordt je man niet zonder aanleiding.'

De pizza's werden gebracht en de vrouwen begonnen zwijgend te eten, ze hadden allebei trek.

Annika stopte halverwege, legde haar bestek weg en leunde naar achteren.

'Als ik een calzone eet, heb ik na een tijdje altijd het gevoel of er een rotsblok in mijn maag ligt.'

Nina at door zonder op te kijken.

Dit werkt niet.

'Hoe is het jou sinds de vorige keer vergaan?' vroeg Annika. 'Werk je nog steeds op Katarina?'

Nina schudde haar hoofd en veegde een mondhoek af met het servet.

'Nee', zei ze, terwijl ze even opkeek, waarna ze haar blik weer neersloeg. 'Ik ben bevorderd, sinds een jaar ben ik inspecteur.'

Annika nam haar aandachtig op, Nina Hoffman was een slimme meid die zich aan de regels hield.

Goed, dan ga ik nu over op de überpedagogische tactiek.

'Schrijven over relatiegerelateerde tragedies als deze ligt ontzettend gevoelig', zei ze. 'Aan de ene kant heb je het algemeen belang, aan de andere kant moeten wij, de media, rekening houden met alle betrokkenen. David was een van de bekendste politiemensen van Zweden. Ik weet niet of je de persconferentie gezien hebt waar ze de verdwijning van Alexander bekendmaakten, maar de chef van de rijksrecherche zei zonder omhaal van woorden dat de moord op David een aanslag was op onze rechtsstaat, een aanslag op de democratie.'

Nu keek Nina op met een zojuist ontwaakte belangstelling in haar blik.

'Hij leek persoonlijk getroffen te zijn op een manier die me niet eerder bij hem was opgevallen', ging Annika verder. 'De baas van rijksrecherche maakt altijd een nogal saaie indruk. Als ik het goed begrepen heb, wordt zijn huidige reactie door tamelijk veel politiemensen gedeeld. Het complete Zweedse politiekorps lijkt persoonlijk beledigd en gekwetst te zijn door de moord op David. Dat maakt het werk van de media extra ingewikkeld.'

De inspecteur van politie had haar bestek weggelegd en leunde nu naar voren.

'Hoe bedoel je dat dan?'

Annika koos haar woorden zorgvuldig.

'We balanceren altijd op een slap koord wanneer we schrijven over lopende politieonderzoeken', zei ze langzaam. 'We willen onze lezers zo veel mogelijk informatie verschaffen, maar moeten tegelijkertijd rekening houden met het werk van de politie. De politie zit met hetzelfde belangenconflict, maar dan omgekeerd. Ze willen zo ongestoord en effectief mogelijk hun werk doen en tegelijkertijd komen ze nergens als ze niet met het publiek communiceren, hetgeen met name via de media gebeurt. Begrijp je wat ik bedoel?'

Nina Hoffman keek haar strak aan.

'Als ik eerlijk mag zijn,' zei ze, 'nee.'

Annika schoof haar bord opzij en leunde ook naar voren.

'We moeten weten wat er in verband met deze moord gebeurd is, en we hebben behoefte aan een open dialoog over wat we kunnen of moeten schrijven. Dat vereist vertrouwen en loyaliteit van beide zijden. Als we dat kunnen bewerkstelligen, dan is er een kans dat het lukt, en dat geldt zowel voor jullie als voor ons.'

Nina knipperde een paar keer met haar ogen.

'We weten altijd veel meer dan we schrijven', ging Annika verder. 'Dat weet jij ook. Ik was er immers bij toen jij en Julia op die bijlmoorden stuitten, en daarover heb ik met geen woord gerept in de krant van de dag erna. We hebben jouw goedkeuring gevraagd van de tekst met betrekking tot het persoonlijke portret. Dat is de manier waarop ik werk, en dat is wat ik bedoel met aan beide zijden je verantwoordelijkheid nemen ...'

Het was helemaal waar dat Annika de volgende dag niets gepubliceerd had over de bijlmoorden, aangezien ze Nina beloofd had om dat niet te doen. Maar ze had wel alle details aan Sjölander gegeven, die op die manier zowel een gratis byline als een gratis nieuwsposter had gekregen.

'Dus wat wil je weten over Julia?' vroeg Nina.

'Heeft ze het gedaan?'

'Het onderzoek is nog maar nauwelijks begonnen', antwoordde Nina.

'Zijn er andere verdachten?'

Nina zei niets.

'Deze gebeurtenis moet jou wel in een bijzonder eigenaardige positie brengen', zei Annika. 'Ook beroepsmatig. Je kunt natuurlijk niet deelnemen aan het onderzoek, dat begrijp ik, maar tegelijkertijd ...'

'Ik ben erbij betrokken, of ik dat nou wil of niet', kapte Nina haar af. 'Ik was degene bij wie de oproep binnenkwam, mijn collega en ik waren de eersten die het appartement binnengingen.'

Annika schrok van deze informatie.

'Dan moet het moeilijk voor je zijn om je objectief op te stellen', zei ze.

Een stel dat naast hen zat barstte uit in een eenstemmige schaterlach. Een ander stel stond met schrapende stoelen op van tafel. Annika legde haar bestek op haar bord.

'Objectief?' zei Nina.

Annika wachtte tot het paar naast hen in de richting van de uitgang verdwenen was.

'Om geen vooropgezette ideeën te hebben over wie het gedaan heeft.'

'David is in zijn slaap doodgeschoten', zei Nina. 'We hebben een wapen vlak bij het bed gevonden. Ze hebben het al aan de dader kunnen knopen.'

'Met behulp van vingerafdrukken? Dat is snel gegaan.'

'Het was heel eenvoudig. Het pistool was Julia's dienstwapen.'

Annika moest zich bedwingen om niet naar lucht te happen.

'Hoe weten ze dat? Zien die dingen er niet allemaal hetzelfde uit?'

'De meeste politiemensen hebben een SIG Sauer 225. Maar ieder pistool heeft een wapennummer dat gekoppeld is aan een bepaalde agent, een bepaald individu.'

'Kan ik daarover schrijven?'

'Absoluut niet.'

Er viel een stilte tussen hen. De mensen om hen heen stonden op en vertrokken.

'Wat denkt de politie van Alexander? Is hij in leven?' vroeg Annika toen de stilte al te drukkend werd. 'Is het zinvol als het publiek actief naar hem op zoek gaat?'

Nina Hoffman keek haar verscheidene lange seconden verbeten aan.

'We weten niet of Alexander leeft', zei ze. 'Voorlopig gaan we daarvan uit. Het is dus van het grootste belang dat het publiek oplettend is.'

'Stel dat hij dood is, wat kan er dan met hem gebeurd zijn?'

'Hij is een week niet op de crèche geweest, Julia heeft gebeld dat hij ziek was. De laatste die hem gezien heeft was de benedenbuurman, Erlandsson. Hij keek dinsdagmorgen door het spionnetje en zag Julia met haar zoon vertrekken. Ze hadden een gebloemde stoffen tas bij zich.'

'En daarover mag ik ook niet schrijven?'

Ze zwegen weer even. De serveerster haalde hun borden weg. Geen van beiden wilde koffie, ze wilden alleen de rekening.

'Trouwens,' zei Annika tegen Nina Hoffman, toen ze met Berits biljet van vijfhonderd kronen had betaald en de inspecteur was begonnen haar spullen te verzamelen, 'waarom wordt dit door de rijksrecherche onderzocht? Moeten niet alle misdrijven die door politiemensen zijn begaan, door de desbetreffende politie-eenheid worden afgehandeld?'

'Julia heeft een paar weken geleden ontslag genomen', zei Nina Hoffman, waarna ze opstond.

Ze was lang, een hoofd groter dan Annika.

'Is dat zo?' zei Annika. 'Waarom dan?'

Nina keek haar aan.

'Ik kan met je meegaan naar de bank, als je dat wilt. Meestal is het zo dat je iemand nodig hebt die je identiteit bevestigt.'

Annika bleef midden in een stap staan, haar mond viel open van verbazing.

'Wil je dat doen? Dat zou fantastisch zijn.'

Zwijgend liepen ze naar het filiaal aan de Götgatan.

De rij klanten die er tijdens de lunchpauze had gestaan, was verdwenen. Annika vulde opnieuw een opnameformulier in en was daarna meteen aan de beurt bij de kasmedewerkster met de dikke brillenglazen.

'Hoi', zei Annika. 'Daar ben ik weer. Ik wil nu mijn geld opnemen.'

Nina Hoffman legde haar rijbewijs en politie-insigne naast het formulier.

'Ik kan bevestigen dat de persoon in kwestie degene is voor wie ze zich uitgeeft', zei ze met overtuiging.

De bankvrouw trok een wat zuinig gezicht en knikte kort.

Ze telde vijfentwintigduizend kronen uit in coupures van duizend en reikte ze Annika aan met een korte beweging van haar pols.

'Kan ik er een envelop omheen krijgen?' vroeg Annika.

De kasmedewerkster hoestte.

'Zodra ik een rekening geopend heb bij een andere bank, kom ik terug om alle rekeningen die ik hier heb, op te zeggen', zei Annika, waarna ze zich omdraaide en vertrok.

Toen ze weer op straat stonden, slaakte Annika een diepe en langgerekte zucht van verlichting.

'Bedankt', zei ze terwijl ze haar hand uitstak. 'Dat het nu ineens zo gemakkelijk ging ...'

'Politie-insignes willen nog weleens helpen', zei Nina Hoffman, en voor het eerst glimlachte ze even.

'Heb je mijn mobiele nummer nog?' vroeg Annika.

Daarna gingen ze ieder huns weegs, de inspecteur in de richting van Danvikstull en Annika naar het metrostation bij Slussen.

Schyman zat achter zijn bureau en staarde lamgeslagen naar de notulen van de bestuursvergadering van het concern de dato 3 juni jongstleden.

Zestig medewerkers.

Zestig medewerkers moesten weg.

Hij stond op en liep een rondje door zijn minuscule kantoortje, een stap de ene kant op en een stap de andere kant op.

Hoe stellen ze zich dat voor? Dat ik de redactie naar het trottoir verhuis en helemaal alleen een krant ga maken?

Hij ging weer zitten en krabde op zijn hoofd.

Als hij protesteerde, was er maar één toekomstscenario: dat hij zijn hoed pakte en vertrok. Een andere optie was er niet, dat had hij wel geleerd tijdens zijn jaren onder de vleugels van de zakenfamilie. Iedereen kon een krant runnen, hij koesterde niet de illusie dat hij onmisbaar was. De vraag was alleen wat de journalistieke ambitie van een nieuw management zou zijn. Maakte het van de *Kvälls-pressen* een echt rioolblad met naakte meisjes op pagina drie? Liet het het politieke, onderzoekende en opinievormende materiaal voor wat het was ten gunste van roddels en beroemdheden?

Of zou het de krant simpelweg opheffen?

De *Kvällspressen* was niet een van de meest gewaardeerde publicaties van de Familie, om het mild uit te drukken. Als de krant niet een leuke melkkoe was voor het concern, was het allang dood en begraven geweest.

Winst maken was een van de fundamentele eisen geweest toen hij een paar jaar geleden de opdracht accepteerde om hoofdredacteur en verantwoordelijk uitgever te worden, en Anders Schyman had nimmer verzaakt, maar zéstig medewerkers?

Hij moest de kwestie natuurlijk bespreken met de nieuwe algemeen directeur, een joch dat enkele jaren geleden van de handelshogeschool was gekomen en de baan gekregen had, omdat hij zeer goed bevriend was met een zoon van de Familie. Tot op heden had deze financiële puber nog niet veel knopen afgelegd, overigens tot ieders vreugde en tevredenheid.

Anders Schyman legde de notulen op zijn bureau.

Hé, dat is verdorie geen slecht idee!

Werd het geen tijd dat de puber zijn verantwoordelijkheid nam en eens iets nuttigs deed voor zijn miljoenensalaris?

Aan de andere kant: het jong kon niet beoordelen welke maatregelen moesten worden genomen of welke medewerkers gemist konden worden. Het was onontkoombaar dat hij zelf de prioriteiten stelde en daarmee de hele klus op zijn schouders nam. Wanneer hij de algemeen directeur de kastanjes uit het vuur liet halen en de operatie werd een succes, dan zou die jongen met de eer gaan strijken, terwijl hij zelf als laf en onkundig te boek zou komen te staan.

Dat kunnen we niet hebben.

Waar zaten eigenlijk de conflicten?

De vakbonden natuurlijk, dat zou een hels kabaal worden.

De krant had ongeveer vijfhonderd medewerkers, van wie de helft redactioneel en deze laatsten waren allemaal lid van de Zweedse Journalistenbond. Zij die geen lid waren, zouden dat overigens ogenblikkelijk worden zodra het nieuws officieel werd. Er was niets dat de collectieve eensgezindheid op zo effectieve wijze versterkte als een serieuze bedreiging van de eigen portemonnee.

De resterende tweehonderdvijftig waren vooral leden van de Dienstenbond (advertenties, marketing, administratie), en dan had je nog een stuk of twintig van die arme grafici.

Waarin kon je snijden?

Niet in de advertentieafdeling, daar was geen denken aan. Ze moesten zich uit deze crisis zien te manoeuvreren en alleen via de advertenties konden ze de winst binnenhalen. Aan de oplageanalytici en distributeurs kon hij ook niet komen. De techniek was al genoeg afgeslankt.

Dan bleven dus over de redactie en de administratie.

Anders Schyman slaakte een zucht en overwoog even of hij het zou kunnen opbrengen om een plastic bekertje met automatenkoffie te halen. Hij deed zijn ogen dicht, visualiseerde de ietwat bittere koffiesmaak en zag ervan af.

De andere manier om de winst te vergroten was het opstuwen van de losse verkoop, hetgeen hoge eisen stelde aan de competentie van het journalistenkorps. Dat betekende dan weer dat alle bezuinigingen op de redactie met chirurgische precisie moesten worden uitgevoerd.

En daarmee was hij terug bij de vakbonden en de conflicten.

Hij had er behoefte aan om mensen te ontslaan naar capaciteiten en werkzaamheden, terwijl de bonden gegarandeerd met hun oude dogma's op de proppen zouden komen: last in, first out.

Wanneer de bonden hun zin zouden krijgen, zouden alle recent aangestelde medewerkers eruit gegooid worden en de oudere blijven zitten, wat geen optie was wilde de krant overleven.

Het nieuwe webvolk was onmisbaar, anders zou de hele internetoperatie in het honderd lopen. Maar hij moest ook de ervaring en competentie van oudere medewerkers behouden, mensen die nog wisten wie de Justitiekanselier was.

Hij kreunde luid.

De Dienstenbond en de Journalistenbond waren betrekkelijk zwakke en vriendelijke vakbonden. Ze maakten zich zelden hard voor iets, en al helemaal nooit voor iets zinnigs. Schyman herinnerde zich nog steeds met verwondering hoe de Journalistenbond uit zichzelf had voorgesteld dat alle journalisten met een tijdelijke aanstelling gedwongen moesten worden om andere soorten werk aan te nemen (afwasser, schoonmaker, de lopende band bij Volvo) zodra hun contract afliep of ze ontslagen werden, een voorstel dat zo controversieel was dat zelfs de regering of de werkgevers niet op de gedachte kwamen om het op te pakken.

Hij wreef zich even over zijn baard.

De afdeling van de Journalistenbond die werd gevormd door de leden die werkzaam waren bij de *Kvällspressen*, hield maandag haar jaarvergadering. Dan zou een nieuwe voorzitter worden gekozen, omdat de huidige met ingang van augustus met studieverlof ging.

De functie van voorzitter was gewild, aangezien je dan fulltime bezig kon zijn met vakbondskwesties en dus niet deelnam aan het journalistieke werk op de redactie. Bovendien verwierf je macht, inclusief het feit dat je deel ging uitmaken van het management van de krant en als personeelsvertegenwoordiger deelnam aan de bestuursvergaderingen.

Laat het iemand worden met gezond verstand, dacht Schyman, waarna hij besloot om toch maar dat bekertje koffie te gaan halen.

Annika vond dat de mensen raar naar haar keken toen ze met haar splinternieuwe tas over haar schouder over de redactievloer liep. Natuurlijk, haar collega's hielden van roddelen, dat hoorde bij hun beroep, en ze besefte heel goed dat haar afgebrande huis gisteren de hit van de dag was geweest.

Ze trok haar schouders een eindje op en versnelde haar pas.

Eerst moest ze de orderbon hebben, zodat ze bij de technische afdeling een nieuwe computer kon ophalen. Verder moest ze kijken of ze haar oude aantekeningen op het net kon vinden en daarna moest ze een tekst over Julia Lindholm fabriceren.

Maar in de allereerste plaats moest ze een kop koffie hebben.

Ze legde haar tas en nieuwe jas op de langgerekte gemeenschappelijke desk van de dagreporters en liep naar de automaat.

Daar stond Anders Schyman enigszins bijziend de knoppen te bestuderen.

'Sterk, met suiker, maar zonder melk, waar moet je dan op drukken?' vroeg hij. Annika stelde snel het apparaat in: plus sterk, plus suiker, minus melk en drukte op *bereiden*.

'De computer', zei ze. 'Kan ik die nu krijgen?'

'De orderbon ligt ingevuld en wel op mijn bureau', zei Anders Schyman. 'Heb je verder nog iets nodig?'

Ze aarzelde.

'Een auto', zei ze. 'Als ik dit weekend een auto van de krant zou kunnen gebruiken ...'

'Dat is denk ik wel te regelen', zei Anders Schyman, die koers zette naar zijn kantoor. 'Weet jij trouwens wat de JK is?'

'De Justitiekanselier?' zei Annika. 'Een dinosauriër, hoezo?'

De hoofdredacteur bleef staan.

'Een dinosauriër?'

'Of een andere relikwie uit de prehistorie', zei Annika. 'Het is toch je reinste waanzin dat die mensen nog steeds voor het leven worden benoemd, alleen maar omdat dat in de achttiende eeuw gebruikelijk was? Iedereen in Zweden heeft het recht om een andere advocaat te nemen, behalve de regering. Dat klopt dus gewoon niet.'

'Kan de JK niet afgezet worden?' vroeg Schyman.

'Njet', zei Annika.

'Loop even mee, dan krijg je de bon.'

Ze sjokte achter de hoofdredacteur aan naar zijn kantoor. Het vertrek was eigenlijk helemaal niet zo klein, maar Anders Schyman was zo fors dat het kromp zodra hij binnenkwam.

'Kijk', zei hij en hij reikte haar de computeruitdraai aan. 'Hebben ze degene die jouw huis in brand heeft gestoken al in de kraag gevat?'

Ze schudde haar hoofd en slikte.

Hopkins, die rotzak. Moge hij branden in de hel!

Schyman wroette wat rond in een la en haalde een andere orderbon tevoorschijn die hij ondertekende met een haastig krabbeltje.

'Je kunt de auto de komende week gebruiken', zei hij. 'Als Tore begint te zeuren, dan stuur je hem maar naar mij.'

Ze stopte de papieren in haar tas en liep naar de portiersloge. De blikken volgden haar toen ze over de redactie liep, ze keek naar de vloer om ze de ontwijken.

Ze moest vijf minuten wachten, terwijl Tore een belangrijk telefoongesprek over de paardenraces afrondde.

'Deze kun je nemen', zei hij, nadat ze had verteld waarvoor ze kwam. Hij legde een bekraste laptop op de balie.

'Doet-ie het?' vroeg Annika.

Tore keek haar met een gekwetste blik aan.

'Ja, natuurlijk doet-ie het. Ik heb hem toch gecontroleerd!'

'Hm', zei Annika, waarna ze het apparaat aanzette.

De programma's werden opgestart. Explorer maakte meteen contact met het draadloze netwerk van de krant. Word bleek vol te staan met oude teksten van Sjölander.

Ze zuchtte zachtjes.

'Uitstekend', zei ze. 'En een auto, alsjeblieft …'

Ze gaf de portier het papier met Schymans handtekening.

Tore keek er sceptisch naar.

'En waarvoor heb jij een Volvo V70 nodig?'

'Ik was van plan om een bank te beroven en heb een discrete vluchtauto nodig', zei Annika.

'Hartstikke leuk', zei Tore, waarna hij haar de sleutels gaf. 'Hij is volgetankt. Zorg dat-ie ook vol is als je hem weer inlevert.'

Ze liep terug naar de redactie, pakte de computer uit op de reporterdesk en begon met het lezen van alle informatie over de politiemoord, zowel de info die verstrekt was door TT als de berichten die waren binnengekomen op de interne verzendlijst van de *Kvällspressen.*

'Annika', zei de Spijker, die een hand op haar schouder legde. 'Heb je zin om the true story te schrijven? Zo ontvluchtte ik de vlammen?'

Ze keek op en zag dat een groep collega's bezig was zich om haar heen te verzamelen.

'Is het waar dat jij de brand aangestoken hebt?' vroeg misdaadverslaggever Patrik Nilsson, die tegenwoordig samen met Berit de enige op de krant was met die functie. Patrik kon zijn enthousiasme nauwelijks in bedwang houden.

'Ik wil dat je zo snel als je kunt een "Melding zoekgeraakt voorwerp" voor je laptop invult', zei Eva-Britt Qvist, de redactiesecretaresse die bevorderd was tot papieromkeerder op de administratie. Zo had Annika haar nog nooit gezien, ze leek zo goed als tevreden.

Zelfs het meisje met de piercings, dat commerciële radio bedreef vanuit Annika's oude kantoor, had haar nest verlaten en stond haar nu aan te gapen.

'Ach jeetje toch,' zei ze, 'wat erg voor je.'

'Oké', zei Annika en ze rolde haar stoel terug naar de rand van de desk. 'Het gaat goed met mij, alles is in orde. Bedankt voor jullie medeleven, maar ik moet nu aan het werk ...'

Iedereen bleef staan.

'Ik begrijp dat het ontzettend zwaar voor je is', zei het meisje met al die dingen in haar gezicht en ze kwam nog een stap dichterbij.

'Ga naar je plek en ga aan het werk', zei de Spijker iets te luid en de mensen begonnen weer in beweging te komen, teleurgesteld mompelend.

'Ik wil je melding uiterlijk maandag hebben, anders moet je schadevergoeding betalen', zei Eva-Britt Qvist over haar schouder.

De nieuwschef richtte zich weer tot Annika.

'We hebben er nog niets over gepubliceerd, maar als je ervoor voelt om een ooggetuigenverslag te schrijven, dan hebben we een gaatje op de elf.'

Annika schraapte haar keel.

'Thanks but no thanks', zei ze. 'Schyman wil dat ik een stuk over Julia Lindholm schrijf.'

'Maar dat is geweldig', zei de Spijker. 'Exclusief: het geheime verhaal van de politiemoordenares.'

'Nou ja', zei Annika. 'Ze is natuurlijk nog niet veroordeeld.'

'Een schrijftechnische kwestie', zei de Spijker, waarna hij terugliep naar zijn bureau.

Annika verliet de nieuwspagina's en logde in op annika-bengtzon@hotmail.com, en toen ze binnen was, klikte ze op de map die werd aangeduid met 'archief'. Langzaam begon ze te zoeken tussen aantekeningen en documenten die verscheidene jaren oud waren.

Sommige teksten waren zo oud dat ze ze bijna vergeten was: concepten naar aanleiding van gesprekken met Patricia, het meisje dat in de pornoclub Studio Sex werkte, aantekeningen van na haar eerste ontmoeting met Rebecka, de vrouw die de stichting Het Paradijs runde, kopieën van artikelen die ze bij de *Norrlands-Tidningen* had geschreven toen ze research deed naar een in 1969 gepleegde aanslag op luchtmachtbasis F21 en onverwacht betrokken raakte bij de moord op journalist Benny Ekland.

Opeens kwam het besef: *Dit is alles wat ik nog heb. Al het andere is verbrand. Wat een onwaarschijnlijk geluk dat ik mijn archief op internet heb gezet.*

Ze veegde haar haren van haar voorhoofd en klikte verder, had een bepaalde herinnering dat de tekst die ze zocht hier ergens moest staan.

En ze vond het document inderdaad, ze boog naar voren en las het vluchtig door, het was nauwelijks een A4'tje lang.

Nina Hoffman en Julia Lindholm groeiden allebei op het platteland van Södermanland op, zaten vanaf groep zes van de basisschool bij elkaar in de klas en waren behoorlijk goed in atletiek.

Om beurten wonnen ze de verschillende disciplines bij de districtskampioenschappen. Toen ze vijftien waren, werden ze lid van het Jongerenverbond van de Socialistische Partij in Katrineholm, maar ze waren niet bepaald gecharmeerd van Göran Persson, die ze Nivea noemden: vet, en zuinig in het gebruik. Ze deden het maatschappelijke profiel aan de Duveholmsskola, net zoals zijzelf had gedaan. Als ze iets ouder waren geweest had ze zich hen misschien herinnerd, maar vier jaar was veel op die leeftijd. Na de middelbare school maakte Nina gedurende een half jaar een rondreis door Azië, terwijl Julia als onderwijsassistent werkte in de bovenbouw van basisschool de Stenhammarskola in Flen. Nadat Nina was teruggekeerd in Zweden, meldden ze zich beiden aan bij de politieacademie en werden direct aangenomen. Die avond, toen ze met hen op stap was, werkten ze ruim vijf jaar in de politieregio Katarina.

De meiden vertelden dat ze de mannelijke omgangsvormen op het bureau best lastig vonden. Je moest nooit ofte nimmer ook maar enige zwakheid tonen, dan was je er geweest.

Ongeveer als bij de Kvällspressen.

Annika verliet haar archief en begon de artikelen door te lezen die over David Lindholm gepubliceerd waren, zowel in haar eigen krant als in andere media.

De necrologieën waren zonder uitzondering lovend en vol respect, precies zoals de dramaturgie het wilde. Ze noteerde de namen van een paar collega's die zich hadden uitgesproken over de overledene: ene Christer Bure van de politieregio Södermalm en een professor Lagerbäck van de politieacademie. Beiden dichtten David Lindholm eigenschappen toe die van hem de reïncarnatie van Christus op aarde maakten.

Ze las over de fantastische manier waarop de politieman zich voor de samenleving had ingezet. Een voorbeeld was natuurlijk het beroemde gijzelingsdrama in Malmö. De foto's waarop David en de gijzelnemer gearmd het kinderdagverblijf verlieten, waren klassiekers.

Verder had je het waardetransport: David Lindholm had in zijn eentje een grote beroving opgelost waarbij twee bewakers schotwonden hadden opgelopen en bovendien had hij ervoor gezorgd dat de buit teruggevonden werd. De informatie die cruciaal bleek te zijn, had hij gekregen van een ter dood veroordeelde Amerikaan die vastzat in Tidaholm. De arrestatie van de vijf jongemannen uit Botkyrka die de beroving hadden uitgevoerd, was in alle media uitgebreid gedocumenteerd.

Maar dit was niet het complete beeld van David Lindholm, dat wist Annika.

De held die al deze spectaculaire misdrijven oploste, was in zijn bed vermoord, doodgeschoten door zijn vrouw.

Er is een andere waarheid. Ze moet een reden gehad hebben.

Ze klapte de gebruikte laptop dicht en liep naar Patrik Nilsson. De misdaadverslaggever zat intensief te lezen met zijn neus tegen zijn beeldscherm gedrukt.

'Weleens aan een bril gedacht?' vroeg Annika, die zich op Berits stoel liet zakken.

'De rijksrecherche heeft een boerderij in Södermanland door-zocht in de jacht op dat jongetje', zei Patrik zonder het scherm los te laten met zijn bijziende blik. 'Er zijn aanwijzingen dat hij zich de afgelopen week ter plaatse heeft opgehouden.'

'Ik hoop niet dat je dat gaat opschrijven', zei Annika.

De verslaggever keek verbaasd op.

'Natuurlijk ga ik dat opschrijven', zei hij.

'"Zich ter plaatse heeft opgehouden" is politietaal', zei Annika. '"Daar geweest is", dat is gewonemensentaal. Waarom denk je dat?'

Patrik las geconcentreerd.

'Ze hebben sporen gevonden die daarop wijzen', zei hij. 'Wat het is blijkt hier niet uit, moet het checken bij mijn bron.'

'Iets wat erop wijst dat daar een kind is geweest', zei Annika aarzelend. '*Donald Ducks* over de vloer? Half opgegeten ijsjes in de afvalcontainer? Wasteil op de keukentafel, gevuld met schuimend water dat nog lauw was en waarin plastic eendjes dreven?'

Patrik kauwde op een balpen.

'Of duidelijke afdrukken van laarzen maatje extra small in de zandbak', zei hij.

'Ik gooi het op de afvalbak', zei Annika. 'Als iemand iets in de container heeft gegooid, dan weet je vrijwel exact wanneer die persoon daar geweest is.'

'Hoe dan?' zei Patrik.

'De datumaanduiding', zei Annika. 'Ieder gezin met kinderen koopt en drinkt melk. Alle melkverpakkingen hebben een stempel met de uiterste houdbaarheidsdatum.'

'Maar afvalbakken worden voortdurend geleegd', zei haar collega.

'Ze lagen er vast nog in', zei Annika. 'In de gemeente Katrineholm wordt de vuilnis om de andere week opgehaald. Bovendien kun je alleen in de zomer service aanvragen, hoewel de vuilnismannen daar zo aardig zijn dat ze de bakken toch komen legen ...'

Patrik keek haar met een sceptische blik aan.

'Ik ben vroeger regioredacteur geweest bij de *Katrineholms-Kuriren*', zei Annika. 'Ik heb duizend artikelen geschreven over het ophalen van de vuilnis bij de boerderijen tussen Floda en Granhed.'

Haar collega liet zich tegen de rugleuning van zijn stoel zakken en kruiste zijn armen.

'Hoe weet jij waar de politiemoordenares haar zomerhuis heeft?'

'Julia vertelde dat', zei Annika, waarna ze opstond. 'Ik weet niet exact welk huis het is, maar wel bij benadering. Het ligt bij Floda, voorbij de zogenaamde Stöttastenvägen. Mijn oma had een eindje verderop een zomerhuis, net buiten Granhed. Lyckebo heet het.'

'Heet Julia's zomerhuis Lyckebo?'

'Nee, dat van mijn oma. Hoe dat van haar heet weet ik niet.'

'Het staat niet in het register voor onroerende zaken.'

'Jawel hoor, maar niet op haar naam. Ik geloof dat ze het huurde. Heeft de politie al iets losgelaten over het moordwapen?'

Patrik schudde zijn hoofd, terwijl hij naar het beeldscherm bleef staren.

'Iets over wanneer Alexander voor het laatst levend gezien is?'

Haar collega keek op.

'Hoezo?'

'En is er verder nog iets nieuws over David bekend geworden?

Heb je toevallig nog roddels over hem gehoord?'

'Waar zit je naar te vissen?' vroeg Patrik, terwijl hij haar argwanend aankeek.

'Hebben we de standaardcontroles op hem losgelaten? Geld, bedrijven, panden, auto's, boten, kijk- en luistergelden, de Dienst Beslagleggingen ...?'

'Nou ja, zeg', zei Patrik.

'Je weet het maar nooit', hield Annika vol. 'Misschien krijgen we dan een beeld hoe hij was achter het heldenaureool, een of andere aanwijzing waardoor we snappen hoe zijn vrouw op die manier kon ontsporen ...'

'Zulke dingen vind je niet in de archieven', zei Patrik, die zijn aandacht opnieuw op zijn scherm richtte.

Ineens ging er een schokje door Annika heen.

'De personeelscommissie bij de Rijkspolitieraad', zei ze. 'Heb je die gecheckt?'

Patrik trok een grimas.

'Om te kijken of hij ergens voor aangeklaagd is en of er misschien aangifte tegen hem is gedaan.'

'Alsof die gegevens openbaar zouden zijn', zei Patrik.

'Al hun zaken zijn op te vragen', zei Annika. 'Je hoeft alleen maar naar de klerk te gaan, en je krijgt alle informatie die je wilt.'

'Zulke dingen stoppen ze altijd in de doofpot', zei Patrik.

Annika liep terug naar de desk en klapte haar laptop weer open. Logde in op het Infoplein en voerde een F8-zoekopdracht uit met betrekking tot Lindholm, David, Stockholm. Noteerde zijn persoonsnummer in haar blocnote, hing haar tas over haar schouder en liep naar de uitgang.

Het pand van de Rijkspolitieraad was te bereiken via de grote entree aan de Polhemsgatan, het gedeelte van het politiecomplex dat in de jaren zeventig was gebouwd en waarvan de gevel bestond uit poepbruine stalen platen. Ze stapte uit de taxi bij een drukke parkeerplaats voor motoren, baande zich een weg naar de entreedeuren en liep naar de receptie.

'Ik moet wat gegevens checken bij de personeelscommissie', zei ze zonder zich voor te stellen of te legitimeren. Ze was hier tenslotte in de hoedanigheid van geïnteresseerde staatsburger, die wenste kennis te nemen van algemeen toegankelijke informatie.

'Heb je een afspraak?' vroeg de receptionist, een jongeman met een stevig montuur op zijn neus, wiens pony voor zijn ogen hing.

Annika ging op haar andere voet staan.

'Dat is niet nodig', zei ze. 'Ik wil kijken naar eventuele aanklachten.'

De receptionist zuchtte, greep zijn telefoon, draaide zich om en mompelde iets in de hoorn.

'Hij komt eraan', deelde hij mee, waarna hij verderging met zijn sudoku.

Annika keek door de deuren naar buiten, in de richting van het park.

Daar, aan de andere kant van de heuvel, lag de begraafplaats waar Josefin Liljeberg die warme zomer werd gevonden. Het meisje was vermoord, het moest inmiddels tien jaar geleden zijn.

Ze liep naar de deur en tuurde naar links, de heuvel af.

Daarbeneden lag indertijd Studio Sex, de pornoclub die diezelfde herfst de deuren moest sluiten nadat de eigenaar tot een gevangenisstraf was veroordeeld voor een aantal economische delicten.

Maar hij werd nooit aangeklaagd voor de moord op Josefin.

'Waarover gaat het?'

Een oudere man met een baard en een gebreid vest aan keek haar met half dichtgeknepen ogen vriendelijk aan. Annika was een paar seconden sprakeloos, ze was even vergeten wat ze daar deed.

'Ik zou willen weten of een bepaalde politieman aangeklaagd is geweest voor een misdrijf', zei ze.

'Zijn er redenen om te geloven dat dat het geval is?'

'Die zijn er denk ik altijd wel', zei ze.

'Deze kant op', zei de man.

Hij ging haar voor door een glazen deur en stapte daarna in een lift. Hij drukte op de elf en de lift schoot omhoog door het gebouw.

'Heb je het persoonsnummer van deze persoon?' vroeg de man en Annika knikte.

Toen de lift met een zuigend geluid stopte, draaide haar maag om. Ze volgde de man door het politiecomplex, door kronkelende gangen en lage deuren en ten slotte kwamen ze uit in een krap bemeten kamertje met een schitterend uitzicht over het park. Ze stak haar nek uit.

Je kunt de begraafplaats nog steeds niet zien. Die ligt achter het park, in de buurt van het Fridhemsplein.

Ze overhandigde de man de blocnote met het persoonsnummer van David, waarna hij het nummer invoerde in de computer.

'Hebben jullie alle gegevens over alle aangeklaagde politiemensen?' vroeg ze, terwijl de harde schijf stond te kauwen.

'Niet alle', zei de klerk. 'Alleen die van 1987 en jonger. De oudere liggen bij de provincie.'

Hij keek haar aan.

'Welke van de aanklachten wilde je zien?'

Welke van de …?

Haar hart maakte een sprongetje.

'Zijn het er meer dan een?'

De man keek op het beeldscherm.

'Twee.'

Ze slikte.

'Beide, graag.'

'Er moet gecheckt worden of ze onder de geheimhouding vallen,' zei de man, 'dus ik moet je vragen om maandag terug te komen.'

Annika boog over het bureau naar de man toe om op zijn beeldscherm te kijken, maar het stond zo gedraaid dat ze niets kon zien.

'Kunnen jullie dat nu niet checken?' smeekte ze. 'Alsjeblieft?'

De man keek nog eens wat beter naar de gegevens op het scherm.

'Interessante aanklachten', zei hij. 'Al zijn ze van langgeleden, de aangeklaagde is natuurlijk buiten zijn schuld tamelijk actueel geworden.'

Hij keek glimlachend over zijn schouder.

'Onze jurist is aanwezig,' zei hij, 'en de dossiers liggen in ons archief. Ik zal ze ophalen en vragen of we ze niet meteen kunnen checken.'

Hij verdween weer in het labyrint van gangen.

Annika weerstond een impuls om om het bureau heen te lopen en stiekem het beeldscherm te lezen en ging bij het raam staan dat uitzag over het Kronobergspark.

Hun oude appartement lag aan de Hantverkargatan, maar twee huizenblokken hiervandaan. Hierbeneden had ze iedere dag met Kalle en Ellen gelopen, bij regen, zonneschijn en sneeuwstorm. Zwoegend was ze de hellingen op gelopen om de kinderen af te leveren bij de speelplaats naast de brandweerkazerne. Zelf ging ze dan meestal op een keihard bankje in het park zitten, omgeven door café latte drinkende moeders die luidruchtig probeerden elkaar de loef af te steken met verbouwingsellende en vakanties in Frankrijk.

Ze ging op de vensterbank zitten en liet haar gedachten de vrije loop.

Eigenlijk had ze het hier in de stad ook niet heel erg naar haar zin gehad, maar hier hadden de buren in ieder geval niet geprobeerd om haar huis in brand te steken.

'Dat ging tamelijk pijnloos', zei de administrateur, die een knoop van zijn vest opendeed. 'Deze aanklachten vallen niet onder de geheimhouding ... Alsjeblieft.'

Hij gaf Annika de kopieën.

Ze bekeek vluchtig de punten waarop David Lindholm was aangeklaagd en voelde de adrenaline prikken.

'Hartstikke bedankt', zei ze en ze haastte zich naar de liften.

PAG. 6-7
KVÄLLSPRESSEN, EDITIE STOCKHOLM
ZATERDAG 5 JUNI

HIER ZOEKT DE POLITIE
NAAR ALEXANDER (4)

* *Het zoeken wordt uitgebreid*
* *Leger ingeschakeld*
* *Nachtelijke zoekactie in het bos*

Door Patrik Nilsson
Kvällspressen (Södermanland). De zoektocht naar de
verdwenen Alexander (4) neemt steeds wanhopiger vormen aan.
– Een doorbraak ligt in het verschiet, zegt een politie-
bron.

Het is nu niet langer meer een kwestie van dagen, maar van
uren.
Het verdwenen jongetje moet in de loop van zaterdag teruggevonden worden, anders begint de hoop te vervliegen.
Midden in deze lieflijke idylle, bij het zomerhuisje Björkbacken, diep in de bossen van Södermanland, is daarom een
intensieve zoektocht gaande naar de verdwenen Alexander.
De bomen ruisen vredig, alleen het geroep van de deelnemers aan de zoekactie verbreekt de stilte.
Hier, bij het zomerhuisje van de aangehouden Julia Lindholm, is de jongen een paar dagen geleden nog geweest, zo
heeft de politie vastgesteld.
'Vermoedelijk heeft men dat afgeleid uit de vuilnis die in beslag is genomen', vertelt een welingelichte bron aan de

Kvällspressen. 'Melkverpakkingen zijn altijd een dankbaar spoor in dergelijke onderzoeken, aangezien ieder gezin met kinderen melk koopt. Aan de hand van de verpakkingsdatum en de uiterste houdbaarheidsdatum kan de politie vaststellen wanneer het kind zich ter plaatse heeft opgehouden. In de bossen rond Katrineholm wordt de vuilnis eens per twee weken opgehaald, iets wat het politiewerk vergemakkelijkt.'

Bovendien schijnt de politie kleine voetafdrukken te hebben gevonden in de modder voor het huis, wat betekent dat er na de wolkbreuk van afgelopen dinsdag een klein kind bij het zomerhuisje moet zijn geweest.

De politie van Södermanland heeft het zoeken uitgebreid naar de omliggende gebieden. Aan de zoekactie neemt sinds vanmiddag tevens een helikopter met infraroodcamera deel.

'Die heeft alleen zin als de jongen nog leeft', zegt een bron bij de onderzoeksleiding. 'Als hij dood is, heeft zijn lichaam dezelfde temperatuur als de omgeving.'

Denken jullie dat de jongen nog leeft?

'Dat we met een infraroodcamera zoeken, duidt erop dat we de jongen als vermist en in leven beschouwen.'

Met ingang van vandaag, zaterdag, werkt ook het leger mee aan de zoektocht. Dienstplichtigen van het regiment P4 Skaraborg uit Skövde nemen deel aan de actie.

Vanuit de rijksrecherche komen tegelijkertijd signalen die erop neerkomen dat de verdenkingen jegens Julia Lindholm zijn toegenomen. Naar verluidt zal het verzoek tot inhechtenisneming binnen afzienbare tijd worden ingediend. De behandeling van het verzoek kan vermoedelijk reeds in het weekend plaatsvinden, of uiterlijk maandag.

Alles bij elkaar duiden de analyses van de politie erop dat een doorbraak in het onderzoek ophanden is.

'Onze hoop is er natuurlijk op gevestigd dat we dit kind levend terugvinden.'

Inlichtingen over de verdwenen Alexander Lindholm (4) kunnen worden doorgegeven aan de rijksrecherche in Stockholm of aan de politie in uw woonplaats.

Zaterdag 5 juni

Nina liep door de lange, glazen gang die de officiële ingang vormde van het politiecomplex in Kungsholmen. Hoewel ze al bijna tien jaar bij de Stockholmse politie werkte, had ze deze ingang vrijwel nooit gebruikt. De glazen wanden en het schuine glazen dak gaven haar het dubbele gevoel dat ze opgesloten zat en tegelijkertijd kwetsbaar was, alsof ze op de een of andere manier schuldig was aan iets.

Ze versnelde haar pas.

De man bij de receptie liet haar een hele minuut wachten, voordat hij haar aanwezigheid leek op te merken. Ze was in burger en besefte dat hij haar aanzag voor een gewone, lastige inwoonster van Stockholm.

'Ik kom voor Julia Lindholm', zei ze en ze legde haar insigne op de balie.

De ogen van de man werden smaller en zijn mond werd hard. Ondanks 301 gedetineerden wist hij precies wie Julia was.

'Lindholm zit onder volledige beperkingen', zei hij. 'Bezoek is op dit moment niet aan de orde.'

Nina stak haar kin een eindje omhoog en zorgde ervoor dat ze hem strak aankeek toen ze antwoordde.

'Dit gaat vanzelfsprekend niet om een bezoek, dit gaat om een informeel verhoor', zei ze. 'Ik ging ervan uit dat dit kortgesloten en gesanctioneerd was.'

Hij keek haar sceptisch aan, pakte haar politie-insigne en verdween in een kantoor.

Liet haar tien lange minuten wachten bij de balie.

Ik ga weg. Laat maar zitten. Ik kan je niet helpen, Julia ...

'Nina Hoffman?'

Ze draaide zich om en zag een vrouwelijke bewaker bij de deur staan die leidde naar het binnenste van het gebouw.

'Ik moet je vragen om alle persoonlijke bezittingen, zoals jas en mobiele telefoon, achter slot en grendel te doen voordat je het huis van bewaring betreedt. Deze kant op.'

Nina legde haar sjaal, jack en handtas in een kluisje links van de receptie. Ze kreeg een naamkaartje, dat ze gedurende het bezoek zichtbaar moest dragen, en mocht daarna de hekken passeren.

Ze liep achter de bewaker aan een gang in, die eindigde in een vestibule met felblauwe liften.

'Gaan we niet naar een bezoekkamer?' vroeg Nina.

'Mijn orders waren om jou naar Julia Lindholms cel op de vrouwenafdeling te brengen', zei de vrouw en ze rammelde met een sleutelbos die bevestigd was aan het uiteinde van een lange ketting.

Nina gaf geen antwoord. Ze was nog nooit in de Kronobergs-gevangenis geweest. Ze stapten in de lift, de bewaker drukte op een knop. Het duurde even voordat het mechanisme in beweging kwam, Nina gluurde naar een van de camera's.

'De liften worden bewaakt', zei de vrouw. 'Alle transporten naar boven en beneden in het gebouw worden van buitenaf aangestuurd.'

Op de derde verdieping stopten ze. Nina maakte aanstalten om naar de deur te lopen, maar de bewaker hield haar tegen.

'Hier eindigen de vertrekken van de politie', zei ze. 'We hebben opnieuw toestemming nodig om het huis van bewaring in te mogen.'

Een paar seconden later ging de lift met een schokje verder.

Ze stapten uit op de zesde verdieping, passeerden drie dichte deuren en kwamen uit op een gesloten afdeling.

'Als je hier even wacht, dan kan de keukentrolley erlangs', zei de vrouw.

Nina keek een lange gang in, die eindigde bij een raam met tralies ervoor. Op de vloer lag grijs linoleum. Het zonlicht buiten weerkaatste op de vloer, net als het licht van de tl-buizen aan het plafond. Aan weerszijden van de gang bevonden zich groene metalen deuren, die waren voorzien van bordjes met informatie over de gedetineerden: celnummer, beperkingen, registratienummer. Iedere deur had een luikje, waardoor het personeel naar binnen kon kijken, de sloten waren robuust. Achter de dichtstbijzijnde deur hoorde ze iemand hoesten.

'Zit alles vol?' vroeg Nina.

'Is dat een grapje?' antwoordde de bewaker.

Twee mannen draafden voorbij met een kar vol opgestapelde dienbladen en verdwenen in de naastgelegen gang.

De bewaker liep naar het einde van de gang en haalde een van de groene deuren met haar rammelende sleutelbos van het slot.

'Julia Lindholm', zei ze. 'Je hebt bezoek.'

Zonder geluid te maken haalde Nina diep adem toen ze de cel binnenstapte, haar mond was een beetje droog. Ze voelde de nabijheid van de wanden en besefte hoe klein de ruimte was.

Dit is niet menswaardig! Hoe kunnen ze jou zo behandelen?

Julia zat ineengedoken op het bureau, dat aan de muur was bevestigd, en keek door het celraampje naar de hemel. Ze was gekleed in de groene en grijze kleding van het huis van bewaring en schommelde in hoog tempo van voren naar achteren, terwijl haar armen haar knieën omklemden. Haar tenen bewogen fanatiek in haar geitenwollen sokken, haar blonde haar was ineengedraaid tot een knotje midden op haar hoofd. Ze leek niet te merken dat er iemand was binnengekomen.

'Julia', zei Nina zacht om haar niet te laten schrikken. 'Julia, ik ben het.'

De celdeur werd achter Nina gesloten. Aan de binnenkant zat geen klink.

Julia reageerde nog steeds niet, ze zat nog steeds uit het raam te staren. Nina bleef een paar lange seconden met de rug naar de deur staan en keek voorzichtig om zich heen. Het grenen bureau was bevestigd aan een bed, dat eveneens vastzat aan de muur. Op de houten oppervlakken zat vergeelde oude lak met overal brandplekken van sigaretten. Een stoel, twee smalle planken, een metalen wastafel. Het stonk er naar rook.

'Julia', zei ze opnieuw. Ze deed twee stappen in de richting van het bureau en legde voorzichtig haar hand op de schouder van de vrouw. 'Julia, hoe is het met je?'

Julia liet de hemel los met haar blik en draaide zich naar Nina toe, er verscheen een gelukkige glimlach op haar gezicht.

'Nina', zei ze en ze sloeg haar armen om haar hals, omhelsde haar schommelend. 'Wat lief dat je me komt opzoeken! Wat doe je hier?'

Nina maakte zich los uit de armen van haar vriendin en keek haar onderzoekend aan. Haar ogen waren rooddoorlopen en de uitslag op haar wangen was erger geworden, maar haar glimlach was open en vriendelijk. Ze maakte een wakkere en energieke indruk.

'Ik wilde zien hoe het met je gaat', zei Nina. 'Hoe is het?'

Julia haalde haar schouders op, wurmde zich langs Nina en sprong op de vloer. Liep naar de deur, voelde eraan met haar handpalmen.

'Wat doe je?' vroeg Nina.

Julia liep terug naar het bureau, ging erop zitten, stond toen weer op en nam plaats op het bed.

'Julia', zei Nina. 'Ik hoorde dat je ontslag genomen hebt. Waarom?'

Julia sloeg een verbaasde blik naar haar op en beet koortsachtig op haar duimnagel. Ze keek om zich heen in de cel.

'Ik moet afwasmiddel kopen', zei ze. 'Het poeder is op. Ik heb van die kleine dobbelsteentje, maar die lossen niet goed op ...'

Nina kreeg een brok in haar keel.

'Hoe voel je je? Kan ik je ergens mee helpen?'

Julia stond weer op en liep naar de deur, liet haar handen doelloos over het groene metaal gaan.

'Nina', zei ze toen, en ineens klonk ze bang en onrustig. 'Denk je echt dat we ons moeten gaan aanmelden bij de politieacademie? Kunnen we niet beter naar de sociale academie gaan?'

Dit is lang niet in orde.

'Waar heb je het over?'

Julia stapte op het bed en begon onrustig met haar voeten te trappelen, haar blik zocht zich een weg naar buiten en bewoog rusteloos over de bruine gevel aan de andere kant van de binnenplaats.

'David is nog steeds niet thuis', zei ze angstig. 'Hij zou Alexander ophalen, de crèche is al een paar uur gesloten.'

Ze keek Nina hoopvol aan.

'Heeft hij jou gebeld?'

Nina deed haar mond open, maar ze kon niets zeggen, de tranen knepen haar keel dicht. Julia zag haar reactie en knipperde verbaasd met haar ogen.

'Kom naast me zitten', zei Nina. Ze pakte Julia's hand en trok haar vriendin naast zich op de brits. 'Kom maar, dan gaan we even praten …'

Ze zorgde dat Julia recht voor haar kwam te zitten en legde haar handen op haar wangen, keek haar recht in de ogen.

'Julia,' fluisterde ze, 'waar is Alexander?'

Julia zette grote ogen op en een paar keer achter elkaar verscheen er een vlaag van verwarring in haar blik.

'Weet je nog wat er met David gebeurd is?' vroeg Nina zacht. 'In jullie slaapkamer? Herinner je je de schoten?'

Iets donkers landde op de bodem van Julia's ogen, ze leek te kijken naar iets wat zich vlak boven Nina's hoofd bevond. Ze hapte naar lucht en haar gezicht vertrok.

'Haal haar weg', fluisterde ze.

'Wie?'

'Die andere. Ze is slecht.'

Nina draaide zich om en keek naar de wand boven haar, een eerdere bewoner had daar zijn initialen in gekrast.

'Heb je het over die andere vrouw? De vrouw die Alexander meegenomen heeft?'

Julia's lichaam schokte en ze sloeg zich los, haar onderarm raakte Nina's neuswortel. Zonder een woord te zeggen strompelde ze naar de deur en begon erop te bonzen, eerst met haar vuisten en daarna met haar hoofd. Uit haar keel kwam een kermend geluid.

O nee, wat heb ik gedaan?

Nina deed twee grote stappen naar de deur en pakte Julia van achteren stevig vast om haar te kalmeren, maar de omhelzing had het tegengestelde effect. Julia begon te schreeuwen, een woedend gebrul dat werd gedempt toen ze Nina probeerde te bijten.

'Julia, ik leg je nu op de brits, in de stabiele zijligging', zei Nina en ze draaide Julia's armen op haar rug.

Daarna legde ze de schreeuwende vrouw met haar gezicht op het kussen.

Het luikje ging open en de vrouwelijke bewaker keek in de cel.

'Ze moet iets kalmerends hebben', zei Nina.

Julia huilde hysterisch, haar hele lichaam beefde. Nina hield haar vast en probeerde haar te kalmeren met haar gewicht en lichaamswarmte.

'Verpleging is onderweg!' riep de bewaker door het luikje.

De stuiptrekkingen ebden langzaam weg en Julia's lichaam hield op met bewegen, het geschreeuw ging over in een zacht, kermend gehuil.

Ten slotte werd ze stil. Ze lag daar volkomen roerloos en ademde hijgend.

'Het was mijn schuld', fluisterde ze. 'Het was mijn schuld.'

Nina belde commissaris Q zodra ze de glazen gang bij de receptie in stapte.

'Jullie kunnen haar niet op die manier opgesloten houden, niet in een cel in het huis van bewaring', zei ze kort toen hij opnam. 'Ze is zo goed als psychotisch en ze moet adequate, psychiatrische hulp hebben.'

'Waarom denk je dat?'

'Ze heeft visioenen en ze lijdt duidelijk aan waanvoorstellingen.'

Nina liep met snelle passen naar de uitgang, wilde weg uit die akelige glazen tunnel.

'En zo veranderde de informele ondervrager in een deskundige op het gebied van de psychiatrie', zei de commissaris aan de andere kant van de lijn. 'Heb je iets uit haar kunnen krijgen?'

Nina duwde de deur open en stapte de straat op, het waaide flink, *verrader, verrader.*

'Ze praatte onsamenhangend over irrelevante dingen, zei dat ze vergeten was om afwasmiddel te kopen en vroeg zich af of ze zich wel moest aanmelden voor de politieacademie. Ze leek gedesoriënteerd in tijd en ruimte, was zich er niet van bewust wat er gebeurd is. Ze vroeg waar David bleef met Alexander.'

'Heeft ze iets over die andere vrouw gezegd?'

'Ja, dat ze slecht was. Ze vroeg me of ik haar kon weghalen. Ik vind dat Julia in aanmerking moet komen voor een Paragraaf zeven-onderzoek en wel onmiddellijk.'

'Dus ze heeft zich op geen enkele manier uitgesproken over de schuldvraag?'

Nina ademde twee keer in en weer uit.

'Ik heb me misschien niet duidelijk genoeg uitgedrukt. Julia was zo verward dat ze niet wist waar ze was. Toen ik haar vragen probeerde te stellen over de moord, raakte ze compleet van de kaart. Er moest een verpleger komen om haar een kalmerende injectie te geven. Ze slaapt nu.'

Commissaris Q zuchtte luid.

'Ondanks alles was er dus een vorm van vooruitgang te bespeuren, neem ik aan', zei hij. 'Met ons heeft ze nog helemaal niet gepraat.'

'Helemaal niet?'

'Geen kik. Ook niet over afwasmiddelen.'

Nina bleef staan en keek omhoog langs de gevel van het politiecomplex, probeerde zich een voorstelling te maken van de kooien op het dak waar de gedetineerden een uur per dag mochten luchten.

'Dan wist je dus hoe gestoord ze is', zei ze. 'Je wist hoe ze eraantoe is, maar dat heb je mij niet verteld toen je me vroeg om haar te verhoren.'

'Hé, hé', zei Q. 'Ze weigerde te praten. Dat is niet ongebruikelijk.'

'Om haar een enigszins zinnig verhoor te kunnen afnemen, moet ze eerst de een of andere behandeling ondergaan', zei Nina. 'Ik weet niet hoe dat werkt, maar iedere dag worden mensen blootgesteld aan traumatische ervaringen, waarna ze onder handen worden genomen door de geestelijke gezondheidszorg.'

'In het ideale geval', zei Q. 'Maar dat wordt in dit geval natuurlijk lastig.'

Ze begon in de richting van de metro te lopen.

'En waarom zou de geestelijke gezondheidszorg in dit geval geen middelen hebben?'

'Ik heb het niet over de zorg op zich', zei Q. 'Ik heb het over de wil. Laat ik me anders uitdrukken: er bestaat een zekere weerstand binnen het korps, om de moordenaar van David Lindholm in de watten te leggen.'

Nina hield midden in een stap halt.

'In de watten te leggen ...?'

'Als alles volgens plan verloopt, wordt Julia maandagmiddag in hechtenis genomen. Het is natuurlijk maar een formaliteit, maar ik wil dat jij erbij bent. De mogelijkheid bestaat dat er vragen rond de aanhouding opkomen die de rechtbank moet beantwoorden.'

Nina ging wijdbeens staan met haar gewicht over beide voeten verdeeld. Twee jongens in de puberleeftijd liepen haar giechelend voorbij, ze deed geen moeite om voor hen haar stem te laten zakken.

'Laat ik één ding duidelijk stellen', zei ze. 'Ik heb dit voor Julia gedaan, niet voor jou. Ik wens niet betrokken te raken bij dit onderzoek.'

'Het vinden van dat kind heeft op dit moment de hoogste prioriteit.'

Ze schommelde wat heen en weer op haar voetzolen.

'Dat is geen eenvoudige opgave', zei ze. 'Of je stemt je collega's tevreden, of je lost deze misdrijven op. Succes.'

Ze zette haar telefoontje uit en liep met knikkende knieën de trap naar de metro af. Pas toen ze op de roltrap stond, besefte ze wat ze gezegd had.

Misdrijven, meervoud.

Ik ga ervan uit dat je Alexander ook gedood hebt.

Ze versnelde haar tred.

De kinderen zaten op de bank in Berits woonkamer geparkeerd en keken naar een aflevering van *Moem*. Annika zette de ontbijtboel in de afwasmachine, veegde de keukentafel en het aanrecht af en haalde daarna de aanklachten jegens David Lindholm tevoorschijn. Het waren aanklachten wegens mishandeling. Ze ging aan de klaptafel zitten en liet haar blik door het raam naar het meer dwalen.

Mensen deden elkaar zo vreselijk veel pijn. Was er werkelijk hoop voor de mensheid, met zo veel slechtheid overal?

Ze hoorde Mu iets schreeuwen naar Mamma Moem en deed haar handen voor haar oren.

Berit was naar de winkel om boodschappen te doen voor het avondeten, ze was al een eeuwigheid weg.

Waarom grijpt het me zo aan als ik alleen ben? Waarom ben ik zo rusteloos?

Ze pakte de papieren van de personeelscommissie van de Rijkspolitieraad en las de voorbereidende onderzoeken nog een keer door.

De eerste zaak ging over een 21-jarige man die Tony Berglund heette. De aangifte was gedaan door een eerstehulparts in het Söderziekenhuis. De verklaring waarin de verwondingen van de man werden beschreven was drie pagina's lang en uitzonderlijk gedetailleerd. De arts was van oordeel dat de verwondingen waren ontstaan door een omvangrijke en langdurige mishandeling met vier fracturen en uitgebreide inwendige bloedingen als gevolg.

De mishandelde man had al in de ambulance aangegeven dat hij door 'een smeris' in elkaar was getrapt. Op de eerste hulp had hij vervolgens de politieman beschreven als een forse blonde kerel, met opvallende wenkbrauwen.

Die beschrijving paste ontegenzeggelijk bij David Lindholm.

Tijdens alle verhoren had Tony Berglund exact dezelfde versie verteld van de gebeurtenissen aan de Luntmakargatan.

Hij was met twee vrienden op weg geweest naar een meisje aan de Frejgatan, in de buurt van de Stefanskerk, toen ze werden aangevallen door vijf jongemannen met petten op. Dat gebeurde op de hoek met de Rehnsgatan. De jongens hadden voornamelijk lopen schreeuwen, duwen en trekken, maar van een echt handgemeen was eigenlijk geen sprake geweest. Toch was na een kleine minuut al een ME-wagen uit het district Norrmalm met gierende banden vanaf de Norra Real-school komen aanrijden. Vier smerissen waren uitgestapt, de grote blonde voorop.

'Ben jij soms Tony?' had hij gevraagd en toen Tony geantwoord had 'wat kan jou dat nou schelen', was het afranselen begonnen.

Tony Berglund kon niet beoordelen hoelang de mishandeling geduurd had. Hij had het bewustzijn verloren op het moment dat zijn kaak verbrijzeld werd en was pas bijgekomen in de ambulance. De beschrijving van de politieman had hij schriftelijk gedaan, aangezien zijn kaak gefixeerd was. Het verkreukelde papiertje zat in het dossier.

Tijdens het proces was de jongeman echter op zijn verhaal teruggekomen.

Heel eigenaardig.

David zelf gaf aan dat de ME-bus bij de plaats delict was aangekomen toen de mishandeling al in volle gang was en dat de politieagenten door hun snelle ingrijpen waarschijnlijk het leven van Tony Berglund hadden gered.

De beide vrienden die Tony bij zich had, waren door de twee andere agenten weggejaagd en hadden de verklaringen überhaupt niet kunnen bevestigen.

De overige agenten in de ME-bus bevestigden kritiekloos de versie van David.

Bij de personalia stond vermeld dat Tony Berglund een tamelijk stevige criminele achtergrond had: pleeggezinnen, tuchtschool, ondertoezichtstelling voor lichte narcoticavergrijpen.

Annika zuchtte, *arme jongen.*

Ze legde het geval Tony Berglund weg en concentreerde zich op de andere kwestie.

Een man genaamd Timmo Koivisto *(heet hij echt Timmo? Ja, blijkbaar)* was onderweg geweest naar Ropsten voor een bescheiden amfetaminedeal. Hij wilde alleen eerst nog even plassen bij het centrale metrostation, maar net toen hij naar binnen was gegaan bij de herentoiletten, werd de deur opengetrokken en was een grote, blonde man in politie-uniform de wc-ruimte binnengestapt. Timmo had eerst gedacht dat het de een of andere grap was, dat iemand zich als politieagent had verkleed, maar daarna had die kerel hem bij de oren gepakt en gevraagd: 'Ben jij soms Timmo?' en Timmo was bang geworden. Hij had zich proberen los te werken, maar toen had die kerel zijn hoofd tegen de toilettegeltjes geslagen, waarna hij algauw zijn bewustzijn had verloren.

De ambulance was gewaarschuwd door David Lindholm, die verklaarde dat hij de zwaargewonde jongeman bewusteloos op het toilet had aangetroffen en die door zijn snelle optreden waarschijnlijk het leven van de jongen had gered.

Timmo Koivisto bleef bij zijn versie van de gebeurtenissen, tot aan de behandeling van de zaak door de arrondissementsrechtbank. Daar veranderde hij plotseling van mening.

Ook Timmo Koivisto bleek volgens de personalia een van de ongelukskinderen van onze maatschappij te zijn, met een achtergrond die te vergelijken was met die van Tony Berglund. Drie keer veroordeeld tot een korte gevangenisstraf wegens drugshandel.

Hij is schuldig. Hij heeft het gedaan. Hij heeft die twee crimineeltjes tot gort geslagen, maar waarom? In opdracht van wie?

Annika stond op en liep naar Berits elektrische koffiezetapparaat. Ze snapte nooit hoe die dingen werkten. Thuis had ze altijd een Franse Presso-koffiezetter gehad, zo een waarin je koffie en kokend water deed, waarna je het filter naar beneden duwde, en dan had je koffie. Hier moest je water in een compartiment doen en een papieren filter van het juiste formaat in een ander compartiment en je moest koffie afmeten en daarna moest je een eeuwigheid wachten.

Ze liep maar eens naar de woonkamer, waar de kinderen voor de tv zaten.

'Hoi', zei ze. 'Is *Moem* goed?'

Ellen leunde opzij.

'Je staat in de weg, mama.'

Ze ging weer naar de keuken. Friemelde aan de aanklachten. Deed een onhandige poging om het koffiezetapparaat aan de praat te krijgen, maar gaf het op.

Ze overwoog om haar laptop uit te pakken, maar ze wilde niet Berits complete keukentafel in beslag nemen met haar spullen. Daarom belde ze Inlichtingen en vroeg naar het nummer van Tony Berglund.

'Heb je ook een postadres?'

Nee, dat had ze natuurlijk niet.

'Ik heb 36 hits in Stockholm en in het gebied ten noorden van de stad.'

'Timmo Koivisto dan?'

'In Norrtälje? In het Vårtuna-opvanghuis? Hij is de enige in het hele land die ik heb. Het is een mobiel nummer, zal ik je doorverbinden?'

Annika zei dat ze dat graag wilde en belandde meteen in een voicemailtekst, een tamelijk lange persoonlijke begroeting. De man die de tekst had ingesproken had een sterk Fins accent en vertelde nogal omslachtig dat je naar Timmo's nummer belde en dat hij graag terugbelde zodra hij tijd had, en vervolgens wenste hij alles en iedereen Gods vrede toe, waaraan hij toevoegde dat de liefde en vergiffenis van Jezus gold voor alle mensen op aarde.

Toen de pieptoon kwam, aarzelde Annika even.

'Eh,' zei ze, 'het zit zo, ik ben van de avondkrant de *Kvällspressen*, mijn naam is Annika Bengtzon. Ik vraag me af of dit de Timmo Koivisto is die achttien jaar geleden een tamelijk onaangename … ontmoeting … had met een politieman die David Lindholm heet … of heette … want áls jij die persoon bent, en áls je wilt praten over wat er zo lang geleden gebeurd is, dan wil ik je vragen mij terug te bellen …'

Daarna dreunde ze haar telefoonnummer op en drukte het gesprek weg.

Stond op en keek naar de weg, geen Berit in zicht.

Liep terug naar de keukentafel, pakte haar mobiel weer en belde Nina Hoffman.

De inspecteur nam op nadat de telefoon vier keer was overgegaan.

'Stoor ik?' vroeg Annika.

Het antwoord klonk ietwat vermoeid en verdrietig.

'Waarover gaat het?'

'Ik heb wat nagedacht over David', zei Annika. 'Ik heb begrepen dat hij aangeklaagd is geweest wegens mishandeling en ik weet dat het langgeleden is, en ik weet ook dat hij nooit veroordeeld is, maar ik vraag me af of jij misschien meer weet over deze kwesties …'

Het werd stil aan de andere kant van de lijn, ze hoorde een zwak gesuis van verkeer, blijkbaar was de verbinding niet verbroken.

'Hoe ben je daarachter gekomen?' vroeg Nina ten slotte.

Ze weet het dus.

'Waarom stel je die vraag? Is het raar dat ik de aanklachten ken?'

Weer een stilte.

'Ik wil hier niet via de telefoon over praten.'

Annika gluurde naar de woonkamer, ze moest de kinderen maar meenemen.

'Ik kan naar de pizzeria komen', zei ze.

'Nee', zei Nina. 'Daar zitten te veel collega's. Weet je waar de Nytorgsgatan ligt? Het café op de hoek met de Bondegatan?'

Ze werden het eens over een tijd en beëindigden het gesprek.

Berit kwam de keuken binnen en zette drie grote draagtassen van de Ica op het aanrecht.

'We krijgen regen vanmiddag', zei ze. 'De wolken hangen precies boven de toppen van de sparren.'

'Wist jij dat David Lindholm aangeklaagd is wegens mishandeling?' zei Annika. 'Niet één, maar twee keer?'

Berit leunde tegen het aanrecht en dacht na.

'Nee, dat had ik nog niet gehoord. Is hij veroordeeld?'

Annika stond op om haar te helpen met het uitpakken van de boodschappen.

'Schijnbaar niet dus. De eerste keer is twintig jaar geleden, in die tijd was hij teamlid van de ME in Norrmalm. Werkte onder meer met Christer Bure, die man lijkt een van zijn vertrouwelingen te zijn geweest.'

Ze deed de koelkastdeur open en legde de melk erin en een pak drumsticks.

'Volgens de officier van justitie heeft David Lindholm een jonge vent zo hard geschopt dat die zijn kaak en drie ribben brak. Die jongen werd opgepakt wegens een benderuzie aan de Luntmakargatan. Op de rechtbank veranderde die knul van mening, daar zei hij dat hij David alleen maar aangeklaagd had om de politie dwars te zitten. Hij moest geschopt zijn door een bendelid met wie ze gevochten hadden, maar hij had niet gezien wie het was.'

'Dat kan natuurlijk waar zijn', zei Berit.

'Zeker', zei Annika. 'De tweede aanklacht betrof een geval

waarbij David een junk mishandeld zou hebben in een toilet op het centrale metrostation. Hij had die jongen met zijn hoofd tegen een muur geslagen met als gevolg een zware hersenschudding. De junk heeft blijvend letsel overgehouden aan de mishandeling, hij ziet onder meer dubbel en het gehoor aan zijn linkeroor is beschadigd.'

'Zou ook kunnen komen door zijn omvangrijke drugsmisbruik …'

'Uiteraard. Het vreemde is alleen dat hier hetzelfde gebeurde als in die andere zaak: tijdens de rechtszaak verandert de jongen van gedachten. Zegt dat hij door een drugsvriendje afgeranseld is, dat hij David alleen maar beschuldigde om de politie een hak te zetten.'

'Wat zei David zelf?'

'Exact hetzelfde wat de slachtoffers uiteindelijk tegen de rechter zeiden: dat ze door andere criminelen mishandeld waren en dat ze de politie de schuld hadden gegeven om het korps schade toe te brengen.'

'Dus David werd vrijgesproken?'

'Het OM werd niet-ontvankelijk verklaard. Maar ook als hij veroordeeld was, had hij zijn baan kunnen houden, dat had de personeelscommissie al besloten.'

Berit knikte bedachtzaam.

'Hij is klaarblijkelijk vanaf het begin een controversiële maar populaire politieman geweest', zei ze. 'Van wanneer is die laatste aanklacht?'

'Van achttien jaar geleden.'

'Dus sinds die tijd heeft hij zich onberispelijk gedragen?'

Annika vouwde de Ica-zakken op.

'Hij is in ieder geval niet aangeklaagd. Waar heb je je draagtassen?'

Berit wees naar de onderste keukenla.

'Heb je de krant gezien? Jouw Julia-artikel staat op pagina twaalf. Het is hartstikke goed.'

Ze gaf de beide tabloids aan Annika, die aan de keukentafel ging zitten en de kranten voor zich uitspreidde. De *Kvällspressen* en de Concurrent hadden exact dezelfde foto en exact dezelfde kop op de

De foto die de voorpagina's domineerde was die van een jongetje dat onzeker naar de camera glimlachte. De klassieke gemarmerde achtergrond verried dat het een foto van het kinderdagverblijf was, zo'n foto die ieder jaar in alle Zweedse crèchegroepen en schoolklassen genomen werd.

Dus zo zag hij eruit, het jongetje dat een half jaar na Ellen geboren werd.

Hij had blond, warrig haar en tengere, fijne gelaatstrekken, het had een meisje kunnen zijn. Aan de onderrand van de foto kon je nog net de boord van een overhemd zien, dat hij waarschijnlijk voor de gelegenheid aan had gemoeten.

Ze voelde zich ongemakkelijk bij de aanblik van de foto. Het jongetje zag er zo weerloos uit, zo kwetsbaar, en door de manier waarop de kop geformuleerd was, leek het alsof men er al van uitging dat hij dood was.

Stel je voor dat het mijn kind was! Stel je voor dat Ellen of Kalle verdwenen was!

Ze huiverde even en sloeg de krant open. Berit zette haar leesbril op en ging tegenover haar zitten.

'Staat dat jongetje ook op de nieuwsposter?' vroeg Annika.

'Beide kranten,' zei Berit, 'met dezelfde kop.'

Ze hielden op met praten en lazen een poosje. Moem had plaatsgemaakt voor Pingu, de kleine pinguïn, wiens opgewekte tune zijn weg zocht naar de keuken. De wind gierde in een kier bij het raam.

'Ik begrijp dit niet', zei Berit. 'Waar kan die jongen gebleven zijn? Als de moeder hem niet ergens verstopt heeft, dan moet ze hem gedood hebben, maar wanneer heeft ze dat dan gedaan?'

Annika sloeg de Concurrent open en bladerde naar de zes en de zeven, het belangrijkste nieuwskatern. De pagina's waren gevuld met een foto over tien kolommen: een open plek in het bos met in het midden een rood zomerhuisje met witte ribben en een waterpomp op het erf. Het was een sfeervol plaatje, het door de boomkronen gefilterde licht viel op de witgeschilderde raamluiken, en dwars over de hele scène liep het blauwwitte afzetlint van de politie.

HIER ZOEKT DE POLITIE NAAR ALEXANDER (4), las Annika. 'Ze hebben precies dezelfde invalshoek als wij', zei ze.

Berit schudde zuchtend haar hoofd.

'Toch snap ik niet hoe dit in elkaar steekt. Stel dat mama haar zoon meegenomen heeft naar het zomerhuisje en hem daar vermoord heeft, is ze dan meteen daarna naar huis gegaan? Of heeft ze misschien een dag, of twee dagen gewacht? En vond papa het dan niet vreemd dat mama zonder zoon thuiskwam?'

'Misschien heeft ze gelogen over zijn verblijfplaats?' opperde Annika. 'Zei ze dat hij bij een vriendje logeerde, of bij opa en oma?'

Berit las een poosje en ging toen verder.

'Maar waarom hem wegstoppen, waarom al die moeite? De moord op haar man heeft ze tenslotte op geen enkele manier proberen te verbergen.'

'Of ze heeft het kind weggestuurd', zei Annika. 'Naar het buitenland, naar verre familieleden.'

Berit schudde haar hoofd.

'Welke moeder doet dat nou?'

'Of moeten we zeggen: welk individu?' zei Annika.

'Misschien ging er iets mis toen ze papa wilde doodschieten', redeneerde Berit. 'Mogelijk was ze van plan om hem ook te verbergen na de moord. Ik geloof dat ik je telefoon hoor overgaan.'

Annika ging rechtop zitten en spitste haar oren.

Ja, dat was het geluid van haar mobiele telefoon.

Ze rende naar de buffetkast bij de voordeur, keek aarzelend op het display. Het signaal hield aan.

'Ga je niet opnemen?' vroeg Berit, die een pagina van de krant omsloeg.

Annika legde het mobieltje weer op de kast, het lag te dansen en te vibreren op het houten blad.

'Het is Anne Snapphane. Ik heb absoluut geen zin om met haar te praten.'

'O', zei Berit. 'Ik dacht dat jullie vriendinnen waren.'

'Dat dacht ik ook', zei Annika.

Het telefoontje hield op met rinkelen en trillen, maar begon een ogenblik later opnieuw. Annika kreunde, pakte het weer en keek opnieuw op het display.

'Jeezez', zei ze. 'Het is mijn moeder. Die moet ik nemen.'

Ze liep naar buiten en bleef op het overdekte stoepje staan.

'Annika?' zei haar moeder verontwaardigd aan de andere kant van de lijn. 'Annika, ben jij dat?'

Ze liet zich op een traptrede zakken en liet de wind aan haar kleren trekken.

'Ja, mama, ik ben het. Hoe is het met jou?'

'Wat heb ik gehoord?' zei haar moeder. 'Is jouw húís áfgebrand?'

Annika deed haar ogen dicht en bedekte ze met haar hand.

'Ja mama, ons huis is afgebrand. Er is niets meer van over.'

'Maar waarom heb je me niet gebeld, waarom heb je niets gezégd? Hè? Ik moest het in de winkel horen, van een collega, wat is dat voor manier van doen?'

Annika zuchtte geluidloos.

'Ja, ja', zei ze.

'Is het nou echt nodig om zoiets via het roddelcircuit te horen, hè? Over je éígen kinderen! Begrijp je wel hoe de mensen over me gaan denken?'

Annika kon een gemeen lachje niet onderdrukken.

'Dus jíj bent hier degene met wie we medelijden moeten hebben?'

'Wees niet zo brutaal', zei haar moeder. 'Snap je dan niet hoe krenkend het is om zoiets in je gezicht gegooid te krijgen? Alsof ik niet weet wat er met mijn kinderen gebeurt.'

'Dat weet je toch ook niet?'

'Ik vind in ieder geval ...'

Annika stond op en richtte haar blik op het meer.

'Maar nu je me toch aan de lijn hebt, kun je mooi vragen hoe het met ons gaat', zei ze. 'Je zou ook kunnen vragen wat er eigenlijk gebeurd is. Misschien wil je zelfs zover gaan dat je aanbiedt om ons te helpen, met onderdak, of oppas voor de kinderen of met geld ...'

Nu was het haar moeders beurt om minachtend te doen.

'Moet je geld hebben, van mij, een vrouw die bijna arbeidsongeschikt verklaard is? De verzekeraar is met een onderzoek bezig, ik zit tegenwoordig één keer in de week in het Mälarziekenhuis, niet dat dat interessant is voor iemand die in Stockholm woont en ...'

'Dag, mama.'

Ze drukte het gesprek weg en in de stilte die volgde, voelde ze haar hart tekeergaan.

Berit kwam naar buiten met in iedere hand een beker.

'Koffie?'

Annika nam de beker dankbaar aan.

'Mag ik mijn ouders inruilen?' vroeg ze.

Berit glimlachte.

'Wees niet zo hard tegen haar, ze doet haar best.'

Annika liet zich weer op trap zakken.

'Ze denkt alleen maar aan zichzelf. Het maakt niet uit wat er met mij gebeurt, zij is de enige die interessant is.'

'Ze is een klein individu met een beperkt referentiekader', zei Berit. 'Ze is niet in staat om jou te zien zoals je bent, en dat is een gebrek waarvan ze zich niet bewust is.'

Annika kreeg tranen in haar ogen.

'Het voelt zo verrekte ... triest', zei ze. 'Waarom kan ik niet een moeder hebben als iedereen, zo'n moeder die je steunt en helpt en die zich om je bekommert?'

Berit ging naast haar zitten.

'Niet iedereen heeft zo'n moeder', zei ze. 'Veel mensen hebben überhaupt geen moeder. Ik denk dat je moet gaan inzien dat je haar niet kunt veranderen. Ze zal nooit een moeder worden zoals jij graag zou willen. Je moet haar simpelweg accepteren zoals ze is, net zoals zij met jou moet doen.'

Ze zwegen een poosje en keken naar het bos. Het was harder gaan waaien, de sparren stonden te zwaaien in de wind. Annika keek op haar horloge.

'Ik moet even naar de stad, kunnen de kinderen hier blijven? Ik heb een afspraak met Nina Hoffman.'

Berit knikte.

'Dat verhaal van dat verdwenen jongetje laat me maar niet los', zei ze. 'Die hele geschiedenis is echt ontzettend vreemd.'

'Iedereen kan zijn verstand verliezen', zei Annika. 'Als alles in het honderd loopt, is een mens volgens mij tot alles in staat.'

Berit keek haar peinzend aan.

'Dat geloof ik niet', zei ze. 'Niet iedereen kan zijn kind vermoorden. Dan moet er iets mis zijn met je, er moet de een of andere remming ontbreken.'

Annika keek naar het glanzende, grijze water van het meer.

'Dat weet ik nog zo net niet', zei ze.

Het volgende moment begon het te regenen.

Nina Hoffman zat op haar te wachten aan een smoezelig tafeltje in het café aan de Nytorsgatan. De inspecteur merkte niet dat Annika was binnengekomen, ze zat met de rug naar de deur en staarde niets ziend door een beslagen raam naar buiten. Ze droeg haar haar in een paardenstaart en was gekleed in een grijs trainingsjasje met capuchon, het licht viel over haar gesloten profiel. Haar kin rustte op haar hand en ze leek heel ver weg.

Annika liep om het tafeltje heen.

'Hoi', zei ze en ze stak haar hand uit.

Nina Hoffman stond op en ze begroetten elkaar.

'Een koffie, zwart', zei Annika bij de bar, waarna ze ook ging zitten.

Lunchgasten begonnen het kleine café te vullen en natte jassen verspreidden een geur van vochtige wol. Nina keek opnieuw door het raam naar buiten.

'Je wilde me iets vragen?' zei ze. 'Over de aanklachten wegens mishandeling tegen David?'

Geen smalltalk dus.

Annika zette haar tas op schoot, stak haar hand erin en vond niet alleen de map met documenten van de personeelscommissie van de Rijkspolitieraad, maar ook een zak autoschuimpjes.

'Blijkbaar weet je waarvoor David aangeklaagd is geweest?' zei ze, terwijl ze de snoepjes weer in de tas stopte.

Nina Hoffmans ogen schoten vuur.

'Hoe ben je daarachter gekomen?'

Annika bevroor midden in een beweging en liet haar handen boven het cafétafeltje zweven.

'Ik ben bij de Rijkspolitieraad geweest', zei ze. 'Waarom ben je zo verbaasd?'

Nina keek weer uit het raam.

'Ik wist niet ...'

Ze hield op met praten en bleef een hele tijd roerloos naar buiten zitten staren. Annika wachtte. Een vrouw met een kinderwagen drong zich aan hen voorbij om het tafeltje achter hen te bereiken, Nina reageerde niet. Ten slotte wendde de politievrouw zich tot Annika; ze trok haar stoel aan en leunde naar voren. Ze had donkere kringen onder haar ogen.

'Ik heb dit nog aan niemand verteld,' zei ze, 'want ik weet niet zo goed wat het betekent. Kan ik je vertrouwen?'

Annika onderdrukte een slikreflex.

'Ik schrijf niets zonder jouw goedkeuring, dat weet je. Jij bent mijn bron, en in die hoedanigheid word je door de grondwet beschermd.'

'Ik was nogal overrompeld toen je me gisteren belde, want ik dacht dat die oude aanklachten al lang en breed dood en begraven waren.'

'Maar wanneer ben jíj erachter gekomen?'

Nina trok haar paardenstaart recht.

'Julia liet ze zien. De laatste keer dat we elkaar ontmoetten, vóór de moord. Ze had ze gevonden in Davids archief in de kelder.'

Annika vocht tegen een impuls om naar een pen te reiken en aantekeningen te gaan maken, *ik moet het zien te onthouden.*

'Waarom liet ze ze je zien?'

Nina aarzelde weer.

'Ik heb altijd geprobeerd om Julia te steunen, en dat is niet altijd even eenvoudig geweest. Maar als het er echt op aankwam, wist ze dat ze bij mij terechtkon. Ik geloof dat ze bezig was om bij hem weg te gaan. Ze heeft het nooit gezegd, maar dat gevoel kreeg ik ...'

Ze ging nog dichter bij het tafeltje zitten en liet haar stem nog verder zakken.

'Heb je ook politiemensen zien binnenkomen?'

Annika bestudeerde de vrouw tegenover haar.

'Zou dat moeten?'

'Ik heb deze plek uitgekozen, omdat hier bijna nooit collega's komen. David behandelde Julia vaak erg slecht, en de rest van het korps is geen haar beter. De manier waarop ze haar nu bejegenen is een regelrechte aanfluiting. Ongeacht wat ze gedaan heeft, hebben ze besloten om haar te veroordelen, ze zal nooit een rechtvaardig proces krijgen.'

Het espressoapparaat achter de bar begon te sissen en te gillen, Nina wachtte tot het uitgeraasd was.

'Wat die controlebehoefte betreft had je gelijk. Julia moest altijd op haar tellen passen als David meeluisterde. Dan kon ze nooit zichzelf zijn.'

'Sloeg hij haar?' vroeg Annika.

Nina schudde haar hoofd.

'Nooit, hij was niet achterlijk. Maar hij bedreigde haar, ook als ik het kon horen. Dan zei hij dat ze de wind van voren zou krijgen als ze niet snel thuiskwam en dat soort dingen. De ene seconde was hij ontzettend lief en aardig, dan omhelsde en zoende hij haar, ook als er mensen bij waren, maar het volgende moment kon hij gemene en neerbuigende dingen tegen haar zeggen, waarvan ze bijna moest huilen. Hij maakte haar bang, maar daarna had hij spijt en vroeg haar om vergiffenis. Julia is geen sterke persoon, met dat soort dingen kon ze niet omgaan. En het werd nog erger toen ze erachter kwam dat hij aan de lopende band ontrouw was ...'

De sinaasappelpers begon met een suizend geluid te draaien, Annika ging geërgerd een eindje verzitten toen de vrouw met de kinderwagen naar de wc moest met haar baby.

'Aan de lopende band?'

Nina zuchtte zachtjes en wachtte tot de moeder zich langs hun tafeltje had gewurmd.

'Ik weet niet zo goed hoe ik het moet uitleggen om het je duidelijk te maken', zei ze toen. 'Voordat David Julia ontmoette, was hij een notoire rokkenjager. Op het bureau worden nog steeds verhalen verteld over zijn escapades, nou ja, het zijn vooral Christer Bure en zijn jongens die ze in leven houden. Vooral ook omdat ze benadrukken hoe populair ze zelf ooit waren. Maar toen Julia in beeld kwam, hield dat natuurlijk op, dat wil zeggen, de openlijke opschepperijen over de vrouwen die ze gepakt hadden, en daar waren de jongens niet onverdeeld gelukkig mee ...'

'Ze verloren hun seksicoon', zei Annika.

'Tenminste voor de buitenwereld, maar dat duurde niet lang. Waarschijnlijk is hij vanaf het begin vreemdgegaan, maar Julia kwam er pas na een aantal jaren achter. Een van die vrouwen belde Julia thuis op en zei dat hij eigenlijk van haar hield, dat zij dat moest inzien en dat ze hem moest loslaten. Alexander was toen net geboren.'

'Jeezez', zei Annika.

'Julia vond een aan David gerichte brief met een echo van een kleine vrucht. "Ik heb onze dochter gedood, ze heette Maja. Nu ben jij aan de beurt" stond er in de begeleidende brief. Toen dacht ik werkelijk dat ze zou gaan flippen.'

'Wat deed ze doen?'

'Ik neem aan dat ze heeft geprobeerd om er met David over te praten, maar dat weet ik niet precies. Het was niet zo eenvoudig om contact met haar te houden. Davids werk was ontzettend onvoorspelbaar. Soms was hij in het buitenland gestationeerd. Ze hebben bijvoorbeeld een half jaar lang in een rijtjeshuis bij Malaga gewoond.'

'Malaga?'

'Aan de Spaanse zuidkust. Het huis lag in Estepona, net ten oosten van Gibraltar. Ik heb ze daar opgezocht. Julia zag eruit als een geest. Ze beweerde dat het goed met haar ging, maar je zag duidelijk dat ze loog ...'

Een groepje jongens in de puberleeftijd kwam met veel bombarie het café binnen, ze duwden elkaar aan en brulden tegen elkaar, en de cafélattemoeders trokken een zuinig gezicht.

'Toen Alexander eenmaal geboren was, werd het helemaal erg', zei Nina, zonder op de jongens te letten. 'Hij werd te vroeg geboren en Julia kreeg een postnatale depressie, en het is net of die nooit helemaal is overgegaan. Toen ze terugkwam op het werk, kon ze er niet meer tegen als het slecht ging met kinderen, of dat nu kwam door een auto-ongeluk of mishandeling of andere vormen van geweld. Ze ging de ziektewet in wegens een burn-out, dat is nu ruim twee jaar geleden. Het laatste jaar heeft ze helemaal niet meer gewerkt …'

Annika keek de politievrouw aan en probeerde geconcentreerd de informatie die ze had gekregen te structureren.

Hij heeft Julia net zo lang getreiterd tot ze ziek werd.

Hij was een notoire vreemdganger.

En waar komen de aanklachten wegens de mishandeling in beeld?

'Als ik de band even mag terugspoelen', zei Annika. 'Kun je misschien iets meer over Julia vertellen? Wat gebeurde er met haar nadat ze David ontmoet had?'

De inspecteur schraapte haar keel.

'Op de politieacademie waren we met een groepje meiden en na de opleiding hebben we contact gehouden, maar Julia trok zich terug. Ze veranderde haar kledingstijl, droeg geen spijkerbroeken meer. Zoals je weet waren we actief in de jongerenbond van de Socialistische Partij, maar zij ging plotseling op de conservatieven stemmen. We hadden er een keer een discussie over die erop uitliep dat ze begon te huilen. Vanaf het begin waren er van dat soort kleine voorvallen …'

Annika wachtte rustig af.

'En nadat Alexander geboren was werd het dus erger?' vroeg ze ten slotte, toen Nina bleef zwijgen.

'Ik wist dat er iets niet klopte, maar lange tijd ontging me de reikwijdte ervan. David was extreem jaloers, op een keer hoorde ik dat hij haar "hoer" en "slet" noemde. Ten minste zeven keer heeft hij haar opgesloten in het appartement, ze leek de tel kwijt te zijn. Eén keer heeft ze waarschijnlijk een hele week opgesloten gezeten. Een andere keer gooide hij haar zonder kleren in het trappenhuis. Ze raakte zodanig onderkoeld dat ze naar het ziekenhuis moest. Op de eerste hulp vertelde ze dat ze op het platteland verdwaald was geraakt.'

'En hier ben jij pas tamelijk laat achter gekomen?'

'Julia is de laatste jaren ontzettend breekbaar geweest, ze heeft ook een keer op psychiatrie gelegen. Ze nam niet zo vaak contact met mij op, maar ik zorgde ervoor dat ik haar opzocht als David dienst had of op reis was. Het was bij zo'n gelegenheid dat ik ontdekte dat ze opgesloten zat. Pas toen drong echt tot me door wat voor leven ze leidde.'

'Waarom heeft ze geen aangifte tegen hem gedaan?'

Nina glimlachte zowaar een beetje.

'Zoals jij het zegt klinkt het zo simpel. Natuurlijk wilde ik dat ze dat ging doen, ik heb haar aangeboden om haar gedurende het hele traject te steunen. Misschien dat ze daarom in zijn oude papieren begon te zoeken en zo de aanklachten wegens mishandeling vond, ze bereidde zich voor op een breuk.'

'En hoe zat het met zijn affaires? Is hij daar ooit mee opgehouden?'

'Nee, integendeel. Het werd steeds onaangenamer. Zelfs David vond het op het laatst kennelijk een probleem worden. Hij heeft Julia om vergiffenis gevraagd, zei dat hij er spijt van had, maar ja, dat soort dingen zei hij wel vaker ...'

'En wat denk jij van die aanklachten? Heeft hij het gedaan?'

Nina snoof.

'Wat denk je zelf?' vroeg ze.

Annika dacht na.

'Ik vind het vreemd dat twee kleine, onbelangrijke gangsters exact hetzelfde meemaken met precies dezelfde uitkomst.'

Nina keek haar onderzoekend aan, maar zei niets, daarom ging Annika verder.

'Ze werden zwaar mishandeld, zeiden tijdens alle verhoren dat David de schuldige was, hielden tot aan de rechtszaak vast aan hun verhaal en sloegen toen als een blad aan een boom om. Verscheidene details in hun verhalen zijn bovendien identiek, bijvoorbeeld dat David hun allebei aansprak met een vraag over hun naam.'

Nina keek naar het beslagen raam.

'Dat is mij ook opgevallen', zei ze zacht. 'De kans dat allebei precies dezelfde leugen bedacht hebben, acht ik uiterst onwaarschijnlijk.'

Ze keek Annika aan.

'Ik neem aan dat je hierover niets schrijft?'

Annika bestudeerde haar vermoeide gezicht.

'Waarom heb je het verteld als niet wilt dat het ooit naar buiten komt?'

Nina keek weg.

'Voor mijn part zet je het op de nieuwsposter, maar dan moet het Julia's beslissing zijn. Ik weet niet of zij wil dat uitkomt wat voor leven zij geleid heeft ...'

Nina stond op en wurmde zich in een donkergroene regenjas.

'Je kunt de informatie gebruiken als je die ergens anders bevestigd krijgt. Maar dan wil ik dat je het eerst aan mij vertelt.'

'Vanzelfsprekend', zei Annika.

Nina Hoffman verliet de zaak zonder te groeten of achterom te kijken.

Annika bleef zitten met haar koud geworden koffie.

Nina was niet dol op David Lindholm, dat was zonneklaar. En als haar verhaal klopte, dan was dat volkomen begrijpelijk. Het moest verschrikkelijk zijn om te zien hoe je beste vriendin meegetrokken werd in een destructieve relatie, zonder dat je iets kon doen.

Het moest verschrikkelijk zijn om al deze kennis te hebben en vervolgens gedwongen te worden om krantenpagina's vol te lezen over wat voor een held hij was.

Annika verzamelde haar spullen, verliet het café en liep naar de auto die ze fout geparkeerd had in de Bondegatan. Ze had geen bekeuring. Dat was tenminste iets.

Ze had net de motor gestart toen haar mobiele telefoon overging. Ze zuchtte, aarzelde, maar viste hem toch op uit haar tas. Bestudeerde het display, geen nummer dat ze kende. Beantwoordde desondanks het telefoontje.

'Annika Bengtzon? Met Timmo. Je hebt me gebeld.'

Timmo? De mishandelde man!

'Hoi', zei ze terwijl ze de auto weer in zijn vrij zette. 'Wat goed dat je belt. Voel je ervoor om je verhaal te doen, zouden we een afspraak kunnen maken?'

'Over David Lindholm. Meer dan graag. Aan die man heb ik werkelijk alles te danken.'

Zondag 6 juni

Nina reed langzaam met de patrouilleauto over de Djurgårdsbrug. Andersson zat naast haar te chagrijnen, terwijl hij door het zijraam van de wagen naar buiten keek en zijn blik liet gaan over de schare natgeregende burgers, die op weg waren naar Skansen om de nationale feestdag te vieren.

'In feite hebben al die mensen schijt aan Zweden', zei hij. 'Ze zijn alleen maar op pad omdat ze op de tv willen en naar de koninklijke familie willen koekeloeren.'

Nina klemde haar kaken op elkaar. *Geduld, geduld,* dacht ze.

Toen ze 's morgens naar haar werk ging, was de regen al met bakken naar beneden gekomen en dat was gedurende de hele dienst zo gebleven. Bij tijd en wijle had het zo hard geregend dat ze geen hand voor ogen zagen. Windstoten dwongen haar om het stuur stevig vast te houden.

Zulk noodweer overleeft hij niet. Als hij sinds afgelopen donderdag buiten is geweest, dan is hij nu dood.

Nina remde af voor de kruising met de Långa Gatan. Een oudere vrouw was op haar fiets aangereden door een automobilist, ze zat op het trottoir en hield haar linkerenkel vast. De automobilist zat in de auto die vlak bij de vrouw stond geparkeerd en keek zowel beschaamd als geërgerd.

Nina deed het portier van de politiewagen open, maar wachtte even voordat ze uitstapte.

'Ik ben niet van plan om me als enige te laten natregenen', zei ze. 'Jij verhoort de automobilist, ik ontferm me over die vrouw.'

'Zo'n klotedag hadden we prima kunnen missen', zei Andersson voordat hij de stromende regen in stapte.

Haar collega had al vanaf het appèl om 06.30 uur een slecht humeur. Afgezien van de operationeel leidinggevende waren ze maar met zijn zessen geweest, de rest was ingezet voor de speciale tactieken in het kader van de handhaving van de openbare orde. Dat was vaste prik tijdens de viering van de nationale feestdag, de sterfdag van Karel de Twaalfde en andere beladen data.

'Hoe is dit gebeurd?' vroeg Nina nadat ze naast de vrouw was neergehurkt. De dame had een poncho met capuchon van geïmpregneerde stof aan, maar de regen was erdoorheen gedrongen en ze was nat tot op het bot. Nina zag dat ze huilde.

'Mijn voet doet zo'n pijn', zei ze, waarbij ze naar haar enkel wees.

Het enkelgewricht lag in zo'n rare hoek dat Nina meteen zag dat het gebroken was.

'Je moet direct naar het ziekenhuis', zei ze. 'Die voet moet in het gips, en hier kun je niet blijven zitten. Zo krijg je nog een longontsteking!'

Ze riep de 70 op over de portofoon en vroeg om een ambulance op de kruising Djurgårdsvägen/Långa Gatan.

'Hij reed als een gek', zei de vrouw, terwijl ze naar de man in de auto wees. 'Fiets je hier op je gemak en dan word je van achteren aangereden, wat is dat voor manier van doen?'

Nina legde een hand op haar bovenarm en glimlachte naar haar.

'Maak je maar niet ongerust', zei ze. 'Wij gaan zo uitzoeken wat er gebeurd is. Maar we moeten eerst zorgen dat je bij een dokter komt …'

Andersson kwam naar haar toe met een alcoholcontroleapparaat in de hand waarin de automobilist had geblazen.

'Het lijkt erop of onze vriend bij de lunch al begonnen is met het eren van het vaderland', zei hij.

'We nemen hem mee voor een ademtest', zei Nina. Even later zag ze door het regengordijn de ambulance komen aanrijden.

Nadat het verplegend personeel zich over de vrouw had ontfermd, liet Andersson de verdachte van rijden onder invloed rechts op de achterbank van de auto plaatsnemen en schoof vervolgens de voorstoel zo ver naar achteren dat hij geen bewegingsruimte meer had.

'Dat mens slingerde over de hele breedte van de weg', zei de man. 'Het was onmogelijk om haar te ontwijken.'

Hoe zou het ze vergaan, zouden ze hem al gevonden hebben?

Tijdens het appèl vanmorgen, waarbij de operationeel leidinggevende doorgaf wie gedurende de dienst met welke auto zou gaan, hadden ze zowel de nieuwe als de lopende opsporingsbevelen besproken. *De zoektocht naar Davids zoon zou eigenlijk vanmorgen om zes uur hervat worden, maar zolang de regen niet afneemt, gaan ze niet op pad ...*

'Als ik in jouw schoenen stond,' zei Andersson, 'zou ik mijn kiezen verdomde goed op elkaar houden, totdat ik een heel goede advocaat had.'

Nina wierp een blik op haar horloge, hun dienst was over een uur afgelopen en ze waren de hele dag nog niet op het bureau geweest om hun verslagen te maken.

Vanwege de drukte duurde het een hele tijd voordat ze terug waren aan de Torkel Knutssongatan. Nina reed de auto direct in de garage en nam de dronken man mee naar de bureauchef, waar hij nog eens twee keer mocht blazen. Het resultaat was twee keer hetzelfde.

0,8 promille.

'O, dat valt dus mee', zei de dronkeman opgelucht.

'Je had iemand kunnen doodrijden', zei Nina. 'De voet van die vrouw wordt misschien nooit weer goed. Je kunt haar leven verwoest hebben.'

De man keek haar nors aan.

'Ik ga schrijven', zei ze tegen Pelle Sisulu en ze liet de man aan zijn lot over.

Ze was moe, ofschoon de dienst rustig was geweest en moest de hele tijd vechten tegen de tranen. Ze verheugde zich op de paar vrije dagen die in het verschiet lagen.

Ze schreef haar verslag zo snel mogelijk en logde daarna uit.

Op de weg terug naar de kleedkamer hield ze haar pas in bij het kantoor van de bureauchef en ging in de deuropening staan. De zuiplap was weg.

Pelle Sisulu was een zwarte man van ergens in de veertig, die zolang ze het zich kon heugen op het bureau werkte.

'Iets bijzonders om te rapporteren?' vroeg hij.

Nina treuzelde wat.

'Nee, niet echt, een paar verkeersincidenten met twee licht-gewonden en natuurlijk die dronken automobilist ... Is er nog nieuws over de zoekactie? De zoektocht naar … Alexander?'

Ze had bijna gezegd 'het zoontje van Julia'.

De bureauchef keek haar aan.

Hij moet de eerste zwarte politieman in Zweden zijn geweest.

'Het zoeken is vandaag gestaakt', zei hij. 'Het zicht is te slecht. De helikopter kon niet opstijgen.'

Hij richtte zijn aandacht weer op zijn computerscherm. Nina bleef staan.

'Maar zijn ze dan ook gestopt met het uitkammen van het gebied?' zei ze. 'Op de grond kunnen ze toch wel zoeken?'

De man keek weer op.

'Blijkbaar zijn er wat lokale sterren uit de bush in de grond aan het wroeten,' zei hij, 'maar wij hebben daar geen personeel.'

Nina knikte voor zichzelf.

'Waarschijnlijk is het de bewonersvereniging van Valla', zei ze.

De chef keek haar vragend aan.

'Julia komt daarvandaan. Haar vader is voorzitter van de vereniging.'

'Ik betwijfel of ze iets zullen vinden.'

Hij draaide zich weer naar zijn computer.

Nina liep naar het achterste gedeelte van het politiebureau, dat er leeg en verlaten bij lag. Gele bakstenen muren en rode deuren absorbeerden het meeste licht van de tl-buizen aan het plafond, waardoor de personeelsgang een donkere en sombere indruk maakte. Het ventilatiesysteem suisde dof en liet het stof op de grijze linoleum vloertegels opwervelen, het rook er naar het afval van het milieustation dat ernaast lag.

Ze knoopte haar jas open en deed haar kogelvrije vest wat losser, liet een diepe zucht ontsnappen. Tot op de dag van vandaag herinnerde ze zich de eerste keer dat ze hier rondliep, ze wist nog precies hoe nerveus en gespannen ze was. Tijdens het vierde semester van de opleiding hadden zij en Julia hier hun swo gedaan, de *studiegeïntegreerde werkplekoriëntatie*. Julia was heel opgeruimd geweest.

Stel je voor dat dit onze werkelijkheid wordt, ons beroepsleven, welke mogelijkheden krijgen we dan niet om dingen te veranderen …

Dat was nu bijna tien jaar geleden.

Nina opende de deur helemaal links met behulp van haar insigne en stapte de krappe dameskleedkamer binnen, liep door het labyrint van blauwe stalen kasten naar haar eigen kast en liet haar tas op de vloer ploffen. Met zware armen wurmde ze zich uit de uniformjas, ontdeed zich van de koppel met de pistoolholster en handboeien, magazijnhouder en wapenstokhouder en trok het kogelvrije vest, de zware schoenen en de uniformbroek uit. Snel liet ze haar blik over de kleren gaan, ze waren modderig en droegen sporen van braaksel en snot van een van de verkeersongelukken. Ze moesten dus gewassen worden. Ze zuchtte.

Nou ja, ze had drie dagen vrij.

Ze maakte haar tas open en wierp een blik op de inhoud: helm, beenbescherming, pet, sjaal, doktershandschoenen en rozijnen, wegenkaart en onderhemd, nee, verder was er niets dat in de was moest.

Ze nam een douche en waste haar haren, wreef zich net zo lang met de handdoek tot haar huid begon te gloeien en trok haar burgerkleren aan: een spijkerbroek en een sweatshirt. Ze deed haar kast op slot en borstelde haar haren tot ze toonbaar waren, liep naar de wapenkluis en borg haar SIG Sauer op de juiste plaats op, achter slot en grendel. Eigenlijk had ze dat als eerste moeten doen, maar ze was hier nu natuurlijk alleen.

Ze bleef staan en keek naar de rijen wapens in de kluis.

Ik weet het niet, Nina, o god, ik weet het niet, ik weet zeker dat ik mijn pistool naast dat van David heb opgeborgen …

Ze liep naar de buitendeur met het sterke gevoel dat ze op het punt stond te worden vrijgelaten na dwangarbeid of gevangenschap, en op dat moment ging haar mobiele telefoon.

'Nina? Met Holger.'

De vader van Julia.

Ze bleef abrupt staan.

'Hebben jullie hem gevonden?'

'Nee, maar ik zou met je willen praten. Nina, is het mogelijk dat je naar ons toe komt?'

Op de achtergrond kon ze het gebulder van de regen horen, hij moest ergens buiten staan.

'Jazeker', zei ze, terwijl ze probeerde haar hart tot bedaren te brengen. 'Ik ben nu een paar dagen vrij, dus ik kan morgenvroeg meteen op de trein stappen ...'

'Ik zou het op prijs stellen als je nú komt, Nina. We hebben iets gevonden.'

Ze zocht met haar hand steun tegen de bakstenen muur.

'Wat?' zei ze. 'Wat hebben jullie gevonden?'

Iemand zei iets op de achtergrond, ze kon niet horen wat het was.

'Holger?' zei ze. 'Waar ben je? Zijn jullie met meer personen? Wat hebben jullie gevonden?'

Julia's vader kwam terug aan de telefoon.

'We zijn met zijn vieren en we staan bij Sågkärret. Weet je waar dat ligt?'

'Nee', zei Nina.

'Driehonderd meter ten zuidoosten van Björkbacken, je slaat af richting Nytorp, maar daarna neem je meteen de eerste weg links. Die weg blijf je volgen en dan kom je er vanzelf. We wachten hier op je.'

'Holger,' zei Nina, 'kun je mij vertellen wat jullie gevonden hebben?'

Het suisde op de lijn, de regen klaterde. Julia's vader had een groot gat in zijn stem toen hij sprak.

'Dat doen we als je er bent', zei hij. 'We willen geen slapende honden wakker te maken. Het is beter dat jij het besluit neemt.'

'En het is niet de jongen?' vroeg ze.

'Nee.'

'Maar jullie moeten de politie bellen', zei Nina.

'Dat heb ik nu toch gedaan?' zei Holger. 'We blijven hier. Rij voorzichtig.'

Hij verbrak de verbinding.

Ze bleef staan waar ze stond, haar pols ging tekeer.

Moet naar Södermanland, moet er NU naartoe!

Ik neem de 1930, die staat het dichtst bij.

Ze rende door de gang naar de garage, ze wist precies waar de sleutels van de patrouilleauto lagen, maar daarna ging ze langzamer lopen.

Ik ben niet goed snik. Ik kan toch moeilijk een politieauto gaan stelen.

Ze stopte pardoes.

Hoe kom ik aan een voertuig, kan me niet schelen wat voor een.

Ze stoof het politiebureau weer in en rende naar het kantoor van de bureauchef.

'Pelle,' zei ze hijgend, 'heb jij een auto?'

De chef keek haar verbluft aan.

'Wat?'

'Is dat jouw blauwe Mercedes in de garage? Mag ik die lenen? Ik ben terug voordat je klaar bent.'

Hij keek haar een paar lange seconden aan.

'Ik neem aan dat het geen zin heeft om je te vragen waarvoor je hem nodig hebt?' zei hij en daarna viste hij de sleutels uit zijn broekzak.

Nina slikte.

'Ik zal het je later vertellen', zei ze. 'Denk ik.'

Hij stond op en liep om het bureau heen, hield de sleutels omhoog.

'Ik zou het alleen al doen om jou in burger en met nat haar te zien', zei hij.

Vervolgens legde hij de sleutels in haar handpalm.

'Ik ben om 22.00 uur klaar', zei hij. 'Als je er dan nog niet bent, mag je mijn taxi betalen.'

Ze sloot haar vingers om de sleutelbos, draaide zich op haar hielen om en liep snel naar de garage.

Annika was Norrtälje voorbij en reed op de E18 richting Spillers-boda toen het begon te stortregenen. Aangezien ze niet het lef had gehad om Berit vandaag opnieuw als oppas te gebruiken, zaten Kalle en Ellen op de achterbank met hun gameboy te spelen. Tot nader order waren ze omgekocht met ieder een doosje tuttifrutti. Annika had geaarzeld of ze ze moest meenemen naar een inrichting voor jonge drugsverslaafden, maar tegelijkertijd wilde ze niet be-vooroordeeld zijn.

Het Vårtunaopvanghuis zou vlak buiten het dorp liggen. Ze

zette de ruitenwissers in een snellere stand en tuurde door de voorruit om de afrit niet te missen. Zodra de bebouwing dichter werd, sloeg ze rechts af in de richting van Klemensboda, ze passeerde Gravrösen en vervolgde haar weg in de richting van Måsholmen.

Ze had spijt als haren op haar hoofd dat ze hier überhaupt naartoe was gereden. De nacht was verschrikkelijk geweest, ze had nachtmerries gehad en was twee keer huilend en volkomen uitgeput wakker geworden. Om haar heen brandden huizen, de kinderen schreeuwden, Thomas schreeuwde en ze was helemaal alleen op de wereld.

Eigenlijk wist ze precies waaraan ze nu behoefte had: languit op de bank in Berits woonkamer zondagmiddagprogramma's kijken met de kinderen.

In plaats daarvan was ze in de stromende regen op weg naar een afspraak met een oude junk die het licht had gezien en die lofzangen zou gaan afsteken over David Lindholm.

Ik wil niet. Ik ga naar huis.

Ze overwoog net om de auto te keren en terug te rijden, toen ze besefte dat het opvanghuis vlak voor haar lag.

'Moeten we hier zijn?' vroeg Kalle, toen ze de auto geparkeerd had tussen een oude Volvo en een kromme berk.

Ze zuchtte diep.

'Het spijt me ontzettend dat ik jullie hiernaartoe heb meegesleept', zei ze. 'Ik zal dit zo snel mogelijk proberen af te handelen.'

Ze had op internet over het complex gelezen. Het was eigenlijk een oude camping met jeugdherberg die opgekocht was door het Verbond van Vrije Kerken en was omgevormd tot een opvanghuis voor jonge drugsverslaafden. Er lagen wat gebouwen verspreid over de heuvel, die afliep naar de zee. Aan haar linkerhand bevond zich een groter gebouw, waarvan ze aannam dat het een soort algemene ruimte was. Recht voor haar lagen enkele kleinere huisjes met een overdekt stoepje, die vermoedelijk dienden als woning voor de cliënten. Of werden ze patiënten genoemd?

'Ik wil naar huis', zei Ellen.

'Ja, maar dat kan nu dus even niet', zei Annika veel te streng en te luid. 'Ik heb een meneer beloofd dat ik zou komen en nu zijn we hier. Kom maar!'

Ze wierp zich uit de auto met een oude *Kvällspressen* als bescherming boven haar hoofd, rukte de achterportieren open en trok de kinderen uit de auto. Vervolgens rende ze naar het hoofdgebouw, terwijl Kalle en Ellen zich aan haar benen vastklampten.

Ze hadden geen droge draad meer aan hun lijf toen ze bij de voordeur kwamen. Het hout was uitgezet door de regen en dus moesten ze zich met zijn drieën tegen de deur gooien en toen die ten slotte openging, buitelden ze het gebouw binnen. Het bleek een grote oude kantine te zijn. Annika hielp de kinderen overeind en stampte haar voeten af, er vormde zich onmiddellijk een plas rond haar gymschoenen.

'Wat zijn we nat geworden', zei Ellen en ze knipperde tegen het regenwater dat van haar pony in haar ogen droop.

In de grote ruimte bevonden zich zeven personen. Kalle kwam dichter bij haar staan en pakte de mouw van haar jack.

'Hoi', zei Annika en ze hief een hand op als een soort groet.

Vier jongemannen zaten bij een tafel aan het raam Texas Holdempoker te spelen. Ze staarden hen alle vier strak aan, de dealer bevroor midden in een beweging.

Annika keek onzeker om zich heen.

Het meubilair in het vertrek was bijzonder eenvoudig, windsorstoelen en keukentafels met een blad van kunststof. Op de vloer lag geel linoleum, op de wanden zaten meerdere lagen verf.

Ze veegde het haar uit haar gezicht.

Recht voor haar stond een toonbank waarop gebak stond en een opwarmplaat voor de koffiepot. Daar stond ook een man van middelbare leeftijd en achter hem zag ze nog twee mannen.

'Zijn dit junkies?' fluisterde Kalle.

'Yep', fluisterde Annika terug. 'Allemaal.'

'Zijn ze gevaarlijk?'

'Nee, dat denk ik niet. Ze zijn nu gezond.'

De man van middelbare leeftijd kwam naar hen toe lopen.

'Wat een weer', zei hij. 'Welkom! Ik ben Timmo.'

Zijn Finse accent was scherp en uitgesproken. De man zelf

maakte een zachtmoedige indruk, zijn rug was een beetje gebogen en hij had een kaal hoofd met een krans van lichtblond haar.

Annika deed haar best om te glimlachen.

'Wat fijn dat we op zo korte termijn konden komen.'

'Nou, dat is geen probleem, hoor', zei hij. 'Het is erg prettig om bezoek te krijgen. Dit is de kantine, hier eten we en er zijn activiteiten. Zullen we naar het kantoor gaan? Zorg maar dat jullie je vingers niet afhakken.'

Die laatste opmerking was bedoeld voor de jongens die klaarblijkelijk bezig waren de werking van een keukenmachine onder de knie te krijgen.

'Dit complex is een kleine vier jaar geleden door het Verbond aangekocht', zei Timmo Koivisto en hij wrong zich door een smalle gang, waar langs de wanden kratten met frisdrank stonden en vijftigkilozakken met jasmijnrijst. 'Vanaf het begin heb ik als directeur gefungeerd. De terugvalfrequentie onder onze jongens' – hij sprak het uit als *jonkes* – 'is bijzonder laag … Deze kant op.'

Hij deed een deur open en wees Annika dat ze de verst gelegen kamer binnen moest gaan.

De kinderen volgden haar op de hielen.

'Mama', zei Kalle, terwijl hij aan haar mouw trok. 'Mijn gameboy ligt nog in de auto. Denk je dat de junkies hem stelen?'

'Een mens kan niet voorzichtig genoeg zijn', zei Timmo Koivisto, die zich over Kalle heen boog. 'Laat nooit zaken van waarde in de auto liggen, want de gelegenheid maakt de dief.'

Kalle was nu bijna in tranen.

'Vandaag zijn er geen dieven buiten', zei Annika snel. 'Het regent veel te hard. Dieven houden er niet van om nat te worden.'

Timmo Koivisto knikte.

'Dat is waar', zei hij. 'De misdaadfrequentie gaat bij slecht weer naar beneden. Hartje winter vinden er zelden verkrachtingen plaats, want verkrachters houden er niet van om een koud achterwerk te krijgen.'

Mijn hemel, waarom heb ik de kinderen hier mee naartoe genomen?

Ze glimlachte geforceerd.

'Kunnen we misschien ter zake komen? Ik wil je niet langer ophouden dan nodig is.'

'O', zei Timmo Koivisto royaal. 'We hebben de hele middag de tijd.'

Annika ging op de enige bezoekersstoel zitten die het kantoortje rijk was en zette de kinderen ieder op een knie. De directeur ging voorzichtig aan de andere kant van het bureau zitten.

'Ik moet je één ding vragen', zei hij. 'Wil je niets schrijven wat de identiteit van onze cliënten verraadt? Ze waren niet allemaal even blij toen ik zei dat de *Kvällspressen* zou langskomen. Hoewel ik het natuurlijk ontzettend leuk vind dat jullie een artikel over ons werk willen schrijven.'

In hetzelfde tempo als de bloedtoevoer in Annika's benen werd afgeknepen, voelde ze de wanhoop toenemen.

'Neem me niet kwalijk,' zei ze, 'maar mogelijk heb je me verkeerd begrepen. Jullie werk is zeker bijzonder interessant, maar ik vroeg me af of je met me zou willen praten over David Lindholm. Ik ga een artikel over hem schrijven ...'

Timmo Koivisto stak zijn hand in de lucht en knikte.

'Ik weet het', zei hij. 'Wat ik wil zeggen is dat het Vårtuna-opvanghuis het belangrijkste in mijn leven is. Jezus te mogen dienen en mijn lotgenoten te mogen helpen geeft mijn levenspad een doel en een betekenis, en het was David Lindholm die me de juiste weg heeft gewezen.'

Annika zette de kinderen naast zich op de grond, pakte pen en blocnote uit haar tas en boog zich over het papier.

'Ik wist niet dat David religieus was', zei ze.

'O,' zei de man, 'daar heb ik geen idee van. Ik kende David Lindholm niet, maar na mijn ontmoeting met hem ben ik tot inzicht gekomen. Ik had een keuze, en ik heb Christus gekozen.'

Ze schreef *Christus gekozen* op de blocnote en voelde het regenwater langs haar ruggengraat sijpelen.

Zal ik de kinderen vragen om de kamer uit te gaan? Dit moeten ze eigenlijk niet horen. Maar zijn die jongens daar wel te vertrouwen?

'Dus het was na de mishandeling op het centrale metrostation dat je besloot om ... een andere weg in te slaan?'

Timmo Koivisto knikte.

'Ik was een zondaar', zei hij. 'Ik heb velen in mijn omgeving in de steek gelaten, mijn moeder misschien nog wel het meest. De moeders van deze wereld krijgen nooit de erkenning die hun toekomt.' Hij knikte peinzend.

'Ik was een junk, een kleine vis, die aan de kost kwam door drugs te verkopen aan andere kleine vissen. Ik heb ervoor gezorgd dat verscheidene jonge mensen verslaafd raakten, maar desondanks waren mijn inkomsten niet hoog genoeg om mijn eigen gebruik te financieren. Ik begon er een beetje naast te rommelen, verdunde het spul met druivensuiker, maar ze kwamen erachter en gaven me een waarschuwing die ik nooit zal vergeten.'

Hij draaide zijn hoofd en liet een gehoorapparaat aan zijn linkeroor zien.

'Ik zie dubbel', zei hij. 'Er is iets mis met de breking van het licht in mijn oog. Ik heb een speciale bril, maar daar word ik duizelig van.'

O, waarom heb ik ze meegenomen? Ik ben slecht! Als Thomas hierachter komt, neemt hij ze van me af.

Ze slikte.

'Waarom deed hij dat? Waarom heeft David jou op die manier mishandeld?'

Timmo Koivisto's blik was helder en rustig.

'Ze wilden me laten zien dat ik nooit zou kunnen ontsnappen. Waar ik ook naartoe ging, ze zouden me altijd vinden. Als ze zelfs de politie voor hun karretje spanden, dan was er geen vluchtweg meer.'

'En wie zijn "ze"?' vroeg Annika. 'De drugsmaffia?'

'Zo kun je ze misschien omschrijven.'

'Mama,' zei Kalle, 'ik moet plassen.'

Timmo Koivisto stond onmiddellijk op.

'Ik zal het hem even wijzen.'

Annika vloog overeind.

'Nee!' zei ze. 'Dat … hoeft niet. Ik ga wel mee …'

Ze stapten het kantoor uit, Ellen ging ook mee, en ze liepen snel een paar meter naar rechts.

'Kunnen jullie hier wachten tot ik klaar ben met deze meneer?' fluisterde ze, zodra ze in de kleine toiletruimte waren aangekomen.

'Maar ik wil bij jou blijven, mama', zei Ellen.

'Ik kom zo terug', zei ze, waarna ze de deur dichtdeed en zich weer naar het kantoor haastte.

'Dus jij zegt dat David Lindholm een loopjongen was van een drugssyndicaat?' zei ze. 'Waarom?'

Ze liet zich op de stoel zakken.

'Dat weet ik niet, maar ik was niet de enige die hij ervan langs heeft gegeven.'

'Tony Berglund', zei Annika.

Timmo Koivisto knikte.

'Bijvoorbeeld. Er waren er meer, maar die hebben nooit aangifte gedaan. Tony heb ik ontmoet, het ging niet zo goed met hem. De laatste keer dat ik hem zag, was hij dakloos, hij stond de Stockholmse straatkrant te verkopen op het Medborgarplein.'

'En de reden dat hij Tony neersloeg?'

'Dezelfde als bij mij.'

'En toch ben je hem dankbaar', zei Annika. 'Je zegt dat hij jouw leven heeft gered.'

Timmo Koivisto glimlachte.

'Dat is ook zo. Ik werd wakker in het ziekenhuis en ik bevond me in het dal van de doodsschaduw. David Lindholm had me de enige uitweg gewezen, en die kans heb ik gegrepen.'

'Waarom heb je tijdens het proces alles teruggenomen?'

'Dat begrijp je denk ik wel.'

Annika hoorde Kalle huilen in de gang.

Ze stond op.

'Het spijt me ontzettend,' zei ze, 'maar ik moet nu echt gaan.'

Mijn beoordelingsvermogen is belabberd, werkelijk belabberd.

De man stond op.

'Hoewel ik één ding moet bekennen.'

'En dat is?' zei Annika in de deuropening.

'Ik ben ontzettend blij dat hij dood is.'

De storm en de regen hadden van de bosweg vóór haar een modderpoel gemaakt. Nina stopte en staarde in de duisternis tussen de sparren.

De auto van Pelle Sisulu was een cabriolet, een tweezitter met een bodemspeling van ongeveer vijf centimeter. Als er een kei uit de modder zou steken, zou de complete bodem worden opengereten.

Ze aarzelde, hoe ver kon het nog zijn? Een paar honderd meter? Een kilometer? Het was bijna opgehouden met regenen en de wind was gaan liggen. Zou ze de auto hier neerzetten en te voet verdergaan?

Ze keek naar de hemel, loodgrijs was de enig toepasselijke kwalificatie.

Het Sågkärretmoeras moest recht voor haar liggen. Ze was over de snelweg naar Åkers Styckebruk gereden, had via Berga een kortere route genomen naar de 55 en daarna had ze de rijksweg gevolgd tot aan de afslag in Sköldinge. Vervolgens had ze de Stöttastenvägen genomen tot aan de afslag naar Nytorp. Daarna de eerste weg links, en toen stond ze hier.

Ze zette de auto in de versnelling en gaf voorzichtig gas. De wielen slipten in de nattigheid, maar daarna kregen ze houvast, de wagen schoot weg.

Ze had nog nooit in zo'n volgzame auto gereden, hij lag als een blok op de weg.

Het moet hier ergens zijn!

Ze had dit net gedacht toen de muur van sparren zich opende en midden in het bos een grote open plek in haar blikveld verscheen. Tussen riet en mos door zag ze een troebele waterspiegel en in het meer een eilandje met een paar misvormde berken, die vochten tegen de wind.

Ze zette de auto in zijn vrij, trok de handrem aan, leunde naar voren en tuurde in de vallende duisternis.

Klopt dit wel?

Daar, links van het eilandje met de berken, niet ver van de plek waar ze zich bevond, stond een groepje mannen. Een van hen zwaaide, ze zag aan de hoed dat het Holger was.

Ze draaide het contact om, deed het portier open en stapte uit.

Haar voet zakte onmiddellijk weg in het moeras, ze hapte naar lucht toen het vocht door haar gymschoen heen drong en haar huid bereikte. De wind beukte tegen haar rug, ze viel bijna om.

Holger hield zijn hoed met zijn rechterhand vast en vocht zich met zware stappen naar haar toe. Nina hield zich vast aan het portier van de auto en wachtte tot hij er was.

Toen Holger naast haar stond, zag ze dat zijn ogen roodomrand waren, maar het was moeilijk te beoordelen of dat door het slechte weer kwam of door iets anders.

'Wat fijn dat je er bent', zei hij en ondanks de afgrond in zijn stem herkende ze haar Holger, de krachtige, stabiele Holger.

Ze deed een stap in zijn richting en omhelsde hem, hield hem een hele minuut dicht tegen zich aan gedrukt.

'Ik vind het zo erg', fluisterde ze.

Holger knikte.

'Wij ook', zei hij. 'Heb je geen betere schoenen?'

Nina keek naar haar Nike's en schudde haar hoofd.

'Geef me een hand', zei hij en hij stak zijn arm naar haar uit.

Samen liepen ze het moeras in. Nu en dan droeg de grond hen zonder problemen, andere keren zonk Nina tot aan haar enkels in de modder. Holger had het gemakkelijker met zijn grote jacht-laarzen. De wind duwde hen voorwaarts en ze namen grote stap-pen. Het begon weer harder te waaien en de regen viel met bakken uit de hemel; het duurde niet lang of Nina voelde het vocht door haar spijkerjasje heen dringen, de stof plakte tegen haar onderrug. De berken op het eilandje kronkelden zich in de wind.

Algauw bereikten ze de andere mannen, Kaj van de boerderij naast die van Holger en Viola, en twee anderen die ze niet her-kende. Ze stak haar hand uit en begroette de mannen, besefte dat ze het nu al ijskoud had, terwijl hun handen droog en warm waren. Hun ogen stonden groot en somber, geen van hen zei iets.

Ze merkte dat ze nu op een vastere ondergrond aangekomen waren, dit was net zo'n eilandje als een eindje verderop lag, dat met die berken. De bodem bestond uit steen en samengeperste aarde, de regen stroomde naar de zijkanten.

'Hier', zei Holger en hij wees naar een stok die even verderop uit het water stak. 'Toen Kaj die stok naar boven trok, kwam dit bovendrijven.'

Hij wees naar een bundeltje naast de stok, precies op de plek waar de harde bodem begon.

Nina deed een paar stappen in de richting van het voorwerp, bukte zich en keek ernaar.

Stof. Modderig, maar niet kapot.

Ze tastte met haar hand op de bodem en kreeg een tak te pakken. Voorzichtig prikte ze ermee in het bundeltje om te zien hoe stevig het was.

Scheurt niet, heeft dus niet lang in de nattigheid gelegen. Maar wat is het?

Ze wilde de stof niet aanraken, hoewel die nauwelijks enige sporen zou bevatten. Daarom pakte ze nog een stokje en prikte in het voorwerp om te kijken welke vorm het had.

Het viel in twee stukken uiteen. Ze reikte naar het kleinste gedeelte.

Het was een shirt.

Een kindershirt.

Ze boog zich dicht over de stof en kraste met haar nagel aan de rand.

Nee, geen shirt, de stof was te dik, het was ...

'Flanel', zei Holger.

Een pyjama!

Ze haalde het andere deel uit het water.

Een kleine broek.

Een flanellen pyjamabroek.

Ze trok de mouw van haar trui over haar pols, besloot zich niet druk te maken om eventuele sporen en veegde de modder weg om de originele kleur en het originele patroon te kunnen zien.

Licht, met blauwe en groene ballonnen.

'Zijn ze blauw en groen?' vroeg Holger.

Nina knikte.

'Herken je hem?' vroeg hij.

'Niet zo een-twee-drie', zei ze.

'En dat dan?' zei Holger, die naar een boomwortel naast de stok wees.

Nina richtte zich op en deed een stap in de richting van de wortel. Hij was een dikke twintig centimeter lang, modderig en verwrongen, met vreemde uitgroeisels. Ze duwde ertegenaan met de tak en verbaasde zich erover hoe zacht hij was.

'We dachten eerst dat het een stuk hout was', zei Kaj.

Nina legde de stok weg en pakte de boomwortel met beide handen op, veegde met haar mouw over het uiteinde ervan.

Een lichtblauw oog keek haar aan.

Ze veegde de andere kant af.

Nog een oog.

Ze krabde de modder weg en nu kwamen er oren en een neus tevoorschijn.

'Is het hem?' vroeg Holger.

Nina knikte.

'Het is Bamsen', zei ze.

'Weet je het zeker?' vroeg Holger.

Ze draaide de knuffel om en bestudeerde een van de poten. De naad was genaaid met donkerblauw garen, dat nu overigens zwart leek door het vocht.

'Ja', zei ze. 'Ik heb die poot gerepareerd.'

'Viola heeft met de Kerst een flanellen pyjama voor Alexander gekocht', zei Holger. 'Ik weet niet of het nou net deze is. Maar wat de knuffel betreft ben je zeker van je zaak?'

Nina slikte, ze voelde het water langs haar gezicht stromen.

Wat een regen, wat een regen.

'Ja', zei ze. 'Hij is van Alexander. Hij ging nergens naartoe zonder Bamsen.'

De vier mannen die om haar heen stonden, bogen het hoofd.

Maandag 7 juni

Het kantoor lag op de dertiende verdieping met uitzicht over de Skanstullsbrug en het industrieterrein van Hammarby. De meubels waren grijs, de wanden wit, de vloeren glanzend. De bezoekersstoelen in de gang waren van zwart leer en zo ontworpen dat je er niet lekker op kon zitten.

Annika voelde zich pluizig en zweterig in haar gebreide vest en aan de zoom van haar spijkerbroek zat nog modder van Berits grasveld. Ze trok haar voeten onder de stoel en keek hoe laat het was.

Thomas zou er nu toch wel ongeveer moeten zijn.

Hun schaderegelaar zat te bellen achter de gesloten deur vóór haar, zijn hikkende lach sijpelde door de kier bij de drempel.

Voor hem is dit een gewone dag op kantoor. Voor mij is dit het Gehenna.

Ze had alweer slecht geslapen. Het bezoek aan het opvanghuis brandde nog steeds in haar binnenste. Ze hoopte van ganser harte dat de kinderen nooit aan Thomas zouden vertellen dat ze ze daar mee naartoe had gesleept.

De deur van het kantoor ging open.

'Mevrouw Samuelsson? Kom binnen.'

De verzekeringsman stak zijn hand uit en glimlachte breed en gemaakt.

'Bengtzon', zei Annika, die opstond en hem de hand schudde. 'Mijn man heet Samuelsson.'

Achter hen weerklonk het belletje van de lift, de deur ging open en Thomas stapte eruit. Annika draaide zich naar hem om en er ging een scheut door haar borst, *o god, wat is hij leuk!*

De aktetas bungelde aan die sterke hand van hem, zijn haar was op zijn voorhoofd gevallen en hij moest in het weekend een nieuw pak gekocht hebben, want dit exemplaar had ze nog nooit naar de stomerij gebracht.

'Sorry dat ik laat ben', zei hij en hij begroette enigszins buiten adem de schaderegelaar. Hij wierp een snelle blik op Annika, die zich gauw wegdraaide.

'Zachrisson is de naam', zei de man en zijn glimlach was nu een fractie hartelijker. 'Als jullie zo vriendelijk willen zijn …'

Annika pakte haar tas en stapte het kantoor binnen, zag dat de complete gevel uit glas bestond. De wolken drukten ertegenaan, en ergens in de diepte vermoedde ze de nattigheid. Ze voelde Thomas' aanwezigheid achter zich, zijn lange, harde lichaam in een nieuw pak en een gestreken overhemd en hij rook *anders*, hij rook *naar haar*, en ze werd gegrepen door een impuls om linea recta door het raam te springen en *weg te vliegen, weg, weg, weg te vliegen*, regelrecht over het Hammarbykanaal naar de hemel.

'Voor de meeste mensen is dit natuurlijk iets wat ze voor het eerst meemaken', zei Zachrisson, terwijl hij beleefd bleef glimlachen. 'Ik begrijp dat het een schokkende ervaring is je huis te zien afbranden, met alle herinneringen en …'

Annika liet haar blik naar het grote niets zweven, naar de grijsheid boven het hoofd van de man, ze hoorde hem doormalen, dezelfde riedel die hij door de jaren heen voor honderden verzekerden had afgedraaid, over hoeveel begrip het bedrijf had en over de vrijwel onbegrensde behulpzaamheid die het bood, en ze voelde Thomas naast zich zitten en besefte dat ze niet meer met hem aan de Vinterviksvägen zou kunnen wonen, niet daar, niet in die wijk.

'Moet het huis herbouwd worden?' vroeg ze plotseling.

De schaderegelaar raakte even van zijn apropos, de glimlach doofde uit.

'O, nee', zei hij. 'Jullie verzekering dekt herbouw en roerende zaken, maar als jullie er niet voor kiezen om het huis weer in de oorspronkelijke staat op te bouwen, dan zijn er andere opties …'

'Maar wacht even', zei Thomas, die zich nu naar de verzekeringsman toe boog. 'Kunnen we misschien bij het begin beginnen? Was is de standaardprocedure in een geval als dit?'

Hij wierp een geërgerde blik op Annika.

Zachrisson friemelde aan een paar papieren en zette zijn bril recht.

'Het gebruikelijkst is dat het huis weer wordt opgebouwd zoals het was. Je pakt de tekeningen erbij, vraagt een bouwvergunning aan, zoekt een aannemer en begint te bouwen. Gewoonlijk wordt met dit werk zo snel mogelijk aangevangen, meestal direct.'

'En als we dat niet willen?' vroeg Annika, die weigerde naar Thomas te kijken.

De man humde even.

'In zo'n geval wordt de waarde van het huis zoals het was getaxeerd, én wordt er een taxatie gedaan van de onroerende zaak zoals die er nu bij ligt, in afgebrande staat dus. De zaak is natuurlijk ondanks alles te verkopen. De grond vertegenwoordigt een waarde. De verzekerde krijgt dan het verschil op zijn rekening gestort. Daarnaast krijgt hij betaald voor roerende zaken, meubels, kleren, tv, dvd's, enzovoorts.'

'Ik vind het een denkbaar alternatief', zei Annika.

'Ik weet absoluut niet of ik het daarmee eens ben', zei Thomas, die nijdig leek te worden. 'Ook al zouden we er niet gaan wonen, een nieuw gebouwd pand levert natuurlijk veel meer op dan een rokende ruïne ...'

Zachrisson stak beide handen in de lucht, alsof hij wilde dat ze ophielden, de man maakte een tamelijk gespannen indruk.

'En in jullie geval', zei hij, 'is er een probleem waarmee we rekening moeten houden voordat we überhaupt over de uitkering van bedragen kunnen gaan praten. Geen verzekeringsmaatschappij betaalt een schadevergoeding uit wanneer een bewoner ervan wordt verdacht de brand te hebben aangestoken.'

Annika voelde de stilte die over de kamer neerdaalde in haar hele lichaam. Plotseling hoorde ze het gezoem van de airconditioning en het gebruis van het verkeer, ver beneden hen in de Götgatan. Ze wierp een snelle blik op Thomas en zag dat hij was bevroren midden in een beweging, naar voren gebogen met de mond half open. De schaderegelaar zat ook met open mond, verbaasd dat de woorden inderdaad over zijn lippen waren gekomen.

'Wat?' zei Thomas. 'Wat zeg je me daar?'

Zachrisson maakte de knoop van zijn stropdas wat losser, hij had ineens het zweet op zijn voorhoofd staan.

'Zoals wij het hebben begrepen,' zei hij, 'loopt er in jullie geval

een politieonderzoek. Er zijn aanwijzingen dat de brand is aangestoken.'

'Hij is zonder twijfel aangestoken,' zei Annika, 'maar niet door
een van ons.'

De schaderegelaar leunde naar achteren, alsof hij zijn best deed
om het contact met iets besmettelijks te vermijden.

'We kunnen geen uitkeringen doen, voordat uit het politieonderzoek de omstandigheden rond de brand duidelijk zijn geworden', zei hij. 'En zelfs als het vooronderzoek wordt gestaakt,
kunnen wij de schadevergoeding nog tegenhouden. We kunnen
namelijk ook zelf onderzoek doen ...'

Annika keek naar de brildragende man aan de andere kant van
zijn schitterende bureau en kreeg hetzelfde gevoel als onlangs bij
die vrouw van de bank.

'Maar dit is je reinste waanzin!' zei ze en ze hoorde dat haar stem
helemaal de foute toon had: te luid, te schel en te emotioneel.
'Iemand heeft geprobeerd ons te vermoorden en nu willen jullie
insinueren dat wij de brand zelf aangestoken hebben.' *Wij zelf!*
*Denken jullie nou werkelijk dat we geprobeerd hebben om onze eigen
kinderen te vermoorden?!*

'We moeten met die mogelijkheid rekening houden', zei Zachrisson. 'We kunnen geen geld gaan uitkeren aan brandstich-
ters.'

Annika stond zo snel op dat de leren stoel achter haar dreigde
om te vallen.

'Rékening houden?' zei ze. 'Ten behoeve van wie dan? De
aandeelhouders? En wij dan, de mensen die godverdomme al
die jaren dit uitzicht van jou betaald hebben, houden jullie ook
nog rekening met ons? En je noemt ons brándstichters?'

Thomas stond ook op en pakte haar stevig bij de bovenarm.

'Ik bied mijn excuses aan namens mijn ... vrouw', zei hij
verbeten en hij trok haar het kantoor uit.

'Auw', zei Annika, die als een willoze pop meegevoerd werd in
zijn sterke greep, haar tas sloeg tegen haar benen.

Op de gang aangekomen stapten ze in de lift, Thomas drukte op
E voor Entree en liet haar arm niet los, voordat de metalen deur was

dichtgegaan. Annika ademde snel en merkte dat haar hart als een razende tekeerging.

'Sorry', zei ze. 'Het was niet mijn bedoeling om uit te vallen.'

Thomas stond tegen de wand van de lift geleund, voorovergebogen, zijn haar was naar voren gevallen en hij staarde naar de vloer.

Ze wilde haar hand uitsteken en door zijn haren woelen, zijn wang strelen, hem kussen en zeggen dat ze van hem hield.

'Sorry', fluisterde ze opnieuw.

De lift stopte met een schokje en de deuren gleden open. Thomas pakte zijn aktetas wat beter vast en liep snel naar de entree. Annika liep op een drafje achter hem aan, met haar blik op zijn blonde achterhoofd gericht.

'Wacht,' zei ze, 'wacht, ik wil met je praten …'

Ze stapten in de grauwigheid en liepen tegen een muur van verkeersgeluiden en uitlaatgassen aan.

'Thomas,' zei ze, 'wil je de kinderen niet ontmoeten, hoe doen we het met de kinderen …?'

Hij bleef staan, draaide zich om en staarde haar aan met zijn nieuwe ogen, die opgezwollen, roofdierachtige ogen.

'Waar ben jij in godsnaam mee bezig?' wist hij uit te brengen.

Ze stak haar hand uit om zijn wang te strelen, maar hij deinsde terug, zag eruit alsof hij op haar zou gaan spugen.

'Thomas', zei ze. De wereld om haar heen loste op, de geluiden verdwenen. De hand die had geprobeerd hem te strelen, belandde op haar eigen borst.

'Jij denkt ook nooit eens ergens over na', zei hij, waarbij hij nóg een stap naar achteren deed.

Ze ging naast hem staan en wilde zijn haar aanraken.

'Ik wil alles doen', zei ze en ze merkte dat ze huilde.

'Waar zijn de kinderen nu?'

Haar handen begonnen ongecontroleerd te trillen, ze herkende de tekenen van een naderende paniekaanval. *Rustig maar, er is niets aan de hand, er is niets aan de hand.*

'Die zijn bij Thord, hij bood aan om op te passen terwijl ik …'

'Thórd? Wie is in vredesnaam Thord? Ik ga ze meteen ophalen.'

Ze liet zijn woede over zich heen komen, wat zei hij nou? Wat wilde hij?

Hij is kwaad en gekwetst en wil ruziemaken.
De wereld kwam terug met haar motregen en verkeersgeluiden.
'Dat doe jij helemaal niet', zei ze en ze merkte tot haar verbazing dat haar polsslag rustiger werd.

Hij draaide zich om en deed een paar stappen in de richting van de Götgatan, kwam toen terug en ging met ogen vol vuur voor haar staan.

'Ik laat mijn kinderen niet verzorgen door iemand als jij', zei hij. 'Ik wil in mijn eentje het ouderlijk gezag.'

Ze keek in zijn ogen en ontmoette de ultieme vervreemding.

'Jij kunt Kalle en Ellen helemaal niet verzorgen', zei ze. 'Dat lukt je niet, dat heb je nog nooit gedaan.'

'Ze zullen in ieder geval niet bij een godvergeten brándstichter wonen!'

Het laatste woord schreeuwde hij uit.

Zo ver hebben we het dus laten komen.

Ineens werd ze volkomen rustig.

Goed, oké dan.

Ze liet zijn blik los en voelde hoe het verdriet zich door haar lichaam verspreidde.

'Ik neem vandaag contact op met een advocaat', zei Thomas. 'Ik wil zo snel mogelijk scheiden en de kinderen zijn van mij.'

Door haar tranen heen keek ze hem aan.

Dit heb ik eerder meegemaakt. Dit is al eerder gebeurd, met Sven.

Ze hapte naar lucht, haar lichaam spande zich en maakte zich op voor de vlucht. Het gezicht van Thomas zweefde boven haar, zijn kaken werden zo sterk samengeperst dat ze wit wegtrokken.

Maar dit is anders, hij gaat mij niet proberen dood te slaan.

'Ik vind dat we ze voorlopig om de andere week moeten hebben', wist ze uit te brengen. 'Je kunt ze vrijdag ophalen.'

Hij verstevigde zijn greep om het handvat van zijn aktetas, liet haar blik los, draaide zich om en zette vastberaden koers naar de Götgatan, voorovergebogen, met zijn schouders opgetrokken tegen de wind.

Ik ga niet dood, ik ga niet dood. Het voelt alleen maar zo.

Nina stapte het bureau binnen met een knagende onrust in haar maag. In de loop van de avond had ze weliswaar gebeld om te vertellen dat het haar niet zou lukken om de auto op tijd terug te brengen, maar toen was Pelle Sisulu al naar huis geweest.

Ze liep naar zijn kantoor, maar hield een paar meter voor de deuropening de pas in.

Christer Bure zat binnen, hij bracht de bureauchef op de hoogte van een kwestie met een sterfgeval, er waren wat vragen gerezen rond het medische rapport en de inbeslagname ter plaatse van medicijnen die alleen op recept verkrijgbaar waren.

Nina aarzelde, zou ze teruggaan en bij een latere gelegenheid terugkomen?

'Je hoeft je niet om het overlijdensbericht te bekommeren', hoorde ze Pelle Sisulu zeggen. 'Dat regel ik wel.'

Christer Bure stapte uit het kantoor van de bureauchef, keek snel in haar richting en zijn ogen versmalden.

Nina streek haar haren glad en liep naar de deur. Pelle Sisulu stond met zijn rug naar haar toe, hij zette net een map weg op een hoge plank. Zijn rug schermde bijna het hele raam af.

Ze klopte op het deurkozijn, hij keek over zijn schouder.

'Ah,' zei hij, waarna hij zich omdraaide naar zijn bureau, 'jij bent het.'

'Ik wil je heel hartelijk bedanken voor het lenen van je auto', zei Nina, die zich eigenaardig opgelaten voelde. 'Ik begrijp dat je een taxi naar huis moest nemen, dus die betaal ik natuurlijk ...'

'Dat was een grapje, hoor', zei de bureauchef, die het uiteinde van zijn overhemd, dat een eindje uit zijn broek was geglipt, naar binnen stopte. 'Ging alles goed met de auto?'

'Absoluut,' zei ze, 'maar hij zit behoorlijk onder de modder en ik durfde er niet mee naar de wasserette te gaan, omdat ik niet wist of een cabriolet door een wasstraat kan, ik ging er namelijk van uit dat het dak van stof was, maar ik kan een afspraak maken bij de Statoil en hem met de hand wassen als je wilt ...'

'Bedankt', zei hij, waarna hij plaatsnam in zijn stoel. 'Dat zou fijn zijn.'

Ze knikte.

De bureauchef bestudeerde haar even, knikte toen naar haar uniform.

'Ben je niet vrij vandaag?'

'Jawel,' zei Nina, 'maar ik moet naar de behandeling van het verzoek tot inhechtenisneming.'

'Julia wordt vandaag voorgeleid?' vroeg hij.

Alsof hij dat niet wist.

'Om drie uur', zei Nina.

Hij stond op en ging voor haar staan.

'Er is iets waarover ik me wat zorgen maak', zei hij zacht. 'Ik heb begrepen dat jij ter plaatse was toen de politie in Katrineholm de vondsten met betrekking tot het jongetje Lindholm uit het moeras haalde. Hoe komt dat?'

Ze keek door het raam en besloot niet te antwoorden.

De bureauchef zuchtte.

'Ik ben er niet op uit om jou erin te luizen', zei hij. 'Laat ik in plaats daarvan opmerken dat ik enigszins onder de indruk ben van jouw contacten. Want ik neem aan dat je niet op goed geluk naar Sågträsket bent gereden?'

Nina ging op een stoel zitten die tegen de wand stond.

'Sågkärret', zei ze. 'Julia's vader belde me. Hij had samen met de andere mannen uit het dorp de hele dag in het moeras rond Björkbäcken lopen zoeken. De boer van de boerderij naast die van Julia's ouders heeft de spullen gevonden. Holger wilde zeker weten dat ze van Alexander konden zijn, voordat hij alarm sloeg.'

'En hoe komt het dat hij dacht dat jij dat kon beoordelen, beter dan dat hij dat zelf kon?'

'Holger is kleurenblind', zei ze. 'Hij meende de pyjama van Alexander te herkennen, maar wat de knuffel betreft was hij niet zeker. Die heet trouwens Bamsen Lindholm. Holger wilde zijn vrouw niet van streek maken, voor het geval de spullen niet van Alexander waren, maar door mij te bellen, nam hij natuurlijk contact op met de politie ...'

Ze hield op met praten, had het gevoel dat ze aan het babbelen was.

Pelle Sisulu keek haar een paar seconden aan.

'En wat zei zijn vrouw? Zij was degene die de definitieve identificatie heeft gedaan?'

Nina knikte weer.

'Ze heeft de pyjama in juli bij H&M gekocht, lengtemaat 110, een beetje te groot, maar ze dacht dat hij er wel in zou groeien ...'

'Heb je enig idee hoe die spullen in dat meer kunnen zijn beland?'

Nina dacht na, zag het terrein voor zich.

'Het is geen meer, het is een moeras. Voordat het zo ging regenen, was het denk ik mogelijk om met droge schoenen de vindplaats te bereiken.'

'Hoe ver is het van de openbare weg?'

'Er loopt een bosweg helemaal tot aan het moeras.'

'Dus iemand kan met een voertuig naar de waterkant zijn gereden, het lichaam hebben gedumpt en daarna weer weggereden zijn. Waren er bandensporen?'

Nina keek haar chef aan.

'Het lichaam is natuurlijk niet gevonden, hè,' zei ze, 'het waren een pyjama en een speelgoedbeest.'

'Heb je toevallig gezien of er daar journalisten waren?'

Nina fronste haar wenkbrauwen.

'Ja,' zei ze, 'de regioredacteur uit Flen voegde zich bij ons. Oscarsson heet hij, hij woont in Granhed, hij hoorde van de vondst op de politieradio. Als ik iets formeel fout heb gedaan, wil ik dat je me dat zegt.'

'Ik vind dat je volkomen correct gehandeld hebt', zei hij. 'Jij hebt de voorlopige beoordeling gemaakt dat de vondst interessant was en je hebt de vinder verzocht om contact op te nemen met de plaatselijke politie.'

Hij aarzelde.

'En ik realiseer me dat dit natuurlijk niet een gewone politieaangelegenheid voor je is.'

Ze sloeg haar armen over elkaar en leunde naar achteren.

'Hoe bedoel je dat?' vroeg ze.

Pelle Sisulu glimlachte even en keek in de richting van het raam, zodat Nina zijn gezicht en profiel zag.

'Ik kan me nog herinneren hoe Julia en jij hier voor de eerste keer opdoken. Op de SWO-meisjes wordt altijd flink gelet, en al durf ik niet te beweren dat ik me ze allemaal herinner, jullie tweeën zie ik zo voor me.'

Nina bleef met haar armen over elkaar zitten, ze wist niet of ze zich gekwetst of gestreeld moest voelen.

Hij keek snel haar kant op.

'Zo bevlogen, met zulke grote ogen en met dat lange haar ...'

Hij keek naar zijn handen en stond vervolgens op.

Nina volgde zijn voorbeeld.

'Dus je gaat niet rapporteren dat ik iets idioots gedaan heb?' vroeg ze stijfjes.

De bureauchef schudde zijn hoofd.

'Waarom zou ik dat doen?' zei hij. *'Go and sin no more.'*

Ze keek hem verbaasd aan.

'Je spreekt Amerikaans? Ik dacht dat jij een rasechte Zweed was.'

De grote, zwarte man barstte uit in een hartelijke schaterlach.

'O man,' zei hij, 'en je zegt het zo serieus. Zwarte en neger en aap ben ik al genoemd, maar een rasechte Zweed nog nooit!'

Nina voelde het bloed naar haar hoofd stormen, haar wangen werden knalrood.

'Sorry', zei ze terwijl ze naar de vloer keek.

'Mijn vader komt uit Zuid-Afrika en mijn moeder is geboren in de VS. Ik ben in Fruängen opgegroeid. Zet de auto maar terug in de garage als je hem gewassen hebt.'

Hij lachte nog steeds toen hij achter zijn bureau ging zitten en Nina door de deur verdween om koers te zetten naar de hoofdingang.

Anders Schyman staarde naar de voorpagina van de *Kvällspressen.*

Die werd gedomineerd door een korrelige foto van een moeras met als inzetje in de rechterhoek een portretfoto van Alexander Lindholm.

ALEXANDERS GRAF luidde de weinig subtiele kop.

Geen vraagtekens, geen aarzeling.

Is dit goed? Stijgt dit uit boven alleen maar speculatief en onbehaaglijk?

Uit de ankeiler bleek dat de pyjama en de knuffelbeer van de jongen teruggevonden waren in een moeras vlak bij het zomerhuisje van de vrouw die van de moord werd verdacht.

'Nu is het alleen nog een kwestie van tijd voordat we de jongen vinden', zei een bron.

In de laatste zin werd gemeld dat Alexanders moeder in de loop van de middag in hechtenis zou worden genomen.

De hoofdredacteur krabde op zijn hoofd.

Nee, dit is niet goed. Hier krijgen we gedonder mee.

Hij liet een diepe zucht ontsnappen.

Door de glazen wand zag hij hoe de leden van de Journalistenbond zich in de richting van de lange desk van de dagreporters bewogen voor de jaarvergadering van hun afdeling binnen de krant. Te oordelen naar hun lusteloze lichaamshouding, zouden er vandaag geen belangrijke vraagstukken worden behandeld.

Bij de Concurrent hadden ze de hele kwestie van de vondst in het moeras gemist, ze waren er zelfs niet in geslaagd om de informatie mee te nemen in hun landelijke editie. Het enige wat ze hadden was een tekst zonder foto in hun Stockholm-editie, dus in dat opzicht kon hij natuurlijk tevreden zijn …

De interne telefoon begon te rinkelen.

'Anders, telefoon voor je.'

De nasale stem van de telefoniste klonk meer verkouden dan anders.

'Verbind dan door!'

'Het is de persvoorlichter van de Stockholmse politie.'

O nee!

Anders Schyman deed twee seconden zijn ogen dicht en nam toen de hoorn op.

'Ja?' zei hij kort.

'Ik doe geen onderzoek naar bronnen', zei de persvoorlichter met zijn karakteristieke vermoeide stem. 'Ik heb evenmin een mening over de ethische kant van jullie wilde speculaties over misdaad en schuld. Wel wil ik doorgeven dat jullie in de krant van vandaag gegevens uit het vooronderzoek publiceren die onder de geheimhouding vallen.'

'Dat moet ik bestrijden', zei Schyman. 'We hebben ons slechts beziggehouden met de normale journalistieke activiteiten, niet anders dan anders.'

'Dat is bullshit en dat weet je', zei de persvoorlichter. 'Maar ik ga geen ruzie met je maken, ik wil alleen bepaalde omstandigheden in relatie tot onze gemeenschappelijke activiteiten verhelderen.'

'O?'

'Ik persoonlijk ben, én de politie in haar algemeenheid is er lange tijd op gebrand geweest een open en eerlijke relatie met de media te onderhouden, een soort wederzijdse loyaliteit en dito respect voor elkaars ietwat bijzondere werkomstandigheden.'

Schyman kreunde inwendig.

Ongelofelijk, wat is die man breedsprakig.

'Zeker.'

'Wanneer jullie je bewust niet houden aan onze gezamenlijke afspraken, dan moet ik reageren, dat zul je begrijpen. Jullie schrijven vandaag in de krant over die spullen van dat kind, hetgeen ze volkomen waardeloos maakt als factor in onze toekomstige verhoren. Het is mogelijk dat we door jullie toedoen deze misdrijven niet oplossen.'

Anders Schyman zuchtte diep en luid.

'Nou ja,' zei hij, 'dat lijkt me toch een beetje overdreven. Bij mijn weten gaan jullie juist in verband met deze misdrijven uiterlijk vanmiddag iemand in hechtenis nemen.'

'Dat heeft er niets mee te maken. Dat zij is aangehouden, is werkelijk niet de verdienste van de media. Daarom heb ik besloten om voort te gaan op de ingeslagen weg en onze gezamenlijke projecten te herwaarderen, hetgeen vanzelfsprekend consequenties zal hebben, niet alleen voor ons, maar ook voor jullie.'

'En ...?'

'Die Spaanse artikelenreeks die Patrik Nilsson in de planning heeft met als werktitel "De cocaïnekust", berust immers op een nauwe samenwerking tussen de Stockholmse politie, het ministerie van Justitie en de *Kvällspressen*, maar nu ben ik dus genoodzaakt om onze overeenkomsten in deze kwestie te annuleren en me tot een andere krant te wenden ...'

Anders Schyman ging wat meer rechtop zitten.

'Nou, nou, rustig aan een beetje', zei hij. 'Het idee voor de artikelen die je nu noemt is afkomstig van ons, het is onze invalshoek en onze research ligt eraan ten grondslag ...'

'Het spijt me verschrikkelijk, maar ik heb niet de beslissing genomen om onze samenwerking te verbreken.'

'Ja, maar ...' zei Schyman.

'En verder ga ik wat telefoontjes plegen met een paar politiemensen van wie ik weet dat ze jullie voorzien van de wat meer informele informatie in het kader van de onderzoeken. Met die praktijk moet het maar eens afgelopen zijn. Er zijn andere kranten die geïnformeerd moeten worden. Goedemiddag, redacteur ...'

Jezus, wat een pretentieuze eikel!

Schyman legde de hoorn erop, liet zich weer tegen de rugleuning zakken en hield de krant voor zich in de lucht.

Zo erg was het toch niet?

Hij bestudeerde de artikelen opnieuw met kritische ogen.

Patrik Nilsson had het artikel over de moerasvondsten van gisteravond geschreven. DIT ZIJN DE HELDEN schreeuwde de kop over de zes en de zeven. De fotoredactie had een foto ingekocht van de *Katrineholms-Kuriren*, waarop de grootvader van het vermiste jongetje stond afgebeeld, samen met een paar andere mannen. Ze stonden mismoedig naar de vindplaats te staren. De onderkop borduurde voort op de speculatieve zin op de voorpagina: *Hebben zij Alexanders graf gevonden?*

Op deze plek was het in ieder geval gelukt om aan het eind een vraagtekentje toe te voegen.

Het verhaal kwam erop neer dat de mannen weer en wind getrotseerd hadden om een zoekactie te starten op het moment dat alle anderen het opgegeven hadden. Ze hadden Alexanders kleren en favoriete knuffel ogenblikkelijk herkend. Inmiddels werd het zoeken geconcentreerd op het bewuste moerasgebied. Het voltallige politiekorps van Södermanland was ingeschakeld en ook het leger zou ingezet worden.

De beschrijving van het moeras was hier en daar beeldend en dramatisch, Patrik repte van zuigende stilstaande wateren en zwermen zoemende muggen.

Was het nou nodig om hier zo veel ophef over te maken?

Hij liet de *Kvällspressen* op zijn knieën zakken, de krant protesteerde met geritsel.

Vanwaar deze koppeling tussen een toekomstige artikelenreeks en een eventuele journalistieke misslag? Was dit niet wat vergezocht? Had de persvoorlichter een verborgen agenda?

Hij richtte zijn blik op de glazen wand en stelde scherp op de redactie. Een paar laatkomers waren op weg naar de vakbondsvergadering.

Ooit was hijzelf actief geweest in de vakbeweging. Als hij het zich goed herinnerde, was hij in die jaren tamelijk strijdbaar. Was hij geen voorzitter geweest van een van de lokale radiostations, Radio Norrbotten misschien, of was het Radio Gävleborg? In die tijd, vóór de commerciële ethermedia, mochten journalisten tot in lengte van dagen rondstruinen in de bush. In de jaren tachtig daarentegen werden de wob-regels, de regels op basis van de Wet op de ontslagbescherming, keihard toegepast: een tijdelijke aanstelling van elf maanden, daarna vloog je er met je hoofd naar voren uit. Uiteindelijk vonden de mensen hun plek wel, maar meestal ergens in een uithoek, Stockholm en tv-Zweden konden ze op hun buik schrijven. Vaste aanstellingen voor nieuwelingen waren niet meer voorgekomen sedert het voorjaar van 1968, toen tv2 de poorten opengooide om alle deelnemers aan een demonstratieve optocht binnen te laten.

Dat waren nog eens tijden. Een baan was voor het leven en iedereen wist wat de jk was. En geen enkele reporter zat ooit bij de politie op de knie.

Nou ja, met dat laatste was het destijds ook niet optimaal gesteld, dacht hij, en op dat moment zag hij Berit Hamrin naar de plek lopen waar vergaderd zou worden.

Als Berit erheen ging, moest er toch wel iets behoorlijk belangrijks gaande zijn, wat kon dat wezen?

Ach ja, natuurlijk, ze zouden een nieuwe voorzitter kiezen, dat was hij bijna vergeten. Hij stond op, greep de verkreukelde krant, liep zijn kantoor uit en ging recht tegenover de Spijker zitten.

'Wil jij niet bij de vakbondsvergadering zijn?' vroeg de hoofdredacteur, terwijl hij zijn voeten op het bureau legde.

'Buitengesloten', zei de nieuwschef. 'Heb mijn contributie niet betaald.'

'Wat onvriendelijk van ze', zei Schyman.

'Zestien jaar op rij,' zei de Spijker, 'dus ik moet zeggen dat ik ze wel begrijp.'

'Wat hebben we morgen over die jongen?' vroeg de hoofdredacteur, waarbij hij naar de voorpagina van de *Kvällspressen* wees.

'We zijn op zoek naar een nieuwe foto van hem, het liefst in zijn pyjama, terwijl hij zijn knuffel in zijn armen houdt.'

'En hoe gaat het met de jacht?'

'Geen succes tot nog toe. Het enige wat de familieleden doen is briesend de hoorn erop smijten.'

Schyman sloeg de krant weer op, keek naar de foto van het moeras. De stemmen van de vergadering stuiterden heen en weer tussen de bureaus en kwamen zijn kant op, ze waren bezig met het goedkeuren van de agenda.

Hij zonk dieper weg in de stoel en probeerde zich af te sluiten.

'Hoe zijn we te weten gekomen wat ze precies in dat moeras gevonden hebben?' vroeg hij.

'Hoe bedoel je?'

'Wie heeft er gelekt?'

'Och hemel, niemand heeft gelekt. De jongens hebben gisteravond met de *Katrineholms-Kuriren* gepraat. Daar hebben we het vandaan. De mensen van KK hebben de informatie kort na middernacht op hun website gezet.'

'Dan mogen we de lokale pers, de moderne techniek en de domheid van de Concurrent erkentelijk zijn en wel in de genoemde volgorde', zei Schyman. 'Maar in het vervolg wil ik in dergelijke situaties bij de discussie betrokken worden. Ik heb zojuist een gesprek gehad met de persvoorlichter van de politie en ik kan je verklappen dat die niet bepaald content was.'

De Spijker sloeg zijn ogen ten hemel.

'Langdradiger dan die kerel vind je ze niet.'

Schyman sloeg een pagina om. Op de vergadering werd nu het accountantsverslag besproken.

'Hij heeft de overeenkomst met betrekking tot Patriks artikelenreeks over de cocaïnekust geannuleerd. Óf hij was inderdaad zo kwaad als hij deed voorkomen, óf hij had een aanleiding nodig om ons uit die operatie te gooien.'

'Ik heb dat altijd een verrekt eigenaardige aangelegenheid gevonden', zei de Spijker. 'Waarom moeten we mensen heel Europa door sturen om te schrijven hoe ontzettend geweldig de Zweedse politie wel niet is?'

Aan de desk voor de dagreporters werd decharge verleend. De selectiecommissie had twee kandidaten voor het voorzitterschap. En omdat de commissie geen keuze had kunnen maken, deden beide personen mee aan de stemming. De eerste genomineerde was politiek verslaggever Sjölander, de andere redactiesecretaresse Eva-Britt Qvist.

Is het heus? dacht Schyman, die zijn oren begon te spitsen. Waarom heeft Sjölander plotseling vakbondsneigingen?

De verslaggever, die vroeger chef was van de misdaadredactie, daarna correspondent in de vs werd en vandaag de dag politiek commentator was, bezat geen van de eigenschappen die men pleegt te associëren met een gekozen vertegenwoordiger van de vakbond. Sjölander was slim en inspirerend en hij werd gewaardeerd. Dergelijke types waren nooit lang vakbondsbobo. De mensen die carrière maakten in de vakbeweging waren over het algemeen de zeurende, ongetalenteerde en werkschuwe medewerkers.

Eva-Britt Qvist daarentegen voldeed ruimschoots aan de criteria die men meestal associeerde met vakbondsmensen. Schyman was erin geslaagd om haar weg te krijgen van de redactie door haar verantwoordelijk te maken voor het kantoorbudget en de presentielijsten, en het was een feit dat zij een van de mensen was die bovenaan zijn lijst stonden van medewerkers die hij kwijt wilde.

Niet zo vreemd dat ze zich kandidaat stelt, dacht hij. Als voorzitter van de afdeling zou ze eindelijk wat macht en invloed krijgen.

'De vrouw van Lindholm wordt vanmiddag in hechtenis genomen', zei de Spijker. 'Als we geluk hebben, komt daar iets uit.'

'Kan ik me nauwelijks voorstellen', zei Schyman. 'De officier van justitie gaat alles dichttimmeren, zal verwijzen naar toepassing van de Wet op de geheimhouding in het belang van het voorbereidend onderzoek.'

'Ja, en de moordenares is blijkbaar zo gek als een deur', zei de nieuwschef.

Tore, de portier, nam het woord.

'Tamelijk veel mensen hier op de redactie zijn van mening dat we een ander type vakbondsbaas nodig hebben. Iemand die naar ons luistert. Dit is het jaar van het orkest, niet van de solisten. Het wordt tijd dat wij van de werkvloer een beetje invloed krijgen.'

Een waarderend gemompel klonk op. Er werd gevraagd de hand op te steken.

Waarom is Tore lid van de Journalistenbond? dacht Schyman. Wacht, is hij vroeger geen graficus geweest?

'Ik tel 27 stemmen voor Sjölander', zei Tore, '… en 28 voor Eva-Britt Qvist. We hebben een nieuwe voorzitter!'

Verspreid applaus.

Anders Schyman zuchtte.

Nu moest hij over de inkrimping van het personeelsbestand onderhandelen met zijn voormalige briefopener.

'Is Patrik vannacht in Södermanland geweest?' vroeg hij en hij knikte naar de tekst, de beeldende beschrijving van het moeras.

'Jezus, nee', zei de Spijker. 'Waarom denk je dat?'

'Zuigende wateren en het gezoem van muggen', zei Schyman. 'Iedereen weet hoe een moeras ruikt. Heb je dit gezien?'

De Spijker wees naar zijn monitor.

'Er zijn aanwijzingen vanuit het ministerie van Buitenlandse Zaken dat men op het punt staat Viktor Gabrielsson vrij te laten.'

Viktor Gabrielsson. Mijn hemel, wie is dat nu weer?

'Nou, dat is ook wat', zei Schyman. 'Hoe is dat zo gekomen?'

'Een "diplomatieke oplossing" ligt binnen handbereik. Dit schrijft TT: "Nadat hij vijftien jaar heeft vastgezeten in New Jersey wegens medeplichtigheid aan de moord op een politieman op Long Island, zal Viktor Gabrielsson mogelijk binnenkort wordt uitgeleverd aan Zweden, aldus het ministerie van Buitenlandse Zaken in Stockholm" …'

O ja, die oude politiemoordgeschiedenis.

'Ik geloof het pas als ik het zie', zei Schyman.

De Spijker klikte verder en las het volgende bericht.

'Het meisje dat een paar jaar geleden *Big Brother* gewonnen heeft, laat haar siliconentieten verwijderen', deelde hij mee. 'Ze gaat ze symbolisch begraven in een kist van plexiglas en daarna gaat ze ze via een internetveiling verkopen. Het geld wordt geschonken aan de kinderen in het door oorlogsgeweld geplaagde Rwanda.'

Anders Schyman stond op.

'Check met het personeel op het kinderdagverblijf van Alexander of we naar de foto's op de muren kunnen komen kijken', zei hij. 'Tegenwoordig worden er voortdurend foto's van die kinderen gemaakt, die vervolgens op de prikborden worden gehangen.'

De nieuwschef keek hem met opgetrokken wenkbrauwen aan.

'Jemig, hoe denk jij dat we aan de foto's van de jongen zijn gekomen die we vandaag in de krant hebben?' vroeg hij.

Anders Schyman liep terug naar zijn kamer, deed de deur zorgvuldig achter zich dicht en zuchtte diep. Hij stond op het punt om te gaan zitten, toen er op het raam werd geklopt.

Buiten stond Annika Bengtzon. Ze trok de deur open voordat hij had kunnen wenken dat ze kon binnenkomen. Haar haren stonden recht overeind en ze vertoonde die terriërachtige gezichtsuitdrukking die meestal weinig goeds voorspelde.

'Wat?' zei hij vermoeid.

'Ik heb bere-interessante dingen over David Lindholm ontdekt. Hij is aangeklaagd geweest wegens mishandeling, twee keer zelfs, omdat hij een loopjongen was van de drugsmaffia en kleinere gangsters afranselde die probeerden de grote jongens geld te ontfutselen.'

Schyman deed zijn best om zijn gezicht in de plooi te houden.

'Aangeklaagd? Wanneer dan?'

'Achttien jaar geleden. En twintig jaar geleden.'

'Je zegt "aangeklaagd". Is hij door een rechtbank veroordeeld?'

'Nee, dat is ook het schofterige, hij is in beide gevallen vrijgesproken.'

'En daarover wil je schrijven?'

'Ik vind dat dit een heel ander licht werpt op David Lindholm.'

'En deze informatie is afkomstig van ...'

'De voorbereidende onderzoeken, en verder heb ik een van de mensen ontmoet die door hem mishandeld zijn. Hij is blij dat David dood is.'

Anders Schyman moest zijn handen over zijn ogen leggen om kracht te verzamelen.

'Dus het lijkt jou een goed idee om te publiceren dat een vermoorde politieman die als een held wordt gezien, eigenlijk een handlanger van de drugsmaffia was? En dat concluderen we uit het feit dat hij vríjgesproken is van aanklachten wegens mishandeling? Aanklachten van twintig jaar geleden?'

Ze beet op haar lip.

'Nu verdraai je alles ...'

'Smaad jegens een overledene', zei hij. 'Dat is een ernstig vergrijp. Daarvoor hebben hoofdredacteuren in de cel gezeten.'

'Ja, maar ...'

'Ik ben vandaag al een keer uitgekafferd vanwege onze publicatiebesluiten. Dat vind ik genoeg. Ik wil hier niets meer over horen. Zorg dat je een huis krijgt.'

'Ja, ja, ja', zei Annika Bengtzon en ze liep het kantoortje uit.

Hij ging op zijn stoel zitten en legde zijn hoofd in zijn handpalmen.

Het kan toch niet zo zijn dat ik me dit allemaal verbeeld.

Deze baan is de laatste jaren echt veel en veel chaotischer geworden.

De behandeling van het verzoek tot inhechtenisneming werd uitgeroepen in een van de beveiligde zalen van de rechtbank en Nina stond snel op, eerder dan alle anderen. Ze voelde zich ongemakkelijk in haar uniform, iets wat ze eigenlijk afgeleerd zou moeten hebben, maar deze situatie was uitzonderlijk en er werd meer op haar gelet.

Er stonden veel journalisten in de hal buiten de zaal, reporters van zowel de schrijvende pers als de radio en minstens twee tv-teams. Ze zag dat ze naar haar keken, zich afvroegen wat ze daar deed.

Hyena's! Ze hopen hier een hap vlees te kunnen bemachtigen.

Ze schudde de gedachte van zich af en liep naar de rechtszaal. Commissaris Q doemde naast haar op en hield de deur voor haar open.

'Ga helemaal vooraan zitten', zei hij zacht.

Ze keek hem vragend aan.

'Wij zullen de enige getuigen zijn', zei hij.

Ze deed wat haar gezegd werd en ging op een bank op de eerste rij zitten. De plaats van de rechter was in het midden, die van de aanklager links en die van de verdediging rechts.

Nina was al verscheidene malen in deze zaal geweest, ze had getuigd bij vele voorgeleidingen.

Maar die waren niet als deze.

Ze keek naar de deur achter de stoel van de verdediging. Die leidde naar een wachtkamer die via de Gang der Zuchten in directe verbinding stond met de Kronobergsgevangenis. Op die manier kon men personen die in hechtenis zaten, rechtstreeks naar de beveiligde zaal leiden, zonder buiten de mensenmassa's te hoeven trotseren.

Daar binnen zit je nu. Begrijp je wat er gebeurt?

De zaal liep algauw vol met reporters met cassetterecorders en tekenaars met grote schetsboeken. Ze rommelden en schraapten en ritselden, hun gemompel klonk als een verwachtingsvolle en niet te stuiten waterval.

Nina boog zich over naar commissaris Q.

'Wie heeft ze als verdediger toegewezen gekregen?' vroeg ze fluisterend.

'Mats Lennström', zei Q zacht.

Wie?

'Wie is dat? Wat heeft hij zoal gedaan?'

Voordat Q kon antwoorden, ging de deur achter de lessenaar van de rechter open en namen de rechter en de griffier hun plaats in achter de tafel. De volgende seconde kwam een donkerharige man in pak uit de wachtkamer en achter hem liep een bewaker van het huis van bewaring die Julia naar haar stoel leidde.

Nina leunde onwillekeurig naar voren, *wat ziet ze eruit.* Haar haar zat in de knoop en was ongewassen, de gevangeniskleren waren verkreukeld, alsof ze erin geslapen had.

Nina's keel kneep samen en ze slikte luid.

'Waarom heeft ze geen andere advocaat gekregen?' vroeg ze. 'Is die man werkelijk tegen deze zaak opgewassen?'

Q gebaarde dat ze zich stil moest houden.

Officier van justitie Angela Nilsson kwam ook binnen, ze ging zitten en trok haar rok onder haar bovenbenen. Ze had nu een ander pakje aan, dit was blauw, neigend naar grijs.

De rechter sloeg met zijn hamer op de tafel en het werd doodstil in de zaal.

Nina staarde naar Julia. Ze zag haar vriendin schuin van voren, haar blik leek glanzend en leeg. Het had iets onschuldigs: haar warrige haar en de veel te grote kraag van het gevangenishemd.

Wat ben je mager. Waarschijnlijk eet je je eten niet op, vind je het smerig.

De rechter schraapte zijn keel en terwijl hij met een donderstem de formaliteiten doornam (voorgeleiding in de zaak van Julia Lindholm, partijen zijn opgeroepen, enzovoorts), bestudeerde Nina Julia's reacties.

'Dit werkt niet', fluisterde ze tegen Q.

'Als je je niet stilhoudt, moet je eruit', siste hij terug en toen hield ze haar mond.

Angela Nilsson nam het woord.

'Meneer de rechter, ik vorder dat de rechtbank zal besluiten de hechtenis van Julia Lindholm te verlengen, daar zij op waarschijnlijke gronden wordt verdacht van de moord die op 2 juni jongstleden is begaan aan de Bondegatan in Stockholm', zei ze eentonig. 'Als bijzondere grond voor de inhechtenisneming wordt aangevoerd het feit dat voor dit misdrijf geen lichtere straf wordt voorgeschreven dan een gevangenisstraf van twee jaar. Ik breng tevens de gronden naar voren die ik in mijn verzoek heb genoemd, dat wil zeggen collusiegevaar en gevaar voor recidive. Daarnaast verzoek ik om toestemming om aan Julia Lindholm beperkingen op te leggen.'

Nina hield haar adem in en bestudeerde Julia's respons.

Geen enkele.

De rechter richtte zich tot de advocaat, Mats Lennström.

'Advocaat Lennström, mag ik u vragen om verslag te doen van de positie van de persoon die is aangehouden?'

'Dank u. Wij bestrijden het verzoek om inhechtenisneming dat de officier naar voren heeft gebracht. Waarschijnlijke gronden zijn niet aanwezig ...'

Hij raakte even van zijn apropos en bladerde in zijn papieren.

Nina kreunde inwendig.

'Welke positie neemt de verdachte in met betrekking tot de schuldvraag?' vroeg de rechter.

De advocaat aarzelde.

'Meneer de rechter, eigenlijk zou ik dit graag achter gesloten deuren willen behandelen', zei hij, waarbij hij naar de publieke tribune gluurde.

De rechter wendde zich tot de officier van justitie. Angela Nilsson zat wat op haar stoel te draaien en keek woedend naar de verdediger.

'Onder verwijzing naar de geheimhouding in het belang van het voorbereidend onderzoek, vordert ook het Openbaar Ministerie gesloten deuren.'

De rechter richtte zich tot de publieke tribune.

'Dan moet ik het publiek en de vertegenwoordigers van de massamedia vragen om de rechtszaal te verlaten', zei hij, waarna hij op de tafel hamerde.

Ogenblikkelijk klonk er weer geroezemoes en gemompel, Nina hield haar blik strak op Julia gericht. Ze leek niet te merken dat de mensen in het vertrek in beweging kwamen.

Toen de deuren opnieuw gesloten werden, was de stilte in de zaal haast fysiek te voelen.

'Goed, hoe zat het met de schuldvraag?' vroeg de rechter aan de advocaat.

Mats Lennström legde zijn dure balpen op zijn stukken en keek de magistraat strak aan.

'Feit is dat mijn cliënte te ziek is om haar positie in de schuld-vraag te bepalen. Het is simpelweg onmogelijk om een gesprek met haar te voeren.'

'Wat bedoelt u daarmee?'

'Ik kreeg deze cliënte afgelopen zaterdagavond toegewezen. Vanaf dat moment heb ik geprobeerd om met haar te communiceren, maar ik geloof niet dat ze begrijpt wie ik ben. Ik heb redenen om aan te nemen dat mijn cliënte acute psychiatrische hulp behoeft.'

De rechter bladerde in zijn papieren.

'Ik dacht dat ze al behandeld was', zei hij. 'In het Söderziekenhuis, naar aanleiding van de aanhouding.'

'Mijn cliënte heeft een lange historie van psychische problemen', zei de advocaat. 'Ze heeft haar werk bij de politie twee jaar lang niet kunnen uitoefenen vanwege een burn-out. Gedurende een zekere periode is ze wegens een depressie opgenomen geweest in een psychiatrische kliniek. Er is onmiskenbaar aanleiding om te concluderen dat de behandeling hervat moet worden, en wel met onmiddellijke ingang.'

Nu keek de rechter op.

'Op basis waarvan trekt u deze conclusie?'

Mats Lennström klikte met zijn balpen.

'Mijn cliënte komt steeds terug op een andere vrouw die die bewuste nacht aanwezig zou zijn geweest in het appartement', zei hij. 'Ze noemt die andere vrouw "de slechte" of "de kwade", maar ze weet haar naam niet.'

De rechter staarde Julia aan.

'Dus u denkt dat ze … misschien meerdere …?'

'Het is niet verenigbaar met de verantwoordelijkheid die op het gevangeniswezen rust, dat iemand die zo ziek is in hechtenis wordt genomen, ook niet op een verpleegafdeling.'

De rechter schudde even met zijn hoofd en wendde zich tot Angela Nilsson.

'Deelt de officier van justitie deze opvatting van de verdediging?'

De vrouw zuchtte theatraal.

'Dat met dat horen van stemmen begint behoorlijk populair te worden', zei ze.

'Hoezo?' vroeg de rechter, waarbij hij licht zijn wenkbrauwen fronste.

'Julia Lindholm heeft ervoor gekozen om niet mee te werken aan het onderzoek. Over haar beweegredenen kan ik niet speculeren.'

'Ahum', zei de rechter. 'Op welke gronden baseert de officier haar verzoek tot inhechtenisneming?'

Angela Nilsson sorteerde haar papieren en concentreerde zich een paar seconden voordat ze van wal stak.

'David Lindholm werd op donderdag 2 juni om 03.39 uur levenloos aangetroffen in zijn woning', zei ze. 'Uit het voorlopige sectierapport blijkt dat hij overleden is aan een schot in het hoofd, dit was de directe doodsoorzaak. Daarna volgde nog een schot in de buik, in het toen dus al dode lichaam.'

'Is het mogelijk dat een andere vrouw aanwezig was op het moment dat hij is doodgeschoten?' vroeg de rechter.

Angela Nilsson sloeg wat papieren om, de stilte vibreerde.

'De verdachte werd aangehouden op de plaats delict. Een wapen van het type SIG Sauer 225 werd op de plek van de moord aangetroffen en een voorlopig, technisch onderzoek heeft meteen al uitgewezen dat zich vingerafdrukken van de verdachte op het wapen bevinden. Het pistool staat geregistreerd als het dienstwapen van de vrouw die is aangehouden. In hoeverre het gevonden wapen ook het feitelijke moordwapen is, wordt op dit moment onderzocht door het Nationaal Forensisch Laboratorium, maar het kaliber stemt overeen met de kogels die bij de sectie zijn gevonden, en er ontbreken twee patronen in het magazijn ...'

Het was doodstil in de rechtszaal. De griffier maakte aantekeningen. Ergens bromde een ventilator.

'Verder hebben we de omstandigheden rond de zoon van de verdachte vrouw', ging Angela Nilsson na een korte pauze verder. 'De jongen, Alexander Lindholm, die vier jaar oud is, is na de moord op zijn vader niet meer gezien en wordt op dit moment nog steeds vermist.'

Nina leunde naar voren. Julia had haar hoofd opgeheven toen de officier van justitie Alexanders naam noemde en ze liet haar blik nu onrustig door de beveiligde zaal gaan. Ze keek naar de advocaat naast haar alsof ze hem niet herkende en stond op.

Nina zag hoe de advocaat een hand op haar schouder legde, waarna ze weer ging zitten.

'In de huidige situatie wil ik geen verdenkingen preciseren voor wat betreft het verdwijnen van de jongen', ging officier van justitie Nilsson verder. 'Het is nog steeds mogelijk dat zijn afwezigheid een natuurlijke oorzaak heeft, maar indien Alexander Lindholm niet in de zeer nabije toekomst in volle gezondheid wordt teruggevonden, dan zal ik het vooronderzoek uitbreiden met de moord op of de kidnapping van Alexander Lindholm ...'

Elke keer dat de naam van haar zoon werd genoemd, reageerde Julia en keek ze in het rond. Ten slotte ging ze zodanig verzitten dat ze Nina op de tribune voor de getuigen in het vizier kreeg.

Nee, Julia, niet nu!

De gedachte bereikte Julia niet, ze stond weer op en deed een aarzelende stap in de richting van Nina. Haar ogen waren kogelrond en onschuldig, en op dezelfde manier opengesperd als die keer toen ze niet van de hooizolder durfde te springen, en ze stond met haar voeten een beetje naar binnen, zoals ze alleen deed als ze bang was of ontzettend nodig moest plassen.

Beheers je, Julia, ik kan je nu niet helpen.

'Mag ik de verdachte vragen om tijdens de behandeling van de zaak te gaan zitten?' zei de rechter.

Julia deed een onzekere stap in de richting van de tribune voor de getuigen.

'Alexander?' zei ze. 'Waar is Alexander? Néé!'

Ze sloeg de advocaat tegen zijn arm toen deze probeerde haar weer te laten zitten.

Nina keek naar de vloer en balde haar vuisten uit onmacht, Julia maakte alles erger voor zichzelf wanneer ze niet meewerkte. Het enige wat ze hoefde te doen was de rechtbank vertellen hoe haar leven geweest was. Niemand was ermee gediend wanneer David een hand boven het hoofd gehouden werd, en zijzelf al helemaal niet.

Nina keek weer op. Twee bewakers van het huis van bewaring die bij de deur naar de reserve-uitgang en de Gang der Zuchten hadden gestaan, pakten ieder Julia bij een arm en duwden haar voorover.

Julia verzette zich. Terwijl ze zich probeerde los te rukken, liet ze kleine kermende geluidjes ontsnappen. De bewakers zetten haar weer op de stoel, maar ze bleef bedenkelijk naar één kant leunen.

Je had aangifte moeten doen. Je had naar mij moeten luisteren. Ik had je gesteund. Dan hadden ze je moeten geloven.

Had hij mij maar geslagen. In ieder geval een paar flinke blauwe ogen. Een paar gebroken ribben waren ook niet verkeerd geweest.

Wat hij jou aangedaan heeft is erger. Dat valt onder andere strafrechtelijke kwalificaties. Hij mag jou niet op die manier opsluiten. Hij mag je niet buitensluiten en je zonder kleren in het trappenhuis achterlaten. Wederrechtelijke vrijheidsberoving, wederrechtelijke dwang …

Plotseling kieperde Julia van haar stoel.

Ze viel met een doffe klap op de grond en bleef in foetushouding liggen, met haar benen opgetrokken. Nina stond haastig op.

De ene bewaker greep Julia's arm beet om haar omhoog te trekken, maar ze reageerde niet. Zijn collega kwam erbij en trok aan haar andere arm, hij hief zijn wapenstok om haar te slaan.

Kom overeind, Julia, ga zitten!

Het was doodstil geworden in het vertrek, alle actoren in de rechtszaal waren bevroren op hun positie. Het enige wat bewoog waren Julia's benen en voeten, die spastisch en ongecontroleerd waren gaan trekken, en ineens lieten de bewakers hun greep om haar armen los en richtten zich op, deden twee stappen naar achteren.

Julia lag nog steeds op de vloer met haar hoofd naar achteren geworpen, terwijl haar lichaam schokte door hevige krampen. Nina hapte naar lucht, *o god, wat doen ze met jou?*

'Verpleger naar de beveiligde zaal', zei de rechter in een microfoon die blijkbaar als intercom fungeerde.

Hij klonk ontsteld.

Nina deed een onbewuste stap in de richting van de vrouw op de vloer, maar Q greep haar bij de pols.

'Ga zitten', siste hij.

De rechter verhief zijn stem.

'Kunnen we een arts of verpleger in de beveiligde zaal krijgen …?'

Nina bleef zitten, totaal verlamd, ze zag dat een verpleger kwam aanrennen met een tas in de hand. De man boog zich over Julia's verkrampte lichaam en zei iets in een ruisende portofoon.

'We hebben een tonisch-klonisch insult', zei hij. Hij hield de portofoon naast zijn mond, terwijl hij met zijn andere hand Julia onderzocht. 'Ik herhaal, we hebben een primair gegeneraliseerde epilepsie. Ik heb onmiddellijk assistentie nodig en een ambulance, ik herhaal, onmíddellijk!'

'Breng haar via de zij-ingang naar buiten', zei de rechter, die was opgestaan achter de tafel en verschrikt naar de scène keek die zich voor zijn ogen afspeelde. 'Maak voort!'

Nog twee verplegers verschenen, met een provisorische brancard tussen zich in. Ze tilden Julia op en Nina zag dat ze stijf was als een stok, haar hele lichaam was keihard, gefixeerd in een onnatuurlijke houding, waarbij haar ene arm en been recht uitstaken.

Maar op het moment dat ze op de brancard werd gelegd, leek het alsof de krampen minder werden en haar lichaam verslapte, maar Nina wist niet zeker of ze de situatie goed inschatte, want de verplegers renden weg met de brancard tussen zich in en verdwenen door de zijdeur die naar de reserve-uitgang leidde.

Je kon in de zaal een speld horen vallen toen de deur waardoor Julia was weggevoerd, met een klap was dichtgegooid. De bewakers stonden hulpeloos naar de deur te staren. Officier van justitie Angela Nilsson zat op het puntje van haar stoel en keek argwanend naar de plek waar Julia had gelegen. Verdediger Mats Lennström was opgestaan en achteruitgelopen, zodat hij nu met zijn rug tegen de muur stond.

De rechter ging zitten en sloeg met de hamer op de tafel.

'Welnu,' zei hij met een ietwat bevende stem, 'laten we dan nu deze zitting afronden ... Angela?'

De officier van justitie schudde slechts haar hoofd.

'De verdediging?'

Mats Lennström haastte zich weer naar zijn plaats.

'Ja', zei hij en hij streek door zijn haar. 'Ik wil alleen ter afsluiting onderstrepen dat mijn cliënte op geen enkele wijze een bekentenis heeft afgelegd met betrekking tot hetgeen haar door de officier ten laste is gelegd. Indien echter de vordering van de officier wordt gehonoreerd, dan verzoek ik hierbij formeel om een Paragraaf zeven-onderzoek voor mijn cliënte. Behalve dat ze onmiddellijk onder behandeling moet worden gesteld, dient haar psychische toestand ten tijde van het misdrijf per omgaande te worden opgehelderd.'

'De rechtbank houdt een korte pauze', zei de rechter, waarna hij met de hamer op de tafel sloeg en opstond. Hij verdween vlug in zijn kantoor, vermoedelijk om tot bedaren te komen en een kop koffie te drinken, voordat hij uitspraak ging doen.

'Ik ga ervandoor', zei Q. 'Ik moet me aan een verhoor gaan wijden.'

Hij stond op en slenterde naar de uitgang.

Nina bleef zitten, niet in staat zich te bewegen. Ze merkte dat haar hart als een razende tekeerging en besefte dat ze helemaal zweterig was geworden.

Ze wist niet dat Julia aan epilepsie leed.

Ze wist niet dat Julia ontslag had genomen.

Ik wist niet dat Julia zo ziek was.

Het inzicht uitte zich in een luide zucht.

Ik weet helemaal niets over haar! Ik ken haar helemaal niet!

Misschien bestond haar Julia wel niet, de Julia die nooit ergens voor streed, die altijd wachtte tot iemand anders de kastanjes voor haar uit het vuur haalde, misschien was die Julia wel verdwenen, of misschien had ze nooit bestaan. Haar Julia had David niet kunnen doodschieten, haar Julia zou haar zoontje absoluut geen kwaad doen, *maar dit was misschien een andere Julia, de verdorven Julia.*

Nina haalde diep adem.

Ze liet haar blik door de rechtszaal gaan.

Ik geloof in het systeem, ik weet dat rechtvaardigheid bestaat. Die huist hier!

Ze wist precies wat er vanaf dit moment ging gebeuren.

Wanneer de hartslag van de rechter weer normaal was geworden en hij zijn kopje koffie ophad, zouden de deuren van de zaal weer opengaan en zouden de media weer binnengelaten worden. Julia zou in hechtenis worden genomen, aangezien ze op waarschijnlijke gronden verdacht werd van de moord en vóór 21 juni zou de aanklacht jegens haar worden ingediend.

Het voorbereidend onderzoek zou vanzelfsprekend niet binnen twee weken zijn afgerond, wat inhield dat de inhechtenisneming tot in het oneindige zou worden verlengd, totdat de officier zo'n waterdichte zaak had dat Julia nooit meer zou worden vrijgelaten.

Een andere Julia, niet langer mijn Julia.

Plotseling kon ze het niet meer opbrengen om nog een minuut langer in de beveiligde zaal te blijven, zelfs geen seconde. Ze stond op en haastte zich naar de uitgang.

Annika zat op een doorgezakte bank bij de deur van Q's kantoor op de tweede verdieping van het politiecomplex in Kungsholmen. Ze legde haar hoofd tegen de rugleuning en deed haar ogen dicht.

De dag, die zo slecht begonnen was, was behoorlijk bijgedraaid.

De kinderen konden deze week al terugkomen op hun oude crèche in Kungsholmen. De directeur leek oprecht verheugd te zijn met hun terugkeer, vermoedelijk vooral omdat daarmee de inkomsten weer stegen.

Voor het nieuwe schooljaar had ze Kalle ingeschreven op de Eiraschool, een eindje verderop in Kungsholmen, Thomas mocht haar neerschieten als hij daar bezwaren tegen had.

Een woning had ze ook gevonden. Als je maar geld had, kon je ook in de binnenstad van Stockholm een huis huren, al was het dan op een bedrijfscontract en tegen een schandalige huurprijs. Ze had voor onbepaalde tijd een driekamerappartement aan de Västerlånggatan gevonden dat twintigduizend kronen per maand moest opbrengen. Schandalig, zeker, maar ze had nog drie miljoen over van het geld van de Draak. Wanneer de verzekeringskwestie met betrekking tot het huis geregeld was, zou ze een woning gaan kopen die ze echt wilde hebben ...

Die zíj echt wilde hebben.

Ze hapte naar adem en luisterde naar het gevoel.

Alleen, zonder hem.

Ze verbeet haar tranen.

Mijn kinderen. Niet verzorgen door iemand als jij. Ik wil in mijn

eentje het ouderlijk gezag. Geen seconde langer. Ik ga ze ophalen.
Ze probeerde rustig adem te halen.
Zij had alle ouderschapsverloven opgenomen.
Zij was altijd thuisgebleven als de kinderen ziek waren.
Ze had ze nooit verwaarloosd, had ze altijd schoon en heel bij de crèche afgeleverd.
Hij kan de kinderen niet krijgen. Hij heeft geen zaak. Hij moet bewijzen dat ik extreem ongeschikt ben en als hem dat niet lukt, win ik.
De commissaris kwam door de gang aanlopen met een koffiebeker in de hand.
'Wil je ook?'
Annika schudde haar hoofd.
'Ik moet naar huis, naar de kids,' zei ze, 'dus ik wil dit snel afhandelen.'
Q haalde zijn kantoor van het slot en ging achter zijn bureau zitten, Annika volgde hem en nam plaats op de welbekende bezoekersstoel.
'Dus ze is nu in hechtenis genomen', zei Annika. 'Ze zal wel een veroordeling krijgen waar je u tegen zegt, dit in tegenstelling tot David. De aanklachten tegen hem zijn immers terzijde gelegd.'
De politieman rommelde met een cassetterecorder die links van zijn computer stond, zei 'een twee een twee' in een microfoon en spoelde daarna terug om te controleren of het klonk zoals het hoorde te klinken.
'Ik heb een man ontmoet die bijna doodgeslagen is door David, maar jullie hoeven je geen zorgen te maken. Het heldenaureool zit vastgespijkerd aan zijn politiepet. Niemand wil weten hoe David werkelijk was.'
Q boog zich naar haar toe.
'Het gaat om de brand aan de Vinterviksvägen', zei hij. 'Het enige wat jij doet is mijn vragen beantwoorden, oké?'
Annika knikte en ging er eens goed voor zitten.
Q zette het apparaat aan en werkte de gebruikelijke riedel af met betrekking tot de volledige naam van de getuige en de tijd en de plaats, en daarna stelde hij zijn eerste vraag.

'Kun je vertellen wat er in de nacht van woensdag 2 op donderdag 3 juni jongstleden gebeurd is?'

Annika beet op haar lip.

'Kun je dat ding even uitzetten?' zei ze.

Q zuchtte, liet zijn hoofd demonstratief een paar seconden hangen en drukte toen op de pauzeknop van de cassetterecorder.

'Wat?' zei hij.

'Is het werkelijk gepast dat jij dit verhoor met mij doet?'

'Waarom zou dat niet zo zijn?'

'Is dit geen reden voor wraking? Wij hebben immers een speciale relatie.'

Hij leunde een eindje naar achteren en trok zijn wenkbrauwen op.

'Spreek voor jezelf', zei hij. 'Er zijn redacteuren met wie ik bijzondere relaties heb gehad, maar daar behoor jij niet toe. Vertel maar wat er in de nacht van woensdag op donderdag is gebeurd.'

Hij zette de cassetterecorder weer aan.

Ze sloot een paar seconden haar ogen, probeerde de herinneringen te vinden die ze inmiddels weggestopt had.

'Ik stond boven op de overloop', zei ze. 'Het was donker. Ik had mijn tanden gepoetst, hoewel de tandpasta op was. Ik was op weg naar de slaapkamer …'

'Was je man thuis?'

Ze schudde haar hoofd.

'Nee. We hadden eerder op de avond ruzie gehad. Hij was weggegaan. Beide kinderen wilden bij mij slapen en dat vond ik goed.'

'Dus de kinderen …?'

'Lagen in het tweepersoonsbed in onze slaapkamer.'

'Hoe laat was het?'

Ze zuchtte en dacht na.

'Ik heb jou een tekst gemaild', zei ze. 'Ik denk dat er daarna een half uur verstreken is, drie kwartier misschien.'

De commissaris rolde zijn stoel naar zijn computer en opende zijn e-mailprogramma.

'Het mailtje is om 02.43 uur binnengekomen', zei hij. 'Dus je stond rond kwart over drie, half vier in de morgen boven op de overloop van je huis, en wat gebeurde er toen?'

Ze likte haar lippen.

'Er was een knal op de benedenverdieping', zei ze. 'Een gerinkel, alsof een ruit kapotgegaan was. Ik liep de trap af, vier of vijf treden, voordat ik doorhad wat er gebeurd was.'

'En dat was?'

'Iemand had het raam kapotgeslagen, het grote panorama-venster vlak naast de voordeur. Werkelijk overal lagen glassplinters. Ik rende de trap af, maar ik zag niemand buiten.'

'Hoe reageerde je?'

'In eerste instantie was ik alleen maar verbaasd. Daarna kwaad. Bang werd ik pas toen ik het geraas in de kamer van Ellen hoorde.'

'Was je op blote voeten?'

Annika keek Q verbaasd aan.

'Ja,' zei ze, 'of beter gezegd, volgens mij had ik sokken aan.'

'Had je snijwonden van de glassplinters?'

Ze begreep de bedoeling van de vraag en voelde het bloed naar haar gezicht golven.

'Nee,' zei ze, 'maar ik lieg niet.'

'Wat gebeurde er toen?'

'In de kamer van Ellen was ook een raam kapotgegooid. Ik rende de trap op. De deur stond open, ik zag dat het raam kapot was. Iets kwam door het raam naar binnen vliegen, het was een donker en rechthoekig voorwerp, het had een brandende staart.'

Q kauwde op een potlood.

'Wat was dat voor voorwerp, denk je?'

Annika slikte.

'Ik begreep het toen het op de vloer kapotsloeg. Net voordat de kamer vlamvatte, lukte het me om de deur dicht te doen.'

'Dus het raam was al kapot? Het ging niet kapot door de brandbom?'

Ze keek hem verbaasd aan.

'Daar heb ik niet aan gedacht,' zei ze, 'maar zo was het. Het raam was al kapot.'

'En dat was de kamer die in de noordoostelijke hoek van het huis lag?'

Annika dacht een seconde na.

'Ja,' zei ze, 'inderdaad. Het dichtst bij het kruispunt.'

'En toen …?'

Ze kneep haar ogen stijf dicht.

'De kamer van Kalle', zei ze. 'Er vloog een baksteen door het raam, dat aan gruzelementen ging, de steen kwam in zijn bed terecht. De fles kwam een paar seconden later, die sloeg tegen de wand boven het bed en was meteen kapot.'

'Wat gebeurde er toen de fles kapotsloeg?'

Annika zag de vonkenregen voor zich, zag hoe de benzine in een oogwenk vervluchtigde tot brandende damp, hoe de gordijnen en de boekenkast vlamvatten.

'Er ontstond brand', zei ze. 'Het rook naar benzine en er was brand.'

'En de kamer van Kalle, die lag aan de zuidoostkant?'

'Precies.'

'Wat heb je toen gedaan?'

Ze schudde haar hoofd en krabde op haar kruin.

'Ik deinsde achteruit', zei ze, 'omdat het zo warm was. Ik dacht aan de kinderen en ging naar de slaapkamer.'

'Heb je de deur van Kalles kamer dichtgedaan?'

Annika keek Q met grote ogen aan.

'Ik geloof het eigenlijk niet', zei ze.

'Maar de deur van Ellens kamer heb je wel dichtgedaan?'

Ze krabde nog eens op haar hoofd.

'Ik geloof het wel', zei ze.

'Waarom niet de deur van Kalles kamer?'

'Ik weet het niet. Het was vreselijk heet. Ik wilde naar de kinderen.'

'En wat deed je toen je bij de kinderen kwam?'

'Ik heb ze gewekt en ik heb ze op het terras laten vieren met behulp van de onderlakens.'

'Allebei tegelijk?'

'Nee, Kalle eerst. Daarna Ellen.'

'En jijzelf?'

'Ik ben gesprongen.'

'Je bent gesprongen.'

'En kwam op de terrastafel terecht. En toen zag ik hem.'

'Wie?' zei Q.

'Wilhelm Hopkins, onze buurman. Hij verschool zich in de bosjes. Ik weet voor honderd procent zeker dat hij de brand aangestoken heeft.'

Q keek haar aan, zo indringend dat ze er de kriebels van kreeg.

'Zijn we klaar, of wat?' zei ze.

'Waarom was je nog zo laat op?'

'Maar dat heb ik toch gezegd? Ik had zitten schrijven, daarna heb ik de tekst naar jou gemaild en naar de krant.'

'Ja, om 02.43 uur. Maar wat heb je tot half vier gedaan?'

Ze keek de commissaris aan en voelde hoe haar keel werd dichtgeknepen.

'Ik heb eerlijk gezegd vooral zitten janken', zei ze met een wat gesmoorde stem. 'We hadden immers ruzie gehad, mijn man en ik, en ik … ja, ik had spijt. Ik had medelijden met mezelf.'

'Omdat je man je verlaten had?'

'Ja, zoiets.'

'Nog wraakgedachten?'

'Hoezo?'

'Omdat je in de steek gelaten werd. Omdat je alleen achterbleef.'

Ze schudde haar hoofd.

'Nee,' zei ze, 'helemaal niet.'

De commissaris zuchtte en pakte een paar papieren van zijn bureau.

'Weet je wat dit is?'

Ze schudde opnieuw haar hoofd.

'Een vonnis van de arrondissementsrechtbank in Eskilstuna', zei hij. 'Negen jaar geleden ben jij tot een ondertoezichtstelling veroordeeld wegens dood door schuld.'

Ze zat doodstil op haar stoel, haar brein stond in de hoogste versnelling. *Wat komt er nu? Wat is dit?*

'Er zit een uiterst interessante getuigenverklaring bij dit vonnis', zei Q. 'Weet je wat de eerste politieman die ter plekke arriveerde toen jouw vriend overleden was, beweerde dat jij zei? Wat jouw motief was om je vriend zo hard te slaan dat hij in die hoogoven viel?'

Ineens was ze er weer, in de zomerhitte in de stilgelegde fabriek in Hälleforsnäs, het stof wervelde in het licht en het dode lichaam van Whiskas lag in haar armen.

'"Hij had de kat niets aan moeten doen. Dat met Whiskas had hij niet moeten doen. Begrijp je?"', citeerde Q uit zijn hoofd.

'Mag ik een beetje water?' zei Annika.

'Die keer dat jij een mens doodsloeg, gaf je wraak op als motief', zei hij. 'Nu beweer je dat de gedachte aan wraak niet bij je opgekomen is?'

'Er zit dunkt me wel een verschil tussen de situatie dat je kat gedood wordt en dat je verlaten wordt door je man', zei Annika.

Q keek haar een paar lange seconden aan.

'Er worden aanzienlijk meer moorden gepleegd met het laatstgenoemde als aanleiding', zei hij.

Annika had het gevoel dat de kamer begon te draaien. *Wat zegt hij nou? Wat doet hij?*

'Het was Hopkins', zei Annika. 'Hopkins heeft de brand aangestoken.'

'Hopkins was degene die de brandweer heeft gebeld', zei Q. 'Hij zal wel berouw gekregen hebben.'

Het werd stil in het kantoor.

'Wat?' zei Annika ten slotte. 'Wat is er?'

'Aangezien we geen getuigen hebben en ook geen technisch bewijs, zijn er feitelijk geen gronden voor een verdenking en derhalve ook niet voor een inhechtenisneming, dus je bent vrij om te gaan.'

Annika bleef zitten en staarde Q aan.

'Om te gaan?' zei ze. 'Zou ik dan niet hebben mogen gaan? Wat zou er met mijn kinderen gebeurd zijn als ik niet had mogen gaan?'

Q leunde zich naar haar over, hij leek oprecht bezorgd.

'Er loopt een voorbereidend onderzoek betreffende brandstichting en mogelijk ook poging tot moord, daarover heeft de officier van justitie nog geen standpunt ingenomen. Voor deze misdrijven kun je levenslang krijgen. Iemand heeft de brand aangestoken en jij was ter plaatse. Begrijp je wat ik zeg?'

Annika moest er bijna om lachen.

'Ben jij wel goed bij je hoofd? Word ik verdacht? Word ík verdacht? Stel je mij onder verdenking van deze misdrijven? *Is dat je boodschap?*

Q zuchtte.

'Niet in de huidige situatie. Maar de brand is aangestoken en iemand heeft dat met voorbedachten rade gedaan. Jij staat bovenaan de lijst van niet-formele verdachten.'

Annika keek uit het raam, het was weer gaan regenen.

Ik wil in mijn eentje het ouderlijk gezag. Ik ga ze halen. Mijn kinderen. Niet verzorgen door iemand als jij. Geen seconde langer.

'Er gebeurt niets voordat de onderzoekers alle technische analyses hebben afgerond', ging Q verder. 'Dat kan helaas een tijdje duren. Daarna, dus wanneer we meer weten, zijn er drie alternatieven: of je wordt vervolgd, of je naam wordt gezuiverd van eventuele verdenkingen, of het onderzoek wordt gestaakt wegens gebrek aan bewijs. In het derde geval blijven de twijfels over jou bestaan, maar kun je niet vervolgd worden.'

'Ik heb het niet gedaan', zei Annika. 'Ik was het niet.'

'Weet je,' zei Q, die opstond, 'dat zegt bijna iedereen.'

DEEL 2

NOVEMBER

JULIA LINDHOLM AANGEKLAAGD VOOR DUBBELE MOORD

Officier van justitie eist levenslang

Geactualiseerd op 15 nov. om 09.54 uur
De moord op hoofdinspecteur David Lindholm krijgt nu zijn gerechtelijke nasleep.

Vanochtend werd Lindholms vrouw Julia in de arrondissementsrechtbank van Stockholm aangeklaagd voor twee moorden alsmede mensenroof.

Volgens officier van justitie Angela Nilsson heeft Julia Lindholm haar man op de ochtend van 3 juni jongstleden met twee pistoolschoten om het leven gebracht. Gedurende de eerste dagen van juni heeft ze haar zoon Alexander (4) weggevoerd, gedood en het lichaam verborgen.

Het forensisch-psychiatrisch onderzoek valt ten dele onder de geheimhouding. Uit de gedeelten die wel openbaar zijn, komt naar voren dat Julia Lindholm weliswaar aan een psychische stoornis lijdt, maar niet in die mate dat ze tot plaatsing in een psychiatrisch ziekenhuis veroordeeld dient te worden.

'Gezien de wreedheid van de daad en de kwetsbare positie van de slachtoffers, is een levenslange gevangenisstraf de enig denkbare consequentie', vertelt Angela Nilsson aan kvallspressen.se.

Dat het voorbereidend onderzoek zo lang heeft geduurd, kan verklaard worden uit het feit dat er een forensisch-psychiatrisch onderzoek moest worden uitgevoerd, en dat bovendien onderzoek moest worden verricht door het Nationaal Forensisch Laboratorium.

Volgens een bron van kvallspressen.se hebben de rechercheurs Julia Lindholm zo lang mogelijk de kans willen geven om te bekennen waar ze Alexanders stoffelijke resten heeft verborgen.

'Vandaag de dag is het mogelijk om iemand aan te klagen voor een moord, zonder dat het lichaam gevonden is', zei professor Hampus Lagerbäck van de politieacademie tegen kvallspressen.se. 'Dat blijkt uit de zaken in relatie tot seriemoordenaar Thomas Qvick.'

Julia Lindholms raadsman, advocaat Mats Lennström, trekt de aanklacht in twijfel.

'Voor wat betreft de moord op Alexander zijn er geen getuigen, is er geen beschrijving van het delict, is er geen technisch bewijs. Ik zal vorderen dat het Openbaar Ministerie wat die delen van de aanklacht betreft niet-ontvankelijk wordt verklaard.'

De rechtszaak dient aanstaande maandag, 22 november om 10.00 uur in de beveiligde zaal van de arrondissementsrechtbank in Stockholm.

Maandag 15 november

De regen was overgegaan in een scherpe, akelige sneeuwbui, de eerste dit jaar. De vlokken losten op zodra ze het asfalt bereikten en vormden daar poelen van mismoedige grijsbruine smurrie.

Nina trok de ritssluiting van haar jack dicht tot aan haar kin en stopte haar handen in de zakken.

Als het niet anders wordt, zullen er wel een hoop auto's van de weg raken vandaag.

Ze keek op haar horloge zonder de hand uit haar zak te halen, het appèl was pas om 16.00 uur.

Tijd genoeg.

Ze merkte dat ze klappertandde, *dat komt alleen door de kou, niet door iets anders.*

De Bergsgatan helde het hele stuk van de Scheelegatan tot aan het Kronobergspark en de entree van het politiecomplex op nummer 52 lag ongeveer halverwege de helling. Van zo'n geringe en korte inspanning zou ze niet zo buiten adem moeten raken.

Het komt ook door de tegenwind, en misschien ben ik ook een beetje gespannen.

Ze had Julia niet meer gesproken sinds dat vreselijke bezoek in die cel nu bijna een half jaar geleden. Na de voorgeleiding waren de beperkingen waterdicht geweest, maar via Holger had ze gehoord dat Julia vrijwel de gehele periode van haar hechtenis op de forensisch-psychiatrische afdeling had doorgebracht en op de verpleegafdeling van het huis van bewaring.

Geen enkel bezoek was toegestaan, noch van haar ouders, noch van anderen.

'Willen ze een voorbeeld stellen?' had Holger gevraagd.

'Ik weet het niet', had ze geantwoord. 'Misschien.'

Maar nu waren de beperkingen opgeheven, want de dagvaarding was ingediend, de aanklacht geformuleerd en het voorbereidend onderzoek openbaar. Alleen het persoonlijkheidsonderzoek viel nog steeds onder de geheimhouding, maar daarvan had ze via Holger kennisgenomen.

'Kom voor Julia Lindholm', zei ze bij de receptie tegen dezelfde bewaker als de vorige keer. Hij trok een zuinig gezicht en verdween naar achteren om haar te laten zweten.

Een vrouwelijke bewaker, niet dezelfde als de vorige keer, leidde haar via op afstand bestuurde liften en glimmende gangen naar een gewone bezoekkamer op de zesde verdieping, direct naast de vrouwenafdeling. De kamer had geen ramen, en het meubilair bestond uit een tafel en twee stoelen. Op de tafel stond een asbak van aluminiumfolie.

'Als je hier wacht, dan komen we zo met de gedetineerde', zei de vrouw en ze sloot de deur.

Nina ging op een van de stoelen zitten.

Het was koel en vochtig in de kamer, het rook er een beetje branderig.

Alleen sigarettenrook, verder niets.

Grijswitte wanden helden naar haar over. Een spaarlamp verspreidde een zwak en wat trillend licht onder het plafond. Ze legde haar gevouwen handen op schoot.

Julia zit hier nu vijf en een halve maand. Ik hou het misschien vier minuten vol, en ik ben psychisch gezond.

Het Paragraaf zeven-onderzoek in juni had aangetoond dat Julia er na de moord uitzonderlijk slecht aan toe was. Er was een uitgebreid forensisch-psychiatrisch onderzoek voor nodig geweest om haar te diagnosticeren. Het onderzoek was in de loop van augustus uitgevoerd bij de forensisch-medische dienst in Stockholm.

Ik vraag me af hoe Holger het rapport te pakken heeft gekregen. Vermoedelijk via de advocaat …

De deur ging open, het licht van een raam verderop in de gang viel door de deuropening naar binnen en maakte van de gestalte die daar stond een schaduw zonder gezicht.

Nina stond op.

Julia stapte de bezoekersruimte binnen. Haar ogen waren waterig en ze droeg haar haren in een paardenstaart. Ze zag er ouder uit, en tegelijkertijd jonger. Geen make-up, hoekige schouders.

'Nina', zei ze verbaasd. 'Wat doe jij hier?'

Nina keek naar de bewaker die in de deuropening was blijven staan.

'Dank je wel. Ik bel als we klaar zijn.'

De vrouw sloot de deur en deed die op slot.

'Julia', zei Nina. Ze liep naar haar vriendin en omhelsde haar. 'Wat goed om je te zien.'

Julia liet haar handen recht langs haar lichaam hangen.

'Waarom ben je hier?'

'Het voorbereidend onderzoek', zei Nina en ze deed een stap achteruit. 'Het is openbaar, dus ik heb nu de mogelijkheid om hiernaartoe te komen om je op te zoeken. Hoe gaat het met je?'

Julia draaide zich om, liep naar de muur naast de tafel en voelde met haar vingertoppen aan het ruwe oppervlak.

'Dit is massief beton', zei ze. 'Iedere kamer in het huis van bewaring is een afzonderlijke betonmodule en daarmee ook een brandcompartiment.'

Ze liep naar de volgende muur en ging met haar vinger langs een scheur in de pleisterkalk.

'Het gebouw werd in 1975 opgeleverd, maar de gevangenis van Stockholm bestaat al sinds 1252. Die is vast door Birger Jarl gesticht, denk je ook niet?'

Ze wierp een snelle blik op Nina en concentreerde zich daarna weer op de muur.

'De hele wijk Kronoberg bestaat uit 161.000 vierkante meter woonoppervlak, de laatste woningen die gebouwd zijn konden in 2005 worden betrokken.'

Ze wendde zich tot Nina.

'Ik overweeg om me aan te melden voor een studie architectuur wanneer dit achter de rug is. Politieagent schijn ik immers niet meer te kunnen worden.'

Ze glimlachte, een korte en vluchtige glimlach.

Nina ving haar blik.

Ja, ze is thuis. Het licht brandt en ze is thuis.

Ze glimlachte terug, opgelucht.

'Dat is misschien wel beter', zei Nina. 'Dat je iets anders gaat doen.'

'Maar jij werkt er nog?'

Julia ging aan de tafel zitten, pakte de asbak van aluminiumfolie en bestudeerde de onderkant.

'Ja', zei Nina. 'Mijn dienst begint vanmiddag, appèl om vier uur. Als het weer niet omslaat, krijgen we veel eenzijdige ongelukken.'

'Pettersson is bureauchef?'

'Pelle Sisulu', zei Nina. 'Hoe is het met jou?'

Julia haalde haar schouders op en keek in de asbak.

'Ik verheug me er zo ontzettend op om hier uit te komen. Het appartement is er nog, papa is de huur steeds blijven betalen ...'

Nina voelde het onbehagen weer langs haar ruggengraat kruipen.

'Dus je denkt dat je vrijgesproken wordt?'

Julia keek op en liet de asbak los.

'Dat spreekt voor zich', zei ze. 'Als er iets is wat we op de politieacademie geleerd hebben, is het dat het rechtssysteem functioneert. Ik heb er begrip voor dat ze me hier opgesloten houden zolang het onderzoek gaande is, en eerlijk gezegd vind ik dat ook wel goed zolang zij vrij rondloopt. Anders komt ze nog terug om mij ook dood te schieten.'

De moed zakte Nina in de schoenen.

'Dus je denkt dat je na de rechtszaak naar huis kunt?'

Julia knipperde met haar grote, blauwe ogen.

'Waar zou ik anders naartoe moeten?'

Nina trok de stoel wat verder onder zich, leunde naar voren en pakte Julia's hand.

'Julia,' zei ze, 'is je advocaat hier geweest? Heeft hij het voorbereidend onderzoek met je doorgenomen?'

Julia schudde haar hoofd en zette grote ogen op.

Wat een flapdrol van een verdediger! Het is een ambtsovertreding dat hij haar niet over de aanklacht geïnformeerd heeft.

'Het onderzoek heeft uitgewezen dat je geleden hebt aan een dissociatieve identiteitsstoornis', zei Nina. 'Weet je wat dat is?'

Julia keek haar niet-begrijpend aan.

'Het syndroom wordt ook wel multipele persoonlijkheidsstoornis genoemd. Dat is een psychische toestand waarbij de persoon in kwestie een dubbele persoonlijkheid lijkt te hebben, of zelfs meer dan twee verschillende persoonlijkheden.'

'Schizofrenie?' vroeg Julia sceptisch.

'Een gespleten persoonlijkheid', zei Nina. 'Dat is een soort psychische toestand; iemand heeft dan meerdere gescheiden persoonlijkheden die geheel zelfstandig kunnen handelen. Dat kan gebeuren als iemand probeert om met trauma's om te gaan. Je wordt simpelweg iemand anders op het moment dat het nodig is.'

'Zo was het helemaal niet', zei Julia. 'Ik was het niet. Het was die andere vrouw, die slechte.'

Nina knikte en kneep in Julia's hand.

'Het is oké', zei ze. 'Ik begrijp het.'

'Nee!' zei ze en ze trok haar hand terug. 'Je begrijpt het helemaal niet. Ze was daar en ze heeft Alexander meegenomen.'

'Waar denk je dat ze Alexander mee naartoe genomen heeft?'

'Hoe zou ik dat nou moeten weten? Als ik dat wist, dan was ik hem natuurlijk gaan ophalen!'

Nina dwong zichzelf om rustig en beheerst te praten.

'Het bloed op de vloer in de hal', zei ze. 'De DNA-test heeft uitgewezen dat het van Alexander is.'

Julia stond op en staarde Nina aan.

'Geloof je me niet?' zei ze. 'Denk je dat ik Alexander schade toegebracht heb? Dat ík geschoten heb?'

Nina ging ook staan.

'Je moet er denk ik niet op rekenen dat je vrijgesproken wordt', zei ze. 'Het bewijs is behoorlijk solide. Je was daar, je bent psychisch instabiel, het moordwapen is hetzelfde als jouw dienstwapen en jouw vingerafdrukken zitten erop ...'

Julia draaide zich weg en drukte op de bel om uit de bezoekkamer te worden gelaten.

'Als het nu dan zo is dat ik psychisch instabiel ben,' zei ze, 'dan word ik tot plaatsing in een psychiatrisch ziekenhuis veroordeeld en dan word ik over een jaar ontslagen.'

'Ook daarop moet je denk ik niet rekenen', zei Nina. 'De forensisch-medische dienst verklaart dan wel dat je het misdrijf begaan hebt in een toestand van tijdelijke verstandsverbijstering, maar desondanks kun je tot een gevangenisstraf veroordeeld worden.'

Julia staarde haar aan met ogen die zo blauw en glanzend waren in het trillende licht van de spaarlamp dat Nina zich begon te schamen.

'Ik kom je weer opzoeken', zei ze. 'Ik laat je niet in de steek, ongeacht wat je gedaan hebt.'

De deur ging open en Julia draaide zich om. Ze stapte de gang in zonder om te kijken.

Het voorbereidend onderzoek was een teleurstelling, eigenlijk een soort anticlimax.

Annika, Berit Hamrin en Patrik Nilsson zaten bij de misdaaddesk met ieder een exemplaar voor zich en raakten tijdens het bladeren steeds gefrustreerder. Op de redactie was het stil, er heerste middagrust, de mensen hadden geleerd dat er overal voortdurend rechtstreekse uitzendingen waren en zaten niet naar elkaar te roepen op de manier die vroeger gebruikelijk was. Van alle tv's was het geluid uitgezet en naar de radio werd alleen via koptelefoons geluisterd.

'Hoe gaan we dit onderling opdelen?' vroeg Berit.

'Q kan ik doen', zei Patrik snel.

Annika had na juni niet meer met de commissaris gepraat. In haar achterhoofd zat de hele tijd de angst dat hij zou bellen, of dat iemand op de deur klopte en zei: *Je bent nu officieel onder verdenking gesteld.* Ze had geen idee hoe het onderzoek naar de brand ervoor stond en ze wilde het ook niet weten, zolang het niet werd gestaakt of haar naam gezuiverd werd.

'Je belt maar. Ik heb er geen problemen mee', zei Annika, die probeerde neutraal te kijken.

'Waarom zou jij er problemen mee hebben als ik een praatje maak met Q?' vroeg Patrik.

'Het lijkt me uitstekend dat jij met de politie praat', zei Berit. 'Ik kan eens wat gaan rondsnuffelen bij de forensisch-medische dienst, kijken of ik iets te weten kan komen over het onderzoek naar Julia's toerekeningsvatbaarheid.'

'Ik kan met de advocaat praten, ik zal eens vragen of ik hem kan interviewen', zei Annika.

Patrik snoof.

'Veel plezier ermee', zei hij en Annika merkte dat ze kwaad werd.

'Dan hebben we het slachtoffer', zei Berit. 'We hebben van de zomer weliswaar het een en ander over David Lindholm geschreven, maar daar moet misschien eens een update van gemaakt worden ...'

'Kan ik doen', zei Patrik.

Annika legde haar pen weg.

'Mag ik jullie even storen?'

Ze keken alle drie op, Eva-Britt Qvist stond hen uitdagend aan te kijken.

'Onze ridder die de krantendraak bevecht', zei Patrik. 'Wat kunnen wij vandaag voor je doen?'

'Morgen om twee uur algemene vergadering. Desk van de dagreporters. Iedereen moet komen. *Het gaat om onze gemeenschappelijke toekomst.*'

Ze stoof de redactievloer weer op.

'Wat doen we met de rechtszaak?' zei Berit, terwijl ze haar bril afzette en haar collega's aankeek.

'Ik heb de kinderen', zei Annika snel.

Ze had onlangs een week Nobelmoorden doorstaan in de beveiligde rechtszaal, het vonnis was vorige week uitgesproken, de aanstichter had levenslang gekregen. Ze had geen zin in nog eens drie dagen juridische formaliteiten die niets nieuws zouden toevoegen.

'Ik kan de expertanalyses schrijven', zei Patrik.

'Ik geloof je op je woord,' zei Berit, 'maar die zou Sjölander toch voor zijn rekening nemen? Wat zeg je van de updates van het nieuws op het net?'

Patrik gromde iets over politiek redacteuren die zich bij de politiek moesten houden.

'Als jij de nieuwsoverzichten voor de papieren krant neemt, dan doe ik de achtergronden en het feitenmateriaal', zei Annika tegen Berit.

'Is dit een koffiekransje?' zei de Spijker, die een uitdraai op Berits bureau gooide.

'Wat is dit?' vroeg Patrik, die het vel papier bliksemsnel naar zich toe graaide.

'De politiemoordenaar is vrij', zei de Spijker. 'Viktor Gabrielsson zit op een vliegtuig naar Arlanda. BZ heeft hem eindelijk vrij gekregen. Ik had het nooit verwacht.'

'*Holy moly*', zei Patrik. Hij stond op, zijn wangen gloeiden. 'Weten we wanneer hij landt?'

Viktor Gabrielsson, een Zweedse gangster van bescheiden kaliber, was het afgelopen decennium een bij tijd en wijle terugkomend item geweest in de media. Hij was op twijfelachtige gronden veroordeeld wegens medeplichtigheid aan de moord op een politieman in de buurt van New York. Hij had achttien van zijn vijftig jaren uitgezeten, maar had er al die tijd voor gevochten om zijn straf in Zweden te mogen uitdienen.

'Jeetje, wat hebben we morgen veel politiemoordenaars in de krant', zei Annika. 'Hoe moeten we ze in vredesnaam uit elkaar houden?'

'Er is nogal een verschil', zei Patrik. 'Het ene geval speelt zich immers in de VS af, het andere in Zweden.'

'Het vliegtuig is vijf uur geleden opgestegen van Logan in Boston', zei de Spijker.

'Dan gaan we nu op pad', zei Patrik, die speurend in de richting van de fotodesk keek.

'En het uitzoeken van de zaak-David Lindholm dan?' vroeg Annika onschuldig.

'Dat kun jij wel overnemen', zei Patrik royaal en hij trok zijn donsjack aan, terwijl hij dwars over de redactievloer heen in gebarentaal met de fotoredacteur communiceerde.

Nadat Patrik Nilsson met donderend geraas vertrokken was, viel er een doodse en enigszins ongemakkelijke stilte op de redactie. Berit en Annika keken elkaar aan.

'Oordeel maar niet te hard', zei Berit ten slotte. 'Hij is alleen maar jong en enthousiast.'

'Is dat zo?' zei Annika. 'Hij is een jaar ouder dan ik.'

Berit schoot in de lach.

'Waarschijnlijk maakt hij gewoon een kinderachtiger indruk', zei ze. 'Wil jij David overnemen?'

Annika glimlachte een beetje scheef.

'Als ik eerlijk mag zijn, vind ik David interessanter dan Viktor Gabrielsson, maar ik heb zijn onsmakelijke geschiedenis al in de krant proberen te krijgen en dat resulteerde in een veto. Denk je dat Julia Lindholm onschuldig kan zijn?'

Berit keek haar over haar bril met een verbaasde blik aan.

'Geen schijn van kans', zei ze. 'Zelfs geen microscopisch kleine kans.'

Annika liet haar voeten op de grond glijden, pakte haar tas en liep naar de desk van de dagreporters. Daar pakte ze haar gebruikte laptop uit en logde in op het netwerk. Bleef even roerloos zitten en keek uit over de redactie.

Eva-Britt Qvist had zichzelf in de glazen kamer van Anders Schyman geparkeerd, waar ze zat te praten en gesticuleren, iets wat ze tegenwoordig eigenlijk bijna altijd deed. Schyman zat achterovergeleund in zijn stoel en zag er moe en opgelaten uit. Ook dat was de laatste tijd bijna altijd het geval.

Na de vakanties had het management van de krant aangekondigd dat er een omvangrijke inkrimping van het personeelsbestand op stapel stond, met name op de redactie. De mededeling was ingeslagen als een bom en had gedurende enige dagen een regelrechte paniek veroorzaakt onder de journalisten. De hoofdredacteur had, opmerkelijk genoeg, niets gedaan om de opwinding te temperen. Hij liet de vakbonden en de roddeltantes hun gang gaan, totdat de hele redactievloer in rep en roer was. Eva-Britt Qvist was gaan huilen op een vakbondsvergadering die ze zelf bijeengeroepen had, natuurlijk niet omdat ze op de een of andere manier bedreigd werd in haar positie, als afdelingsvoorzitter was ze immers de enige die niets te vrezen had, maar omdat ze *aan het collectief dacht.*

Ten slotte had de Spijker er genoeg van gekregen. Hij brulde dat als de mensen godverdomme niet in hun handen spuugden en een paar nieuwsposters gingen schrijven, ze deze vervloekte krant net zo goed meteen konden opdoeken, in plaats van via een omweg langs een serie bezuinigingsronden, en toen waren verslaggevers, opmaakredacteuren, fotografen en webredacteuren met tegenzin, maar misschien ook wel een klein beetje opgelucht, naar hun krap bemeten werkplekken geslenterd, om maar weer eens in te loggen op hun computers.

'Wat een gejammer omdat een paar collega's het een beetje rustiger gaan krijgen', had de Spijker gezegd, terwijl hij zijn voeten op zijn bureau legde en een hap nam van een pizza capricciosa, maatje extra large.

'Gestopt met lijnen?' had Annika gevraagd en ze had als antwoord een vettige middelvinger gekregen.

Toen de stemming op de redactie zich eenmaal gestabiliseerd had, bleek die zowel wat nerveuzer als geconcentreerder te zijn geworden. De mensen waren iets alerter, en Annika had daar niets op tegen.

Niet lullen, maar poetsen.

Ze was compleet allergisch voor gemeenschappelijke jeu-de-boulestoernooien, borrels na werktijd en collectieve recepties als iemand dertig of veertig was geworden, alsmede voor alle andere vormen van gezelligheid onder collega's.

Nu was er zo goed als een eind gekomen aan al dat soort zinloosheden.

Uitstekend! Laat mij maar gewoon mijn werk doen.

Bovendien had ze deze herfst voor het eerst sinds een paar jaar de gelegenheid gehad om fulltime te werken, tenminste gedurende de weken dat Thomas de kinderen had. Het gevoel van eenzaamheid in haar borst had ze opgevuld met een artikelenreeks over de ontmanteling van de ouderen-, gehandicapten- en gezinszorg in de gemeenten en een onderzoek naar de discriminatievonnissen van de rechtbank voor arbeidszaken.

'Jij zult wel verrekte content zijn met het tumult hier op de redactie', had de Spijker gezegd op de dag dat ze kwam aanzetten met haar overzicht van de negen vonnissen waarin de rechtbank voor arbeidszaken had vastgesteld dat het correct is dat vrouwen minder verdienen dan mannen voor hetzelfde werk, omdat ze een lagere marktwaarde hebben.

'Geloof me', zei Annika. 'Dat ben ik ook.'

Zonder het gebrek aan daadkracht bij de anderen had ze die onderwerpen nooit geplaatst gekregen, maar wanneer het alternatief neerkwam op lege krantenpagina's, werden zelfs feministische artikelen geaccepteerd.

Nee, Annika had er geen enkel bezwaar tegen dat de kaarten herschikt werden.

Ontsloegen ze haar dan ontsloegen ze haar, maar ze geloofde niet dat dat zou gebeuren. Ze werkte nu bijna tien jaar bij de krant en waarschijnlijk zou ze de dans ontspringen als besloten werd om te reorganiseren volgens de Wet op de ontslagbescherming. Deze door de vakbonden gekoesterde wet met betrekking tot de bescherming van de rechtspositie van de werknemer, was gebaseerd op het devies 'last in, first out'.

Wanneer Schyman persoonlijk zou mogen kiezen wie hij kwijt wilde, dan zou ze ook mogen blijven, anders was ze langgeleden al historie geweest.

Wat jonge honden, met Patrik Nilsson voorop, hadden daarentegen plotseling ingezien dat ze zich in de gevarenzone bevonden en waren daarom overgeschakeld naar de stand *onmisbaar.* Hun nietsontziende ambitie had echter niet het effect dat ze als zodanig werden beschouwd, ze waren eigenlijk vooral onuitstaanbaar geworden.

Het enige nadeel van de bezuinigingen.

Ze zuchtte en logde in op het telefoonboek. Zocht Julia's raadsman op, advocaat Mats Lennström van advocatenkantoor Kvarnstenen. Het nummer was acht keer op rij in gesprek (iedere reporter in het hele land was natuurlijk op hetzelfde briljante interview-idee gekomen als zijzelf), daarna kreeg ze een secretaresse te pakken die haar liet weten dat de advocaat op de rechtbank was en niet vóór morgenmiddag terug verwacht werd.

Tot zover de advocaat.

Ze draaide wat op haar stoel, het ergerde haar dat Patrik gelijk zou krijgen.

Logde toen maar in op het tekstarchief van de krant en vroeg de artikelen op die naar aanleiding van David Lindholms dood over hem waren geschreven.

Daar had je de heldendaden weer, de lovende woorden van collega Christer Bure en Hampus Lagerbäck van de politieacademie. Ze belde beiden op en liet een bericht achter dat ze hen wilde spreken.

Vervolgens las ze de artikelen over de fantastische wijze waarop David Lindholm zich voor de samenleving had ingezet. Het gijzelingsdrama in Malmö, de opheldering van de overval op het waardetransport ...

En daarna was het op.

Dit kan niet alles zijn. Waar zijn al die heldendaden?

Ze voerde de zoekopdracht nog een keer uit en maakte die wat ruimer.

david lindholm inzet* crimineel* *zoeken.*

Massa's hits, maar geen nieuwe huzarenstukjes. Wel vond ze een oud artikel dat ging over politiemensen die undercover werkten. David Lindholm werd aan het eind ervan genoemd. Ze las dat hij een voorbeeld was van een politieman die uitgebreide contacten met de onderwereld onderhield, dat hij had gefungeerd als onderhandelaar met criminelen die uit het milieu wilden stappen en een schakel tussen beide werelden was geweest.

Ze schoof de laptop weg en dacht na.

Timmo Koivisto had beweerd dat David Lindholm een loopjongen was van de drugsmaffia. Kon dat echt waar zijn? Bestond er nog een andere verklaring voor de afranseling?

Hoe goed slaagde David Lindholm er eigenlijk in om de balans van goed en kwaad in evenwicht te houden? En wat vond de criminele wereld van zijn dubbelspel?

Ze checkte het tekstarchief om te kijken wat er gebeurd was met de gijzelaar in Malmö. Na meerdere zoekopdrachten vond ze een kort bericht in de *Sydsvenskan* over zijn lot: het gerechtshof had het vonnis van de rechtbank bekrachtigd.

De man was tot levenslang veroordeeld wegens poging tot moord, mensenroof, afpersing en wederrechtelijke bedreiging.

Levenslang? Wow! Zou hij werkelijk achteraf nog zo'n goede vriend van David Lindholm geweest zijn?

Ze belde de rechtbank van Malmö om te vragen of ze het vonnis konden faxen.

Daarna ging ze op zoek naar gegevens over de Amerikaan die een boekje had opengedaan over die overval in Botkyrka, maar vond niets.

Ze liet haar kin in haar handen rusten en staarde naar het beeldscherm.

Hoe kwam het eigenlijk dat de informatie over de Amerikaan bekend was? Wanneer iemand in de gangsterwereld doorsloeg, was het toch niet gebruikelijk dat die informatie in alle denkbare media aan de grote klok werd gehangen?

Dit is bijzonder vreemd.

Waarom vertelde David Lindholm dat hij de informatie over de overval op het waardetransport nu juist van deze gevangene had gekregen? Was het überhaupt waar? En als het klopte, was het echt David geweest die het nieuws verspreid had?

En wat is er naderhand met de Amerikaan gebeurd?

Ze wist niet eens hoe hij heette.

Ze ging naar de website van de Rijksdienst voor het Gevangeniswezen en zocht het telefoonnummer van de Tidaholmgevangenis op. Ze kwam uit bij de centrale van de Rijksdienst voor het Gevangeniswezen, vroeg of ze een persvoorlichter van Tidaholm kon spreken en werd doorverbonden met de centralist.

'De persvoorlichter is naar huis', zei de bewaker.

'O, wat jammer', zei Annika. 'Dan komt het morgen natuurlijk weer verkeerd in de krant te staan.'

'O, wat?' zei de bewaker.

'Die Amerikaan die bij jullie voor moord heeft gezeten, en die zoals je weet bevriend was met David Lindholm? We gaan morgen een stuk over hem publiceren en ik vond gewoon dat ik bij jullie moest checken of de gegevens wel kloppen, want ik vind ze best vreemd …'

'Maar hij is hier nu niet', zei de bewaker.

'De persvoorlichter?'

'Nee, de Amerikaan.'

Annika wachtte een paar seconden, liet de informatie tot zich doordringen.

'Zie je wel! Ik wist het. De journalist die dit artikel geschreven heeft, heeft geen flauw benul hoe het zit. Hij schrijft dat die man nog steeds bij jullie in Tidaholm zit.'

'*No way*. Meteen na het ongeluk heeft hij een disciplinaire overplaatsing gehad.'

Ongeluk?

'Dat spreekt voor zich!' zei Annika. 'En hij is natuurlijk niet teruggekomen?'

'Maar bevriend, dat weet ik niet, hoor', zei de bewaker. 'David Lindholm was zijn vertrouwenspersoon. Dat is natuurlijk wel iets anders.'

'Vertrouwenspersoon', zei Annika terwijl ze een aantekening maakte. 'Juist.'

'Wat is dat voor artikel?' vroeg de bewaker, die argwanend begon te klinken.

'Het is een serie over de levenslange gevangenisstraf,' zei Annika, 'maar ik geloof dat ik dit moet tegenhouden, de informatie moet echt beter gecheckt worden. Waar is de Amerikaan nu?'

Ze kneep haar ogen dicht en hield haar adem in.

'Je moet morgen de persvoorlichter maar bellen', zei de bewaker en daarna legde hij de hoorn erop.

Nou ja, dit was tenminste iets!

De Amerikaan heeft een of ander ongeluk gehad en werd daarna weggestuurd.

Hoe blij zou hij vandaag zijn?

David Lindholm moest gecheckt worden, de onderste steen moest bovenkomen in deze kwestie, ze zou zijn handel en wandel tot op de bodem uitzoeken.

Ze keek hoe laat het was. Ze moest eerst maar even iets eten.

Trok haar donsjack aan en vertrok.

Thomas zat aan zijn bureau op de derde verdieping van Rosenbad en keek uit op de Fredsgatan. Het sneeuwde en waaide, de vlokken kleefden aan het raam en liepen daarna als schokkende stroompjes in de richting van de metalen raamdorpel. Hij zag de mensen met opgetrokken schouders, opgezette kragen en dichtgeknepen ogen over de trottoirs zwoegen.

Het uitzicht vanuit zijn kantoor was werkelijk niet om over naar huis te schrijven.

Hij zuchtte en keek hoe laat het was, controleerde nog een keer of het memo en de andere stukken in de map lagen waar ze hoorden te liggen.

De opdracht om een beoordeling te maken van de kostenontwikkeling bij het afschaffen van de levenslange gevangenisstraf, was ingewikkelder geweest dan hij in eerste instantie gedacht had. Niet dat de berekeningen zelf zo moeilijk waren, het lastige zat hem in de politieke eisen die aan het onderzoek waren gesteld …

Hij schrok op toen de interne telefoon begon te rinkelen.

'Jezus, Thomas, waar blijf je? Ik zit met smart op je te wachten.'

Wat dacht jij dan dat ik hier zit te doen?

Hij boog naar voren en drukte op de zendknop om de chef van de PO-eenheid te woord te staan.

'Ik dacht dat je je zou melden zodra je vrij was.'

'Vrij? Vrij ben ik nooit. Kom nou maar.'

Thomas stond op, streek de onderkant van zijn colbertje glad en controleerde of de bovenste knoop van zijn overhemd dichtzat. Liep daarna met de map in zijn hand de gang door naar de kamer van Per Cramne.

'Vertel me wat je dwarszit', zei zijn chef, die naar een bezoekersstoel wees en tegelijkertijd zijn witte hemdsmouwen opstroopte.

'De kwestie blijkt ietwat problematisch te zijn', zei Thomas. Hij trok zijn stoel aan, het maakte een schrapend geluid. 'Ik weet niet of het mogelijk is om de levenslange gevangenisstraf af te schaffen onder de voorwaarden die we opgelegd hebben gekregen.'

'Natuurlijk is dat mogelijk', zei Cramne, die inmiddels de kamer rondliep en zijn armspieren strekte. 'Niets duurt tegenwoordig nog een leven lang. Waarom zou dat voor gevangenisstraffen wel moeten gelden?'

Thomas ging verzitten en legde de map voor zich op het bureau.

Dit gaat niet eenvoudig worden.

'Ik doel op de kaders van de onderzoeksopdracht', zei hij terwijl hij zijn benen over elkaar sloeg.

Cramne ging met zijn rug naar de kamer staan en keek uit over de Riddarfjärden.

'Huwelijken kunnen we natuurlijk vergeten', zei hij. 'Als die nog steeds een leven lang duurden, dan had ik drie keer geleefd: dat wil zeggen, tot op heden ...'

Hij wil niet luisteren.

'Heb je plannen om weer te gaan trouwen?' vroeg Thomas, die de map een stukje verplaatste op het bureau.

Cramne zuchtte, draaide zich om en ging zitten.

'Banen zijn een ander item dat we van de levenslanglijst kunnen schrappen. Geen hond heeft tegenwoordig van de wieg tot het graf nog dezelfde baan. Vandaag de dag slaan mensen verscheidene keren in hun carrière een nieuwe weg in, vele veranderen niet alleen van werkgever, maar ook van beroep.'

Thomas knikte en zocht in zijn zak naar een pen.

'Vrienden ruilen we onderweg ook in', ging de PO-chef verder. 'En we kunnen het besluit nemen om niet meer met onze broers en zussen om te gaan ...'

'Kinderen', onderbrak Thomas hem met de pen in de aanslag. Hij keek Cramne aan.

'Wat?' zei deze.

'Die heb je levenslang', zei Thomas. 'Ouderschap is voor het leven.'

Cramne graaide het memo naar zich toe.

'Zullen we maar eens ophouden met het verspillen van belastinggeld en aan het werk gaan?'

Hij boog zich over het papier.

Thomas hoestte even en ook hij pakte het document erbij.

'De directieven', zei hij. 'De directieven geven natuurlijk heel duidelijk aan dat de kosten voor het gevangeniswezen niet mogen stijgen na het afschaffen van de levenslange gevangenisstraf. Maar uit mijn berekeningen blijkt dat de uitgaven exponentieel zullen stijgen als dit wordt doorgevoerd.'

'Leg uit', zei de chef en hij leunde naar achteren in zijn stoel.

'De achtergrond ken je. De maximale tijdelijke gevangenisstraf die we vandaag de dag kennen is tien jaar. Tot levenslang veroordeelden zitten gemiddeld twintig en een half jaar, dat wil zeggen als je kijkt naar de straffen die uiteindelijk worden opgelegd. Maar aangezien veroordeelden na tweederde van die opgelegde straf worden vrijgelaten, betekent dit dat ze na ongeveer veertien jaar vrij komen. Als we levenslang afschaffen, zal de nieuwe maximum-straf voor moord op ongeveer het zojuist genoemde niveau uit-komen, dat wil zeggen tussen de eenentwintig en vijfentwintig jaar, waarbij vijfentwintig jaar het waarschijnlijkst is. Dat heeft tot gevolg dat er een gat van tegen de vijftien jaar zit tussen de hoogste straf en die daaronder. Dat is niet redelijk en daarom zullen de wettelijk voorgeschreven straffen tamelijk snel naar boven worden bijgesteld. Bovendien zullen de huidige mogelijkheden om zwaar-der te straffen ook gebruikt gaan worden ...'

'Maar dit zijn pure speculaties van jouw kant', zei Cramne.

Thomas zuchtte voorzichtig.

'Niet in het minst', zei hij. 'Ik heb dit besproken met drie hoogleraren strafrecht, vijf onderzoekers bij de Raad voor de Mis-daadpreventie, en verder natuurlijk met de politiek deskundigen.'

'En wat zeggen die dan?'

'Binnen drie jaar zullen de wettelijk voorgeschreven straffen naar boven zijn bijgesteld, zodat veel misdrijven bestraft kunnen worden met twaalf, dertien jaar ... Ervaring in het buitenland leert dat de wettelijk voorgeschreven straffen over de hele linie omhoog-gaan wanneer je de levenslange gevangenisstraf afschaft en in plaats daarvan lange tijdelijke straffen invoert. De volgende keer dat we iemand als de Hagaman veroordelen, zal hij achttien jaar krijgen.'

'En?' zei de PO-chef. 'Jij bent ambtenaar. Wat je nu aan het doen bent, is politieke oordelen vellen. Daarmee moet jij je niet bezig-houden.'

De stem van de chef klonk net zo lusteloos als anders, maar zijn woorden hadden een scherpte waarvan hij zich normaal gesproken niet bediende.

'Dit zijn geen politieke beoordelingen,' zei Thomas, 'dit zijn realistische beoordelingen. Mijn opdracht is om de kostenstijging bij een bepaalde wetswijziging te onderzoeken en dat is precies wat ik gedaan heb. Als we de levenslange gevangenisstraf afschaffen, zullen alle andere straffen worden verhoogd en dat zal binnen drie jaar gebeuren. Dat betekent vervolgens een kostenstijging van dertig procent voor het gevangeniswezen, en dat is dan op basis van de voorzichtigste analyses ...'

Cramne stond op en liep om zijn bureau heen naar de gesloten deur. Thomas keek verbaasd naar hem en registreerde dat zijn gezicht wat opgezwollen was en zijn ogen ietwat roodomrand leken.

Drinkt hij te veel?

'Laat ik duidelijk zijn', zei Cramne, terwijl hij op het bureau ging zitten, vlak bij de plek waar Thomas zat. 'Tijdens deze hele regeringsperiode is er heel veel consideratie betoond met misdadigers. De wettelijk voorgeschreven straffen moeten naar boven bijgesteld worden, het algemene rechtsbewustzijn vereist dat, maar de politici houden het tegen. Zoals je misschien weet, wil de minister zelfs bepaalde misdrijven afschaffen.'

'Welke dan?'

Per Cramne stond weer op, spreidde zijn armen en liep naar zijn stoel.

'Misdrijven tegen de staatsveiligheid', zei hij. 'Nou ja, taarten gooien naar de koning en zo, hoewel dit misschien een slecht voorbeeld is', voegde hij eraan toe toen hij zag dat Thomas hem niet-begrijpend aankeek.

Hij ging zitten en slaakte een zucht.

'De wettelijk voorgeschreven straffen vormen het enige punt waaraan deze regering nog iets kan doen. Over al het andere is eindeloos gediscussieerd, inclusief die afluisterellende, maar hiervoor zijn ze steeds weggelopen. Jezus, hoe duidelijk moet ik me uitdrukken?'

Hij boog zich over het bureau en liet zijn harige handen op Thomas' dossiermap terechtkomen.

'Het directief dat dit geen geld mag kosten is hun reddingsboei. Jij moet je daar op de een of andere manier omheen zien te manoeuvreren. We moeten ervoor zorgen dat dit doorgevoerd wordt. Het geboefte moet achter slot en grendel, we moeten een einde maken aan dat softe gedoe.'

Thomas staarde zijn chef aan.

Hij wil dat ik sjoemel met de berekeningen voor het parlementaire

onderzoek, zodat hij er een beleid kan doordrukken dat niet demo-
cratisch verankerd is.

Met zijn blik in die van Cramne geboord, knikte hij langzaam.

'Oké', zei hij. 'Ik begrijp wat je zegt. Het is goed dat je klare taal hebt gesproken.'

Per Cramnes gezicht brak open in een brede glimlach.

'Fantastisch', zei hij. 'Ik zie uit naar je nieuwe kostenbereke-ningen. O, trouwens, beschouw ze maar als kostenvoorstellen!'

Thomas verzamelde zijn papieren, stond op, deed de deur open en zweefde de gang in, want contact met de grond had hij niet.

Toen Annika terugkwam bij de dagreporterdesk, zaten daar twee andere verslaggevers op hun laptop te tikken. Een van hen had een koffiemok op haar dichtgeslagen laptop gezet.

'Neem me niet kwalijk,' zei Annika en ze wees naar de halfvolle beker, 'maar ik moet hier nu werken.'

De jonge reporter, die Ronja heette (over modenamen gespro-ken) en een tijdelijke aanstelling had, keek op en verplaatste demonstratief haar mok, zodat die niet langer boven op Annika's computer stond, maar een halve centimeter ernaast.

De andere reporter, Emil Oscarsson, was een van de jongens die overgeschakeld waren naar de overdrive in hun poging om zich onmisbaar te maken op de redactie. Hij keek heel even op en concentreerde zich daarna weer op zijn beeldscherm.

Annika leunde naar voren en stootte tegen de mok aan, zodat de inhoud over Ronja's aantekeningen gutste.

'O, sorry', zei ze. Daarna ging ze zitten en zette haar laptop aan.

'Goddomme, wat doe je nou?' zei Ronja, die opvloog toen er koffie op haar broek terechtkwam.

Annika logde in op het Infoplein en deed net of ze haar niet hoorde.

'Zeg, waarom heb je dat gedaan?'

Annika keek haar verbaasd aan.

'Nou, schiet eens op, haal nou maar een doekje.'

Ze zag dat het meisje bijna begon te huilen.

Als jij kunt klieren, kan ik het ook. Wat een huilebalk.

'Jij bent niet goed snik', zei de huilebalk, waarna ze koers zette naar de toiletten.

Emil zat ondertussen op zijn computer te hameren en deed of hij niets hoorde.

Is die hele generatie genoemd naar romanfiguren van Astrid Lindgren?

Nou ja, zelf heette ze natuurlijk Annika, dus eigenlijk had ze geen recht van spreken.

Ze logde in op Spar, het personen- en adresregister van de staat en voerde een aantal gegevens in: David Lindholm, man, de postcode van de Bondegatan, en daar had je hem.

Persoonsinformatie, informatie van Spar uit het bevolkingsregister, DEZE PERSOON IS OVERLEDEN.

De Zweedse staat maakte duidelijk geen burgers zoek om de enkele reden dat ze waren heengegaan. Hier had je alle persoonlijke gegevens met betrekking tot David Lindholm: zijn persoonsnummer, volledige naam (Lindholm, David Zeev Samuel), het adres waaronder hij stond ingeschreven in het bevolkingsregister (de Bondegatan dus), registratiedatum, provincie, gemeente, kerkgemeente en daarna de aanduiding *overleden,* 3 juni jongstleden.

Hij moet Joods geweest zijn. Zeev was geen gebruikelijke Zweedse naam. Genoemd naar Zeev Jabotinsky, de Joodse activist?

Ze klikte door naar de pagina *Persoonlijk rapport.* Toen het webformulier op het beeldscherm verscheen, was Davids persoonsnummer al ingevuld in het daarvoor bestemde veld.

Hier is geen lol meer aan.

Ze klikte op *Alles markeren* en daarmee kreeg ze in twee seconden alle beschikbare gegevens over Davids financieel-economische situatie gepresenteerd: achterstandscoderingen en schuldensaldo, informatie over belastingaanslagen, in hoeverre hij failliet was gegaan, zijn functies bij verschillende bedrijven, gegevens over eenmanszaken, de registratie van zijn ondernemingen bij de belastingdienst, eventuele beroepsverboden, alsmede de auto's die hij bezat.

'Eigenlijk moet je het laten stomen van mijn spijkerbroek vergoeden', zei Ronja, die haar spullen bij elkaar graaide en ze in een kek aktetasje stopte.

De bezuinigingen worden in december doorgevoerd. Over een paar weken is ze geschiedenis.

Annika glimlachte naar het meisje.

'Ik gooi die van mij altijd in de wasmachine. Maar die heb jij misschien niet.'

'Ík heb mijn spullen tenminste niet in de fik gestoken', zei het kind en daarna marcheerde ze de redactie af.

Annika wierp een haastige blik op Emil, die geen vin verroerde.

Ze staarde naar de informatie op haar beeldscherm en hield zich aan het bureau vast om overeind te blijven.

Ik heb mijn spullen tenminste niet in de fik gestoken.

Dit was geen toeval, en Ronja was geen Einstein. Als zij het wist, dan was de hele krant op de hoogte van de hypotheses van de politie.

Is dat wat iedereen denkt? Is dat wat iedereen fluistert? Dat ik mijn eigen huis in brand gestoken heb? Geprobeerd heb mijn eigen kinderen om te brengen?

Ze staarde nog eens een lange minuut naar het scherm, voordat ze in staat was om door de informatie te scrollen.

Ze boog naar voren en duwde het duizelige gevoel weg.

Tjongejonge!

David Lindholm had ambities gehad in het particuliere bedrijfs-leven.

Hij was functionaris geweest bij vier verschillende bedrijven, waarvan er twee inmiddels uitgeschreven waren en een derde zo goed als failliet was.

Ze printte de gegevens uit en dacht na over haar verdere zoek-strategie.

Misschien was het het beste om alle informatie systematisch langs te gaan en te zien wat ze onderweg tegenkwam.

Ze haalde een kop koffie uit de automaat, maakte een omweg langs de printer, pakte haar print eraf en concentreerde zich toen op het Infoplein.

Het eerste bedrijf op de lijst was Fly High Equipment vof, een handelsmaatschappij die vijftien jaar geleden was uitgeschreven en waar David stond geregistreerd als bestuurder.

Ze wist niet dat zulke oude gegevens bewaard bleven.

Oké, daar gaan we.

Ze ging naar het vennootschapregister en klikte net zo lang door tot ze op de pagina kwam waar de activiteiten van het bedrijf werden omschreven: groothandel in parachutes en toebehoren alsmede daarmee verenigbare activiteiten, stond er.

Hoogvliegen was dus letterlijk wat ze deden. David Lindholm moest in zijn prille jeugd actief aan parachutespringen gedaan hebben, waarom was hij anders eigenaar van een bedrijf dat dergelijke spullen verkocht?

Ze besloot te kijken welke personen bestuurder en procuratiehouder waren geweest. De computer kauwde en knarste even, uit haar ooghoek zag ze hoe Emil zijn laptop inpakte en zich klaarmaakte om te vertrekken.

'Tot morgen', zei hij en hij knikte kort.

David was procuratiehouder van Fly High Equipment geweest, samen met twee andere mannen, Algot Heinrich Heimer en Christer Erik Bure.

Alweer Bure. Die twee moeten nauw bevriend zijn geweest.

Ze ging naar Spar en voerde daar een aanvullende zoekopdracht uit.

Christer Bure bleek in Södermalm te wonen, aan de Åsögatan.

Ook van hem vroeg ze een persoonlijk rapport op.

Geen schulden, geen faillissementen en afgezien van Fly High Equipment geen relaties met bedrijven.

Ze voerde een zoekopdracht uit naar de andere man.

Hupsakee!

Algot Heinrich Heimer was overleden.

Ze zocht de overlijdensdatum op.

9 februari vorig jaar.

Jong, nog maar 45 jaar, ingeschreven in Norrköping.

Ze beet op haar lip.

Mannen van 45 gaan niet zomaar dood. Kan het zo zijn dat iemand hem een handje geholpen heeft?

Ze opende nog een venster, ging naar het tekstarchief en zocht op Algot Heimer.

Geen hits.

Voerde 'dood óf moord óf vermoord' in en 9 of 10 februari vorig jaar.

Er was een website gevonden, *bezig met openen van ...*

Bingo!

Op de avond van 9 februari was een 45-jarige man doodgeschoten op een parkeerplaats bij een winkelcentrum in Norrköping.

Kan dat Algot Heinrich Heimer geweest zijn? Hoe groot is die kans?

Ze ging snel naar de homepage van het Centraal Bureau voor Statistiek en zag in de bevolkingsstatistieken dat het afgelopen jaar zo'n 91.000 mensen overleden waren. Pakweg 250 per dag dus, maar hoeveel van hen waren 45-jarige mannen die in Norrköping woonden?

Niet veel.

'Zit hier iemand?'

Een van de avondverslaggevers, een jong meisje, stond bij de plek waar Emil had gezeten. Was dit misschien Pipi?

Annika schudde haar hoofd, het meisje zuchtte.

'Hè, dat mensen hun rommel ook niet kunnen opruimen', zei ze en ze schoof Emils lege chipszak, lege plastic bekertje en verfrommelde aantekeningen in de prullenbak. 'Hoe stellen ze zich voor dat je hier kunt werken als je steeds ...'

'Sorry,' zei Annika, 'maar ik probeer me te concentreren.'

Het meisje hield abrupt haar mond, ze leek gekwetst.

Annika belde de politie in Norrköping en vroeg of ze een persvoorlichter van de recherche kon spreken. Ze werd doorverbonden met een mobiele telefoon en kwam uit bij een vrouw die net haar kind van de crèche haalde.

'Algot Heinrich Heimer?' zei de vrouw. 'Nee, we hebben niemand opgepakt voor de moord, maar voor ons is het dossier nog steeds niet gesloten.'

Dus hij was het echt!

'Wat is er gebeurd?' vroeg Annika. Op de achtergrond hoorde ze een klein kind wanhopig huilen.

'Hij werd in zijn achterhoofd geschoten toen hij met een krat bier over de parkeerplaats liep. Hij liep daar alleen en de parkeerplaats was slecht verlicht, het moordwapen had vermoedelijk een geluiddemper, niemand heeft iets gehoord of gezien.'

'Waren er bandensporen?' vroeg Annika.

Het kind op de achtergrond kreeg nu vrij spel.

'Jawel,' zei de persvoorlichter, die klonk alsof ze een zenuw-inzinking nabij was, 'vijftienhonderd ongeveer. Het is een grote parkeerplaats.'

Annika bedankte haar en legde de hoorn erop.

Ze printte de persoonlijke gegevens van Heimer uit en ook het artikel over de moord op de parkeerplaats. Leunde naar achteren, dronk haar koffie op en keek hoe laat het was.

Vijf voor vijf.

Thomas was nu op de buitenschoolse opvang om Kalle op te halen, daarna zou hij Ellen gaan halen op het kinderdagverblijf aan de Scheelegatan.

Haar borst schrijnde, een snijdende pijn van tekortschieten en afgunst.

Ik kom nooit van hem af, zolang ik leef kom ik niet van hem af.

Het meisje pakte haar laptop uit een grote rugzak, vouwde een servet uit, legde daar een appel en een banaan bovenop, haalde een porseleinen mok en een thermosfles tevoorschijn en schonk zich iets in wat rook als lang getrokken kruidenthee.

Annika keerde terug naar het Infoplein en concentreerde zich op het volgende bedrijf op David Lindholms lijstje, een naamloze vennootschap die failliet was gegaan.

Pettersson Catering & Arrangementen NV had zich blijkbaar beziggehouden met het bedrijven van restauratie- en cateringac-tiviteiten, de verkoop van levensmiddelen via de detailhandel, import en export van levensmiddelen, verhuur van horecaperso-neel, handel in paarden en waardepapieren alsmede daarmee ver-enigbare activiteiten.

Handel in paarden?

Ja, dat stond er.

In het venster met informatie over bestuurders en procuratie-houders stond een lange lijst met namen, welgeteld negen stuks. David Zeev Samuel Lindholm was de derde van onderen, hij was plaatsvervangend bestuurder.

Annika nam de namen een voor een door. Afgezien van David waren deze mensen allemaal in leven en ze stonden allemaal ingeschreven in de regio Mälardalen. De bestuursvoorzitter van het failliete bedrijf, tevens algemeen directeur, was een zekere Bertil Oskar Holmberg, ingeschreven in Nacka.

Ook met betrekking tot hem vroeg ze een persoonlijk rapport op.

Goeie genade!

De man stond bij vijftien verschillende bedrijven geregistreerd: bedrijven die waren uitgeschreven, failliete bedrijven en bedrijven die nog steeds actief waren. Onder de laatstgenoemde bevonden zich een solarium, een consultfirma, een reisbureau en een makelaardij. Hij had acht achterstandscoderingen en stond voor 509.439 kronen aan schulden geregistreerd bij de Dienst Beslagleggingen.

Mag zo iemand een bedrijf runnen?

Ja, blijkbaar, hij had geen enkel beroepsuitoefeningsverbod.

Aan de andere kant van de desk zat het reportermeisje bijzonder geconcentreerd en extreem langzaam op haar laptop te typen. Annika deed haar best om haar te negeren en gaf een printopdracht voor alle informatie over Bertil Oskar Holmberg. Daarna nam ze vluchtig de namen van de andere personen door die bestuurder waren van de diverse ondernemingen. Er was er niet één bij die een belletje deed rinkelen.

Waarom zo veel? En waarom juist bij dit bedrijf? Waarom was David hier plaatsvervangend bestuurder? Daar moest de een of andere reden voor zijn geweest: of hij werd er zelf beter van of hij bewees iemand een dienst bij wie hij in het krijt stond ...

Toen haar mobiele telefoon overging, liet ze de laptop voor wat die was en dook in haar tas. Ze had het telefoontje te pakken net voor de voicemail zou inschakelen.

Het was Thomas.

'Zeg, waar zijn de winterkleren van Ellen? Hoe moet ik in vredesnaam voor de kinderen zorgen als jij hun spullen niet meegeeft?'

Annika moest haar kaken op elkaar klemmen om het niet uit te schreeuwen.

Maandag was hun kinderruildag. Ze zorgden om beurten een week voor de kinderen. Wie aan de beurt was bracht ze naar de crèche en de buitenschoolse opvang en haalde ze weer op, daarna volgde het weekend om samen lekker tot rust te komen en op maandag werden ze weer afgeleverd bij crèche en school, waar de ander ze 's middags weer ophaalde. Op die manier hoefden ze elkaar niet tegen te komen.

'Ik heb geen winterkleren meegegeven', zei Annika, 'omdat Ellen die niet heeft. Ze zijn verbrand. Je zult een nieuwe overall voor haar moeten kopen en een paar stevige winterschoenen.'

'Moet ík dat doen? Terwijl jij de kinderbijslag krijgt?!'

Annika sloot haar ogen en liet haar voorhoofd tegen haar handpalm rusten.

Lieve God, geef me kracht!

'Maar jij bent degene die steeds het ouderlijk gezag over beide kinderen eist, dan kun je godverdomme toch ook wel één keer in je leven initiatief tonen …'

Ze drukte het gesprek weg, haar hartslag bonkte in haar oren.

God, wat haat ik die man!

Thomas was een procedure begonnen om in zijn eentje het ouderlijk gezag over Ellen en Kalle te krijgen. Hij verzette zich tegen iedere vorm van omgang zonder toezicht van haar met de kinderen, maar met een omgang onder toezicht om het andere weekeinde was hij akkoord gegaan.

Hoewel dat alleen maar is omdat hij dan gratis oppas heeft, zodat hij naar de kroeg kan met dat neukding van hem.

Thomas beweerde dat Annika's gewelddadige en criminele verleden haar volkomen ongeschikt maakte als ouder en het feit dat ze ervan verdacht werd hun gemeenschappelijke woning in brand te hebben gestoken, maakte haar tot een regelrecht gevaar voor de kinderen.

De eerste, inleidende zitting had in juli plaatsgevonden, toen het zo vreselijk heet was, het was een nogal onbehaaglijke geschiedenis geweest. Thomas was agressief en arrogant geweest en had zo zitten opscheppen over zijn geweldige baan bij het ministerie van Justitie dat zijn advocaat niet wist waar hij kijken moest. Annika's advocaat, een vrouw die Sandra Norén heette, had heel kort een hand op haar arm gelegd en heel even geglimlacht.

Dit is alleen maar goed voor ons!

Sandra Norén had verklaard dat Annika indertijd, toen haar voormalige vriend verongelukt was, uit noodweer had gehandeld. De beschuldigingen aan haar adres in verband met brandstichting grensden aan laster. Feit was dat Annika de kinderen uit de vlammen had gered, terwijl Thomas Samuelsson zijn gezin toen al had verlaten om de nacht met zijn minnares door te brengen.

Annika was degene die alle ouderschapsverloven had opgenomen, afgezien van twee weken tijdens het wereldkampioenschap voetbal drie jaar geleden en zij was degene geweest die negen van de tien keer thuisbleef als een van de kinderen ziek was.

De rechter had bij tussenvonnis beslist dat ze de kinderen samen zouden verzorgen en sindsdien hadden Annika en Thomas elkaar ontweken, ook telefonisch.

Ze stopte haar gsm weer in haar tas en draaide zich net weer om naar haar laptop toen ze de ongeveinsd nieuwsgierige blik van de avondreporter ontmoette.

Het meisje had het korte, agressieve gesprek natuurlijk gehoord.

'Als je ergens over wilt praten, dan moet je het zeggen, hoor', zei ze met stralende ogen.

'Thanks but no thanks', zei Annika, terwijl ze naar haar beeldscherm staarde.

Het volgende bedrijf waarbij David Lindholm betrokken was geweest heette Advice Investment Management NV.

Hier heb je alle holle frasen op een rij. Én advice én investment én management, alles tegelijk, geweldig.

'De onderneming houdt zich bezig met financieel advies en bedrijfsontwikkeling en daarmee verenigbare activiteiten, doch niet met de activiteiten die onderwerp zijn van de Wet voor het bankbedrijf en de Wet op de kredietinstellingen', las ze.

Ook in dit bedrijf was hij plaatsvervangend bestuurder geweest. Daarnaast waren er twee gewone bestuurders, een Lena Yvonne Nordin uit Huddinge en een Niklas Ernesto Zarco Martinez uit Skärholmen.

Ze vroeg een persoonlijk rapport op van Lena Yvonne Nordin en zag dat ze bij nog twee bedrijven genoemd werd, beide waren uitgeschreven: een schoonmaakbedrijf in Skärholmen en nog een investeringsbedrijf. Het schoonmaakbedrijf had ze samen met Niklas Ernesto Zarco Martinez gerund en het investeringsbedrijf met Arne Filip Göran Andersson.

Ze zuchtte en keek op haar horloge. Niklas Ernesto Zarco Martinez werd niet in verband met andere bedrijven genoemd ...

Geërgerd schoof ze de laptop weg.

Misschien moest ze vandaag nog iets eten, waarschijnlijk zou ze zich dan wat prettiger voelen.

Ze pakte haar portefeuille en keek of ze nog lunchcoupons had, ja, zowaar.

'Zullen we saampjes naar de eetzaal gaan?' vroeg het reportermeisje.

Saampjes?

Annika stopte de coupons weer weg.

'Ik denk dat ik snel even iets uit de automaat neem', zei ze en ze liep naar de voorverpakte broodjes.

Zonder dat ze wist hoe het kwam, dook ineens Stefan Demerts oude hit 'De trein, de trein, mijn oude vriend' op in haar brein en ineens bevond ze zich in haar oma's keuken in Lyckebo, waar ze luisterde naar de transistorradio die in de vensterbank stond, terwijl de vliegen zoemden en de keuken naar kaneelbroodjes rook.

Een broodje in plastic
ligt op je te wachten,
heeft ver gereisd,
vele dagen en nachten ...

Ze nam er een met ham, kaas en een buitengewoon vermoeide plak tomaat.

Het laatste bedrijf op David Lindholms lijstje heette B. Holmberg Vastgoed Nacka nv.

Het bedrijf was nog steeds actief en hield zich bezig met makelaardij, alsmede de handel in waardepapieren en daarmee verenigbare activiteiten.

Oké.

Dit is weinig opwindend. Viktor Gabrielsson was ongetwijfeld leuker geweest.

Ze onderdrukte een zucht en begon het laatste bedrijf te bestuderen. Ook hier was David plaatsvervangend bestuurder, dat was blijkbaar zijn ding. Gewoon bestuurder en algemeen directeur was Bertil Oskar Holmberg uit Nacka.

Wacht even, die ken ik …

Ja, dat was dezelfde vent die die failliete cateringfirma had gerund en al die andere rare bedrijven.

Ze gaf een printopdracht, liep naar de printer en wachtte ongeduldig tot de pagina's uitgespuugd waren, maakte er daarna een keurig stapeltje van.

Maar wat ga ik hier nu mee doen?

Die dode man op de parkeerplaats checken, die vent met al die bedrijven checken, misschien proberen iets op papier te krijgen over Davids complexe persoonlijkheid …

Ze keek opnieuw hoe laat het was, *Rapport* begon zo.

Zal wel grotendeels over Gabrielsson gaan.

Ze aarzelde of ze een kop koffie zou halen, maar zag ervan af, ze zou nooit van z'n leven kunnen slapen als ze nu nog koffie nam. Toen haar mobiele telefoon plotseling overging, maakte ze een sprongetje.

Nummer geblokkeerd.

Ze stopte het dopje in haar oor.

'Bij de receptie zeiden ze dat je me gebeld had. Waarover gaat het?'

Een man, ze herkende zijn stem niet.

'En met wie spreek ik?' vroeg Annika.

'Weet je soms niet wie je gebeld hebt? Christer Bure is de naam, inspecteur van politie in Södermalm.'

Arrogant, schreef ze op haar blocnote.

'Wat goed dat je terugbelt. Ik ben dus verslaggever van de *Kvällspressen* en ik …'

'Ja, ik weet waar ik naartoe gebeld heb.'

Ze wachtte even en besloot zijn laatdunkendheid te negeren.

'… ga een artikel schrijven over David Lindholm, met wie jij, als ik het goed begrepen heb, nauw bevriend was.'

'Dat heb je goed begrepen.'

'Ik heb ook begrepen dat jullie ooit samen een bedrijf gehad hebben. Kun je daar iets over vertellen?'

De man aan de andere kant van de lijn schraapte autoritair zijn keel.

'Valt niet veel te vertellen. We deden aan skyduiken en verkochten en kochten spullen die daarmee te maken hebben: harnassen, parachutes, helmen, overalls en dergelijke, en loodgordels, cutters, draagriemen en andere accessoires. En natuurlijk hoogtemeters en piepers ...'

De man hield op met praten.

Skyduiken? O, van skydiven!

'Jullie moeten doorgewinterde parachutisten geweest zijn', zei Annika beleefd.

'David heeft me ertoe aangezet. Hij was compleet bezeten, sprong iedere vrije minuut. Als die misslag in Luleå er niet was geweest, dan was hij er nooit mee gestopt.'

'Misslag?'

'De Zweden Cup, hij was aan het freestylen en kwam helemaal verkeerd terecht. Brak zijn zevende rugwervel, puur geluk dat hij niet in een rolstoel is beland. Daarna was het afgelopen met het gespring.'

'Hoe nam hij dat op?'

'Hoe hij dat ópnam? Wat denk jij hoe hij dat opnam?'

Raakte verbitterd na parachuteongeluk? noteerde Annika.

'David heeft zich natuurlijk ook heel erg voor andere dingen ingezet', zei ze. 'Hij was bijvoorbeeld ook reclasseringsambtenaar en vertrouwenspersoon ...'

'Ja', zei Christer Bure. 'David wilde zich breder inzetten dan alleen voor het vangen van boeven. Er zijn weinig kerels die dat allemaal in balans kunnen houden.'

Dit is misschien een ingang.

'Waren dit soort dingen belangrijk voor hem?' vroeg ze op neutrale toon.

'Vanzelfsprekend, anders had hij het natuurlijk niet gedaan.'

'En heeft hij tot het eind als vertrouwenspersoon en zo gewerkt?'
Ze hield haar adem in.

'Zeker', zei Bure met vaste stem. 'Hij heeft Filip Andersson een paar dagen voordat hij stierf nog gesproken.'

Filip Andersson? Wie is dat? Moet ik die kennen?

'O, Filip Andersson', zei Annika en ze zocht koortsachtig in haar herinnering, *Filip Andersson, Filip Andersson …?*

'David is als vertrouwenspersoon begonnen zodra het vonnis van kracht werd. Hij was waarschijnlijk de enige die overtuigd was van Anderssons onschuld. Dat was typisch David, om iemand te steunen die zo verafschuwd werd …'

Aha, Filip Andersson, de financiële man die veroordeeld was wegens de bijlmoorden aan de Sankt Paulsgatan, *was David zijn vertrouwenspersoon?*

'Weet je ook of hij op het eind andere opdrachten had?'

'Waarom vraag je dat?'

'Hij was immers ook vertrouwenspersoon van die Amerikaan in Tidaholm, die man die dat ongeluk gehad heeft …'

'O, die rotzak,' zei Bure, 'David heeft hem laten schieten zodra hij in Kumla zat, hij wilde niets meer met hem te maken hebben.'
Annika maakte een notitie.

De Amerikaan zit in Kumla, hartelijk dank!

'Ik vraag me nog iets anders af', zei ze. 'Jij en David dreven een bedrijf samen met een man die Algot Heinrich Heimer heette …'

'Ja …?' zei Christer Bure, peinzend nu.

'Weet jij iets van de omstandigheden rond zijn overlijden?'
Het werd stil aan de andere kant.

'Dood?' zei Bure. 'Ik wist eerlijk gezegd niet dat hij dood was. Het spijt me dat te horen. Is het onlangs gebeurd?'

Hij liegt.

'Dan moet ik me verontschuldigen', zei Annika. 'Het was niet mijn bedoeling om met een doodstijding te komen. Op 9 februari vorig jaar is hij doodgeschoten, op een parkeerplaats in Norrköping …'

'Weet ik niets van.'

Christer Bures toon was heel kortaf, Annika besefte dat ze nog maar heel weinig tijd had, voordat de man genoeg van haar zou krijgen.

'Ik heb de rapporten van de voorbereidende onderzoeken gelezen in verband met die gevallen waarbij David is aangeklaagd wegens mishandeling', haastte ze zich te zeggen. 'Je weet wel, die kwesties met die jonge jongens, zo'n twintig jaar geleden. Daar was jij toch bij?'

Het werd weer stil op de lijn, Annika hoorde alleen gesuis en geknetter.

'Hallo ...?'

'Jezus, wat is dit? Waar heb je die oude shit opgegraven?'

Annika slikte en omklemde het telefoonsnoer.

'Wat is jouw opvatting over die kwesties?'

'Dat was niets anders dan vuilspuiterij, pure laster van dat uitschot. Davids naam is immers volledig gezuiverd, het Openbaar Ministerie werd niet-ontvankelijk verklaard.'

Hij weet precies wat er gebeurd is.

'Heb je daar bij andere gelegenheden ook tekenen van gezien?'

'Wat? Dat mensen uit hun nek kletsten? Iedere dag.'

'Dat David gewelddadig kon zijn?'

'Zeg, hoor eens, nu neemt dit gesprek een wending waarmee ik niet kan sympathiseren. Wat wil je eigenlijk?'

'Ik ben van mening dat er bijzondere dingen gebeurd zijn ...'

'Zeg, als jij eropuit bent om David zwart te maken, dan doe ik niet mee. Bedankt en goedenavond.'

Hij verbrak de verbinding.

Annika besloot dat ze toch zin had in dat kopje koffie.

Daarna ging ze aan de desk zitten om een artikel te schrijven over Davids achtergrond. Dat hij functies bij verschillende bedrijven had vervuld, kon ze natuurlijk vermelden. Dat hij gewond was geraakt bij het parachutespringen en de vertrouwenspersoon was geweest van Filip Andersson, die hij een paar dagen voor de moord had gesproken, was natuurlijk minder interessant, maar zolang ze bepaalde details wegliet, kon ze wel schrijven dat hij aangeklaagd was wegens mishandeling, en dat zijn naam weer was gezuiverd.

Het werd een featureachtig artikel, zelf vond ze het een huichelachtig en tamelijk kruiperig stuk.

Ze had ook geschreven dat David soms voor langere perioden in het buitenland werkte en dat was informatie die ze de afgelopen zomer van Nina Hoffman had gekregen. Aangezien ze Nina had beloofd dat ze het zou melden wanneer ze die gegevens ging gebruiken, belde ze met een lichte zucht het mobiele nummer van Nina Hoffman.

De politievrouw nam meteen op.

'Ik wil je even laten weten dat ik morgen een stuk over David in de krant heb', zei Annika. 'Ik noem het feit dat hij en Julia soms in het buitenland gewoond hebben, onder meer in Estepona.'

'Zolang je maar niets zegt over zijn criminele contacten', zei Nina.

Annika schrok op.

'Wat bedoel je daarmee?' zei ze.

'Je hebt het niet van mij', zei Nina.

Annika drukte haar handpalm tegen haar voorhoofd en dacht dat het kraakte, wat had dit te betekenen?

'Daarover gaat het artikel', zei ze. 'Over Algot Heinrich Heimer en Filip Andersson en ...'

Het werd stil op de lijn.

'Hallo?' zei ze. 'Nina?'

'Mijn collega stapt net in de auto. Ik ben rond middernacht klaar. We kunnen elkaar morgenvroeg zien. Ik bel je.'

De vrouw drukte het gesprek weg.

Er is iets, hier zit iets.

Ze verzamelde haar spullen, borg haar laptop op en stopte alle uitdraaien in een plastic map.

'Ga je naar huis?' vroeg de avondreporter. 'Wat heerlijk voor je, ik moet hier de hele nacht zitten. Het is nu opgehouden met sneeuwen, dat is mooi, laten we hopen dat we ook nog een paar mooie dagen krijgen voordat de winter echt doorzet ...'

Annika glimlachte naar het meisje.

'Tot morgen', zei ze.

Het was pikdonker en doodstil in het appartement.

Annika deed de voordeur achter zich dicht, stapte de hal in zonder het licht aan te doen. Ze trok haar laarzen uit, hing haar donsjack op.

Ging in de deuropening van de woonkamer staan en liet de stilte op zich inwerken.

In het appartement in Kungsholmen sijpelden de geluiden van Stockholm naar binnen via tochtige ramen en kierende ventilatie-roosters, waarna ze zich vibrerend voortplantten door de stenen muren en de leidingen van de centrale verwarming: de piepende remmen van de bussen, de sirenes van politie, ambulance en brandweer. Maar hier was het stil, de geluiden van het moderne leven drongen niet door tot in de middeleeuwse stadskern.

Ze zuchtte en hoorde het geluid weerkaatsen tussen de wanden.

Zonder het licht aan te doen, liep ze door naar de kamer van Ellen.

Op de dag dat ze de sleutels van het appartement kreeg, was ze met de kinderen naar de IKEA bij Kungens Kurva gereden, waar ze nieuwe meubels mochten uitzoeken. Ze mochten kiezen wat ze wilden, ook de kussens en dekbedovertrekken.

In Ellens kamer was alles roze. Zelfs in het grijszwarte winter-licht zag je dat de overtrek en de fluwelen kussens roze oplichtten.

Ze ging met haar hand over het voeteneinde van het bed.

Leegte, leegte …

Met het gevoel dat ze een gat in haar borst had, ging ze naar de kamer van haar zoon. Overdag was hier alles blauw, maar 's nachts, in het donker, gitzwart.

Ze liet zich op Kalles bed zakken. Hij was maandag vergeten om Chicken mee te nemen en ze nam de knuffel in haar armen. Zijn nieuwe favoriet leek als twee druppels water op de vorige, die verbrand was, alleen rook deze Chicken iets anders. Ze snoof zijn geur op, de nieuwe, schone, antiseptische geur die nog niet was uitgewist door de warmte van het bed of het zweet van een koorts-aanval.

Ik moet eigenlijk afwassen, maar ik heb geen zin.

Door de deuropening keek ze naar de woonkamer, ze vermoedde de warmte van de radiatoren, luisterde naar de fluisteringen in de hoeken.

Eenzaam, eenzaam …

Terwijl in haar oren de stilte suisde en het verlangen ergens bij te horen als een doorn in haar borst zat, kroop ze boven op het dekbed van haar zoon met de stoffen kip tegen zich aan gedrukt. Toch was er ergens iets van vreugde, een vrijheid die op haar wachtte in deze donkere kamers, een vrijheid die geen eisen aan haar stelde.

Ze merkte hoe de sluiers van de slaap haar beslopen en liet zich meevoeren.

Het geluid van haar mobiele telefoon kwam van ver en verscheurde de stilte, waardoor ze ineens rechtop in bed zat. Chicken viel op de grond. Waar had ze haar telefoon gelaten?

Wankelend liep ze door de grote kamer naar de hal.

Nummer geblokkeerd, shit. Het zou de krant wel zijn.

Ze drukte op *Antwoorden* en kwam terecht in een compacte massa van muziek, gepraat en geschreeuw.

'Annika? Ben je daar?'

Sprakeloos liet ze zich op de vloer zakken.

'Hé, hoi, ik ben het, Thomas.'

Hij zat in de kroeg, blijkbaar een nogal rumoerig etablissement.

'Hoi', zei ze in de duisternis.

'Nou,' zei hij, 'ik heb twee overalls laten wegleggen. Voor Ellen. Bij Åhléns. Een donkerblauwe en een roze. Welke zullen we nemen, denk je?'

Hij praatte met een dubbele tong, was flink aangeschoten.

'Waar zijn de kinderen?' vroeg ze.

'Slapen. Ik pak een biertje met Arnold …'

'Wie is er bij de kinderen?'

'Sophia is thuis, dus je …'

'Ik kan wel op de kinderen passen, als je eens uit wilt', zei ze.

Hij antwoordde niet. Discomuziek dreunde op de achtergrond. Ze hoorde een vrouw schateren.

'Ik wil geen ruzie met jou', zei hij.

Ze moest met open mond ademen om lucht te krijgen.

Je belt me in een dronken bui vanuit een kroeg. Begin je nu al genoeg van haar te krijgen?

'Ik ook niet met jou', zei ze.

'Wat doen we met de overall?'

Waarom bel je me? Wat wil je eigenlijk?

'Wat denk je zelf?'

'Jij wilt altijd dat je moet denken aan dat gedoe met meisjes. En jongens. Misschien is roze niet zo'n goed idee? Dacht ik ...'

'Welke vindt ze zelf mooi?'

'De roze.'

'Doe die dan.'

'Denk je?'

Ze moest iets wegslikken, kon haar tranen nauwelijks onderdrukken.

Bel mij niet op deze manier. Ik zie de bodem van mijn eenzaamheid, het duizelt me.

'Laat haar maar beslissen. Die kleur is niet zo belangrijk.'

'Oké. Hoi.'

'Hoi.'

Geen van beiden verbrak de verbinding. De muziek dreunde. De vrouw was opgehouden met lachen.

'Annika?'

'Ja.'

'Meen je dat? Dat je op de kinderen wilt passen als ik eens een avond uitga?'

Ze slikte.

Maak een eind aan dit gesprek! Laat me met rust. Je verscheurt me.

'Zeker.'

'Hoi.'

'Hoi.'

Nu drukte ze het gesprek weg. Ze stopte het telefoontje in haar tas, trok haar knieën onder haar kin en ergens, diep in haar borst, voelde ze zich vreemd opgeruimd en bevestigd.

Dinsdag 16 november

Nina Hoffmans appartement lag aan de Södermannagatan. Het verkeer van de vlakbij gelegen Folkungagatan, een doorgaande weg, raasde voorbij, de geluiden kaatsten heen en weer tussen de gevels van de gebouwen, Annika moest de impuls onderdrukken om haar vingers in haar oren te stoppen.

Het gebouw waarin het appartement lag dateerde uit de jaren twintig; het was lichtbruin en had de karakteristieke gesloten gevel uit die tijd, met kleine ramen met spijlen. De appartementen waren vaak klein en donker.

Ze ging het trappenhuis in. Toen de deur dichtviel, verdween het verkeerslawaai als bij toverslag. Ze bestudeerde de naambordjes, Nina woonde op de tweede verdieping.

Ze nam de trap, bleef staan bij N. Hoffman en belde aan.

De inspecteur had haar haar laten knippen. Ze droeg hetzelfde grijze trainingsjasje met capuchon als de laatste keer toen ze elkaar ontmoetten, op die regenachtige zaterdag in juni toen ze zo verontwaardigd was geweest over de manier waarop Julia behandeld werd.

'Wil je koffie?' vroeg ze en Annika knikte.

Het was inderdaad een donker appartement, een eenkamerflat met een open keukentje, dat uitzag op de binnenplaats. Het huiskamergedeelte was echter behoorlijk groot. Het had een geschuurde houten vloer en er stonden comfortabele meubels. Annika deed in de hal haar jas en schoenen uit.

Nina moest de koffie al gezet hebben, want ze kwam aanlopen met een thermoskan en twee mokken, die ze op de eettafel zette. Annika gaf haar een exemplaar van de *Kvällspressen* van 16 november.

'Het artikel over David staat op pagina 11', zei ze.

Nina pakte de krant en liet zich op een stoel zakken, Annika schonk voor beiden koffie in. Ze ging zitten en nam een slok, de koffie was heet. Nina las zwijgend. Toen ze klaar was, vouwde ze de krant dicht en sloeg haar blik op naar Annika.

'Dit is niet erg slim', zei ze.

Annika slaakte een diepe zucht en haalde haar schouders op.

'Oké', zei ze. 'Wat is er niet goed?'

'Ik denk dat je je ver moet houden van dit aspect van Davids verleden. De reden dat hij soms naar het buitenland moest, was dat mensen hem zochten en die mensen vinden het niet prettig om daaraan herinnerd te worden.'

'En wie bedoel je met "deze mensen"? Verschillende criminele groeperingen?'

Nina keek in haar koffiemok, maar raakte die niet aan.

'Mensen die door David in de gevangenis zijn beland?' ging Annika verder. 'Criminele personen die hij in elkaar geslagen heeft, of hun familieleden of zakenpartners?'

'Ik begrijp niet wat dit met de kwestie te maken heeft', zei Nina, die haar mok wegschoof. 'David is dood en Julia zal veroordeeld worden voor de moord.'

Ze boog naar voren.

'Dat ik dit zeg kun je als een dienst beschouwen. Niet alles is wat het lijkt te zijn. Mensen hebben verborgen agenda's. Jij kijkt naar David Lindholm en ziet een corrupte politieman met een keiharde façade, maar je weet niets over zijn achtergrond. Zijn moeder kwam na de capitulatie van de nazi's met de witte bussen naar Zweden als enige overlevende van haar familie. Ze was zestien jaar toen ze arriveerde en ze was toen al ziek; sinds de tijd dat David een tiener was, heeft ze in een verpleeghuis gezeten. Oordeel niet te snel.'

Annika rechtte haar rug.

'Ik oordeel niet, integendeel. Ik denk dat Julia onschuldig zou kunnen zijn. Er lijken horden andere mensen te bestaan die een motief hadden om David te vermoorden, en naar deze mensen is geen onderzoek gedaan ...'

'Wat weet jij daarvan?'

Het antwoord was kort en klonk erg scherp.

Annika nam een slok koffie, keek naar de tafel en voelde zich dom.

'Jij hebt er vermoedelijk geen idee van wat de politie onderzocht heeft en wat niet', zei Nina. 'Ik neem aan dat je niet eens weet wat de conclusie was van het forensisch-psychiatrisch onderzoek?'

'Nee,' zei Annika, 'maar zo ziek zal ze wel niet geweest zijn. Blijkbaar kan ze tot een gevangenisstraf veroordeeld worden ...'

Nina stond op.

'Het wordt dissociatieve identiteitsstoornis genoemd, of multipele persoonlijkheidsstoornis.'

Annika merkte dat de haren in haar nek overeind gingen staan.

'Net als bij Sybil, die vrouw die dat boek geschreven heeft', zei Annika. 'Ze denken dat ze een gespleten persoonlijkheid heeft.'

'In het forensisch-psychiatrisch rapport wordt de verdringing verklaard met een tijdelijke verstandsverbijstering, waarbij ze de rol van een andere persoon heeft aangenomen, die van de andere vrouw.'

Nina keek naar de binnenplaats.

'Ik ben bij de politie gaan werken, omdat ik mensen wilde helpen', zei ze. 'Soms denk ik dat Julia met me meeging, omdat ze niets beters te doen had. Ik denk dat ze misschien liever iets anders had gedaan, de sociale academie bijvoorbeeld, of misschien was ze liever leraar geworden, of kunstenaar ...'

Ze zweeg, Annika wachtte af.

'Ik zit me de hele tijd af te vragen of er iets is wat ik anders had kunnen doen', ging Nina verder. 'Wat ik gemist heb, waarom ik tekortgeschoten ben ...'

'Kan er een andere vrouw in de woning zijn geweest?'

Nina schudde haar hoofd.

'Alle tekenen wijzen op Julia. Wat ik niet begrijp is waarom ze blijft zwijgen. Ze kan nu toch vertellen wat er werkelijk gebeurd is tussen haar en David? Niet dat dat inhoudelijk iets toevoegt, maar dan zouden de mensen tenminste enig begrip voor de situatie hebben ...'

Annika keek naar haar handen.

'Zoals je weet,' zei ze, 'is mijn huis de afgelopen zomer afgebrand. Ik weet dat de politie onderzoekt of ik het misschien gedaan heb. Ze denken dat ik schuldig ben, maar ze hebben niet voldoende bewijs om me in hechtenis te nemen, hoewel ikzelf natuurlijk weet dat ik het niet gedaan heb.'

Ze sloeg haar blik op naar Nina, die zich had omgedraaid en haar met heldere ogen aan stond te kijken.

'Stel je nou eens voor dat Julia het echt niet gedaan heeft', zei ze. 'Stel je voor dat er inderdaad een andere vrouw was. Kun je je zoiets krankzinnigs voorstellen?'

'Alles is onderzocht', zei Nina. 'Er is geen andere vrouw.'

'Zeker,' zei Annika, 'maar stel je vóór …'

Nina liep naar de tafel, legde beide handen op het blad en leunde naar voren.

'Verwissel jezelf niet met iemand anders', zei ze zacht en met nadruk. 'Jij mag onschuldig zijn, maar dat wil niet zeggen dat Julia dat ook is. Julia is ziek geweest, maar ze is nu beter en ze zal veroordeeld worden tot een heel lange gevangenisstraf. Dat zijn de feiten.'

'Maar waarom heeft ze het gedaan?' vroeg Annika.

Nina ging weer zitten.

'Op het eind is er iets gebeurd', zei ze. 'Julia heeft me nooit verteld wat het was, maar ze was ontzettend bang en onrustig. Ze verbrak de verbinding wanneer ik belde, wilde geen afspraak maken. Ik maakte me ernstig zorgen over haar gemoedstoestand, maar ik had nooit gedacht dat ze zou … Dat ze kon …'

Nina Hoffman had geen woorden meer. Ze nam een slok koude koffie en trok een grimas.

'Oké', zei Annika langzaam. 'Als ik de kwestie goed begrepen heb, dan zit het zo: David had vijanden in het criminele circuit. Met een aantal van hen onderhield hij het contact door te werken als reclasseringsambtenaar en vertrouwenspersoon, en hij zat in het bestuur van een aantal ondernemingen …'

Nina keek op.

'Dat wist je niet?' zei Annika. 'Hij was betrokken bij minstens vier bedrijven, is dat gebruikelijk bij politiemensen?'

Nina keek op haar horloge.

'Ik moet weg', zei ze. 'Ik wilde gaan trainen.'

'Ik heb zo een vakbondsvergadering', zei Annika, die ook op haar horloge keek. 'Nog één ding: heeft David ooit gepraat over de bijlmoorden aan de Sankt Paulsgatan?'

Nina liep met de koffiemokken naar de keuken.

'Waarom vraag je dat?'

Annika krabde op haar hoofd.

'Hij was de vertrouwenspersoon van Filip Andersson, de financiële man die voor de moorden is veroordeeld. Volgens Christer Bure dacht David dat Andersson onschuldig was. Waarom dacht hij dat?'

Nina liep op Annika af en ging vlak voor haar staan.

'David hield echt van Julia en Alexander', zei Nina. 'Hij was een gestoorde man met een ziekelijk gedragspatroon, maar Julia en Alexander waren de enige mensen om wie hij werkelijk gaf.'

'Wist David iets over de bijlmoorden wat niemand anders wist?' vroeg Annika.

Nina trok een duffel aan, hees een sporttas over haar schouder en liep naar de deur.

De vakbondsvergadering begon over een kwartier, Annika zou met zekerheid te laat komen.

Ze wandelde door de Folkungagatan en kon het niet opbrengen om zich te haasten. Ze bevond zich in drijfzand en het kon haar niet schelen.

De hele wereld had de kleur van gesmolten lood. Ze raakte dat vage gevoel van onwerkelijkheid maar niet kwijt dat ze tegenwoordig steeds vaker had. Mensen zweefden langs haar heen, dobberden rond als ongrijpbare schaduwen, hun gezichten hadden een stijve uitdrukking en een mond die zweeg, ze vroeg zich af of ze leefden of alleen maar deden alsof.

Toen ze vanmorgen wakker werd, wist ze niet waar ze was. Het grijze en massieve licht viel over haar bed in de grote kamer, het voelde verstikkend.

Vijf maanden woonde ze er nu, aan de Västerlånggatan in Gamla Stan, waar in de zomerweken de toeristen hun ijspapiertjes voor haar buitendeur op straat gooiden en de straatmuzikanten hun valse versies van 'Streets of London' ten gehore brachten tot ze er kotsmisselijk van werd.

Ze wist dat ze er inmiddels aan gewend zou moeten zijn, maar ze begreep wel waar het probleem lag.

Het was de tijd, de tijd die plotseling om haar heen stroomde, een eindeloze hoeveelheid tijd, of het nu dag was of avond of nacht.

Het gat waar de kinderen hadden gezeten, eonen die ze zou kunnen gebruiken voor iets nuttigs, zo veel verantwoordelijkheid die ineens weggevallen was en die was vervangen door stromen van kleurloze *tijd.*

Ze wist niet wat ze ermee aan moest.

De weken zonder de kinderen had ze ervaren als een vrije val zonder referentiekader, als een schreeuwende leegte die eindeloze minuten of uren duurde.

Berit had vakantie gehad en had samen met Thord de kinderen opgezocht, dus met haar had ze niet kunnen afspreken.

Haar moeder liet van zich horen toen haar jongere zusje dertig werd en vroeg waarom ze haar niet was komen feliciteren. Annika had geantwoord dat ze moest werken en dat ze onmogelijk weg kon. Dat was een pertinente leugen en daar ging haar moeder voor het gemak ook maar meteen van uit, ze sprak haar dochter er ogenblikkelijk op aan.

Anne Snapphane had een paar keer gemaild, met verwarde en agressieve verwijten, in dezelfde sfeer als de dingen die ze gezegd had op die avond toen haar huis was afgebrand: dat Anne haar eigen leven had opgegeven alleen maar om Annika te steunen, dat ze geen plek voor zichzelf had opgeëist, dat ze had toegelaten dat háár relatie met Mehmet was verwoest door Annika's slechte huwelijk, dat ze tot de conclusie was gekomen dat ze altijd voor haar had klaargestaan en dat het nu tijd werd voor Annika om *voor zichzelf te zorgen en het beste uit haar leven te halen ...*

Voor Annika was haar werk de oplossing geweest.

Iedere dag *zonder de kinderen,* iedere dag in die nieuwe, geurloze werkelijkheid had ze gewerkt vanaf het moment dat ze opstond tot het moment dat ze weer in bed viel.

Niet dat dat uitzonderlijk veel artikelen had opgeleverd. Het beheersen van de tijdstroom kostte erg veel energie.

En nu had Thomas haar midden in de nacht vanuit een kroeg gebeld en daarmee waren alle referentiekaders ontregeld.

Ze keek op haar horloge.

De algemene vakbondsvergadering van Eva-Britt Qvist was begonnen, de vergadering *over hun gemeenschappelijke toekomst.*

Ze bleef midden op het trottoir staan en sloot haar ogen voor de grijsheid. De mensen bleven haar voorbij stuiven, van voren en van achteren, ze botsten tegen haar aan, mompelden een verontschuldiging en trapten op haar voeten.

Een houvast, iets om zich aan vast te klampen, een vorm en een kleur in die grote leegte.

Rondom de desk van de dagreporters zag het zwart van de mensen. Annika zag het sprietige kapsel van Eva-Britt Qvist boven het centrale gedeelte van de zwerm uitsteken en nam aan dat de voorzitter van de vakbondsafdeling op de tafel was gaan staan om eens een beetje van die goede oude achtenzestigstemming in het leven te roepen.

'Dit gaat over solidariteit', sprak Eva-Britt Qvist met een ietwat schorre stem.

Annika ging bij de nieuwsdesk staan en legde haar tas op het bureau van de Spijker.

'Zijn ze al lang bezig?' vroeg ze zacht.

'Een eeuwigheid', zei de nieuwschef zonder op te kijken van zijn krant, ze zag dat het de *Norrbottens-Kuriren* was.

'We moeten elkaar steunen!' riep de voorzitter. 'Dit is niet het tijdperk van de solisten, dit is het tijdperk van het complete orkest.'

Verspreid applaus.

'Dat is zeker hun vaste metafoor?' vroeg Annika, die een blikje mineraalwater openmaakte dat toch maar verloren op het bureau stond.

De Spijker kreunde en sloeg een pagina van de krant om.

'Als wij akkoord gaan met de eis van het management dat de wob-lijst wordt losgelaten, dan kan de werkgever compleet willekeurig mensen de laan uit sturen. Wij kunnen niet toestaan dat het management zijn zin doordrijft, wij moeten een eenheid vormen ... .'

'Wat wil de krant eigenlijk precies?' vroeg Annika, waarna ze een slok uit het blikje nam.

'Dat iedereen aan het werk gaat en zijn bek houdt', zei de Spijker, die de *Norrbottens-Kuriren* in de papierbak propte.

'Zoals wij voor deze krant gezwoegd hebben! Zoals wij onze betrokkenheid bewezen hebben, iedere keer weer opnieuw, onge-acht of het ging om reorganisaties of investeringen in internet of bezuinigingen, we hebben ons allemaal staande gehouden en we zijn blijven vechten, omdat we onze verantwoordelijkheid jegens de lezers kennen ...'

Een goedkeurend gemompel steeg op uit de monden van de vakbondsleden.

'We moeten laten zien dat we één front vormen in deze strijd tegen het management en zijn verwerpelijke winstdenken. We moeten er krachtige tegenmaatregelen tegenoverstellen. Daarom stellen wij van de vakbond vandaag een gemeenschappelijke en collectieve actie voor om onze bazen te laten zien dat het ons menens is. We melden ons ziek!'

Annika verslikte zich in het mineraalwater.

Ons ziek melden?!

Ze staarde naar Eva-Britt Qvist die haar armen in de richting van het plafond had gestoken, alsof ze een donderend gejuich ver-wachtte.

'Ons ziek melden?' zei Annika. 'Is ze soms niet goed bij haar hoofd?'

Ze zette het blikje op het bureau van de Spijker.

'We zullen ze weleens laten zien wat er gebeurt als niemand van ons op het werk verschijnt. We zullen ze weleens even duidelijk maken wat de consequenties zijn wanneer ze weigeren te luisteren naar de mensen die hier werken ...'

'Ja, nee, zeg,' zei Annika, 'nu sta je werkelijk uit je nek te kletsen.'

Een jong meisje met een colbertje aan draaide zich om en gebaarde geërgerd naar haar dat ze stil moest zijn, Annika zag dat het Ronja de reporter was, dat huilerige kind met de tijdelijke aanstelling.

'Wat?' zei Annika. 'Ben jij het soms eens met een massale ziekmelding?'

Ronja draaide haar de rug toe en sloeg haar armen over elkaar.

'Geef dan eens antwoord', zei Annika. 'Vind je het oké om het sociale zekerheidssysteem te gebruiken om wraak te nemen op je werkgever?'

Het was helemaal stil geworden op de redactie, Annika's laatste woorden stuiterden heen en weer tussen de vakbondsleden.

Eva-Britt Qvist was van haar apropos geraakt, daar boven op haar tafel en ze liet haar blik zoekend over de mensenmenigte gaan. Toen ze Annika in het vizier kreeg, hief ze haar arm op en wees met een bevende wijsvinger in haar richting.

'Wilde je daar nog iets aan toevoegen?' vroeg ze met verontwaardiging in haar stem.

Iedereen draaide zich om naar Annika en ze merkte dat haar hart sneller ging kloppen, maar dat liet haar koud.

'Ons ziek melden is geen actiemiddel', zei ze. 'Het is een wetsovertreding om op deze manier de middelen van een sociale verzekering te gebruiken. "Opgave onware gegevens", heet dat om precies te zijn.'

Er waren nu twee rode vlekken op Eva-Britts wangen verschenen.

'Solidariteit', riep ze. 'Weet jij eigenlijk wel wat dat is?'

Annika draaide wat op haar stoel, ze voelde de blikken van haar collega's op haar huid branden.

'Tja,' zei ze, 'waar blijft onze solidariteit met alle zieke mensen, wanneer we hun geld gebruiken om Anders Schyman een hak te zetten?'

'Solidariteit is dat je je voegt naar het collectief', schreeuwde Eva-Britt Qvist. 'Dat je je richt op iets wat groter is dan jezelf, maar dat heb jij nog nooit gedaan!'

Ineens werd Annika witheet van woede. Daar stond die slons haar op een vakbondsvergadering een beetje met de vinger na te wijzen in aanwezigheid van de voltallige redactie. Ze deed een paar stappen in de richting van haar collega's en voelde haar keel dik worden.

Stel je nou alsjeblieft niet aan, begin nou verdomme niet te janken.
'Nou ja, zeg,' zei Emil-met-de-tijdelijke-aanstelling, die vlak naast haar was gaan staan, 'we mogen toch wel discussiëren. Dit is toch een vergadering?'

'Iedereen moet samenwerken', riep Eva-Britt Qvist. 'Dat hebben we besloten!'

Annika keek verbaasd naar de tengere reporter naast haar, wel had je ooit. Een tijdelijke kracht met burgermoed!

'Wie heeft wát besloten?' vroeg Annika, terwijl ze zich tot de vakbondsvoorzitter richtte. 'Jij, en wie nog meer? En wij dan, de leden?'

'Ik vind dat Annika gelijk heeft', hoorde ze iemand achter zich zeggen.

'Dit is een gemeenschappelijke actie!' schreeuwde de voorzitter. 'We moeten eensgezindheid uitstralen om onze eisen ingewilligd te krijgen.'

'Je bedoelt mensen ontslaan volgens de wob-lijst?' zei Annika. 'En waarom is dat nou net rechtvaardig?'

'Exact!' riep Patrik Nilsson.

De mensen begonnen in beweging te komen, werden wat levendiger.

'We moeten eensgezindheid tonen!' schreeuwde Eva-Britt Qvist, die nu echt schor was geworden.

'Zodat jij je baan kunt houden', riep iemand aan de andere kant. 'Maar wij dan?'

'Ja, precies, wij dan?'

Annika deed een paar stappen naar achteren, liep om Ronja heen en pakte haar tas van de nieuwsdesk. Het geluidsniveau steeg zodanig dat ze het gekras van de vakbondsvoorzitter er niet meer bovenuit kon horen.

Het zou wel even duren voordat ze aan de slag kon aan de dagreporterdesk.

Anders Schyman zag Annika Bengtzon een lunchcoupon opdiepen uit haar portefeuille en in de richting van de eetzaal verdwijnen.

De hoofdredacteur volgde vanuit een lege radiostudio de vakbondsvergadering via de open deur.

Eva-Britt Qvist was als voorzitter een nog grotere ramp dan hij zich had kunnen voorstellen, en dat wilde wat zeggen.

Ze is het niet waard om voor te vechten.

Hij moest denken aan de enorme heibel die een paar jaar geleden was ontstaan toen een van de kranten in Småland een onmogelijke vakbondsbobo probeerde te lozen. Die vent had zich compleet onmogelijk gemaakt op zijn werk. Hij lag in alles dwars, weigerde consequent opgedragen werk uit te voeren onder verwijzing naar 'vernederende opdrachten' en beweerde dat hij zich bezighield met onderzoeksjournalistiek, terwijl hij alleen maar aan het surfen was op pornosites, en toen hij zich realiseerde dat hij de bons zou krijgen, zorgde hij ervoor dat hij vakbondsvoorzitter werd bij de bewuste krant. Desondanks probeerde de redactieleiding van hem af te komen, hetgeen erin resulteerde dat de complete Zweedse vakbeweging zich achter de niet-functionerende reporter schaarde. Het eindigde ermee dat hij werd aangesteld als ombudsman op het hoofdkantoor van de Journalistenbond aan de Vasagatan. Alle Zweedse media jubelden, wat een overwinning!

Dat die vent er na drie maanden, toen zijn tijdelijke aanstelling afliep, mee ophield, was niemand opgevallen, behalve het bestuur van de Vereniging van Krantenuitgevers. Tegenwoordig werkte hij als taxichauffeur in Sundbyberg.

Op het publiek spelen. Zo werkt het. Laten ze maar fijn genieten van hun krantenkoppen.

Nu hadden ze hun algemene vergadering gehad en waren de massa's opgehitst. Voor hem was nu de tijd aangebroken om met toegiften te komen.

Hij strekte zijn benen.

De vergadering was interessant geweest. Er hadden zich een paar rebellen uitgekristalliseerd die hij nog niet als zodanig had meegemaakt. Dat Annika Bengtzon zich tegen Qvists stommiteiten zou verzetten, had hij als vanzelfsprekend aangenomen. Enerzijds kon ze de voormalige redactiesecretaresse niet uitstaan, anderzijds reageerde ze instinctief wanneer regels werden overtreden (tenminste voorzover ze dat niet zelf deed, of een van haar naasten, in zo'n geval was het helemaal oké).

Vanuit zijn gezichtspunt was het een voordeel dat Eva-Britt Qvist een vrouw was. Ze zou nooit dezelfde autoriteit verwerven als een man. Haar mislukking zou gezien worden als een persoonlijke nederlaag, er zou geen schaduw vallen op de rest van het vakbondsbestuur bij de krant.

Wanneer dit achter de rug is, zal het eenvoudig zijn om haar over te plaatsen. Niemand zal het voor haar opnemen.

Na een lange reeks onderhandelingen op de krant waren hij en Eva-Britt Qvist tot een raamwerk gekomen voor wat betreft de inkrimping van het personeelsbestand. Volgens de overeenkomst, die ondertekend was door de voorzitter, werd voor de redactieleiding van de krant een uitzondering gemaakt voor wat betreft gebondenheid aan alle mogelijke arbeidsmarktwetten en volgordelijsten. Alle andere opties waren niet realistisch, had Schyman haar voorgehouden en ze had al gauw met zijn voorstel ingestemd.

Mogelijk ging ze ervan uit dat ze zelf spoedig onderdeel zou gaan uitmaken van die leiding.

Ze had geen enkel voorbehoud geformuleerd, niet gevraagd op welke leidingsgroepen precies gedoeld werd, geen enkele uitzondering geëist.

Die nieuwe jongen, Emil, en dan Patrik. De jonge jongens van het net, en de meisjes van het amusement.

Die zouden allemaal van het toneel verdwijnen als de lijst van de vakbond werd aangehouden.

Hij bleef nog even zitten kijken hoe de zwerm redactiemedewerkers uiteenviel in steeds kleinere groepjes en daarna geheel oploste en verdween. Iedereen ging weer met zijn eigen dingen aan de slag.

De hoofdredacteur stond op en liep naar zijn kamer.

Dit wordt de krant met de grootste redactieleiding ter wereld.

Bergen koffiebekertjes, colablikjes en sinaasappelschillen lagen op de desk. Annika smeet de rommel van een van de tafels in een grote doos die voor papier bedoeld was en bande de overige rotzooi met wilskracht uit haar blikveld. Ze haalde haar laptop uit de tas en logde in. Pakte haar papieren van de vorige avond erbij: de aantekeningen van de telefoongesprekken die ze had gevoerd, de uitdraaien met de informatie die ze boven tafel had gekregen.

Het was maar de vraag of ze deze gegevens ooit zou kunnen gebruiken.

Bijvoorbeeld de gegevens over alle mensen van de verschillende bedrijven, de informatie over de 45-jarige man die was doodgeschoten op de parkeerplaats in Norrköping en het verhaal van de tot levenslang veroordeelde Amerikaan die na een ongeluk uit Tidaholm verdween ...

Ze stond wat langer stil bij de aantekeningen van het gesprek met de centralist van de Tidaholmgevangenis. De man had gezegd dat David Lindholm de *vertrouwenspersoon* was geweest van de tot levenslang veroordeelde Amerikaan.

Vertrouwenspersonen waren de contactpersonen van tot levenslang veroordeelden, ze vormden de elite van de reclassering.

Met welke andere misdadigers heeft David Lindholm officieel contact gehad? Hoe kom je daarachter? Is dat soort documenten openbaar?

Ze kon zich niet herinneren dat ze iets dergelijks al eens eerder bij de hand had gehad.

Ze typte het internetadres van de Rijksdienst voor het Gevangeniswezen in de URL-balk van Explorer, bestudeerde de contactgegevens van de Rijksdienst, pakte de telefoon, koos het nummer van het hoofdkantoor in Norrköping en werd doorverbonden met een huisjuriste die verstand had van het openbaarheidsprincipe.

'Deze kwestie valt onder de Geheimhoudingswet voor het gevangeniswezen', zei de juriste. 'Dit gaat over een persoonlijke relatie van een individu. De gegevens zijn dus niet te raadplegen voor het grote publiek.'

'Maar kan de informatie wel verstrekt worden?' vroeg Annika.

De juriste aarzelde.

'Ja, dat is mogelijk. Wanneer we een verzoek binnenkrijgen, dan wordt dat op de gebruikelijke manier onderzocht.'

'Waar?'

'Hier, op het hoofdkantoor. Wij hebben toegang tot alle gegevens.'

'Dus je denkt dat ik erachter kan komen of iemand reclasseringsambtenaar is geweest, en zo ja, van wie?'

De juriste redeneerde hardop voor zichzelf.

'We mogen geen gegevens verstrekken die het individu kunnen schaden. Ofschoon de informatie dat iemand als reclasseringsambtenaar is aangesteld, nauwelijks als schadelijk gekwalificeerd kan worden. Wel kan het natuurlijk gevoeliger liggen bij iemand die in de gevangenis heeft gezeten en een reclasseringsambtenaar toegewezen heeft gekregen. We moeten de vragen per geval beoordelen.'

'Uitstekend', zei Annika. 'Ik zou zo'n geval onderzocht willen hebben. Hoelang duurt het voordat ik antwoord krijg, en van wie krijg ik dat?'

'Dergelijke besluiten nemen we op ambtelijk niveau, dat kan tamelijk snel gaan. Binnen een paar dagen heb je antwoord.'

Ik wil NU een antwoord!

Annika kreeg het e-mailadres van de vrouw, bedankte haar en beëindigde het gesprek.

Schreef daarna snel een verzoek om informatie over David Lindholm te mogen ontvangen: ze wilde graag weten of hij reclasseringsambtenaar en/of vertrouwenspersoon was geweest en zo ja, van wie, én ze wilde de informatie graag van zo ver terug in de tijd als maar mogelijk was.

Slaakte daarna een zucht en schoof haar computer weg.

O, mijn hemel, dit leidt werkelijk tot niets.

Achter zich hoorde ze Patrik Nilsson met een extreem opgefokte stem met de Spijker discussiëren, dat ging natuurlijk over die politiemoordenaar die met verlof was gestuurd.

'Het is een groot schandaal', gilde de reporter.

De Spijker mompelde iets.

'Mijn bron is voor honderd procent zeker: de regering heeft de yanks iets in ruil gegeven voor Gabrielsson. We moeten erachter zien te komen wat dat is. Een razzia tegen mensen die aan filesharing doen? Toestemming voor de CIA om op Bromma te landen?'

Annika stond op, ze kon het niet langer aanhoren.

Lieve, lieve, zakenfamilie, hou het alstublieft kort en pijnloos en ontsla hen die ontslagen moeten worden, zodat ons een beetje rust wordt gegund en we normaal ons werk kunnen doen.

Ze liep naar de koffieautomaat en nam een zwart, plus sterk, minus suiker en minus melk. Bleef al friemelend aan het plastic bekertje bij een van de kantinetafeltjes staan, terwijl ze dacht aan de diagnose die bij Julia Lindholm was gesteld.

Multipele persoonlijkheden. Klinkt als een slechte film.

Haast alle moordenaars beweerden tegenwoordig immers dat ze op de een of andere manier psychisch instabiel waren. Als ze al geen stemmen hoorden, dan waren ze wel aan de anabole steroïden of beriepen ze zich op een slechte zindelijkheidstraining in hun jeugd, of op het feit dat ze met kapot speelgoed hadden moeten spelen. Met de werklozen moest je medelijden hebben omdat ze geen werk hadden, met de werkenden moest je medelijden hebben omdat ze een burn-out konden krijgen, jongeren moest je ontzien omdat ze nog geen kansen hadden gehad en met de ouderen moest je begaan zijn omdat zij hun kansen niet hadden gegrepen.

Mannen die hun vrouw vermoordden waren er natuurlijk altijd *slecht aan toe,* omdat ze niet de baas mochten spelen over haar, niet mochten neuken wanneer ze dat wilden, niet konden beslissen met wie zij praatte. Herhaaldelijk hielden rechters rekening met die arme vrouwenmishandelaars; hun vonnissen bestonden soms uit pagina's vol uitleg over de vraag waarom die mannen een zo laag mogelijke straf moesten krijgen en tegelijkertijd lukte het ze niet eens om de juiste naam van het slachtoffer te vermelden. Annika had het herhaalde malen gezien. Lundberg en Lungren en Berglund, het werd allemaal door elkaar gehaald, terwijl die arme moordenaar, die zijn vrouw immers op een keurige en humane manier had doodgeslagen, werd veroordeeld tot de laagste straf die de wet toestond, aangezien hij zo verdrietig was dat ze de relatie had verbroken. Tien jaar kreeg hij in de een of andere lokale inrichting tussen de koeien en de weilanden en vervolgens werd hij na zes en een half jaar ontslagen.

En nu werd beweerd dat Julia een gespleten persoonlijkheid had, net als die vrouw in die Amerikaanse bestseller.

Moeten we medelijden met haar hebben?

Is er niet ook een film over gemaakt, over die Sybil?

Ze smeet het bekertje dat nog halfvol was weg en ging terug naar haar plaats. Patrik Nilsson had de desk verlaten en zat nu bij de misdaadredactie koortsachtig op zijn computer te typen, ze slaakte een zucht van verlichting.

Ze ging naar Google, inderdaad, *Sybil* was een roman én een tv-film. Het was het ware verhaal van een jonge vrouw die in haar jeugd zodanig mishandeld werd dat ze zestien verschillende persoonlijkheden ontwikkelde. 'Sybil', die eigenlijk Shirley Ardell Mason heette, leed als kind aan zenuwinzinkingen en langdurige black-outs.

Nadat ze in therapie was gegaan bij de psychiater Cornelia B. Wilbur, die haar behandelde met hypnose en psychofarmaca, kwam naar voren dat de perioden van geheugenverlies werden veroorzaakt door het feit dat een van haar persoonlijkheden haar lichaam had overgenomen en allerlei dingen deed die ze zich later niet herinnerde.

Zat het bij Julia ook zo? Heeft een 'andere vrouw' haar lichaam overgenomen, zonder dat 'zijzelf' zich daarvan bewust was?

Annika vond de website *Dissociatieve identiteitsstoornis* en las daar dat twee verschillende persoonlijkheden elkaar konden ontkennen of verstoten, terwijl beide hetzelfde lichaam als het eigen lichaam identificeerden.

Mijn hemel, wat luguber! Ongelooflijk, waartoe het menselijk brein in staat is!

'Afhankelijk van de situatie zal de persoon in kwestie dan switchen tussen de verschillende persoonlijkheden en die persoonlijkheden herinneren zich van elkaar niet wat ze hebben gedaan. In andere gevallen is de kloof minder groot en kan de patiënt zich bewust zijn van zijn verschillende persoonlijkheden, maar heeft hij of zij een gecompliceerde relatie met hen.'

Dus Julia kan zich bewust zijn van die andere vrouw? Dat is dus mogelijk?

Ze klikte verder.

'Echte' gespleten persoonlijkheden zijn extreem zeldzaam, las ze. In totaal waren er ongeveer duizend bekende gevallen over de hele wereld.

De multipele persoonlijkheidsstoornis moest niet verward worden met schizofrenie, hetgeen vaak gebeurde.

'Een oorzaak van dat misverstand kan zijn dat het woord "schizofreen" letterlijk "gespleten geest" betekent. Dit ziektebeeld kenmerkt zich echter door veranderingen in de realiteitswaarneming en het vermogen logisch te redeneren. Een persoon die schizofreen is, heeft maar één persoonlijkheid, maar zijn of haar gedachten kunnen extreem ongeorganiseerd zijn ...'

Ze pakte een pen en begon erop te kauwen.

Hierover zou ze wel iets kunnen schrijven. Het enige wat ze nodig had was een extra bron die bevestigde wat Nina gezegd had over het forensisch-psychiatrische onderzoek. Wie zou zijn mond voorbij kunnen praten?

De advocaat! Hij leek niet iemand die in aanmerking kwam voor een lidmaatschap van Mensa.

Ze zocht zijn naam en nummer weer op, Mats Lennström van advocatenkantoor Kvarnstenen.

'Advocaat Lennström is tot laat in de middag op de rechtbank', kwetterde de secretaresse.

Annika hing op en belde het Openbaar Ministerie: Angela Nilsson was niet bereikbaar. Ze belde de forensisch-medische dienst, waar ze te horen kreeg dat de dienst geen commentaar gaf op zijn onderzoeken.

Bleef over Q, maar met hem wilde ze niet praten.

Hè, shit. Waarom is Lennström ook niet op kantoor?

Ze boog zich over de computer en dacht na.

Wie zou haar een paar geheimen kunnen verklappen?

Over Julia, en over David?

Was er iemand die er geen belang bij had om David Lindholm in bescherming te nemen?

De mensen die verraden zijn. Die aan de schandpaal genageld zijn. Die levenslang kregen omdat ze hem vertrouwden.

Namen, dacht ze. Ik moet namen hebben en ik moet weten waar die mensen zitten.

Ze pakte een stuk papier en maakte een paar kolommen.

De Amerikaan die iets overkomen is in Tidaholm: is overgeplaatst naar Kumla.

De vader die mensen heeft gegijzeld op een kinderdagverblijf in Malmö: zit in Kumla.

De bijlmoordenaar uit Södermalm, te weten de financieel expert Filip Andersson: zit ook in Kumla.

Misschien moet ik binnenkort eens een reisje naar Närke maken om een paar criminelen op te zoeken. Maar hoe heet verdorie nou die Amerikaan?

Ze had de naam van de man uit Malmö: Ahmed Muhammed Svensson, ja, zo heette hij echt. Dat had ze gelezen in het vonnis dat ze toegefaxt had gekregen.

Hm, hoe vind ik in vredesnaam die Amerikaan?

Ze pakte pen en papier en begon te schetsen. Wat wist ze eigenlijk? Hij was Amerikaan en hij was tot levenslang veroordeeld.

Dat maakte de keuze zo beperkt dat hij te vinden moest zijn. Momenteel waren er 164 tot levenslang veroordeelden in Zweden, 159 daarvan waren man. Niet bijzonder veel van hen konden Amerikaans staatsburger zijn. Aangezien hij was veroordeeld door een Zweedse rechtbank, stond hij vermeld in de openbare registers.

Ik moet het vonnis zien te vinden. Waarvoor kan hij zijn veroordeeld?

Het moest moord zijn, of mensenroof, brandstichting, opzettelijke grove vernieling van goederen met gevaar voor de openbare veiligheid, de een of andere vorm van grove sabotage, of de grove variant van opzettelijke blootstelling aan gif of besmetting …

Haar blik viel op de derde kwalificatie.

Brandstichting.

Ze hoorde de stem van Q echoën in haar borst.

De brand is aangestoken en iemand heeft dat met voorbedachten rade gedaan. Jij staat boven aan de lijst van niet-formele verdachten.

Ze moest even een rondje over de redactie lopen om lucht te krijgen.

Voor de andere misdrijven waarvoor je levenslang kon krijgen, kon een Amerikaan nauwelijks worden veroordeeld, niet in vredestijd in Zweden.

Ze liet haar pen los en checkte het voor de zekerheid op het net:

het aanzetten tot muiterij, oproer, hoogverraad, schending van het vertrouwen bij onderhandeling met vreemde mogendheid, eigenmachtig handelen bij onderhandeling met vreemde mogendheid, grove spionage, grove insubordinatie, desertie van krijgsman, de grove variant, het ondermijnen van de krijgsvaardigheid, het nalaten van oorlogsvoorbereidingen, onbevoegde capitulatie, plichtsverzuim door krijgsman, landverraad, grove schending van mensenrechten tijdens gewapende conflicten, het zich wederrechtelijk bezighouden met chemische wapens, het zich wederrechtelijk bezighouden met mijnen en het zich wederrechtelijk bezighouden met kernproeven, van de laatste drie ook weer de grove variant.

Het zich wederrechtelijk bezighouden met mijnen? Mijn god.

Ze slaakte een zucht.

En door welke rechtbank was hij veroordeeld? Alleen al in de regio Stockholm had je tientallen rechtbanken. In het hele land waren het er een stuk of honderd. Waar zou ze eens beginnen?

Ze ging naar de website van arrondissementsrechtbank Stockholm, waar alle rechtsprekende instanties vermeld stonden.

Liet haar vingers even op het toetsenbord rusten.

Wanneer je levenslang krijgt, ga je in hoger beroep.

Dus moest zijn zaak behandeld zijn door een van de gerechtshoven.

Daar had je er maar zes van: het gerechtshof van Göta, dat van Svea, van noordelijk en zuidelijk Norrland, van West-Zweden en van Skåne/Blekinge.

Ze keek hoe laat het was, instanties waren meestal tot vier uur telefonisch bereikbaar.

Begon in het zuiden en werkte naar boven.

Op zoek naar een vonnis, een Amerikaan die levenslang had gekregen, waarschijnlijk voor moord.

Bij de zesde en laatste poging, het gerechtshof van noordelijk Norrland aan de Storgatan in Umeå, kreeg ze een behulpzame archiefmedewerker te spreken.

'Dat klinkt als Stevens', zei de jongen, en een minuut later faxte hij haar het vonnis van Michael Harold Stevens.

Annika bladerde snel door naar het dictum en floot, *geen slecht zondenregister.*

De Amerikaan was veroordeeld wegens moord, zware mishandeling, mensenroof, poging tot afpersing, het opzettelijk vernielen van goederen met gevaar voor de openbare veiligheid, belemmering van de rechtsgang en overtreding van de Wapenwet.

Klinkt als een handlanger die zwaar tegen de lamp gelopen is.

Ze bladerde het document door, 38 pagina's.

Oké, zo zat het dus.

Michael Harold Stevens had bekend dat hij een auto had opgeblazen in een grindgroeve bij Skellefteå, vandaar de vernieling van goederen met gevaar voor de openbare veiligheid. In de auto zat een 33-jarige man die overleed door de explosie, dat was de moord. Stevens had een andere man (32 jaar) gedwongen om in een auto te stappen (de mensenroof) en hem naar een jachthut bij Kåge gereden, had een pistool in zijn mond gestopt (de overtreding van de Wapenwet) en twee eisen gesteld: dat de man een getuigenis terugnam (de belemmering van de rechtsgang) en dat hij een drugsschuld betaalde (de afpersing).

Beide slachtoffers, de man van 32 en die van 33, waren al langer bekend bij de politie. Ze maakten deel uit van een en dezelfde criminele bende.

Bovendien had Stevens medeplichtigheid bekend aan het plannen van een beroving van een waardetransport in Botkyrka een jaar eerder.

Ze zuchtte wat geërgerd en liet de papieren op haar knieën zakken.

Dit moet de bewuste Amerikaan zijn, maar waar komt David Lindholm in beeld? Wat heeft hij hiermee te maken? Wie kan ik bellen om het te vragen?

Ze keek op de eerste pagina van het vonnis om te zien wie de verdediger van Mr. Stevens was: een advocaat genaamd Mats Lennström, verbonden aan het advocatenkantoor Kvarnstenen.

Mats Lennström? Maar dat is de raadsman van Julia!

Ze nam de hoorn op en toetste het nummer in van het advocatenkantoor.

'Deze keer heb je geluk', kwinkeleerde de secretaresse. 'Advocaat Lennström komt net binnen. Het was namelijk niet helemaal zeker of hij vandaag nog op kantoor zou komen.'

Annika ging rusteloos verzitten, terwijl de kwetterende dame haar doorverbond.

'Lennström', zei de man en Annika kreeg de indruk dat hij ook al onzeker was over zijn naam.

'Ik bel voor drie dingen', zei ze, nadat ze zich had voorgesteld. 'Ten eerste zou ik Julia Lindholm willen interviewen. We hebben elkaar eerder ontmoet, dus ze weet wie ik ben ...'

'Er zijn zoveel mensen die mijn cliënte willen interviewen', zei hij ernstig.

'Ja, jawel,' zei Annika, 'maar ik weet dat alle beperkingen zijn opgeheven en dat ze iedereen mag ontmoeten die ze maar wil, dus misschien kun je mijn verzoek doorgeven?'

De advocaat zuchtte.

'Verder hebben we die kwestie met die dissociatieve identiteits-stoornis', zei Annika nonchalant. 'Wat is jouw commentaar op het feit dat de forensisch-medische dienst van mening is dat Julia tot een gevangenisstraf veroordeeld kan worden, ofschoon ze klaarblijkelijk de rol op zich heeft genomen van een andere persoon, die van de andere vrouw ...?'

'Eh,' zei de advocaat, 'dat is natuurlijk hun deskundigenoordeel, daarover kan ik natuurlijk geen opvatting hebben ...'

Hoera! Bevestigd! Schrijfbaar!

'En tot slot vraag ik me af wat er eigenlijk gebeurd is met Michael Harold Stevens', zei Annika.

Het bleef even stil op de lijn, daarna schraapte de advocaat zijn keel.

'Waarom vraag je je dat af?'

'David Lindholm was zijn vertrouwenspersoon, maar Stevens heeft in de Tidaholmgevangenis een of ander ongeluk gehad, waarna hij een disciplinaire overplaatsing naar Kumla kreeg, en daarna was David niet langer zijn vertrouwenspersoon. Ik vraag me af wat er gebeurd is.'

'Heb je het vonnis gelezen?'

'Yes, Sir.'

'Dan weet je dat Mike bekend heeft.'

'Yep.'

De advocaat aarzelde, ze hoorde gepuf en geknars, alsof hij bezig was zijn colbertje uit te trekken.

'Dit moet natuurlijk inmiddels verjaard zijn', zei hij. 'De politieman is immers dood en Mike zal de zaak nooit op de spits drijven ...'

Annika wachtte rustig af.

'David Lindholm deed de verhoren met Mike', zei Mats Lennström. 'Mike bekende alles wat hem ten laste was gelegd plus nog wat andere dingen. De overval in Botkyrka bijvoorbeeld.'

Mats Lennström hield op met praten.

'Maar?' zei Annika.

'Toen het vonnis bekrachtigd was door het gerechtshof, moest Mike natuurlijk in Kumla beoordeeld worden, dat geldt voor iedereen die meer dan vier jaar heeft gekregen. Na die evaluatie werd hij naar Tidaholm gestuurd en ik denk dat het toen echt tot hem doordrong dat hij om de tuin geleid was.'

'Om de tuin geleid?'

'Ja, ik had dat natuurlijk wat beter moeten controleren. Mike en David Lindholm hadden een afspraak gemaakt die inhield dat hij een kortere straf zou uitzitten in de Ljustadalen-gevangenis in Sundsbruk vlak bij Sundsvall, zijn vrouw werkte bij een manege daar in de buurt. Maar niets van wat Lindholm beloofde, was natuurlijk juridisch bindend. Dat had ik moeten begrijpen ...'

Annika moest rechtop in haar stoel gaan zitten.

'Bedoel je', zei ze, 'dat je niet wist wat juridisch bindend was? Dat je het niet ging checken toen je niet zeker wist hoe het zat?'

'Een mens vertrouwt toch op de politie', zei hij. 'En vooral op iemand die zo bekend is als David Lindholm.'

Jeezez, wat een flapdrol van een jurist! Geen wonder dat hij de verdediger van Julia werd, ervan uitgaand dat ze haar veroordeeld willen zien.

'Wat voor ongeluk is er toen gebeurd?'

'Mike gleed uit in de douche en kwam op iets scherps terecht.'

Annika moest een snuivend geluid onderdrukken.

'Steekwonden', zei ze. 'Stevens heeft gekletst, waardoor vijf jongens opgepakt werden voor de overval in Botkyrka en dat vonden ze niet zo leuk. Maar ze hadden vriendjes in Tidaholm en die slepen hun tandenborstels of keukenmessen en vielen hem aan in de douche.'

'Dat is pure speculatie.'

'Vertel me één ding', zei Annika. 'Hoe heeft Stevens wraak genomen? Heeft hij wraak genomen op de Botkyrkabende, of misschien op David? Of op diens vrouw? Of op diens zoon?'

'Als je me wilt verontschuldigen, ik heb nog een hoop te doen', zei Mats Lennström en hij verbrak de verbinding.

Annika staarde een hele minuut voor zich uit.

Er was niets heroïsch aan de manier waarop David Lindholm de overval op het waardetransport in Botkyrka had opgelost. Integendeel. Hij gebruikte zijn functie om vertrouwen in te boezemen en vervolgens beschaamde hij dat vertrouwen.

Wat een klootzak!

Ze keek naar de andere naam op de lijst, Ahmed Muhammed Svensson. Pakte het vonnis van de arrondissementsrechtbank Malmö erbij: poging tot moord, grove mensenroof, grove afpersing en grove wederrechtelijke bedreiging.

Ahmed Muhammed Svensson was met een Zweedse vrouw getrouwd en had haar achternaam aangenomen om beter in de Zweedse samenleving te kunnen integreren. Dat was niet zo goed gelukt. Ahmed Muhammed vond geen baan en raakte gedeprimeerd, en zijn huwelijk begon barsten te vertonen. Hij sloeg zowel zijn vrouw als hun vierjarige dochter. Ten slotte wilde mevrouw Svensson scheiden.

Toen pakte Ahmed Muhammed het jachtgeweer van de buren en rende ermee naar de crèche van zijn dochter. Hij arriveerde 's middags precies op tijd voor het tussendoortje, toen alle kinderen aan de rozenbotteldrank en amandelbiscuitjes zaten. Huilend en met luide stem deelde hij mede dat hij de kinderen een voor een zou doodschieten wanneer zijn vrouw het echtscheidingsverzoek niet introk en de Zweedse regering hem geen miljoen kronen gaf. En een nieuwe kleuren-tv.

Grote god, wat een tragisch geval.

Het gijzelingsdrama raakte onmiddellijk in een stroomversnelling.

Een jonge jongen, die op een nabijgelegen middelbare school het individuele profiel volgde en stage liep op het kinderdagverblijf, wierp zich tegen de balkondeur en slaagde erin om de parkeerplaats aan de achterkant van het gebouw te bereiken. Ahmed Muhammed Svensson schoot drie keer op de jongen en raakte daarbij een geparkeerde auto en een straatlantaarn, vandaar zijn veroordeling wegens poging tot moord.

De jongen sloeg natuurlijk alarm en tien minuten later was het gebied rond de crèche belegerd door agenten en politieauto's. Tijdens de rechtszaak getuigden medewerkers van de crèche dat Ahmed Muhammed Svensson volkomen panisch werd van alle commotie en het jachtgeweer vastklemde alsof het zijn laatste strohalm was.

De plaatselijke politie had natuurlijk geprobeerd om de heer Svensson tot rede te brengen, maar de man had niet opengestaan voor welke vorm van dialoog ook.

Nu wilde het geval dat de ervaren onderhandelaar David Lindholm die dag in Malmö was voor een seminar, een feit waarvan iemand van de politieleiding op de hoogte was. Zo werd genoemde Lindholm bij het drama betrokken en arriveerde hij in de rol van speciaal deskundige op de plaats delict.

David Lindholm was op eigen initiatief en risico het gebouw binnengegaan, waar hij ruim twee uur met Ahmed Muhammed Svensson praatte. Eerst waren de kinderen naar buiten gekomen, steeds in groepjes van vijf met iemand van het personeel erbij. Svenssons dochter was bij de laatste groep.

Ten slotte kwam dus de dader zelf naar buiten, gearmd met inspecteur Lindholm.

Op de rechtbank verklaarde David Lindholm dat Svensson had gedreigd zowel de kinderen en het personeel als zichzelf te zullen doodschieten. Lindholm had eraan toegevoegd dat hij de situatie zodanig inschatte dat Svensson zeer wel in staat was om al die bedreigingen zonder pardon in daden om te zetten.

Ahmed Muhammed zelf had niet veel gezegd, alleen dat hij spijt had en dat hij kinderen nooit kwaad zou kunnen doen.

En toen kreeg hij levenslang. De stakker.

Want David Lindholm was zijn belofte niet nagekomen, alweer niet.

Ik vraag me af wat hij die derde man, Filip Andersson, aangedaan heeft.

Ze huiverde even, dat was die weerzinwekkende bijlmoord. De krant had er pagina's over volgeschreven. Ze typte 'feiten filip andersson' in op de computer en wachtte.

En wachtte, en wachtte …

Wat is dit? Waarom gaat dit zo langzaam?

Toen begon het scherm te knipperen en een lijstje met artikelen verscheen in beeld.

'Aantekeningen feiten filip andersson' las ze bij de eerste hit, *wat ziet die informatie er vreemd uit …*

Ze boog naar voren om het beeldscherm nader te bestuderen en ontdekte dat ze de zoekopdracht in het verkeerde venster had ingetypt. Ze had niet op internet gezocht of in het interne systeem van de krant, maar rechtstreeks op de harde schijf van de computer.

Wat is dit?

Ze klikte een artikel open en belandde in een gewoon Word-document.

'Is hij onschuldig?' las ze.

'Feiten die wijzen naar FA: 1. Hij was aantoonbaar aanwezig op de plaats delict. Zijn vingerafdrukken zaten op de deurklink, op de handtas van het vrouwelijke slachtoffer en op vier verschillende plekken in het appartement. 2. Na de moorden was hij aantoonbaar in de buurt. De dag erna gaf hij zijn broek af bij de stomerij, de politie vond het bonnetje in zijn portefeuille en kon de broek onderscheppen vlak voordat die gewassen zou worden. Op de pijpen bevonden zich bloedspatjes, waarvan het DNA overeenkwam met dat van het vrouwelijke slachtoffer. 3. Hij had een motief. De drie personen in het appartement hadden hem op de een of andere manier een loer gedraaid, niet duidelijk hoe.'

Ja, zover zijn we intussen allemaal.

'Omstandigheden die tegen FA spreken: 1. Waarom bevindt zich geen DNA van de andere slachtoffers op zijn broek of kleren? Om lichaamsdelen af te hakken op de manier zoals hier gebeurd is, moet je in nauw contact komen met het slachtoffer. Het is niet genoeg om een slaande beweging in de lucht te maken, je moet inhakken op de arm of het been, terwijl dat lichaamsdeel tegen de een of andere ondergrond gedrukt wordt, in dit geval was dit meestal de vloer en in één geval een tafel; en om dat te kunnen doen, moet het slachtoffer eerst verdoofd worden of op een andere manier willoos zijn, hier is dat gebeurd met een klap op het hoofd. Dat de moordenaar geen bloedspetters op zijn lichaam en kleren had gekregen, lijkt erg onwaarschijnlijk, gezien het bloedbad dat volgde. 2. Waar is het moordwapen? Is het echt met een gewone bijl gebeurd? Zou niet een ander type bijl of een hakwerktuig als een vleesbijl effectiever zijn geweest? 3. Waarom heeft hij de broek niet weggegooid? De bloedspatjes op de omslagen waren microscopisch klein. Wist hij niet dat ze erop zaten? Waarom niet? Morgen checken. 4. Er zijn ontzettend veel vingerafdrukken in het appartement aangetroffen en verscheidene daarvan zijn niet geïdentificeerd. 5. Het belangrijkste: er bevonden zich bloedsporen met DNA van nog een persoon op de plaats delict die evenmin geïdentificeerd zijn. Een medeplichtige die tijdens de strijd gewond is geraakt?'

Ze staarde met open mond naar het beeldscherm.

Deze tekst was nooit gepubliceerd, was ook niet publiceerbaar. Dit waren geheugensteuntjes die iemand op papier had gezet om alles op een rijtje te houden, misschien omdat die persoon de rechtszaak moest verslaan ...

Sjölander! Dit was immers de oude laptop van Sjölander!

Ze klikte op 'archief' en daarna 'eigenschappen', en jawel, als auteur van het document stond Sjölander vermeld. Het was bijna exact vier jaar geleden geschreven, vlak voor de rechtszaak tegen Filip Andersson.

Dus Sjölander twijfelde blijkbaar aan zijn schuld.

Volgens Bure gold dat ook voor David. Sterker nog: *David was waarschijnlijk de enige die echt geloofde dat Andersson onschuldig was ...*

Waarom? Hoe kwam het dat David zo overtuigd was van Filip Anderssons onschuld? Wat betekende dat? En waarom was Filip Andersson zo zwijgzaam? Als hij onschuldig was, waarom werkte hij dan niet samen met de politie?

Ze ging weer naar de website van de Rijksdienst voor het Gevangeniswezen en checkte de bezoektijden van de megagevangenis in Kumla: maandag t/m vrijdag 9-15, weekend 10-14.

Joepie! Iedere dag geopend! Dat noem ik nou service.

Toetste toen het nummer van centralist in en maakte zich bekend.

'Het zit zo,' zei ze, 'ik zou graag een van jullie gedetineerden willen bezoeken, Filip Andersson is zijn naam.' De bewaker verbond haar door met de adjunct-directeur en Annika herhaalde haar vraag.

'Dat zal niet gaan', zei de adjunct.

'O?' zei Annika. 'Waarom dan niet? Ik dacht dat jullie iedere dag geopend zijn voor bezoekers.'

'Dat is correct', zei de man. '365 dagen per jaar, behalve tijdens schrikkeljaren. Dan zijn we 366 dagen open.'

'En waarom mag ik dan niet komen?'

'Je bent meer dan welkom', antwoordde de adjunct, die zowel geamuseerd als een beetje vermoeid klonk. 'Maar voor de massamedia gelden dezelfde regels als voor iedereen. De gedetineerde moet voor jou als persoon toestemming vragen voor een bezoek of een telefoongesprek, dat wil zeggen, hij moet jouw volledige naam, adres en persoonsnummer doorgeven. Ook moet hij zijn relatie met jou preciseren. Daarna beoordelen we jou als persoon, we checken zeg maar of je niet een zware crimineel bent en daarna krijgt de gedetineerde bericht: dat het verzoek om bezoek te mogen ontvangen is afgewezen, dat het is toegewezen of dat het bezoek mag plaatsvinden onder toezicht. De gedetineerde mag dan contact met je opnemen, en daarna maak jij een afspraak met ons.'

'Wow', zei ze. 'Ik wil drie mannen bezoeken, kun je ze vragen of ze die toestemming voor mij willen aanvragen?'

De adjunct was een toonbeeld van geduld.

'Helaas niet', zei hij. 'Wij treden niet meer op als contactpersoon. Je moet zelf via fax of brief contact opnemen met de gedetineerde.'

'Ik neem aan dat het niet per e-mail kan?' zei Annika.

'Die aanname is correct', zei de adjunct.

'Maar ze mogen antwoorden via brief of fax?'

'Niet per fax, maar ze mogen wel brieven schrijven. Maar ik moet je denk ik waarschuwen dat de antwoordfrequentie laag is. Verreweg de meesten willen überhaupt geen contact met de massamedia.'

'Jeetje, wat een gedoe', zei Annika.

'Wat is het doel van de bezoeken?' vroeg de adjunct vriendelijk.

Annika aarzelde. Wat had ze te verliezen door eerlijk te zijn?

'Ik schrijf een artikel over David Lindholm, de vermoorde politieman. De drie gedetineerden die bij jullie zitten, hebben allemaal met hem te maken gehad. Hoeveel tijd kost het om toestemming te krijgen voor een bezoek, gesteld dat ze met me willen praten?'

'Meestal duurt dat een week, tien dagen. Maar ik moet je er tevens op wijzen dat je slechts een van onze gedetineerden mag bezoeken, tenzij je naaste familie bent.'

Annika deed haar ogen dicht en streek over haar hoofd.

'Wat?'

'Als je hier drie broers hebt zitten, dan mag je ze alle drie bezoeken, maar je krijgt geen toestemming om drie verschillende gedetineerden te bezoeken, tenzij er bijzondere redenen zijn. Je moet er één kiezen.'

'Jullie zijn er niet erg op gebrand dat de massamedia jullie gevangenen bezoeken, of zie ik het verkeerd?'

'Niet erg,' zei de adjunct, 'maar we verhinderen het niet. En voor het geval je komt, wil ik je alvast waarschuwen dat het maken van beeldopnamen verboden is.'

Annika rechtte haar rug.

'Wat? Waarom? Dat is toch …'

'Voorschrift 2006:26 van het Gevangeniswezen, eerste hoofdstuk, negentiende paragraaf. "Het maken van geluids- en beeldopnamen is niet toegestaan op het terrein van de inrichting ... "."

Ze liet haar schouders weer zakken.

'Oké', zei ze. 'Zal ik mijn fax sturen naar het nummer dat op de homepage staat?'

'Lijkt me uitstekend', zei de man.

Ze duwde de computer weg, keek hoe laat het was en liet haar blik over de redactiezee gaan, over knipperende beeldschermen, geconcentreerde gezichten en bureaus met koffievlekken.

Hij heeft de kinderen opgehaald.

Ze zijn nu op weg naar huis.

De liftdeuren waren van het oude, schitterende type: twee smeedijzeren hekken, model harmonica, die je opzij moest schuiven, waarna het interieur van glimmend messing zich openbaarde aan de chique mensen die het gebouw in Öfvre Östermalm bevolkten. Thomas herinnerde zich hoe perfect en historisch correct het had gevoeld toen hij de eerste keer met deze lift naar boven ging, met zijn eigen sleutels, op weg naar zijn eigen appartement, in zijn eigen pand ...

'Papa, ze geeft me een stomp!'

Hij pakte zijn aktetas over in zijn andere hand en kon een zucht niet onderdrukken.

'Zeg, hoor eens,' zei hij, terwijl hij zijn zoon in zijn kraag greep, zodat die niet tegen de arm van zijn zusje kon boksen, 'willen jullie alsjeblieft ophouden met ruziemaken, we zijn zo thuis ...'

Nou ja, het pand is natuurlijk niet van mij, het is van haar, maar ...

Hij trok snel het buitenste hek open.

Een woest gebrul sneed door het trappenhuis. Hij keek verbaasd naar beneden en zag het verwrongen gezichtje van Ellen dat naar hem opkeek. Haar vingers zaten vast in de nu helemaal opengeschoven harmonicadeur, haar ogen stroomden over en haar wangen waren knalrood.

Hij trok snel het hek terug en zodra de vingers van het meisje bevrijd waren, liet ze zich aan zijn voeten op de vloer zakken en hield met haar goede hand de bezeerde vingers vast.

'Maar lieverd toch, wat doe je? Je mag je vingers daar niet houden hoor, als papa de deur opendoet …'

Het bloed drupte op de marmeren vloer en het gebrul van het meisje sloeg over in een falset.

'Het bloedt, papa, het bloe-hoedt …'

Thomas voelde dat hij wit wegtrok, hij was niet zo goed met lichaamsvloeistoffen.

'Och och och, laat papa eens kijken, zal ik erop blazen?'

Hij hurkte naast zijn dochter en reikte naar haar hand, maar ze draaide zich om en drukte de hand tegen haar nieuwe winteroverall.

Hè, shit, nu komt-ie helemaal onder het bloed te zitten.

'Zeg, hoor eens, meid. Laat papa eens kijken …'

'Jij hebt mijn vingers tussen de deur gedaan!'

'Ja lieverd, sorry, dat was niet de bedoeling, maar ik zag je niet, ik zag niet dat jij je handjes daar hield, sorry, sorry …'

Hij tilde het meisje op en deed zijn best om zijn overjas schoon te houden. Die poging mislukte ogenblikkelijk toen ze haar hoofd in zijn hals boorde en haar snotneus afveegde aan zijn revers.

'Het doet pij-hijn …'

'Ja ja', zei Thomas. Het zweet brak hem over zijn hele lichaam uit.

'Ze is altijd zo onhandig', zei Kalle, die met grote ogen naar het bloed op de vloer staarde, dat al wat donker begon te worden.

'Hup,' zei Thomas, 'we gaan de lift in.'

Hij schoof zijn zoon met zijn ene arm naar binnen en hield met de andere zijn dochter tegen zich aan, greep zijn aktetas, zette die in de lift, trok de hekken dicht (eerst de ene en daarna de andere) en liet Kalle op de zes drukken.

Het zolderappartement.

The penthouse, zoals Sophia het beschreef op haar persoonlijke website.

'Het doet pij-hijn, papa …'

'Ja, ja', zei Thomas, terwijl hij staarde naar de verdiepingen die voorbijgleden, de kristallen kroonluchter van de derde die onder zijn voeten verdween, de gelambriseerde wanden van de vierde met de opgeschilderde aders en dubbele voordeuren.

'Wat voor eten krijgen we?'

Kalle had tegenwoordig voortdurend honger.

'Eerlijk gezegd weet ik het niet. Sophia zou iets klaarmaken.'

De lift stopte met een schokje op de bovenste verdieping.

'Hou je vingers nu weg', zei hij onnodig hard, voordat hij de hekken openduwde.

Hij had geen zin om in zijn aktetas de sleutels van het appartement op te zoeken en daarom drukte hij met zijn vrije hand op de bel, terwijl hij met zijn andere hand Ellen wat beter ophees, het kind snikte en jammerde en hield haar vingers stevig vast.

'Sst, sst', zei hij en hij wiegde haar wat onhandig.

Er gebeurde niets. Het gegil van Ellen werd wat minder, maar hij hoorde geen geluiden in het appartement. Zijn dochter begon ontzettend zwaar te worden op zijn arm. Was Sophia soms niet thuis?

Hij belde nog een keer aan.

Halverwege het gerinkel vloog de deur open.

Sophia had een schort voor en ze had haar mouwen opgestroopt, een kleine frons verscheen tussen haar wenkbrauwen.

'Heb je je sleutels vergeten?' vroeg ze, voordat ze Ellens verdriet had kunnen opmerken.

Thomas liep langs haar heen en hurkte om zijn dochter in de hal op de grond te zetten.

'Nu moet je papa laten zien waar je je pijn gedaan hebt', zei hij en hij pakte Ellens hand.

'Hebben jullie een ongelukje gehad?'

Hij sloot heel even zijn ogen en slikte, liet het handje los, richtte zich op en glimlachte.

'Schat', zei hij en hij kuste haar op de wang. 'Ellen heeft haar vingers tussen de liftdeur gekregen, het bloedt nogal, ik moet er een pleister op doen.'

'Jij hebt haar vingers tussen de liftdeur gedaan', zei Kalle mokkend, waarbij hij boos naar Sophia keek.

'Doe je overall uit en hang die op je haakje en ga daarna je handen wassen', zei Thomas tegen hem, terwijl hij zich uit zijn eigen overjas worstelde.

Die kon hij zo niet meer aan, hij moest eerst naar de stomerij. Hij bestudeerde zijn colbert. Hetzelfde verhaal.

Hij keek naar Sophia. Ze merkte zijn stille verzoek niet op. Ze draaide zich om en liep terug naar de keuken.

Annika regelde de stomerij altijd.

De gedachte kwam vanuit het niets tot hem, hij knipperde verbaasd met zijn ogen.

Ja, zo was het geweest, al sinds die keer dat hij het bonnetje was kwijtgeraakt van dat oude angoravest dat ze van haar grootmoeder had gekregen.

Hij legde zijn overjas en colbertje dubbelgevouwen op het bankje in de hal.

'Zo, zo', zei hij terwijl hij zijn dochter optilde, die nu niet meer zo hard huilde. 'Nu gaan we een pleister om je vinger doen.'

Hij droeg haar naar de badkamer, waar hij constateerde dat ze precies bij de nagelriem van haar rechter ringvinger klem gezeten had. De nagel zou er ongetwijfeld af vallen.

'Hij is blauw', zei Ellen, die licht gefascineerd naar haar eigen vingertop keek.

'Net als een bosbessenpastei', zei Thomas en om die opmerking moest ze giechelen.

Hij ging op de toiletpot zitten, zette zijn dochter op zijn knie en wiegde haar zachtjes.

'Het spijt me', fluisterde hij. 'Het was niet mijn bedoeling om jou pijn te doen.'

'Mag ik snoep omdat ik me pijn gedaan heb?'

Het kind keek hem verwachtingsvol aan en veegde ondertussen haar neus af met de mouw van haar trui.

'Misschien', zei hij. 'Als we iets in huis hebben.'

'We kunnen wat in de winkel kopen. Autoschuimpjes zijn lekker.'

Ze liepen terug naar de anderen, hand in hand. Het meisje schokte af en toe nog even na van het huilen.

Ze is zo teer, ik moet beter uitkijken met haar.

Kalle had zijn overall niet opgehangen, maar op de vloer van de hal gesmeten. Thomas slikte een geërgerd commentaar in, bukte zich en hing het kledingstuk op.

Toen hij zijn rug weer rechtte, zag hij dat Sophia vanuit de deuropening van de keuken naar hem stond te kijken.

'Als je hem op die manier zijn zin blijft geven, dan leert hij het nooit', zei ze.

Hij haalde even licht zijn schouders op, glimlachte en spreidde zijn armen.

'Je hebt gelijk', zei hij, waarbij hij zijn hoofd een beetje scheef hield.

Ze glimlachte terug.

'Jullie kunnen aan tafel, het eten is klaar.'

Ze verdween weer in de keuken. Thomas liep naar het atelier waar de eethoek stond en dook als vanzelf ineen toen hij de grote, witte ruimte binnen stapte. De normale plafondhoogte in de hal en de badkamer deden het effect nog eens extra goed uitkomen. In het atelier, de ruimte die het appartement domineerde, vormde het schuine dak de enige afgrenzing met de hemel. Tot aan de nok was het een meter of zeven, acht. Een paar langwerpige dakramen en een wirwar van dakbalken riepen associaties op met appartementen in Tribeca of een andere hippe wijk in New York (niet dat hij ooit in Tribeca was geweest, maar Sophia wel en zij had hem verteld over de gelijkenis).

'Kalle, kom', zei hij over zijn schouder. 'We gaan eten.'

Uit het kamertje van Kalle, dat nauwelijks groter was dan een kleedkamer, hoorde hij het gebliep van het Playstation-spelletje komen, en hij zuchtte stilletjes. Daarna tilde hij Ellen op en zette haar boven op een kussen, zodat ze hoog genoeg zat om te kunnen eten. Sophia had het onnodig gevonden om een kinderstoel te kopen, 'ze is toch al bijna groot', en daar had ze natuurlijk helemaal gelijk in.

Nu kwam ze aanlopen met een schaal met aardappelpuree en een teflonpan met plakken uitgebakken Falunworst.

'Kalle!' riep Thomas nog een keer, terwijl hij ging zitten. 'Het eten staat op tafel!'

'Ik moet eerst nog even doodgaan', antwoordde het kind luste-loos.

'Nee! Je komt hier, nú!'

Sophia staarde naar de tafel, ze vond het niet prettig als hij zijn stem verhief.

Een demonstratieve zucht weerklonk, daarna hielden de gelui-den van het spelletje op en kwam Kalle het atelier binnen lopen.

'Ik was namelijk net bezig om een record te breken, námelijk.' Thomas woelde door zijn haar.

'Maar nu ga je worst eten.'

'Mjammie!' zei hij, waarna hij op de hoge, met leer beklede chromen stoel klauterde. 'Maar er zit ook ui door. Jakkie! Mag ik die eruit halen?'

'Proef er maar een beetje van', zei Thomas.

'Je moet eten wat de pot schaft', zei Sophia. 'Slokje wijn?'

Ze glimlachte naar hem. Hij glimlachte terug.

'Graag. Dank je.'

Alles smaakt lekkerder met wijn. Gehaktballetjes en macaroni worden lekkerder. Falunworst wordt lekkerder. Zelfs aardappelpuree uit een pakje wordt eetbaar. Ik heb vroeger veel te weinig wijn gedronken.

Ze toostten.

'Hoe was jouw dag?' vroeg ze, waarna ze nipte van haar rioja.

Hij nam een slok en sloot zijn ogen, *goddelijk.*

'Nou,' zei hij, terwijl hij zijn glas op de tafel zette, 'Cramne negeert me sinds ik erop heb gewezen dat het onmogelijk is om de directieven na te leven. Dat de wettelijk voorgeschreven straffen verhoogd worden vindt hij prima en daarover heb ik zelf eigenlijk ook niet echt een mening, maar de kosten gaan onmiskenbaar stijgen en dat druist regelrecht in tegen de directieven die we in verband met dit onderzoek gekregen hebben …'

Hij nam nog een slok, Sophia knikte begrijpend.

'Het is echt ontzettend goed dat je zegt waar het op staat', zei ze. 'Nu zullen die socialisten zich moeten herbezinnen, en dat is jouw verdienste.'

Hij zette zijn glas neer en keek in zijn bord, hij had voor de socialisten in deze regering gestemd en vond dat ze het relatief goed deden. Hij wist dat Sophia deze opvatting niet deelde, maar waarschijnlijk dacht zij dat hij de hare deelde.

Annika stemde altijd links.

Hij duwde de gedachte weg.

'En jij dan?' zei hij. 'Hoe was jouw dag?'

Op het moment dat Sophia haar mond opendeed om te antwoorden, begon Ellen te huilen.

'Het doet weer pijn, papa', zei ze, waarbij ze hem haar verbonden vinger toestak. Hij zag dat de pleister gespannen stond, de vingertop was opgezwollen.

'Ach toch', zei hij en hij blies op haar hand. 'Misschien moeten we je een tabletje geven, zodat je kunt slapen met die stomme vinger.'

'Of een snoepje', zei het meisje, dat haar tranen afveegde.

'Ik heb mij geen pijn gedaan, maar misschien wil ik toch wel een snoepje', zei Kalle.

'Jullie moeten eerst je bord leegeten,' zei Thomas, 'maar daarna mogen jullie in mijn tas kijken.'

'Joepie!' zei Kalle, die zo wild met zijn bestek begon te zwaaien dat er een beetje jus op het behang terechtkwam.

'Nou, zeg,' zei Thomas, 'nu moet je eens zien wat je gedaan hebt!'

Sophia stond op, haalde een schone vaatdoek en veegde het behang af. Er had zich al een vlek gevormd.

'En nu blijf je stilzitten', zei Thomas en Kalle kromp onder zijn blik.

Ze aten zwijgend.

'Mag ik van tafel?' vroeg Kalle even later, terwijl hij zijn bestek weglegde.

'Je moet wachten op je zusje', zei Thomas en het kind kreunde.

'Maar zij is zo langzaam.'

'Ik ben klaar', zei Ellen, waarna ze de half opgegeten portie wegschoof.

'Oké', zei Thomas die zachtjes een zucht van verlichting slaakte toen de kinderen van tafel gingen en naar de hal stoven.

Hij keek Sophia glimlachend aan. Ze glimlachte terug naar hem. Ze proostten.

'Dit is kwaliteit van leven', zei ze en ze keek hem in zijn ogen, terwijl ze dronken.

Hij antwoordde niet, keek alleen naar haar glanzende, blonde haar en lichte ogen.

Worst en aardappelpuree uit een pakje. Kwaliteit van leven?

'Het is natuurlijk geen kunst om de wereld te laten glinsteren wanneer het feest is', ging ze verder. 'De kunst is om te genieten van een dag als vandaag, van een doodnormale dinsdag. Een doordeweekse dag laten glinsteren, dat is belangrijk.'

Hij keek naar de tafel, ze had natuurlijk gelijk.

Waarom voel ik me dan zo opgelaten? Waarom denk ik alleen maar 'loze kreten'?

'Denk je aan je werk?' vroeg ze en ze legde haar hand op zijn arm.

Hij sloeg zijn blik naar haar op.

'Ja', zei hij. 'Inderdaad. Het eerste gratievonnis wordt morgen uitgesproken door de arrondissementsrechtbank in Örebro.'

Ze keek hem niet-begrijpend aan.

'Gratievonnis?' zei ze.

Hij deed zijn mond open om verder te gaan, maar besefte toen dat ze het niet wist, dat ze niet op de hoogte was van de recente veranderingen in het rechtssysteem.

Natuurlijk niet, waarom zou ze ook?

'Vroeger konden levenslange gevangenisstraffen alleen door de regering in tijdelijke worden omgezet, dus via een gratieverzoek, maar dat systeem functioneerde niet goed vanuit het oogpunt van de rechtszekerheid. De regering motiveerde haar besluiten nooit en je kon er niet tegen in beroep gaan. Sinds enige tijd kunnen tot levenslang veroordeelden zich ook wenden tot de arrondissementsrechtbank in Örebro, waar het gratieverzoek wordt getoetst. Bovendien worden de gedetineerden vertegenwoordigd door een jurist en wordt het vonnis gemotiveerd. Het eerste wordt morgen uitgesproken.'

Hij nam een slok wijn.

'Het zou me niet echt verbazen als het een afwijzing wordt', zei hij. 'Het is natuurlijk niet goed als ze meteen bij de eerste zaak het signaal uitzenden dat je verzoek in Örebro veel eerder gehonoreerd wordt dan wanneer je het via de regering probeert.'

'Maar', zei ze, 'waarom nu juist Örebro?'

Hij glimlachte naar haar.

'Waar bevinden zich de grootste gevangenissen?'

'Welke gevangenissen?'

'Kumla en Hinseberg. De grootste mannen- en de grootste vrouwengevangenis. Waar liggen die?'

Ze sperde haar ogen open.

'In de provincie Örebro?'

'Bingo!'

Ze schoot in de lach.

'Moet je nagaan,' zei ze, 'dat ik dat niet wist. Wat leer ik toch veel als ik bij jou ben!'

Hij liet zijn blik afdwalen naar de kinderen, die in de deuropening naar de hal snoepjes zaten te verdelen.

Langgeleden was hij met Annika in dezelfde discussie verzeild geraakt, dat was toen er nog druk gebrainstormd werd over de locatie van de nieuwe gratierechtbank. Ook zij had Örebro als locatie in twijfel getrokken en hij had toen hetzelfde geantwoord: 'Waar bevinden zich de grootste gevangenissen?'

'Bullshit', had Annika gezegd. 'Wanneer het tijd wordt om een gratieverzoek in te dienen, zitten de gedetineerden niet meer in Kumla of Hinsan. Dan zitten ze in de een of andere open inrichting in de bush om voorbereid te worden op terugkeer in de maatschappij. Die instantie komt alleen maar in Örebro, omdat dat het kiesdistrict van de minister is.'

Hij herinnerde zich hoe verbluft hij was geweest, daaraan had hij zelf nog helemaal niet gedacht.

'Dit zit je gewoon te verzinnen', had hij geantwoord en ze had haar schouders opgehaald.

Hij keek Sophia weer aan.

'En jij dan?' zei hij. 'Hoe is het met jou?'

'Er gebeurde zoiets grappigs vandaag', zei ze en op dat moment kwam Kalle naar Thomas toe rennen.

'Papa, zeg het tegen haar! Ze heeft het laatste snoepje genomen, want ze zei dat dat mocht omdat zij zich pijn gedaan heeft.'

Hij dronk zijn glas leeg en stond op.

'Als jullie ruziemaken om een snoepje, dan pak ik ze jullie af', zei hij, waarna hij zich tot Sophia wendde. 'Ga jij maar zitten, ik was later wel af. Ik moet haar overall wassen, er zitten allemaal bloedvlekken in.'

Hij liep naar de hal en zag uit zijn ooghoek dat Sophia zich nog een glas wijn inschonk.

'Levenslang moet het worden'
Na de rechtszaak zijn de deskundigen het eens

Door Berit Hamrin
Kvällspressen (Stockholm). Een levenslange gevangenis-
straf. Iedere andere uitkomst is ondenkbaar.
Officier van justitie Angela Nilsson stelde zich gisteren
keihard op toen in Stockholm de rechtszaak tegen Julia
Lindholm werd afgesloten.
'Ik heb zelden zo'n weloverwogen en meedogenloos mis-
drijf meegemaakt.'

Officier van justitie Nilsson pakte de aangeklaagde bijzonder
hard aan tijdens haar slotpleidooi gistermiddag in de beveiligde zaal. Ze noemde Julia Lindholm 'harteloos' en 'doortrapt' en eiste een onvoorwaardelijke levenslange gevangenisstraf.
'Je kind doden, weigeren te vertellen waar je het lichaam verborgen hebt en vervolgens net doen alsof je iemand anders
bent, in feite ontbreken mij de woorden om te beschrijven
wat ik hiervan vind', zei de officier onder meer.
De drie procesdagen in de arrondissementsrechtbank van
Stockholm werden gekenmerkt door hoog oplaaiende emo-
ties en intens verdriet. De rechter heeft dikwijls tot stilte en
beheersing moeten manen.
Collega's van David Lindholm op de publieke tribune zaten
verscheidene keren openlijk te huilen. Ook de ouders van
Julia Lindholm zijn alle drie de dagen aanwezig geweest, haar
moeder werd nu en dan overmand door verdriet.
Julia Lindholm zelf was uitermate kort van stof tijdens het

verhoor. Ze antwoordde eenlettergrepig en toonde geen gevoelens. Ze beweert dat er zich een andere vrouw in het appartement bevond in de nacht van 2 op 3 juni jongstleden en dat de andere vrouw haar man doodschoot en daarna haar zoon meenam.

Volgens het forensisch-technisch onderzoek duidt niets erop dat zich een andere persoon in de woning heeft bevonden, waarna het forensisch-psychiatrisch onderzoek tot de conclusie heeft geleid dat Julia Lindholm tijdens het begaan van het misdrijf aan een psychische stoornis leed.

Julia Lindholms raadsman, de advocaat Mats Lennström, is van mening dat de aanklacht duidelijke manco's vertoont.

'Het meest bezwarend is natuurlijk het feit dat het lichaam van Alexander Lindholm niet teruggevonden is. Maar er zijn ook andere omstandigheden waarover ik mijn twijfels heb. Julia heeft eerder verklaard dat ze haar dienstwapen is kwijtgeraakt. Ook zijn er bij de aanhouding geen kruitsporen bij haar aangetroffen.'

Tijdens haar slotpleidooi wuifde de officier de bezwaren van de advocaat weg.

'Je kunt je niet zomaar vrijpleiten van een moord doordat je erin geslaagd bent het lichaam te laten verdwijnen. En wanneer iemand beweert dat ze haar politiepistool zoekgemaakt heeft of wanneer die persoon zich heeft kunnen wassen voordat de politie op de plaats delict arriveerde, dan zijn dat geen verzachtende omstandigheden, eerder het tegendeel.'

Uitspraak in deze zaak volgt op 2 december aanstaande. Tot die tijd zal Julia Lindholm in hechtenis blijven.'

'Dat betekent natuurlijk dat ze zal worden veroordeeld', zegt Hampus Lagerbäck, hoogleraar aan de politieacademie, die een goede vriend was van het slachtoffer.

'Niemand die ik gesproken heb, is de mening toegedaan dat een andere straf dan levenslang te verwachten valt.'

DEEL 3

DECEMBER

Woensdag 1 december

Het sneeuwde. Kleine, harde stukjes ijs sloegen in Annika's gezicht, terwijl ze voorovergebogen voortzwoegde langs de Vasagatan. De straatlantaarns leken wazig en geel in het donker. Ze tuurde in de richting van het centrale metrostation, maar het enige wat ze zag was opstuivende sneeuw. Ze had het gevoel of haar ogen nog dichtzaten en ze was draaierig, was het niet gewend om zo vroeg op pad te zijn.

Het was een briljante beslissing geweest om de trein te nemen in plaats van de auto, en niet alleen omdat ze zo moe was. Het verkeer stond stil, de weggebruikers kwamen slippend tot stilstand bij de verkeerslichten en hadden vervolgens grote moeite om weer weg te komen. Ze keek op haar horloge, ze had nog een kwartier.

Het was nu ruim twee weken geleden dat ze een brief had gefaxt naar Filip Andersson in de gevangenis in Kumla.

De adjunct-directeur van de gevangenis had gelijk gehad. De Amerikaan Stevens en de Arabier Svensson hadden niet op haar fax gereageerd, noch op de eerste, noch op de volgende twee die ze gestuurd had.

Filip Andersson, de bijlmoordenaar daarentegen, had haar per kerende post een brief geschreven. Hij wilde ontzettend graag bezoek ontvangen van een vertegenwoordiger van de massamedia en zodra hij haar volledige persoonsgegevens kreeg, zou hij proberen toestemming te krijgen voor het bezoek. Tevens maakte hij van de gelegenheid gebruik om allerlei niet ter zake doende documenten mee te sturen, het geheel maakte een nogal betweterige indruk. Hij had nieuws voor haar, schreef hij. En het was belangrijk dat ze goed op de hoogte was van zijn zaak.

Het was niet zonder aarzelingen dat ze haar persoonsgegevens had opgestuurd. Natuurlijk, er was niets geheims aan, haar adres en persoonsnummer waren openbare gegevens, maar toen ze de fax verstuurde, voelde het evengoed onbehaaglijk.

Wat kan hij doen? Zich met een bijl onder mijn bed verstoppen?

Niet erg waarschijnlijk, aangezien ze op een matras op de grond sliep.

Feit was dat van de drie gevangenen ze het minst zat te wachten op een ontmoeting met Filip Andersson. Ze beeldde zich in dat dat kwam doordat hij de minste aanleiding had om David Lindholm zwart te maken.

Een trappenhuis, stoepen van grijs steen. Bloed op de gele muren, bloed dat langs de traptreden stroomde. Die geur, zwaar en zoetig. POLITIE*!! Je wordt onder schot gehouden. Julia, neem de deur. Annika, wegwezen!*

Ze schudde het beeld van zich af.

Aan de andere kant was Filip Andersson van de drie mannen vermoedelijk degene die zich het best kon uitdrukken. De heer Svensson had, volgens het vonnis, een tolk bij zich gehad op de rechtbank, hetgeen erop duidde dat zijn kennis van het Zweeds te wensen overliet. Misschien had hij haar fax niet kunnen lezen, maar een andere manier om contact met hem op te nemen was er niet en daarom had ze haar pogingen om hem te benaderen moeten opgeven.

In het vonnis van Mr. Stevens had niets gestaan over tolken, dus ze nam aan dat zijn Zweeds heel behoorlijk was, maar haar beperkte ervaring met mannen in de handlangerbranche zei haar dat hij geen praatgraag type was.

Bleef dus over de bijlmoordenaar van de Sankt Paulsgatan en daarom had ze voor vandaag, de eerste december, een afspraak gemaakt met de bezoekafdeling van Kumla.

Feit was dat ze slecht geslapen had.

Niet alleen omdat ze samen met een gewelddadige massamoordenaar zou worden opgesloten in een piepkleine bezoekersruimte of omdat de kinderen weer bij Thomas en die ijspegel van hem waren, maar ook omdat ze had liggen piekeren over wat ze over het hoofd had gezien. Ze had eindeloos liggen woelen onder haar dekbed, maar de gedachte was haar steeds ontglipt.

Ik moet het uit hem zien te krijgen, wat het ook is.

Ze had het vonnis van Filip Andersson nauwgezet bestudeerd en op Sjölanders computer had ze verder gezocht naar aantekeningen over deze zaak, maar ze had niets meer gevonden.

Het vonnis bevatte zeker zwakke plekken, maar echte fouten had ze niet kunnen ontdekken. Filip Andersson was aanwezig op de plaats delict én hij had de mogelijkheid en het motief. Volgens een getuige hadden de drie slachtoffers Andersson een grote som gelds afhandig gemaakt, en dat werd dus als het moordmotief gezien. Wraak. Het stond niet met zoveel woorden in het vonnis, maar Annika wist dat diefstal niet ongestraft bleef in Filip Anderssons branche. Niet ageren zou uitnodigen tot meer acties en Andersson had blijkbaar een voorbeeld willen stellen.

Op een roddelblog voor journalisten werden nog wat details genoemd rond de oplichterspraktijken van de moordslachtoffers, maar daarvan kon ze het waarheidsgehalte niet beoordelen.

Op de blog werd beweerd dat de drie betrokken waren geweest bij een geavanceerde witwasactie, die grotendeels had plaatsgevonden aan een van de Spaanse Costa's. Door middel van verschillende transacties met bouwgrond, die voornamelijk via Gibraltar liepen, had men grote winsten kunnen wegwerken die waren behaald bij cocaïnetransporten vanuit Colombia, met Marokko als tussenstation.

Annika vond het lastig om zich de keurig gekapte Zweedse financieel expert voor te stellen als de zakenpartner van een Zuid-Amerikaanse drugsbaron, maar wat wist zij ervan?

Het was in ieder geval zo dat de drie slachtoffers, die allen een tamelijk lage plaats innamen in de criminele voedselketen, geld in eigen zak hadden gestoken en gedacht hadden dat Andersson het niet zou merken. Dat was de reden dat hij hun handen afhakte, om ze te laten weten dat ze hun vingers thuis moesten houden.

Maar sommige details in deze kwestie waren wat eigenaardig, vond Annika.

In de eerste plaats: als Filip Andersson zich nu op zo'n hoge positie in de voedselketen bevond, waarom maakte hij dan de omslagen van zijn mooie broek vies door zelf die bloederige klus op te knappen? Waren alle handlangers tegelijk met vakantie? Of was hij misschien gewoon een sadist?

En als het nu zo was dat hij over voldoende organisatorische kwaliteiten en meedogenloosheid beschikte om een geavanceerd drugsmokkelsyndicaat op te bouwen, zou hij dan werkelijk vingerafdrukken hebben achtergelaten op de handtas van een van zijn slachtoffers?

En waarom zat er niet meer bloed op zijn broek?

En waarom gebruikte hij in vredesnaam een vleesbijl?

In de opstuivende sneeuw voor haar openbaarde zich de ingang van het Centraal Station, ze stapte naar binnen en stampte haar schoenen schoon.

Ze had een kaartje voor de eerste klas gekocht, zodat ze onderweg rustig zou kunnen werken. De trein vertrok om 07.15 uur en na een overstap in Hallsberg zou ze om 09.32 uur in Kumla arriveren. De terugreis had ze geboekt voor 13.28 uur, ze zag er nu al naar uit.

Op het Centraal Station zag het letterlijk zwart van de mensen, ofschoon het in Annika's beleving nog steeds erg vroeg was.

Waarom draagt niemand framboosrood in de winter? Of knaloranje? Waardoor verliezen we alle kleur? Is het de natuur, het klimaat of de regel dat niemand boven het maaiveld mag uitsteken?

Ze had geen tijd gehad om te ontbijten en dus kocht ze bij de kiosk een drinkyoghurt en een appel.

De trein vertrok van spoor tien en kwam aandenderen op hetzelfde moment dat ze het perron op liep. Ze vond haar wagon en zitplaats, trok haar donsjack uit, ging zitten en viel ogenblikkelijk in slaap.

Ze werd met een schok wakker toen er een mededeling uit de luidspreker kwam: 'Hallsberg, volgende station. Volgende station: Hallsberg'. Nadat ze stuntelig en slaapdronken zo snel ze kon haar jack had aangetrokken, tuimelde ze het perron op. Nog geen paar seconden later werden de deuren gesloten en zette de trein zich weer in beweging in zuidelijke richting.

Ze was bijna in een taxi gestapt, maar besefte net op tijd dat ze niet in Kumla was en nog zes minuten verder moest met een lokale trein.

Ik moet mijn kop erbij houden, ik moet geconcentreerd zijn als ik de bijlmoordenaar ontmoet.

Ze schudde haar hoofd om haar brein helder te maken, moest rennen om de regionale trein richting Örebro te halen. Nadat deze in beweging was gekomen, dwaalde haar blik over de bruine akkers en grijze boerderijen in het vlakke landschap om haar heen; alleen in de verte, aan de horizon, zag ze een nevelige strook naaldbos.

Ze was de enige die in Kumla uitstapte.

Het was opgehouden met sneeuwen, maar een vochtige, koude deken lag zwaar over het stadje. De trein denderde weg en liet een echoënde stilte achter. Ze bleef een paar seconden staan om ernaar te luisteren en keek om zich heen. Een Ica Maxi, een kerk van de pinkstergemeente, Hotel Kumla. Aarzelend zette ze koers naar de stationsuitgang, haar hakken sloegen hard tegen het beton.

Ze liep door een donkere tunnel en kwam uit op een grijs plein, waar aan de rand een snackbar van de Sibylla-keten stond. Haar maag draaide om, ze was vergeten om in de trein haar appel en yoghurt op te eten. Ze liep naar het loket en bestelde een wrap met twee gegrilde worstjes en garnalensalade, en een Ramlösa-mineraalwater. Ze hoorde niet of de man bij de kassa drieënveertig of drieënzeventig kronen zei, nam het zekere voor het onzekere en betaalde met een briefje van honderd. Kreeg het wisselgeld terug van drieënzeventig.

Voor een simpele wrap!

En de 'Ramlösa' was gewoon kraanwater in een colabekertje.

Geen wonder dat de mensen in deze stad het criminele pad op gaan.

Ze werkte het snackbarvoedsel in drie minuten naar binnen, smeet het servet en de helft van de aardappelpuree in de afvalbak en liep over de kinderhoofdjes naar de taxistandplaats, voelde zich nogal misselijk.

'De Viagatan 4', zei ze tegen de taxichauffeur, voordat ze in de Volvo stapte.

'Dat klinkt als een heel grote gevangenis', zei de man.

'Ja,' zei Annika, 'het is zover. *Goodbye, cruel world.*'

De chauffeur schudde zijn hoofd.

'Verkeerde inrichting. Daar zitten geen mensen als jij. Hinseberg ligt in Frövi, aan de andere kant van Örebro.'

'Hè, wat jammer nou', zei Annika.

De auto reed weg, sloeg rechts af, en toen waren ze er al, de muren en het prikkeldraad begonnen haast midden in het stadje zelf. De taxi reed langs een eindeloos lang elektrisch hek, dat eindigde bij een grote metalen poort.

'Oké,' zei hij, 'verder kom ik niet.'

Het ritje kostte zestig kronen, minder dan de wrap.

Ze betaalde, de taxi verdween en ze bleef alleen achter bij de enorme poort. Aan beide zijden strekten zich dubbele metalen omheiningen uit, de buitenste was van het Gunnebotype met verscheidene lagen prikkeldraad aan de bovenkant, de andere een elektrisch hek van minstens vijf meter hoog. De wind fluisterde, de metalen spijlen rammelden.

Ze hees haar tas op haar schouder en liep naar de intercom.

'Annika Bengtzon is de naam, ik kom voor Filip Andersson.'

Haar stem klonk licht en dun.

Zo voelen ze zich, al die vrouwen die hun man in de gevangenis komen opzoeken. Maar voor hen is het natuurlijk veel erger, want voor hen is het echt.

Het hek begon te zoemen en ze trok het aarzelend open. Ze kwam nu op een geasfalteerde oprit die leidde naar de volgende poort. Aan weerszijden van haar bevonden zich nog steeds metalen afrasteringen en terwijl de wind in haar haren en rond haar benen floot, liep ze zo'n honderd eindeloze meters door deze kooi, omgeven door koud niemandsland, totdat ze een gebouw met twee deuren bereikte.

BEZOEK VOOR DE GEDETINEERDEN stond er op de linkerdeur, dus daar moest ze wezen.

Ze drukte op nog een intercom.

De deur was extreem zwaar, ze moest beide handen gebruiken om hem open te duwen. Nu kwam ze in een kleine hal, waar vlak achter de deur een kinderwagen stond geparkeerd. Een jonge vrouw met een paardenstaart stond met de rug naar haar toe op haar mobiele telefoon te drukken, ze deed net alsof ze haar niet opmerkte.

Drie van de muren waren bedekt met witte, afsluitbare metalen kasten. In de vierde zaten ramen met blauwe gordijnen die dichtgetrokken waren. Onder de ramen stond een rij stoelen, ongeveer als in de wachtkamer bij de tandarts.

Ze drukte op de derde intercom.

'Er komt zo personeel', zei een stem kortaf.

Het meisje met de paardenstaart stopte haar mobiel in haar tas en verliet het gebouw zonder ook maar naar Annika gekeken te hebben.

Zo werkt het dus. Er bestaat geen saamhorigheid tussen de gevangenisvrouwen.

Ze bleef even midden in het vertrek staan. Boog naar voren en gluurde achter de gordijnen. Dikke, ijzeren tralies. Natuurlijk. Wit waren ze.

Ze liet het gordijn terugvallen.

Liep naar het prikbord naast de intercom en las een berichtje over de openingstijden en informatie over de verbouwing van het gastenappartement.

'Doe je jas uit en je sjaal af en leg ze in een van de kluizen.'

Ze ging kaarsrecht staan en tuurde om zich heen.

De stem was uit een luidspreker gekomen. Haar blik viel nu op de bewakingscamera in de linkerhoek van het vertrek en ze voelde het bloed naar haar wangen schieten. Natuurlijk. Vanzelfsprekend hielden ze haar in de gaten.

Ze deed gauw haar jack uit en sjaal af en stopte die in kluis nummer tien, zo ver mogelijk van de camera.

'Je kunt nu binnenkomen', zei de stem.

Het slot van de deur naar de bezoekafdeling begon te zoemen, ze trok de deur open en kwam terecht bij een gewone veiligheidscontrole. Links een metaaldetector en rechts een röntgenapparaat met een lopende band voor tassen.

Twee geüniformeerde bewakers, een man en een vrouw, keken naar haar door een glazen wand.

'Je kunt je tas op de band leggen en door de detector lopen.'

Terwijl ze haar hartslag in het kuiltje van haar hals voelde, deed ze wat haar gezegd werd. Natuurlijk begon het metalen poortje te piepen toen ze het passeerde.

'Doe je schoenen uit en leg ze op de band.'

Ze gehoorzaamde. Het gepiep hield op.

Nu mocht ze de glazen wand passeren en doorlopen naar de balie.

'Legitimatie, graag', zei de man en ze gaf hem haar perskaart.

'Wil je alsjeblieft je tas openmaken', zei de vrouw.

Annika deed wat er gevraagd werd.

'Je hebt een mes in je tas,' zei de vrouwelijke bewaker en ze pakte haar zakmes met de tekst *De Kvällspressen – de beste als het erop aankomt*, 'dat mag je niet meenemen naar binnen. En deze pen ook niet.'

'Maar waarmee moet ik dan schrijven?' vroeg Annika. Ze merkte dat ze bijna wanhopig klonk.

'Je mag er een van ons gebruiken', zei de bewaakster, die haar een gele bic gaf.

'Je mobiele telefoon moet je hier ook laten', zei de mannelijke bewaker.

'Ik weet het goed gemaakt,' zei Annika, 'ik stop mijn tas in de kluis en ik neem alleen een blocnote en pen mee. Jullie pen.'

De bewakers knikten. Ze stopte haar zakmes en mobiele telefoon weer in haar tas en liep terug naar de wachtkamer, maakte kluis nummer tien open en smeet haar tas erin, trok vervolgens de deur naar de bezoekafdeling weer open en liep om het metalen poortje heen. Ze glimlachte onzeker en voelde de vreemde behoefte om het de bewakers naar de zin te maken.

'Is het gebruikelijk dat gevangenen bezoek krijgen?' vroeg ze.

'We krijgen vijfduizend bezoekers per jaar, maar het is ongelijk verdeeld. Veertig procent van de gedetineerden krijg nooit bezoek.'

'O jee. Ben ik de eerste die een bezoek brengt aan Filip Andersson?'

'Nee, hoor', zei de vrouw. 'Zijn zuster is hier minstens één keer in de maand.'

'En David Lindholm? Voorzover ik begrepen heb, was hij een paar dagen voor zijn dood nog hier.'

'Vertrouwenspersonen en reclasseringsambtenaren zien we natuurlijk tamelijk vaak', zei de vrouw.

De mannelijke bewaker had haar perskaart met een grote metalen klem op een prikbord gehangen. Hij legde een document voor zich op de balie en wees een aantal voorschriften aan zonder haar met zijn blik los te laten.

'Er kan je verzocht worden om je uit te kleden en je te laten visiteren door twee vrouwelijke verzorgers,' zei hij, 'maar je hebt het recht om te weigeren. In dat geval word je niet binnengelaten. Je kunt ook onderzocht worden door een drugshond. Ook dat kun je weigeren. Dan geldt hetzelfde, je komt er niet in. Je mag geen etenswaren meenemen en in alle kamers geldt een rookverbod. Je moet ervoor tekenen dat je op de bezoekafdeling wordt ingesloten samen met de gedetineerde.'

Annika knikte en slikte, wat was het hier stil. Met de gele bicpen zette ze haar handtekening ten teken dat ze akkoord ging met de voorwaarden.

'We bieden fruit en koffie en thee aan en kinderen krijgen vruchtensap. Wil je iets?' vroeg de vrouwelijke bewaker, terwijl ze een gang met genummerde deuren in liep. Ze wees naar een dientafeltje.

Bij de gedachte aan kinderen in deze vertrekken, ging er een koude rilling langs Annika's ruggengraat. Als reactie op het aanbod schudde ze haar hoofd.

'Dit is vertrek vijf, ik zal even controleren hoe het eruitziet. Na afloop moeten jullie zelf opruimen.'

De bewaakster deed de deur open en liep voor Annika uit de kleine ruimte in.

'Hier zijn douche en toilet', zei ze al wijzend. 'Hier is de stentofoon, daar kun je op drukken als je de centralist wilt oproepen. Het overvalalarm zit ernaast. O, daar ligt nog wat speelgoed ...'

Ze bukte zich om een knuffel en een plastic carrousel op te pakken die op de grond lagen.

'Gisteren had een van de gedetineerden zijn zoontje op bezoek', zei ze verontschuldigend.

'Wat heftig', zei Annika onbeholpen.

De bewaakster glimlachte.

'We proberen er het beste van te maken. De kinderen krijgen ballonnen mee als ze weer naar huis gaan. Jimmy blaast ze altijd op.'

'Jimmy?'

'De andere bewaker.'

Ze wees op een lage ladekast.

'Lakens en dekens zitten in de la. Ik laat nu de gedetineerde ophalen.'

Ze liep naar de deur en liet Annika alleen in het vertrek. Lamgeslagen stond ze naast het meubelstuk dat praktisch het volledige vloeroppervlak van de kamer in beslag nam: een smal bed met een schuimrubberen matras.

De deur viel met een dof geluid dicht, het slot werd omgedraaid.

Holy fucking Christ, waar ben ik aan begonnen?

Ze staarde naar de muren, die naar haar toe kropen, ze kreeg het er benauwd van.

Hoe pak ik dit aan? Strategie! Nu!

Er stond één stoel in het vertrek en ze besloot die in beslag te nemen. Ze moest er niet aan denken om naast de bijlmoordenaar in het bed te belanden.

Ze legde blocnote en pen op de ladekast, besloot die als bureau te gebruiken. Haar blik gleed langs de muur omhoog. Daar hing een illustratie in zwart-wit, een paar havenarbeiders die in een roodbruine lijst op de kade aan het zwoegen waren. De foto was een reclameaffiche voor een tentoonstelling over Torsten Billman in het Nationalmuseum, die liep van 17 juni tot en met 10 augustus 1986.

Achter haar rug bevonden zich twee ramen, ze gluurde achter de gordijnen. Dezelfde witte tralies als bij de wachtruimte met de stalen kasten.

Hoelang zou ik moeten wachten? Misschien is het wel een flink eind lopen voor de gevangenen.

De minuten kropen voorbij. Nadat ze in drie minuten vier keer op haar horloge had gekeken, trok ze haar mouw over de wijzerplaat, zodat ze die niet meer kon zien. Ze keek naar het metalen kastje dat stentofoon werd genoemd en haar blik bleef steken op het overvalalarm dat er vlak naast zat.

Ze merkte dat ze zweette, hoewel het tamelijk koud was in het vertrek.

Toen kwam er ineens een rammelend geluid uit de richting van het slot. Ze hoorde gefoeter en gebonk en daarna gleed de deur open.

'Zeg het maar als jullie klaar zijn', zei de bewaakster, waarna ze opzij stapte om de gevangene langs te laten.

Annika stond op om de man die het vertrek binnenkwam te begroeten en staarde hem aan.

Wie is dit in godsnaam?

De man die ze kende van de foto's van de rechtszaak had een gespierde indruk gemaakt, hij had lang haar, een zongebruinde huid en arrogante lippen. Dit leek een oude man. Zijn haar was kortgeknipt en grijzend en hij had een flinke buik. Hij droeg de verschoten kleren van de inrichting en aan zijn voeten zaten plastic slippers.

Vier jaar, kan iemand in vier jaar zo veranderen?

Hij stak haar zijn hand toe.

'Ik hoop dat ze niet al te vervelend tegen je zijn geweest bij de veiligheidscontrole', zei hij.

Annika moest een impuls om een buiging te maken onderdrukken.

Deze plek doet vreemde dingen met mensen.

'Niet erger dan bij het vliegtuig naar Göteborg', zei ze.

'Wij gevangenen komen van de andere kant en moeten hetzelfde doormaken', zei hij zonder haar hand los te laten. 'Ik ben het met je eens, zo erg is het niet, hoewel wij onze schoenen uit moeten doen. Het risico bestaat dat we de zolen van onze gympen uitkerven en volstoppen met drugs.'

Annika trok haar hand terug.

'Maar als we vanaf hier terug moeten naar de afdeling, is het erger. Dan moeten we strippen. Vervolgens gaan we naakt door de metaaldetector. Ze moeten natuurlijk controleren of we geen wapens in onze reet gestoken hebben.'

Ze nam gauw plaats op de stoel, waardoor voor hem het bed overbleef. Hij ging zitten, hun knieën botsten bijna tegen elkaar. Ze ging een stukje naar achteren en pakte blocnote en pen.

'Ze controleren de metaalpoortjes iedere dag', zei Filip Andersson. 'Dat lijkt misschien wat overambitieus, maar feit is dat het werkt. Kumla is een puike bajes, althans naar de maatstaven die de maatschappij hanteert. Er zijn hier bijna geen drugs. En ontzettend weinig ontsnappingen. Die zijn feitelijk niet meer voorgekomen sinds die zomer, toen die gedetineerden bevrijd zijn, en we maken elkaar vrijwel nooit af ...'

Annika slikte zo luid dat het geluid tegen de muren kaatste.

Hij wil alleen maar shockeren. Dit is niets om me druk om te maken.

'Levenslang', zei ze. 'Hoe overleeft een mens dat?'

Dit was niet de vraag waarmee ze van plan was geweest om te beginnen, helemaal niet, maar de gedachte was er ineens.

Hij keek haar een paar seconden zwijgend aan, zijn blik had iets waterigs.

Slikt hij antidepressiva?

'Ik heb informatie voor je', zei hij. 'Er zijn nieuwe omstandigheden opgekomen in deze zaak. Ik heb de Hoge Raad om heropening van de zaak verzocht.'

Hij zei het alsof hij zojuist het spannendste nieuwtje van de eeuw had verklapt. Annika keek hem aan en probeerde niet met haar ogen te knipperen. Wat bedoelde hij? Hoe hoorde ze te reageren? *Jeetje, wat spannend,* of zoiets? Iedere kruimeldief verzocht de Hoge Raad toch om heropening?

Ze tastte rond in de stilte die in de kamer was neergedaald, zocht naar een paar beleefde woorden die ze kon zeggen.

'Wat voor soort nieuwe omstandigheden?' zei ze, en toen beduidde hij haar met een knik dat ze pen en papier moest pakken. Dat deed ze.

'Heb je de stukken gelezen die ik je toegestuurd heb?'

Ze knikte, ze had ze inderdaad vluchtig doorgenomen. Tenminste, het bovenste document.

Filip Andersson plaatste zijn ellebogen op zijn bovenbenen en boog naar voren, Annika ging voorzichtig wat naar achteren.

'Ik ben ten onrechte veroordeeld', zei hij met nadruk op ieder woord. 'Het nieuwe verzoek om heropening bewijst dat.'

Had het verzoek om heropening tussen de stapel papieren gezeten die hij haar gestuurd had? Ze dacht het niet.

'Hoezo, bewijst dat?' zei ze, terwijl ze een vraagtekentje in haar blocnote zette.

'De mobiele telefoon', zei hij, nadrukkelijk knikkend.

Ze keek naar de man, naar zijn dikke buik, zijn bleke armen. Het beeld dat hij vroeger gespierd was, was vermoedelijk niet correct, waarschijnlijk had hij gewoon ontzettend goed gesneden pakken gedragen. Zijn haar was toen misschien geverfd. Ze wist dat hij nu 47 jaar was, maar hij zag er aanzienlijk ouder uit.

'Wat?' zei Annika.

'De recherche heeft de gesprekslijsten immers niet gecontroleerd? Ik was niet aan de Sankt Paulsgatan toen de moorden gepleegd werden.'

'Waar was je dan?' vroeg Annika.

Hij sperde zijn ogen open, maar daarna versmalden ze zich tot spleetjes.

'Wat heb jij daar godverdomme mee te maken?' zei hij en Annika voelde haar hartslag weer naar haar hals schieten, ze had de behoefte om naar lucht te happen, maar ze kon zich bedwingen.

'Helemaal niets,' zei ze met een veel te lichte stem, 'daar heb ik niets mee te maken.'

Filip Andersson hief een vinger op en wees er recht mee in haar gezicht.

'Jij weet er geen bliksem van!' zei hij met een verontwaardiging die niet helemaal oprecht leek.

Ineens kalmeerde Annika's polsslag. Ze keek in de natte ogen van de man en vond er wanhoop en hopeloosheid, de behoefte om zich vast te klampen aan iedere strohalm.

Hij is een kat in het nauw en die kunnen rare sprongen maken, maar hier kan hij niets uitrichten. Er is niets aan de hand, er is niets aan de hand.

Filip Andersson stond ineens op en liep in twee tamelijk korte stappen naar de deur, draaide zich om en kwam terug, legde beide handen op de armleuningen van haar stoel en boog zich over haar heen. Hij had een slechte adem.

'Jij bent hier om te schrijven over mijn verzoek tot heropening', zei hij. 'Niet om allerlei nieuwsgierige shitvragen te stellen!'

'Dat zie je verkeerd', zei Annika, die besloot zich niet druk te maken om het feit dat hij haar uitademing in zijn mond zou krijgen. 'Ík ben degene die toestemming heeft gevraagd om jou te bezoeken en dus doen we dit onder míjn voorwaarden.'

Hij liet de leuningen los en richtte zich op.

'Als jij een beetje kalmeert en eens even rustig naar me luistert, dan zul je begrijpen wat ik wil', zei Annika. 'Maar als je eisen blijft stellen, ga ik weg.'

'Waarom zou ik naar jou luisteren?'

'Ik weet veel meer dan je denkt', zei Annika. 'Ik was erbij.'

'Wat?'

'Ik was erbij.'

Hij liet zich op het bed ploffen, zijn mond stond half open.

'Waar?'

'Ik reed die avond mee met de patrouilleauto die het eerst op de plaats delict aan de Sankt Paulsgatan arriveerde. Ik heb niet zo veel gezien, maar ik heb de geur geroken.'

'Was je daar? Wat heb je gezien?'

Ze bleef hem strak aankijken.

'Het bloed. Het was tegen de muren gespetterd en liep langs de trap naar beneden. Langzaam, het was tamelijk dik, maar licht, heel licht rood. De muren waren geel.'

'Verder heb je niets gezien?'

Ze keek omhoog naar de havenarbeiders op de foto van Torsten Billmans schilderij, die zuchtten onder het gewicht van de zakken op hun rug.

'Haar haar. Ze had donker haar. Ze lag op het trapportaal en bewoog haar hoofd. Julia Lindholm ging als eerste de trap op, daarna kwam Nina Hoffman en ik was de laatste, ik liep achteraan en Julia liep vooraan, maar het was Nina die de leiding nam, zij was degene die haar wapen trok.'

Ze keek hem weer aan.

Filip Andersson staarde terug.

'Zei ze iets?'

'Ze schreeuwde "politie", dat schreeuwde ze. En: "Je wordt onder schot gehouden. Julia, neem de deur. Annika, wegwezen."

Dat schreeuwde ze. Toen heb ik me omgedraaid en ben wegge-rend.'

Hij schudde zijn hoofd.

'Niet de politie. Olga.'

'Wie?'

'Die vrouw met het donkere haar.'

Hij bedoelt het slachtoffer.

Annika moest weer slikken.

'Ik weet het niet', zei ze. 'Ik geloof niet dat ze iets zei. Ze stierf voordat de ambulance arriveerde.'

De stilte die in het vertrek heerste had nu een ander karakter gekregen, was niet langer onzeker en aftastend, maar zwaar en verstikkend.

'Wat weet jij van Algot Heinrich Heimer?' vroeg ze, en Filip Andersson schrok. Alleen zijn mond vertrok een beetje, maar Annika zag het.

'Wie?'

'Hij is dood, maar dat kunnen we jou moeilijk aanrekenen. Hoe kende hij David?'

Dat wist Annika al, in ieder geval ten dele. Ze hadden samen die firma voor skydiving gehad.

De financiële man keek haar met lege ogen aan.

'Als je niets meer te zeggen hebt,' zei Annika, 'dan ga ik nu weg.'

'Ze waren jeugdvrienden', zei de man zacht. 'David was als een grote broer voor Henke.'

Henke?

'Maar Henke raakte in de vernieling', zei Annika.

'David heeft echt geprobeerd hem te helpen, maar dat is niet gelukt.'

'Waarom werd hij doodgeschoten?'

Filip Andersson haalde zijn schouders op.

'Misschien heeft hij iets doms gedaan.'

'Of hij werd als gereedschap gebruikt, misschien om wraak te nemen op David? Mike Stevens zit hier ook, ken je hem?'

Alweer een schouderophalen.

'Bertil Oskar Holmberg dan? Wie is dat?'

'Ken ik niet.'

'Zeker?'

'Ik heb het niet gedaan. Ik was daar toen niet. Ik was niet aan de Sankt Paulsgatan.'

Annika bestudeerde de man die voor haar zat, zocht in zijn ogen.

De pupil is een rechtstreekse opening naar de hersenen. Ik zou zijn gedachten moeten kunnen zien.

'Als je de waarheid spreekt, dan betekent dat dat iemand anders het gedaan heeft.'

Hij staarde haar aan.

'Als jij de waarheid spreekt,' zei Annika, wat luider nu, 'betekent dat dat je weet wie de werkelijke moordenaar is, maar je zit hier liever je levenslange gevangenisstraf uit dan dat je vertelt wat je weet. En weet je waarom?'

Zijn mond was weer opengevallen.

'Omdat je hier tenminste leeft. Als jij zegt wat je weet, dan ben je dood. Of heb ik het mis? En waarom vraag je naar Olga? Ben je bang dat zij nog iets heeft kunnen zeggen?'

Hij antwoordde niet. Ze stond op, hij volgde haar met zijn blik.

'Desnoods,' zei ze tegen de deur, 'desnoods kan ik accepteren dat je je mond houdt over wie die mensen doodgeslagen heeft, omdat je je huid wilt redden, maar er is een andere kwestie die ik níét begrijp.'

Ze draaide zich om en keek hem aan.

'Waarom was David Lindholm de enige die geloofde dat je onschuldig was? Hè? Hoe komt het dat een van de bekendste politiemensen van Zweden de enige was die jou op je woord geloofde? Was dat omdat hij zo veel beter was dan alle andere smerissen? Heel andere dingen in het onderzoek zag dan de officier, de verdediger en de rechtbank? Nee, zo was het natuurlijk niet.'

Ze ging op de kleine ladekast zitten, waar de lakens en dekens lagen.

'David kan alleen maar in jouw onschuld geloofd hebben, als hij iets wist wat niemand anders wist. Hij geloofde jou omdat hij wist wie het werkelijk gedaan had, of hij dacht dat hij het wist. Heb ik het bij het rechte eind?'

Filip Andersson verroerde geen vin.

'Dat jij je kop houdt,' ging Annika verder, 'dat begrijp ik wel. Hier zit je goed. Maar van één ding begrijp ik geen snars. Waarom hield David zijn kop?'

Ze ging weer staan.

'Jou gelooft niemand,' zei ze, 'maar David had alle mogelijkheden van de wereld om te vertellen wat hij wist. Hij zou opnieuw de held van de dag zijn geweest. Er is maar één geloofwaardige verklaring voor zijn gedrag.'

De man keek recht voor zich uit, naar het gordijn. Hij zei niets.

'Ik heb hier de afgelopen weken heel vaak over nagedacht: David was zelf ook doodsbang', constateerde Annika. 'Niet om doodgeslagen te worden, een dergelijke angst voor de dood lijkt hij niet gehad te hebben, hij was bang voor iets anders.'

Ze liep naar de stoel en ging weer zitten, leunde opzij om Filip Anderssons blik te vangen.

'Wat was er belangrijk voor David?' vroeg ze. 'Wat was er zo belangrijk voor hem dat hij zijn kop hield over een massamoord? Was het geld? Aanzien? Zijn carrière? Of vrouwen? Seks? Drugs? Was hij verslaafd?'

Filip Andersson sloeg zijn blik neer, hij friemelde aan een zakdoek.

'Wat had jij eigenlijk met hem? Wat verbond jullie? Hij kende jou vóór de moorden, jullie hadden lang voordat dit gebeurde al contact, dat klopt toch? En jij mag dan onschuldig zijn wat deze afrekeningen betreft, dat zou heel goed kunnen, maar je bent niet bepaald een lekkere jongen. Waarom ging je om met een bekende politieman? En waarom riskeerde hij in godsnaam zijn carrière door in jouw gezelschap rond te hangen?'

Filip Andersson zuchtte diep en sloeg zijn blik op.

'In feite heb je er geen bal van begrepen,' zei hij, 'weet je dat wel?'

'Maar vertel dan ook wat je weet', zei Annika. 'Ik ben een en al oor.'

Hij keek haar aan met een blik waaruit een onmetelijk diep verdriet sprak.

'Weet je echt zeker dat je het wilt begrijpen?' zei hij. 'Ben je bereid de prijs te betalen die daarvoor staat?'

'Absoluut', zei Annika.

Hij schudde opnieuw zijn hoofd, kwam langzaam overeind. Hij keek haar niet aan toen hij een hand op haar schouder legde en de knop indrukte om de centralist te waarschuwen.

'Geloof me op mijn woord', zei hij. 'Het is het niet waard. We zijn klaar.'

Het laatste zei hij in de stentofoon.

'Ga niet weg', zei Annika. 'Je hebt nog geen enkele vraag beantwoord.'

Zijn gezichtsuitdrukking werd haast gevoelig.

'Schrijf vooral iets over mijn verzoek tot heropening van mijn zaak', zei hij. 'Ik denk echt dat er een kans is dat ze het inwilligen. Ten tijde van de moorden was ik in Bromma.'

Annika pakte blocnote en pen.

'Je mobiele telefoon was daar. Wie zegt dat jij degene was die ermee belde?'

Hij staarde haar aan zonder dat hij de kans kreeg om antwoord te geven, want de deur ging open en hij liep de kamer uit, terwijl de plastic gevangenisslippers tegen de vloer klepperden.

Wat zie ik steeds over het hoofd? Er moet meer zijn, iets wat ik hem had moeten vragen. Shit!

Ze zweefde door de honderd meter lange stalen kooi naar de uitgang. Afgezien van de harde wind was het hier doodstil.

Bij de buitenste poort aangekomen, bleef ze staan. Aan weerskanten liep de omheining door tot in het oneindige, ze draaide haar hoofd om en keek van de ene naar de andere kant, het duizelde haar, ze moest zich vastklampen aan de poort. Ze drukte een paar keer snel achter elkaar op de zendknop, steeds maar opnieuw, koortsachtig, kinderlijk.

'Mag ik eruit!' riep ze en toen begon het slot te zoemen en de poort gleed open en ze was eruit, ze stond buiten het elektrische hek en de lucht voelde meteen kouder en helderder.

'Bedankt', zei ze tegen de zwijgende bewakingscamera boven de poort en ze liet de stalen deur los, die met een krassend geluid dichtviel. Ze liep langs de omheining en volgde die totdat ze weer in de bewoonde wereld kwam. Sloeg daarna links af een straat in die Stenevägen heette en bleef die volgen, langs een school aan de ene kant van de weg en een school aan de andere kant van de weg, langs houten huizen en bakstenen huizen en hier en daar een eternieten huis, steeds maar verder, totdat recht voor haar de spoorbaan opdoemde. Toen bleef ze staan en schudde haar horloge tevoorschijn.

Nog een uur en twintig minuten voordat de trein ging.

Ze keek in de richting van het station, dat links van haar lag. Van de snackbar van Sibylla had ze haar buik vol.

Rechts lag een koffiehuis dat Sveas heette. Ze slikte en stapte naar binnen. Ging aan een tafeltje bij het raam zitten met een koffie, een koek en een *Nerikes Allehanda*.

Gisteren, tegen 13.00 uur was een vrouw op de fiets aangereden en licht gewond geraakt op de kruising Fredsgatan/Skolgatan in Örebro.

Een andere vrouw eiste zevenduizend kronen schadevergoeding, nadat ze in een kroeg bespuugd was.

De Jonge Adelaars uit Pålsboda hadden tienduizend kronen gemeentesubsidie gekregen voor de bouw van een muziekruimte.

Ze deed haar ogen dicht en zag het bloed in het trappenhuis aan de Sankt Paulsgatan voor haar geestesoog.

Schoof de koek weg en haalde een glas water. Ging weer aan het tafeltje zitten en staarde in de richting van de snackbar.

Weet je echt zeker dat je het wilt begrijpen? Ben je bereid de prijs te betalen die daarvoor staat? Geloof me op mijn woord. Het is het niet waard.

Ze duwde haar handpalmen tegen haar voorhoofd.

In feite had hij het bevestigd. Het zou niet genoeg zijn voor een rechtszaak, maar hij had haar scenario kracht bijgezet.

David Lindholm en Filip Andersson hadden zich samen beziggehouden met duistere zaakjes, het was niet duidelijk waarom, of wat het was, maar ze kenden elkaar al jaren en waren op de een of andere manier beiden betrokken geweest bij de bijlmoorden aan de Sankt Paulsgatan.

En nu was David ook vermoord en had Filip Andersson ervoor gekozen om levenslang opgesloten te zitten, om te voorkomen dat hij ook het loodje zou leggen.

Dit is vast geen toeval. Er moet een verband zijn.

De drie slachtoffers uit Södermalm waren doodgeslagen.

David werd doodgeschoten.

Op dat front bestonden er geen overeenkomsten.

Afgezien van de berekenende wreedheid. De symbolische castratie.

Ze hapte naar lucht.

Gij zult niet stelen. Eraf met die hand. Gij zult geen hoererij bedrijven. Weg met die penis.

Als Filip Andersson onschuldig veroordeeld is, dan loopt de werkelijke moordenaar nog steeds vrij rond.

Mijn god, het kan dezelfde dader zijn!

De volgende conclusie denderde haar hoofd binnen.

Dan heeft Julia het niet gedaan! En dan leeft Alexander misschien nog!

Ze pakte haar mobieltje en belde het nummer van de Kronobergsgevangenis in Stockholm. Het had geen zin om het via die lakse advocaat te spelen. Julia Lindholms beperkingen waren opgeheven en dus waren er geen juridische belemmeringen meer om haar te bezoeken.

'Mijn naam is Annika Bengtzon en ik ben verslaggever van de *Kvällspressen*', zei ze tegen de bewaker. 'Ik geloof dat Julia Lindholm onschuldig is en ik wil haar interviewen. Kun je mijn verzoek doorgeven? Zeg maar dat ik vier en een half jaar geleden met haar mee ben geweest in haar surveillanceauto en dat we toen allebei zwanger waren. Dan weet ze wel wie ik ben.'

Ze liet haar mobiele en haar vaste telefoonnummer achter.

Daarna verliet ze het koffiehuis en rende naar het station, hoewel de trein pas over een half uur zou vertrekken.

Net als op de heenreis stapte ze over in Hallberg. Ze dwong zichzelf tot rust en bezinning, probeerde haar gedachten objectief te structureren en te beoordelen.

Heb ik iets gevonden of zijn het hersenspinsels?

Volgens haar eersteklaskaartje zat ze in wagon één, op plaats tien.

Pas toen ze door alle wagons was gelopen, realiseerde ze zich dat er helemaal geen eerste klas bestond in deze trein. Alle plaatsen zagen er hetzelfde uit, krap, haringen in een ton, zelfs geen tafeltje aan de stoel vóór je dat je kon neerklappen.

Het is ook altijd hetzelfde met de spoorwegen: wel geld vragen maar geen service bieden.

Bovendien was de enige plaats in wagon één die bezet was, nu juist nummer tien. Daar zat een forse man die zijn aktetas en dikke overjas op nummer negen had uitgestald.

Ze ging op een lege plaats zitten. De trein vertrok met een schok en al na een halve minuut waren ze het stadje uit. Ze staarde uit over het landschap dat voorbij gleed, kale loofbomen met zwart geworden takken, hooischuren, een eenzaam autowrak, een depot met in stukken gezaagde omgewaaide bomen, rode huisjes en omgeploegde akkers. De Zweedse Punaisefabriek, lange omheiningen van gestapelde stenen en naaldbos, naaldbos en nog veel meer naaldbos.

Ze pakte haar mobieltje, dacht goed na over de formulering van haar sms. Wilde niet te veel beloven.

Heb Filip Andersson ontmoet. Dat heeft nieuwe gedachten opgeleverd. Denk dat Julia onschuldig kan zijn. Heb je tijd om af te spreken?

Ze zuchtte en liet zich tegen de rugleuning zakken.

In Kilsmo zag ze in een flits een bruingrijze waterspiegel, drie reeën schoten weg over een kaalslaggebied. Ze staarde ze na, probeerde ze te onderscheiden tussen struikgewas en twijgen, maar ze waren al weg, het ogenblik was voorbij en ze werd overweldigd door het welbekende landschap van het Södermanland waar ze was opgegroeid, door zijn nukkigheid en afstandelijke geslotenheid.

Oma!

De intensiteit van de gedachte aan haar grootmoeder deed haar hijgen, de herinnering brandde in haar borst. Ze sloot haar ogen en bevond zich weer in de keuken in Lyckebo, in het tochtige zomerhuis midden in het bos, met het Hösjönmeer onder aan de heuvel en halverwege de hemel het suizen van de dennentoppen. Daar had je de geur van vochtig mos en druipende takken, het geritsel in de bosjes en het gekabbel van een half bevroren beekje. Daar had je ook de transistorradio in de vensterbank met op zaterdagmiddag de hitlijsten en laat op de avond *Eldorado*, met nachtelijk vermaak en de muziek van de sterren, en dan natuurlijk oma die daar rondscharrelde of liep op te ruimen of die zat te breien of te lezen. Ze herinnerde zich de stilte en haar eigen ademhaling, hoe de trechtercantharellen broos werden door de vorst en hoe de kou in je vingers beet wanneer je ze plukte.

De trein minderde vaart toen ze Vingåker naderden en ze deed haar ogen open: een voetbalveld, een parkeerplaats, een flatgebouw van bruinwitte metalen platen met huurappartementen. Ze knipperde met haar ogen en toen waren ze het dorp alweer uit, ze zag een roofvogel in een boom en alweer water, kon dat het Kolsnarenmeer zijn?

Waar zullen mijn kinderen hun fundament vinden? Wat zal de basis zijn van hun gevoel van veiligheid? Welke geuren horen daarbij? Welke ruimten? Welke lucht en welke muziek?

Een autokerkhof, een villawijk: ze naderden Katrineholm.

De tijd is alles wat een mens bezit. Net als de jeugd en het leven is hij vanzelfsprekend zolang je hem hebt, maar daarna verdwijnt hij gewoon.

Het begon donker te worden en ze zag haar eigen spiegelbeeld in het raam, ze zag er vermoeid en mager uit. Niet zo mooi uitgemergeld als een hoop filmsterren, alleen maar knokig en hard.

De trein stopte, daar had je de spaarbank en McDonald's en al die huizen aan het plein, zo pijnlijk bekend en tegelijkertijd zo ontoegankelijk. Hier had ze thuis gehoord, maar ze had voor iets anders gekozen. Dit konden nooit weer haar straten worden, en evenmin die van haar kinderen.

Ze draaide haar hoofd weg om zich af te sluiten van de mensen die de wagon in stroomden.

Denk dat Julia onschuldig kan zijn.

Nina las het sms'je nog een keer, voordat ze het besluit nam of ze zou gaan antwoorden.

Denk, kan zijn.

Denk, kan zijn.

Geërgerd drukte ze het berichtje weg.

Ze had twee weken vakantie gehad, maar vanavond om 20.00 uur begon haar nachtdienst. Eerst had ze de drie zittingsdagen op de rechtbank bijgewoond en Holger en Viola gesteund, daarna had ze een week bij hen op de boerderij bij Valla doorgebracht. Ze was met Julia's vader mee geweest naar het land en met Julia's moeder had ze tv-series gekeken op de bank, en de hele tijd werd de ruimte in de kamers en de schuren en de stallen gedomineerd door een immense en overweldigende leegte.

Ze hebben alleen mij nog maar.

Ze liet zich op haar bed zakken en keek om zich heen in haar kleine studio.

Holger en Viola hadden besloten om in Södermanland te blijven en niet naar Stockholm te rijden om aanwezig te zijn bij de uitspraak van de arrondissementsrechtbank. Ze had hun aangeboden dat ze bij haar konden overnachten als ze dat wilden, net zoals ze gedaan hadden tijdens de behandeling van de zaak, maar ze hadden bedankt. Ze vonden dat ze in de weg liepen, hoewel zij met klem verzekerd had dat dat absoluut niet het geval was. Ze wilden graag op de boerderij blijven, ofschoon ze geen dieren meer hadden om te verzorgen.

Er werd achter hun rug om gepraat. Nina had het zelf gezien. Hoe hoofden zich omdraaiden en ruggen breed werden bij de Ica Kvantum. Beiden waren het laatste half jaar oud en krom geworden, Viola's haar was nu helemaal wit en Holger was met zijn been gaan trekken.

Morgen om 13.30 uur zou het vonnis worden uitgesproken.

De rechtszaak was zoals gebruikelijk stijf en conventioneel geweest. Voor Holger en Viola was het formele gedeelte een grote nachtmerrie. In afwachting van het vonnis hadden ze om de belangrijkste vraag heen gedraaid als een kat om de hete brij. Ze hadden haar heimelijk vragen gesteld wanneer ze dachten dat de ander het niet hoorde.

Wat betekent dat, Nina, wat de officier van justitie zei, jij snapt dat wel, hè? Is dit slecht voor Julia? Moet ze naar de gevangenis? Dus dat denk je? Hoelang dan? O … Waar gaat ze dan naartoe? Örebro? Nou ja, dat is niet zo ver, dan kunnen we natuurlijk bij haar op bezoek gaan, maar met Kerst mag ze toch wel thuiskomen? O, dat mag niet? Maar later dan, over een paar jaar?

En nu komt die journaliste aanzetten met haar *denk* en *kan zijn.*

Ze drukte hard op de toetsjes toen ze antwoordde.

Ik denk het niet. Julia is schuldig. Ze heeft haar ouders ontzettend veel pijn gedaan. Wat wil je?

Het klonk ontzettend onaardig, maar dat zou haar worst wezen.

Ze stuurde haar antwoord gauw weg, voordat ze zich kon bedenken.

Ze liep naar de keuken om wat water te drinken en voordat ze het glas weer op het afdruiprek had kunnen zetten, begon haar mobiel te piepen.

Ben in Kulma geweest & heb Filip Andersson gesproken. Zijn gedrag was interessant. Kan het waard zijn om te bespreken. Ben over 5 min. op stckhlm c.

Te bespreken?

Filip Andersson. Denk, kan zijn.

Dit kon natuurlijk van alles betekenen, hield geen verplichting in.

Ze graaide het mobieltje naar zich toe.

Ik ben thuis. Kom hiernaartoe.

Ze raapte een paar rekeningen op die op de eettafel lagen en legde ze in de boekenkast, trok de sprei van haar bed recht en zette het koffiezetapparaat aan. Liet zich daarna op een keukenstoel zakken, terwijl het water gorgelend warm werd.

Ze had net mokken, melk en suiker klaargezet, toen de bel ging.

De journaliste zag eruit als een onopgemaakt bed, tot zover niets nieuws onder de zon. Ze kloste haar woning binnen met haar grote tas en vormeloze jack en de woordenstroom was niet te stuiten.

'Er is een patroon dat ik niet eerder gezien heb en ik had er waarschijnlijk zelf niet in geloofd als Filip Andersson niet gereageerd had op de manier zoals hij deed. Zoals je weet beweert hij dat hij ten onrechte veroordeeld is, en er bestaan ontegenzeglijk vraagtekens rond de reeks aanwijzingen op grond waarvan hij uiteindelijk is veroordeeld. Dus hij is óf een bijzonder getalenteerde toneelspeler, óf het huilen staat hem inderdaad nader dan het lachen ...'

'Ga toch zitten', zei Nina met de stem die ze gebruikte voor weerspannige dronkelappen en ruzie zoekende tieners die hun brommer opvoerden, en ze trok een stoel voor Annika aan. 'Hoe wil je je koffie?'

'Zwart', zei de journaliste, die op het puntje van de stoel ging zitten en een kleine blocnote uit haar tas viste. 'Ik heb een paar dingen opgeschreven die volgens mij niet met elkaar rijmen.'

Nina schonk de koffie in en bestudeerde de reporter uit haar ooghoek.

Ze had iets manisch, was net een beetje té gefocust. Ze deed haar denken aan een vechthond, zo'n hond waarvan de kaken op slot schoten en nooit meer los lieten.

Ze had nooit politieagent kunnen worden. Gebrek aan diplomatieke vaardigheden.

'Morgen is de uitspraak', zei Nina, die recht tegenover Annika Bengtzon ging zitten. 'Het is misschien een beetje laat om met bewijzen te komen die een nieuw licht op de zaak zouden kunnen werpen.'

'Dit zijn natuurlijk niet meteen bewijzen', zei de journaliste. 'Het zijn meer aannames en omstandigheden.'

Nina zuchtte zacht: aannames en omstandigheden. 'Ja, ja', zei ze. 'En wat zeggen die?'

De reporter aarzelde.

'Het is een beetje vergezocht', zei ze. 'Feit is dat dit zo krankzinnig is dat ik er zelf ook niet echt in geloof. Het is te wreed en te doortrapt, maar bij iemand die gewelddadig en meedogenloos genoeg is, zou het kunnen.'

Nina wist niet wat ze zeggen moest en wachtte rustig af.

Annika Bengtzon kauwde wat op haar duimnagel, terwijl ze in haar blocnote las.

'Er bestaat een verband tussen de moorden aan de Sankt Paulsgatan en de moord op David,' zei ze, 'heb je daar weleens aan gedacht?'

Nina wachtte zwijgend op het vervolg.

'Alle moordslachtoffers kregen eerst een dreun tegen hun hoofd, bij die aan de Sankt Paulsgatan was het een klap met een bijl en David kreeg een kogel door zijn voorhoofd. Daarna werden de slachtoffers verminkt. Gij zult niet stelen, eraf met die hand. Gij zult geen hoererij bedrijven, weg met die penis. In beide gevallen gaat het om een handeling met een uitermate sterke symbolische lading ...'

Nina zette grote ogen op van ongeloof.

'Nou ja, zeg', zei ze. 'Er zit een periode van meer dan vier jaar tussen deze misdrijven, en behalve dat beide zich in Södermalm afspeelden, is er geen enkele onderlinge relatie.'

'Er zijn verscheidene onderlinge relaties', zei Annika. 'Bijvoorbeeld het feit dat zowel jij als Julia aanwezig was op de plaats delict.'

'Puur toeval', zei Nina.

'Misschien', zei Annika. 'Maar het belangrijkste aanknopingspunt ligt bij David. Hij kende Filip Andersson, ze deden zaken samen. Volgens een journalistenblog was Filip Andersson actief aan een van de Spaanse Costa's, jij zei toch dat David en Julia daar een tijdlang gewoond hebben? Een half jaar, in een rijtjeshuis bij Malaga?'

Nina zat geërgerd op haar stoel te draaien.

'Maar dat was om te ontsnappen aan de een of andere bende in Stockholm, dat had niets met Filip Andersson te maken.'

De journaliste leunde over de tafel.

'Weet je dat zeker? Kan er een andere reden geweest zijn? Infiltreerde hij in Anderssons bende? Of werkte hij voor hem?'

Nina gaf geen antwoord.

'Hoelang is het geleden dat David en Julia in Spanje woonden? Je zei dat Julia eruitzag als een geest.'

'Ze was net zwanger en ze moest de hele tijd overgeven', zei Nina.

'Dus dat was vlak voor de moorden aan de Sankt Paulsgatan', stelde Annika vast. 'Die nacht toen we op pad waren, was Julia in haar vierde maand.'

Nina schudde haar hoofd.

'Niets wijst erop dat David en Filip Andersson zaken met elkaar deden. Überhaupt niets.'

'David werd zijn vertrouwenspersoon toen hij tot levenslang was veroordeeld en volgens Christer Bure was David de enige die ervan overtuigd was dat Andersson onschuldig was. Ze moeten elkaar van daarvoor gekend hebben en David wist iets over de moorden wat verder niemand wist.'

Nina kon een diepe zucht niet onderdrukken.

'Sorry als ik nu bruusk overkom,' zei ze, 'maar je klinkt als een overenthousiaste privédetective.'

'Er zijn nog meer overeenkomsten', ging de journaliste verder. 'Enerzijds hebben we de moorden, de symboliek, anderzijds de ambitie om de verkeerde persoon veroordeeld te krijgen en naar de gevangenis te sturen.'

Nina stond op.

'Nou ja, maar wacht nou eens even', zei ze.

'Ga zitten', zei Annika Bengtzon. Haar blik was plotseling roetzwart, en nu gehoorzaamde Nina. 'Als iemand erin slaagt om eerst een aantal mensen te vermoorden en vervolgens iemand anders veroordeeld te krijgen voor die misdrijven, dan moet dat een ongelofelijk doortrapt en berekenend type zijn. Er is hier maar één aspect dat ik niet kan plaatsen.'

'Wat dan?' zei Nina.

'Julia's dienstwapen. David werd doodgeschoten met haar pistool.'

Nina voelde dat ze wit wegtrok. Een nieuw soort stilte vulde de kamer en ze merkte dat haar handen vochtig werden.

'Wat bedoel je?' zei ze met een stem die een eigenaardige klank had.

'Dat is de ontbrekende schakel. Al het andere kan ik rijmen, maar voor het moordwapen vind ik geen verklaring.'

'Julia's wapen verdween een jaar geleden', zei Nina. 'Dat was in de periode dat ze op een dieptepunt zat. Het was ontzettend pijnlijk. Ze wist niet meer waar ze het neergelegd had. Dat is niets nieuws, het is genoemd tijdens de rechtszaak.'

Nu was het de beurt van de reporter om wit weg te trekken.

'Wat zeg je me daar?'

Nina wreef haar handen tegen elkaar om ze weer warm te krijgen.

'Wanneer onze dienst erop zit, moeten we ons dienstwapen achter slot en grendel opbergen op het bureau, maar Julia bewaarde haar dienstwapen soms thuis. David had een speciale vergunning en een speciale wapenkast in de slaapkamer.'

'Dus ze bewaarde het op verschillende plekken?'

'Correct. En als een politieman of -vrouw meer dan dertig dagen vrij is, moet het dienstwapen ter bewaring ingeleverd worden bij de wapenwerkplaats. Toen duidelijk werd dat Julia voor langere tijd de ziektewet in zou gaan, werd haar verzocht om haar wapen in te leveren, en het was toen dat ze ontdekte dat het weg was.'

'Weg?'

'Het lag niet in de wapenkast thuis aan de Bondegatan. Ze ging naar het bureau om te checken of ze het op haar werk achter slot en grendel had opgeborgen, maar dat was niet zo. Zoals je zult begrijpen was ze de wanhoop nabij, ze kon niet bevatten hoe het had kunnen zoekraken.'

'En wat gebeurde er toen?'

'Ze rapporteerde het pistool als verdwenen. Ze wilde niet beweren dat het was gestolen, maar begreep eenvoudigweg niet waar het gebleven was. Er werd een intern onderzoek ingesteld om te achterhalen of Julia zich schuldig had gemaakt aan een wets- of ambtsovertreding, of misschien een lichte ambtsovertreding, aangezien het ernaar uitzag dat ze haar SIG Sauer had zoekgemaakt ...'

'Waarom heb ik hier niets over gehoord?'

'Je hebt denk ik niet helemaal goed opgelet. De verdediging heeft het tijdens de rechtszaak genoemd, maar er werd geen groot punt van gemaakt. Het versterken van het beeld van Julia als een verwarde en onverantwoordelijke persoon was niet in haar belang, neem ik aan.'

'Wat gebeurde er met het onderzoek naar het verdwijnen van het wapen?'

'Het was nog niet afgerond toen de moord werd gepleegd, maar alles wees op een lichte ambtsovertreding, hetgeen geen gevolgen zou hebben gehad. Dat milde oordeel had natuurlijk vooral met Davids positie te maken. Dat het wapen opdook, had alleen tot gevolg dat het onderzoek werd gestaakt, aangezien ze het wapen blijkbaar had gevonden en het de hele tijd in haar bezit had gehad …'

'Maar dat was niet zo', zei Annika Bengtzon. 'Iemand is langgeleden begonnen met het plannen van deze moord en is vanaf het begin van plan geweest om Julia de schuld in de schoenen te schuiven.'

'Dat kan niet waar zijn', zei Nina. 'Dat klinkt als een samenzweringstheorie uit de categorie Roswellcrash.'

Maar de journaliste luisterde niet langer naar haar. Haar blik had zich naar binnen gekeerd en ze praatte eerder hardop tegen zichzelf dan tegen Nina.

'Als Julia echt onschuldig is, dan moeten we concluderen dat Alexander gekidnapt is. Dat duidt erop dat de werkelijke dader tot alles in staat moet worden geacht. Bijvoorbeeld tot het afhakken van de handen van levende mensen met een vleesbijl.'

Ze keek Nina weer aan.

'Kan David homo geweest zijn, of bi?'

'Lijkt me onwaarschijnlijk', zei Nina. 'Maar wat zou dat met de kwestie te maken hebben?'

'De moordenaar moet een persoonlijke band met David gehad hebben, anders had zij of hij zijn piemel er niet af geschoten.'

Annika Bengtzon knikte, in gedachten.

'In dat geval was er echt een andere vrouw in het appartement. Iemand die toegang tot de sleutels had, of in ieder geval kopieën van de sleutels had kunnen maken, zowel van het appartement als van de wapenkast. Het moet een van zijn minnaressen geweest zijn, en ze moet er ongelofelijk op gebrand zijn geweest om wraak te nemen voor iets. Ze moet van het bestaan van Björkbacken hebben afgeweten, aangezien ze Alexanders spullen daar in het moeras verstopt heeft. Over de ultieme vernedering gesproken: je schiet de man dood, sluit de vrouw op voor de moord en steelt het kind.'

Nina zat als versteend, ze kon niet langer nadenken.

'Morgen wordt het vonnis uitgesproken', zei ze.

'Daartegen kan in beroep worden gegaan', zei Annika Bengtzon. 'Kun jij me helpen om met Julia in contact te komen of op de een of andere manier regelen dat ik met haar kan praten? Of haar misschien een brief kan schrijven? Ik heb haar advocaat al wel honderd keer gebeld en ik heb een boodschap achtergelaten bij het huis van bewaring, kun jij me niet helpen?'

Nina stond op.

'Ik moet vanavond werken en ik heb nog het een en ander te doen.'

De wind was fel en guur toen Annika Nina's portiek uit stapte. Ze aarzelde of ze de metro zou nemen, maar besloot te gaan lopen. Ze had er behoefte aan om de teleurstelling na deze mislukking uit haar systeem te krijgen.

Ik heb gesmeekt, als een klein kind. Ze moet wel denken dat ik compleet gestoord ben.

Als Nina de verbanden niet wil zien, dan wil niemand dat.

Ze trok haar wanten aan en begon in de richting van Slussen te lopen, dwong zichzelf ertoe om haar samenzweringstheorieën achter te laten op het trottoir van de Södermannagatan.

Zeker, er had een verband kunnen zijn, in het bijzonder nu Julia's dienstwapen een tijdlang zoek was geweest.

Annika huiverde even, ze moest zich echt vermannen en proberen alles een beetje in perspectief te zien.

Het was niet haar taak om Julia Lindholm te bevrijden. Julia hoefde niet onschuldig te zijn, alleen maar omdat zij dat zelf was.

Ben ik gek aan het worden? Zijn de engelen alleen maar gaan zwijgen om als dwanggedachten terug te keren?

Ze vocht zichzelf de helling van de Östgötagatan op, dwong haar benen snel te bewegen in de kou. Haar ogen traanden, maar dat kwam vooral door de wind.

Hebben mensen het door als ze bezig zijn gek te worden?

Stel je voor dat ze binnenkort geheime codes zag opduiken in de dagbladen, net als die Nobelprijswinnaar in de film *A Beautiful Mind*? Die man die eindeloze hoeveelheden onbegrijpelijke apekool op kleine briefjes schreef en dacht dat hij de slimste persoon van het universum was.

Ze versnelde haar tred, kwam aan bij het Mosebackeplein, liep om het Södra Teatern heen en bleef staan om naar de havenmond van Stockholm te kijken. Dit was absoluut een van haar meest favoriete plekken op aarde. Als ze ooit zou mogen kiezen waar ze wilde wonen, dan zou ze een appartement kopen aan de Fjällgatan of ergens in de buurt van het Erstaziekenhuis. Het uitzicht was bedwelmend, het water en de lichtjes en links de middeleeuwse gevels van de Skeppsbron, recht vooruit Skeppsholmen met alle musea, rechts het Djurgårdengebied met het pretpark en helemaal in de verte Waldemarsudde. Een boot die op Vaxholm voer was op weg naar de kade, de boordlichten glinsterden in het water. Hier zogen mensen al duizend jaar hun longen vol, al voordat Birger Jarl het besluit nam om de hoofdstad van Zweden te stichten op een eiland in de monding van het Mälarmeer.

Als ik het geld van de verzekering nou maar krijg. Als mijn naam wordt gezuiverd, dan ga ik hier wonen.

Ze liet het uitzicht voor wat het was en had ineens haast om thuis te komen, ze wilde op de huizenwebsite kijken, zien of er appartementen te koop waren met uitzicht over het Saltsjömeer, en met iedere stap die ze deed, raakte ze verder verwijderd van die kleverige massa van de mislukking die ze had achtergelaten op het trottoir van de Södermannagatan.

Het gevoel dat ze in de gaten werd gehouden was er voor het eerst toen ze Slussen gepasseerd was en de Västerlånggatan in liep. De kinderhoofdjes van de middeleeuwse straten waren glad van het vocht, ze keek over haar schouder en gleed bijna uit. Bleef staan om te luisteren, hijgde een beetje.

De straat voor haar boog iets naar rechts en lag er leeg en verlaten bij. De wind had een kapotte affiche losgerukt, het wervelde langs haar voeten. De winkels waren gesloten, maar de kroegen waren open, achter de beslagen ramen zag ze mensen eten en drinken en lachen. Het schijnsel van de kaarsen op de tafels flakkerde op de gevels van de huizen.

Er was niets te horen. Geen stappen, geen geroep.

Word ik nu ook al paranoïde?

Ze hees haar tas op haar schouder en liep verder.

Daar waren ze, de stappen. Ze stopte weer, draaide zich snel om. Niemand te zien.

Ze ademde snel.

Jezus, hou je kop erbij!

Ze was net de Seven Eleven voorbij en zou de Yxsmedsgränd passeren, toen iemand uit de schaduwen stapte en haar bij de arm pakte. Verbaasd keek ze op. De man droeg een skimasker. Zijn ogen waren licht. Ze haalde adem om te schreeuwen. Een andere persoon, een andere man, kwam van achteren en legde een gehandschoende hand over haar neus en mond. Haar schreeuw werd een verbaasd en gesmoord geluidje. Ze opende haar lippen en voelde een vinger tussen haar tanden glijden, ze beet zo hard ze kon. Een onderdrukte vloek siste in haar oor en ze kreeg een harde klap tegen haar hoofd. Ze viel bijna om en werd in de steeg gesleept. Daar was het aardedonker. Ze werd een portiek in getrokken. De wind gierde, maar haar hele lichaam voelde warm. De beide mannen, want het moesten mannen zijn, drukten haar tegen de muur. Ze zag het blad van een mes glanzen.

'Jij moet je godverdomme niet bemoeien met dingen waarmee je niets te maken hebt', zei de ene.

Het was een fluistering, niet een echte stem.

'Wat voor dingen', zei ze zacht, terwijl ze naar het mes staarde. De punt wees naar haar linkeroog.

'Laat David met rust. Het is wel genoeg zo. Je moet je hier verre van houden.'

Ze hijgde oppervlakkig, voelde een golf van paniek aan komen. Kon niet antwoorden.

'Heb je het begrepen?'

Geef me lucht! Ik krijg geen adem!

'Denk je dat ze het begrepen heeft?' fluisterde de ene stem tegen de andere.

'Nee, ik geloof dat we wat duidelijker moeten zijn.'

Ze voelde hoe ze haar linkerhand beetpakten, haar want uittrokken. Het mes verdween uit haar blikveld, eindelijk kreeg ze een beetje lucht.

'Als iemand je ernaar vraagt, dan zeg je dat je je gesneden hebt bij het eten koken', fluisterde de stem en toen werd de handschoen weer over haar mond gedrukt en daarna ging er een verschrikkelijke, brandende pijn door haar hand, die uitstraalde naar haar arm en zich over haar complete borstkas verspreidde. Het dreunde in haar hoofd van de schok en haar knieën knikten.

'Je stelt geen vragen meer over David. En je zegt geen woord over ons. De volgende keer snijden we je kinderen open.'

Ze lieten haar los en ze zonk ineen op de straatstenen, terwijl warm bloed uit haar kapotgesneden wijsvinger pompte.

Op de eerste hulp zei ze dat ze zich had gesneden bij het koken.

Een gestreste arts-assistent bracht acht hechtingen aan en zei dat ze in het vervolg voorzichtiger moest zijn.

'Wat was je aan het snijden?'

Ze sloeg haar blik naar hem op, dat die dokters ook zo jong waren tegenwoordig. Jonger dan de stagiaires op de krant.

'Aan het snijden?'

'Was het kip? Of iets anders dierlijks? Je kunt bacteriën in de wond gekregen hebben.'

Ze sloot haar ogen.

'Uien', zei ze.

'Als je pech hebt, heb je blijvende schade. Er zijn een paar pezen beschadigd.'

Hij zei het afkeurend, alsof ze zijn tijd verdeed met haar onvoorzichtigheid.

'Sorry', zei ze.

'Ga om de andere dag naar de wijkverpleegster op het medisch centrum om het verband te laten verschonen. Zij zal controleren of je geen infectie krijgt en na ongeveer een week haalt ze de hechtingen eruit.'

'Bedankt', zei Annika.

Ze zei niets over de kloppende buil op haar achterhoofd, verliet de eerste hulp en ging in een lege taxi zitten, die bij de ingang op iemand anders stond te wachten. Zei dat ze naar de Västerlånggatan 30 moest en legde haar hoofd tegen de rugleuning, zodat ze even kon wegdommelen.

Toen de chauffeur vroeg of het oké was als hij de Kåkbrinken inreed, ging ze met een ruk rechtop zitten.

Dan moet ik langs de Yxsmedsgränd!

'Nee', zei ze. 'Je moet doorrijden tot aan mijn portiek.'

'Dat gaat niet.'

'Dat kan me niet schelen.'

Hij reed zo ver mogelijk de Kåkbrinken in en liet haar toen uitstappen, ze smeet het portier met zo veel kracht dicht dat het raampje ervan rammelde.

Ze bleef staan in de Västerlånggatan en staarde naar het gewelf dat de kruising vormde met de Yxsmedsgränd. Haar hartslagen dreunden als kerkklokken in haar hoofd, haar linkerhand klopte en brandde, ze rook de geur van de handschoen van de man, proefde de smaak van zijn huid.

Ze zijn nu weg. Wie het ook waren, ze zijn er nu niet meer. Hou je kop erbij!

Ze zette haar ene voet voor de andere en verplaatste zich langzaam door de straat met haar blik strak op de ingang van de steeg gericht. De schaduwen daar waren groter dan alle andere donkere plekken, ze zogen alle zuurstof naar zich toe en deden haar naar adem happen. Ze drukte haar rug tegen de etalageruit van Flodins aan de andere kant van de straat en verplaatste zich zijwaarts, ze was nu de boog gepasseerd en vervolgde haar weg naar haar huis zonder de Yxsmedsgränd met haar blik los te laten.

'Annika', zei iemand en er werd een hand op haar schouder gelegd.

Ze slaakte een gil en draaide zich vliegensvlug om, haar rechterhand in de lucht gestoken, klaar voor de aanval.

'Maar lieverd toch, wat is er?'

Annika staarde naar de vrouwspersoon die uit het portiek Västerlånggatan 30 was gestapt. Lang, blond, breed, met een uitdrukking van verbazing en verwijt op haar gezicht.

'Anne', hijgde Annika. 'Wat doe jij hier in godsnaam?'

Anne Snapphane glimlachte nerveus.

'Ik wil graag met je praten. Het is belangrijk voor me.'

Annika sloot haar ogen en voelde een vloedgolf van woede en onmacht komen opzetten, haar opgekropte reacties op eerdere beledigingen die ze nooit had kunnen uiten en die intussen een stuwmeer hadden gevormd.

Ze sperde haar ogen wijd open en bekeek de vrouw die voor haar stond te trappelen.

'Zal ik jou eens wat vertellen?' zei ze. 'Ik heb schijt aan jou en ik heb schijt aan wat er belangrijk is voor jou. Dat is werkelijk het laatste waarom ik me bekommer.'

'Dat begrijp ik', zei Anne, 'en daarover wil ik met je praten ...'

'Maak dat je wegkomt', zei Annika, die haar sleutels begon te zoeken in de zak van haar jack.

'Als je me de kans maar wilde geven om het uit te leggen ...'

Er knapte iets in Annika's hoofd, ze draaide zich bliksemsnel om en gaf Anne een duw met haar gezonde rechterhand.

'Loop naar de hel', schreeuwde ze. 'Ik hoop dat je doodgaat, egocentrische parasiet die je bent.'

Op de een of andere manier slaagde ze erin om de portiekdeur open te krijgen, ze trok hem weer achter zich dicht en rende de trappen op zonder het licht aan te doen. Bij haar voordeur bleef ze staan en luisterde in het trapgat naar de razende stilte en de stoffige schaduwen.

Draaide de deur van het slot en liep naar de woonkamer, ook hier deed ze geen licht aan, dat was inmiddels haar gewoonte. Bleef op de houten vloer staan en wachtte tot het gedreun van het leven langzaam minder werd en ten slotte wegstierf.

De duisternis en de stilte hadden iets verzoenends, het was alsof ze in iets zwarts en zachts terechtkwam. Voor het donker zelf was ze niet bang, nooit geweest ook. Integendeel, het verborg haar en gaf haar de ruimte om te manoeuvreren, om nieuwe wegen uit te proberen.

De stilte werd verscheurd door het gerinkel van de telefoon.

Ze liep naar haar bed, dat ze vanmorgen niet had opgemaakt, en aarzelde of ze zou reageren, maar daarna nam ze op.

Het was Thomas.

'Sorry dat ik zo laat bel, maar ik zit een beetje moeilijk.'

Nuchter deze keer, en vanuit huis.

Ze ging bij het raam op de grond zitten en sloeg haar ogen op naar de diffuse, donkere hemel die hier en daar tussen de gebouwen zichtbaar was.

'Hoezo dan?'

'Ellen is ziek, dus ik moet morgen thuis werken, en eigenlijk is dat het probleem niet, maar het is zo dat we morgenavond uitgaan, Sophia's moeder is jarig en we hebben kaartjes voor de opera en ik kan de kinderen niet alleen laten en nu heeft de oppas net gebeld om te zeggen dat ze ook ziek is, en jij zei immers … dus ik vroeg me af of jij morgenavond misschien op de kinderen zou kunnen passen …'

Hij had alles gezegd in een en dezelfde uitademing.

Hij doet zijn best. Het zit hem behoorlijk hoog.

'Hoe is het met Ellen?'

'Ze moet overgeven en ze heeft hoge koorts, maar dat heeft ze natuurlijk altijd als ze ziek is.'

'Is het ernstig? Heb je de Medifoon gebeld?'

'Zo erg is het niet, maar ik wil haar liever niet vervoeren. Dus ik vroeg me af of jij misschien hiernaartoe zou kunnen komen.'

Komen … waarnaartoe?

'Ik bedoel naar ons toe. Naar de Grev Turegatan. Dan kan ze op haar kamer blijven.'

Haar kamer? Haar kamer is hier! Met een roze dekbedovertrek!

'Ik dacht dat ze misschien hier zouden kunnen komen', zei Annika.

'Het is natuurlijk mijn week, en ze heeft koorts …'

Die Sophia Fucking Hell Grenborg begint er genoeg van te krijgen. Ze wil dat ik meer verantwoordelijkheid op me neem, zodat Thomas niet zo veel hoeft te doen.

'Oké', zei ze zacht. 'Ik kom. Hoe laat?'

Ze kreeg het adres en daarna legde ze de hoorn erop met het schrijnende gevoel in haar borst dat ze een nederlaag had geleden.

Ik wil dat je een en al verlangen bent als je me belt. Uit de kroeg!
Met een stuk in je kraag!

Plotseling voelde ze zich misselijk. Ze wilde net opstaan om naar de wc te gaan en een vinger in haar keel te steken, toen de telefoon opnieuw ging.

'Hou verdomme toch eens op', schreeuwde ze tegen het toestel, waarna ze het over de vloer keilde. De hoorn vloog eraf en stuiterde zo ver over de houten planken als het snoer reikte. Ze drukte haar handen tegen haar ogen en vocht tegen de paniek.

'Hallo? Hallo?'

Iemand praatte in de hoorn, het leek een vrouwenstem.

Als het Anne is, ga ik naar de Artillerigatan en sla ik haar dood.

Ze gleed op kousenvoeten naar de telefoon, drukte haar hand als steun tegen haar borst en pakte de hoorn op. Het bloed was door het verband gedrongen. Ze duwde de hoorn tegen haar oor.

'Hallo?' zei ze gesmoord.

'Hallo?' zei een lichte vrouwenstem. 'Spreek ik met Annika Bengtzon?'

'Ja,' fluisterde Annika, 'dat ben ik.'

'Met Julia Lindholm. Ze zeiden dat je gebeld had en hiernaartoe wilde komen.'

Annika stond op, probeerde lucht te krijgen.

'Hoi', kon ze uitbrengen. 'Ja, jazeker, dat wil ik graag.'

'Ik heb een zoon gekregen', zei Julia. 'En jij?'

Annika deed haar ogen dicht.

'Een meisje. Ze heet Ellen.'

'Woont ze bij jou?'

Ze staarde in de schaduwen die het appartement beheersten.

'Soms', zei ze. 'We … gaan scheiden.'

'Wat jammer.'

'Ja, inderdaad …'

Ze schraapte haar keel en vermande zich.

'Ik werk nog steeds bij de *Kvällspressen*. Ik weet dat morgen het vonnis in jouw zaak wordt uitgesproken, maar wat de uitkomst ook wordt, ik geloof niet dat jij het gedaan hebt. Daarover zou ik met je willen praten.'

Het werd stil aan de andere kant van de lijn.

'Waarom denk je dat ik onschuldig ben?'

'Lang verhaal. Ik vertel het je graag, als je het wilt horen.'

'Je kunt hier morgenvroeg naartoe komen als je wilt. Ik mag vanaf acht uur bezoek ontvangen.'

'Ik zal er zijn', zei Annika.

Donderdag 2 december

Anne Snapphane liep door de Västerlånggatan en bleef staan bij nummer 30. Ze keek langs de gevel omhoog en zag dat er licht brandde achter een paar ramen op de tweede verdieping. Misschien bevond Annika zich achter een van de verlichte ramen, want ergens in dit pand woonde ze.

Ze is vast al wakker, ze is altijd een ochtendmens geweest.

De afgelopen herfst was Anne hier vaak langsgelopen, iedere dag sinds ze samen met de andere freelancejournalisten een kantoor huurde aan de Tyska Brinken. Bijna iedere dag had ze omhooggekeken en was ze bij het portiek blijven staan, erover nadenkend of ze naar boven zou gaan en zou aanbellen. Ze miste Annika echt. Iedere keer als ze vastliep bij het schrijven van haar artikelen of iemand die ze wilde interviewen niet te pakken kreeg, had ze haar hand op de telefoon liggen en moest ze zich bedwingen om niet te gaan bellen. Annika vond altijd iedereen in een handomdraai, Anne had nooit gesnapt hoe ze dat deed. En wanneer haar leven een warboel was en de kerels haar in de steek lieten, dan miste ze Annika nog meer, want zij had altijd koffie en pure chocola in huis, en bijna altijd wel een paar nieuwe laarzen die ze mocht lenen.

Haar carrière als spreekster was in de loop van de herfst in het slop geraakt. Het was haar niet gelukt om een nieuwe lezing in elkaar te zetten en het agentschap had niet meer van zich laten horen. Ze vond het prima. Ze had tijd voor zichzelf nodig, tijd om na te denken en rijper te worden. De kick om in de bladen te staan en een bekend gezicht te zijn, was alleen maar oppervlakte, ze had besloten op zoek te gaan naar de innerlijke waarden, de waarden die haar tot een goed mens maakten. Ze wilde haar leven zo goed mogelijk leven en daarom moest ze schoon schip maken met de mensen die meer energie kostten dan ze opleverden, van die mensen die kleine steentjes in haar schoenen waren geworden die tegen haar voeten drukten en schuurden.

Annika was iemand met wie ze echt moest praten. Ze had de

afgelopen zomer al geprobeerd om met haar in contact te komen, had zowel gemaild als gebeld, maar een reactie had ze nooit gekregen.

Ze huiverde en dat kwam niet alleen door de vochtige ochtendkou.

Ze was nog steeds sterk aangedaan door de ontmoeting gisteravond hier in het portiek. Ze had tot laat gewerkt en was onderweg naar haar appartement aan de Artillerigatan, en zoals gebruikelijk was ze blijven staan bij nummer 30. Ze had omhooggekeken langs de gevel, denkend aan de dingen die belangrijk waren. Ze had er misschien een minuut gestaan, of een paar minuten, toen Annika aan kwam lopen. Ze keek onafgebroken over haar schouder. Het was geen aangenaam gesprek geworden, Annika was echt ontzettend gemeen geweest en Anne was niet van plan om dat nog langer te pikken.

Ze haalde diep adem, pakte haar mobiele telefoon en belde het welbekende nummer.

De telefoon ging over, drie keer, vier keer en toen was ze daar.

'Hoi', zei Anne. 'Ik zou met je willen praten.'

'Waarom?'

Ze klonk erg moe, maar niet alsof ze net wakker was.

'Het liep nogal fout gisteren … Zeg, ik sta hier voor jouw portiek, mag ik boven komen?'

'Wat doe je hier?'

'Ik ben geen stalker, hoor, ik deel een kantoor met een paar anderen aan de Tyska Brinken, je weet wel, in dat pand waar ik gewoond heb …'

'Ja, ja.'

Ze klonk kort en zeer afwijzend.

'Heb je even tijd voor me?'

'Ik wilde net weggaan.'

'Om half acht in de morgen?'

Ze gaf geen antwoord.

'Ik sta hier beneden. Je kunt ervoor kiezen om me voorbij te lopen.'

Anne drukte het gesprek weg.

Het was behoorlijk guur buiten, de nattigheid had plaatsgemaakt voor kou, die door merg en been ging. Ze stampte met haar voeten en wreef haar handen tegen elkaar. De duisternis hing nog steeds zwaar over de nokken van de daken. Het verkeerslawaai van de Munkbroleden slaagde er niet in om door de kou en de stenen gebouwen heen te dringen, in de middeleeuwse straten was het opvallend rustig en verlaten.

Brr, ik zou hier nooit kunnen wonen. Snap niet hoe Annika het hier uithoudt.

Er ging licht aan in het trappenhuis en een halve minuut later werd de deur opengeduwd.

Annika stapte op het trottoir met haar mobiele telefoon in de hand.

Ze zag bleek en haar haar zat in de war.

'Wat wil je?' zei ze, zonder Anne aan te kijken.

'Ik wil je mijn verontschuldigingen aanbieden', zei Anne. 'Ik heb me als een idioot gedragen en ik hoop dat je me kunt vergeven.'

Annika keek haar aan met die enorme ogen van haar, die open en kwetsbare ogen vol vertrouwen.

Ze is zich er niet van bewust dat ze ze heeft. Ze weet niet hoe onthullend ze zijn.

Anne wilde haar hand uitsteken om haar vast te pakken, maar zag ervan af. Annika had moeite met aanrakingen. Er moest heel wat gebeuren voordat ze de een of andere vorm van lichamelijk contact verdroeg.

'Jij hebt me op alle manieren geholpen waarop een mens iemand maar helpen kan', zei Anne, die merkte dat ze gespannen en nerveus was. 'Je hebt me aan een baan en aan contacten geholpen, je bent babysitter geweest en je hebt me geld en vriendschap gegeven. Je was er altijd en ik heb het allemaal als vanzelfsprekend beschouwd ...'

Ze wachtte even, haalde adem, besloot rustig te blijven.

'Je werd een vanzelfsprekendheid, ik verwisselde mezelf met jou. Ik vond dat alles wat van jou was, ook van mij moest zijn. Dus toen ik niet alles kreeg wat jij had, vond ik dat onrechtvaardig.'

Annika verroerde geen vin en gaf geen antwoord, keek alleen

maar naar de grond. Anne zag dat ze een paar grijze haren had gekregen.

'Ik begrijp natuurlijk dat ik verkeerd zat, nu begrijp ik dat. Maar toen besefte ik het niet.'

Annika keek de Västerlånggatan in.

'Ik ben op weg naar een afspraak', zei ze.

'Ik mis je', zei Anne. 'Jij bent een van de personen om wie ik het meest geef. Het spijt me heel erg dat ik je gekwetst heb.'

Annika keek op, een haastige blik met die naakte ogen.

'Ik moet nu gaan', zei ze.

Anne knikte.

Annika liep weg met haar mobiele telefoon in de hand. Een groot donsjack, een paar spichtige benen die verdwenen in zwarte cowboylaarzen.

Communicatie was werkelijk niet Annika's sterkste kant.

Nou ja, dan moet ik maar de communicator wezen. Ze kan ook niet overal de beste in zijn.

Annika liep snel naar de Kronobergsgevangenis.

Het laatste half jaar, sinds die verschrikkelijke nacht toen haar huis was afgebrand en Anne haar en de kinderen de deur had gewezen, had ze Anne uit haar bewustzijn verdrongen. Ze had haar tot een non-persoon gemaakt, zo iemand die je niet groet. Feit was dat ze Anne was beginnen te vergeten.

Dat ze plotseling opdook en haar verontschuldigingen aanbood, bracht haar in verwarring.

Ik bombardeerde mezelf als haar curlingmaatje, zo iemand die vooruitrent en de baan aanveegt, zodat Anne er beter over kon glijden.

Ze stopte bij een oversteekplaats en slikte haar ergernis door.

Met wijdopen ogen en vol zelfkritiek erkende ze voor zichzelf dat ze had aangeveegd waar ze zélf naartoe wilde, dat ze Anne de kant op stuurde die ze zelf bepaald had.

Uiteindelijk was hun relatie gekapseisd. Anne nam als vanzelfsprekend aan dat Annika alles voor haar regelde, van geld en kleren en appartementen tot lezingen en nieuwe opdrachtgevers aan toe. Annika op haar beurt was ervan uitgegaan dat Anne een inferieure verliezer was, die niets zelf kon.

Alsof ik wilde dat ze afhankelijk van me was, zodat ik me belang-
rijk kon voelen.

Het voetgangerslicht sprong op groen en ze haastte zich naar de overkant.

Anne weigerde me te helpen toen mijn leven instortte. Ze stuurde me
met de kinderen de straat op toen Thomas me verlaten had en ons huis
was afgebrand.

De woede was nog steeds scherp en witgloeiend.

Ze kwam om 07.59 uur bij de Kronobergsgevangenis aan en stapte de receptie binnen, waar ze zich moest legitimeren. Daarna legde ze haar spullen in een kluis en ging met pen en blocnote in de hand met de lift naar boven.

Geen metaalpoortjes, geen röntgenapparaten.

Ze werd ingesloten in een raamloos vertrek met een tafel en vier stoelen, maar ze bleef staan, starend naar de muren.

Moet je nagaan, dat we iedere dag mensen in zulke kamertjes
opsluiten, omdat ze regels overtreden hebben die iemand anders be-
dacht heeft. Eigenlijk is het compleet barbaars.

De deur ging open, de bewaker stapte opzij en een kleine, blonde vrouw betrad de bezoekkamer. Ze had een spijkerbroek aan en slippers en een grijze trui, haar haren droeg ze in een paardenstaart. En paar slierten waren losgeraakt en dansten rond haar gezicht. Ze bleef bij de deur staan en trok aan de mouwen van haar trui.

'Hoi', zei ze.

'Hoi', zei Annika.

'Je ziet eruit zoals ik me je herinner.'

'Jij ook.'

Dat is niet waar. Ze is kleiner geworden. Ouder en kleiner. Of het
was het uniform dat haar toen zo groot maakte.

Ze gaven elkaar een hand en gingen tegenover elkaar aan de tafel zitten. Annika legde haar blocnote en pen op het tafelblad. De zwakke spaarlamp aan het plafond wierp diepe schaduwen onder Julia's ogen. Haar trui hing los over haar schouders.

'Dus jij hebt een dochter gekregen', zei ze. 'Slaapt ze goed?'

Annika knikte.

'Heeft ze altijd gedaan. Maar mijn eerste, Kalle heeft tot hij een half jaar oud was elke avond liggen schreeuwen. Ik was zo moe dat ik dacht dat ik gek werd.'

Julia ontspande.

'Ik weet precies hoe het is. Alexander heeft voordat hij twee werd niet één nacht doorgeslapen. Denk je dat meisjes wat dat betreft makkelijker zijn?'

Annika bestudeerde Julia's ogen achter de schaduwen. Ze stonden wijd open en waren op een bepaalde manier leeg, er ging een huivering langs haar ruggengraat.

Dit is niet helemaal gezond.

'Ik geloof dat het gemakkelijker gaat met het tweede kind', zei Annika. 'Je heb dan natuurlijk een keer kunnen oefenen. Bovendien weet je dan dat het overgaat, kolieken en slapeloosheid en al die moeilijke dingen ...'

Julia schudde haar hoofd.

'Ik weet niet of ik nog een kind durf te nemen', zei ze. 'Ik voelde me zo vreselijk na Alexander.'

'Dat kwam misschien niet alleen door je zoon of de bevalling,' zei Annika, 'maar ook door andere omstandigheden.'

Julia's blik bleef bij een bepaald punt op de muur steken, ze zei een hele tijd niets.

'Ze denken dat ik hem gedood heb', zei ze toen.

'Ik weet dat ze dat zeggen,' zei Annika, 'maar ik geloof het niet.'

De schaduwen onder Julia's ogen werden dieper toen ze wat dichter bij de muur ging zitten.

'Nina zegt dat ik in de gevangenis terechtkom. Denk jij dat ook?'

Annika kreeg een droge keel en voelde dat er twijfel in haar blik verscheen.

'De mensen die er verstand van hebben zeggen het,' zei ze, 'en als ze gelijk krijgen, dan geloof ik dat er een ernstige fout wordt gemaakt. Ik geloof niet dat jij het gedaan hebt. Ik denk dat er een andere vrouw in de woning was, en ik geloof dat zij Alexander heeft meegenomen.'

Julia verroerde zich niet.

'Waarom geloof je dat?'

'Ik denk dat er een verband bestaat tussen de moord op David en die verschrikkelijke driedubbele moord, waar we die nacht op stuitten toen ik met jullie mee was in de patrouilleauto. Herinner je je Filip Andersson?'

Julia Lindholm legde haar hoofd in de nek en keek naar het plafond.

'Niemand gelooft me', zei ze. 'Zelfs Nina niet. Iedereen vraagt alleen maar wat ik gedaan heb, niet wat die andere vrouw gedaan heeft.'

Ze richtte haar blik op Annika.

'Jij kent Nina, neem ik aan? Ik heb een beetje met haar te doen, ze is zo eenzaam. Ze woonde met haar moeder in een pachtboerderijtje bij Valla, er waren wel meer kinderen, maar die waren een stuk ouder. Haar moeder was een echte hippie, ze woonde in een of ander collectief op de Canarische Eilanden toen Nina klein was. Toen Nina op de basisschool in Valla kwam, was ze negen jaar en kon ze lezen noch rekenen. Meestal sliep ze bij ons op de boerderij, heeft ze je dat verteld?'

Ze boog naar voren, over de tafel.

'Op het bureau is een man, een keigave inspecteur, Pelle Sisulu heet hij, hij is al die jaren verliefd geweest op Nina, maar ze weigert het serieus te nemen. Ze denkt dat ze het niet waard is om bemind te worden. Ik wou dat ik haar kon helpen ...'

Ze leunde weer tegen de oncomfortabele rugleuning en keek Annika onderzoekend aan.

'Er zijn zo veel mensen met wie je medelijden kunt hebben. David groeide op zonder vader, hij had alleen die stiefvader die kwam en ging zoals het hem uitkwam. Toen David negentien was, verdween de man zonder ooit nog van zich te laten horen. Ik geloof dat dat de reden was dat David bij de politie ging.'

Ze hield haar hoofd scheef.

'Ben jij iemand met wie je medelijden moet hebben, Annika?'

Annika haalde diep adem.

'Nee, ik vind van niet.'

'Dus jij hebt iemand die van je houdt?'

Ja, de kinderen.

'En moeten de mensen medelijden met mij hebben?' vroeg Julia.

Annika knikte.

'Is dat de reden dat je me gelooft?'

'Nee', zei Annika. 'Er bestaan verscheidene verbanden tussen de moorden en ik vind dat de politie die niet voldoende onderzocht heeft.'

'Dus jij gelooft dat er een andere vrouw was?'

Opnieuw een knik.

'Maar dat heb ik immers al die tijd gezegd!'

'Ik weet het. De vraag is alleen wie ze kan zijn en waar ze Alexander verborgen kan hebben. Heb jij enig idee?'

Julia schudde langzaam haar hoofd.

'Herinner je je Filip Andersson? De bijlmoordenaar?'

Julia huiverde. Haar blik gleed weg langs de muur.

'Ik heb Filip Andersson een paar dagen geleden opgezocht in de gevangenis in Kumla', zei Annika. 'Ik geloof dat hij misschien ook ten onrechte veroordeeld is. Het kan zijn dat iemand anders de bijlmoorden heeft gepleegd en als die persoon ontkomen is, kan hij, of zij, ook David vermoord hebben …'

Het bleef een hele tijd stil in de bezoekkamer. Ergens achter het plafond suisde het ventilatiesysteem. Julia zat volkomen roerloos naar de muur te staren.

'Ik weet dat er iemand was toen ik wakker werd.'

Annika zei niets, haar nekharen gingen overeind staan. Julia friemelde wat aan een paar haarpieken die uit het elastiekje waren ontsnapt en deed ze achter haar oor.

'Er was een klap', zei ze wat hees. 'Volgens mij werd ik wakker van een klap. Ik wist niet wat het was, of ik misschien gedroomd had of zo.'

Ze keek naar het plafond.

'Het rook vreemd. Viezig, niet zoals het anders ruikt in onze slaapkamer. Een beetje branderig, misschien … Er bewoog zich iemand in de kamer, ik geloof dat ik iets zei.'

Zodra er een stilte viel in het vertrek, klonk het gesuis harder. Annika staarde de vrouw aan, kon haar ogen niet van haar mond af houden.

'Daarna was er weer een klap, het geluid was oorverdovend en mijn oren sloegen dicht, ze floten en suisden, zeg maar ...'

Het schot in zijn kruis. Gij zult geen hoererij bedrijven.

Julia haalde diep adem, het klonk hortend en stotend en ze rochelde wat.

'Beetje verkouden', zei ze verontschuldigend. 'Ik ben wat snotterig geworden. Hoe dat nou kan, ik heb tenslotte een half jaar in isolatie doorgebracht. Ik zal het wel van een van de bewakers gekregen hebben, of de verzorgers zoals ze genoemd worden ...'

Annika ademde met open mond, want ze wilde niet slikken of haar keel schrapen.

Julia knikte voor zichzelf en veegde wat snot weg met de mouw van haar trui.

'Mijn hart bonkte in mijn hele hoofd en mijn hele lichaam, ik weet niet hoe ik het moet uitleggen ...'

Ze streek het haar uit haar gezicht.

'Zag je iemand?' vroeg Annika met een enigszins gesmoorde stem. 'Heb je de schutter gezien?'

'Het was aardedonker. David kan immers niet slapen als het niet pikkedonker is. Ik weet het niet, ik heb niemand gezien.'

'Weet je nog wat je dacht?'

Julia schudde haar hoofd en ze deden er beiden een poosje het zwijgen toe. Julia haalde een papieren zakdoekje uit de zak van haar spijkerbroek en snoot haar neus, maakte er toen een propje van.

'En wat gebeurde er daarna?' vroeg Annika.

'Alexander huilde. Ik hoorde dat hij huilde, hoewel mijn oren dichtzaten. Dus stond ik op om te kijken wat er met hem aan de hand was.'

'Waar was Alexander?'

Julia keek haar verbaasd aan.

'In zijn kamer natuurlijk. Hij lag te slapen. Het was immers midden in de nacht.'

'En wat gebeurde er toen?'

Julia dook in elkaar en trok haar schouders op, het leek alsof ze zichzelf kleiner wilde maken. De haarslierten vielen in haar gezicht.

'Alexander stond in de hal. Hij drukte Bamsen tegen zich aan. Zij stond achter hem en ze had een mes in de hand. Hij zei "mama". Ze keek me aan. Ik voelde dat ze me aankeek.'

'De andere vrouw? De vrouw die in jullie appartement was? Hoe zag ze eruit?'

Julia's blik dwaalde over de muur.

Annika had Julia's beschrijving van 'de andere vrouw' gelezen in Berits verslag van de rechtszaak. Het haar half lang, of tamelijk kort. Niet licht en niet donker. Van gemiddelde lengte, normale lichaamsbouw.

Julia staarde naar de tafel. Na het forensisch-psychiatrisch onderzoek waren de deskundigen tot de conclusie gekomen dat ze zichzelf beschreef toen ze over de moordenaar vertelde. Haar advocaat moest haar dat uitgelegd hebben.

'Ik was het niet', zei ze terwijl ze aan haar polsen krabde. Annika zag dat ze grote krabwonden op haar armen had.

'Wat deed ze met het mes?'

Julia begon fanatieker te krabben.

'Ze sneed ...'

'Je kunt het me gerust vertellen', zei Annika.

Julia's handen kwamen tot rust, ze keek naar de muur, zonder dat haar blik echt gefocust was.

'En ze ... ze sneed in zijn wang en deed een hand voor zijn mond ... en ze had handschoenen aan ...'

'Ze sneed in Alexanders gezicht?'

Tranen welden op in haar ogen.

'En ik deed niets', zei ze. '"Ik laat hem stikken. Ik laat hem stikken als je begint te schreeuwen. Kleine kinderen doden is zo gemakkelijk", dat zei ze ... O god ... wat heb ik gedaan ...?'

En Julia Lindholm begon te huilen, rustig en stilletjes.

Annika zat aan de andere kant van de tafel toe te kijken en zei niets.

Ze reikte naar haar tas om Julia een papieren zakdoekje te geven,

322

maar bedacht ineens dat ze haar tas in een kluis bij de receptie had moeten achterlaten.

Julia zuchtte diep, schokte van het huilen en veegde haar neus af met de mouwen van haar trui.

'Ik heb hem niet geholpen', zei ze. "Als je me achterna komt, dan snij ik zijn hals door", zei ze. Hij huilde. Hij zei "mama". En toen sneed ze in zijn wang, ze sneed hem in zijn gezicht en ik weet dat ik probeerde te schreeuwen, maar het ging niet, en daarna weet ik eigenlijk niet meer wat er gebeurde …'

Ze huiverde en begon weer te huilen.

'Ik kon hem niet helpen. Ze sneed met het mes over zijn wang en ik wist niet wat ik moest doen, ik was zo bang dat hij zou sterven …'

Het bloed op de vloer. Dat bevatte Alexanders DNA.

'Ik denk dat de vrouw David kende', zei Annika. 'Kun jij me helpen om haar te vinden?'

Julia schudde haar hoofd, reikte naar het gebruikte zakdoekje en veegde ermee onder haar ogen.

'Ze is hartstikke gevaarlijk', zei ze. 'David was hartstikke bang voor haar. "Ze is gek", zei hij. "Je moet niet bij haar in de buurt komen."'

Annika kreeg kippenvel, heeft ze het over zichzelf?

'Wie kan het zijn? Weet je hoe ze heet?'

Julia schudde opnieuw haar hoofd.

'Ze heeft een abortus laten plegen', zei ze. 'Toen ik in verwachting was van Alexander. David heeft het nooit toegegeven, maar ik wist dat het zo was. Ik vond de foto van de echo, het zou een meisje geworden zijn. Ik had toen bij hem weg moeten gaan, ik had het moeten begrijpen. Hij zou nooit ophouden met vreemdgaan.'

'Was zij degene die belde?' vroeg Annika. 'De vrouw die belde toen Alexander klein was, die zei dat je hem moest laten gaan?'

Julia haalde licht haar schouders op.

'Weet niet. Misschien. Hij had er natuurlijk meer.'

'Wanneer zei David dat over die gevaarlijke vrouw?' vroeg Annika.

Julia keek haar verward aan.

'Welke vrouw?'

'Je zei dat David iets over haar gezegd had, over de gevaarlijke vrouw. Wanneer was dat? Was dat toen Alexander klein was?'

'O, nee,' zei Julia, 'helemaal niet, dat is niet zo lang geleden.'

'Vlak voordat hij stierf?'

Julia sloeg een hand voor haar mond, haar ogen vulden zich met tranen.

'Het was mijn schuld', zei ze met gesmoorde stem. 'Ik heb helemaal niets gedaan, want ik was zo bang dat ze hem nog erger zou verwonden. Ze was slecht! Er stroomde bloed over zijn wang, je had moeten zien hoe bang hij keek en ze had haar hand over zijn neus en mond gedaan, zodat hij niet kon schreeuwen of ademhalen, ze had handschoenen aan, en ik was zo bang ...'

'Maar wanneer zei hij dat?'

'Toen hij dronken was. Ik was met Alexander in het zomerhuisje geweest, we hadden gebarbecued en in Hälleforsnäs naar het meivuur gekeken, en toen we thuiskwamen was hij dronken, maar hij was eigenlijk helemaal niet kwaad, hij was vooral bang.'

'Was dat dit jaar? Dus vier weken voordat hij stierf?'

Ze knikte.

'David was bang, zei je? Zei hij waarvoor?'

Ze schudde haar hoofd.

'Hoe merkte je dat? Dat hij bang was?'

'Hij vroeg me om vergiffenis. Zei dat hij me pijn had gedaan. Dat hij het niet zo bedoeld had. Dat ik voorzichtig moest zijn als ik de telefoon opnam, niet moest opendoen als er aangebeld werd.'

Annika herinnerde zich hoe Nina beschreven had dat Julia de laatste weken voor de moord nogal uit haar doen was geweest, dat ze zich had teruggetrokken en de telefoon niet opnam.

'Maar hij heeft nooit gezegd hoe ze heette? Of wie ze was?'

Opnieuw een hoofdschudden.

Annika ging wat verzitten.

'Het moet om een zwaar gestoord iemand gaan', zei ze. 'Vermoedelijk beweegt ze zich in criminele kringen. Als het zo is dat ze een abortus heeft ondergaan en een foto van de vrucht naar David stuurde, dan moet hij de vader geweest zijn. Dat betekent dat ze gedurende langere tijd de een of andere vorm van contact met

David heeft gehad, in ieder geval vier en een half jaar. Vanaf de tijd dat jullie in Spanje woonden dus. Minimaal. Had je haar ooit eerder gezien?'

Ook nu schudde Julia alleen maar haar hoofd.

'Zou je haar herkennen als je haar opnieuw zou zien?'

Julia aarzelde, daarna knikte ze.

'Als ik foto's zou hebben van vrouwen met wie David om wat voor reden dan ook in contact is gekomen, zou jij daar dan naar willen kijken om te zien of je een van hen misschien herkent?'

Julia knikte weer.

'Nog één ding', zei Annika. 'Zoals je weet ben ik verslaggever bij de *Kvällspressen*. Mag ik je nu interviewen en er een artikel over schrijven dat in de krant komt?'

Julia keek haar verward aan.

'Maar wat moet ik dan zeggen?'

'Je kunt beginnen met te vertellen hoe je het in dit huis van bewaring gehad hebt.'

Met een weids gebaar ontving Anders Schyman de bestuursvoorzitter van de krant in zijn kleine kantoor.

'Kan ik je iets aanbieden?' vroeg hij, waarna hij Herman Wennergrens overjas aannam en die met een sierlijke beweging over zijn bureau legde. 'Een glas water? Of een kop automaatkoffie?'

'Je hoeft je niet zo aan te stellen', snauwde de voorzitter terwijl hij zijn manchetknopen in orde bracht.

Schyman had een uitnodiging gekregen om met Herman Wennergren te gaan lunchen in restaurant De Veranda in het Grand Hotel, maar hij had voor de eer bedankt onder verwijzing naar de benarde financiële situatie van de zakenfamilie. Dat was niet goed gevallen, had hij kunnen vaststellen. Op de eerstvolgende bestuursvergadering werd namelijk het voorstel gedaan om zíjn representatiebudget te verlagen. Nu kon hem dat eigenlijk geen donder schelen; wat hem stoorde, was het steekje onder water.

'Ik moet zeggen dat ik dit extreem onheilspellend vind klinken', zei de bestuursvoorzitter, die op de ietwat wiebelige bezoekersstoel ging zitten. 'Een redactieleiding die uit 82 personen bestaat, dat is toch compleet van de zotte. Hoe moeten we dat betalen?'

Anders Schyman liep om zijn bureau heen, ging zitten en trok zijn stoel aan. Hij haalde een stapel berekeningen onder de overjas van de bestuursvoorzitter vandaan en stak die zijn bezoeker toe.

'Dit is de eenvoudigste, goedkoopste en snelste manier om de noodzakelijke inkrimpingen door te voeren', zei hij. 'In overeenstemming met de vakbondsafspraken – je ziet ze in bijlage vier – wordt aan de medewerkers in de redactieleiding geen managementtoeslag uitbetaald. Al dat soort toeslagen wordt verwerkt in het normale basisloon of "op andere wijze" gecompenseerd. Wij hebben ervoor gekozen om in plaats daarvan het begrip "verantwoordelijkheidsvergoeding" in te voeren en dat geld gaat uitsluitend naar personen met een actieve functie binnen de nieuwsgaring.'

'Ahum', zei Herman Wennergren en hij bladerde door de papieren. 'En dit lost de kwestie van de inkrimping op?'

'Wij schikken ons naar de eis van de vakbonden om de WOB-lijst te volgen: 62 banen verdwijnen, de meeste op de redactie. Zoals je in het voorstel kunt lezen, gaat de bezem ook door het management. Het bestuur ontslaat de algemeen directeur en legt zijn taken bij mij neer. Meteen na dit gesprek ga ik onderhandelen met de voorzitter van de Journalistenbond bij deze krant. Dat is de reden dat ik mijn alternatieve benadering nu bij jou wil verankeren, dat wil zeggen voordat ik aan de slag ga.'

'Ja, ja, ja', zei Herman Wennergren. 'Ja, die algemeen directeur, daar kunnen we wel zonder. Wat heb je voor alternatieve benadering?'

'Als de vakbond moeilijk doet, stuur ik de complete redactie de laan uit. Iedereen moet opnieuw naar zijn functie solliciteren en ik neem aan wie ik wil.'

De voorzitter fronste afkeurend zijn voorhoofd.

'Dat hebben we eerder geprobeerd en toen bleek er een addertje onder het gras te zitten.'

Anders Schyman spreidde zijn armen.

'Jullie willen deze inkrimping, ik ben maar een eenvoudige uitvoerder. Gaat de zakenfamilie akkoord met mijn voorstel, ook als dat een zekere turbulentie met zich mee zou brengen?'

Herman Wennergren stond op en keek op zijn polshorloge, een Rolex Oyster (Anders Schyman vond dat nogal een verwijfd ding).

'We zouden het waarderen wanneer de turbulentie tot een minimum beperkt kan worden', zei hij. 'Mag ik mijn jas alsjeblieft?'

Anders Schyman glimlachte en wist dat hij, door de bespreking hier te laten plaatsvinden en niet in Grands Veranda, minimaal tweeduizend kronen had uitgespaard voor de zakenfamilie en ten minste drie uren van zijn eigen leven.

'Ik ga mijn best doen', zei hij.

De bestuursvoorzitter liep in de richting van de liften om naar beneden te gaan, waar zijn Volvo met privéchauffeur op hem stond te wachten. Zodra hij uit het zicht was, vroeg Anders Schyman de centrale om Eva-Britt Qvist te waarschuwen.

Ze moest in de startblokken hebben gestaan, want tien seconden later stond ze voor de deur van zijn kantoor.

'Wat wilde Herman Wennergren?' vroeg ze, terwijl ze de glazen deur dichttrok.

Nog een goede reden om hier met hem af te spreken.

De hoofdredacteur fronste zijn wenkbrauwen, er vormden zich diepe rimpels in zijn voorhoofd.

'Ik wilde alleen maar voor de laatste keer de inkrimping bij het bestuur en de zakenfamilie verankeren, ik wil dat ze goed begrijpen dat dit een serieuze aangelegenheid is. Maar ze zijn onvermurwbaar, ze willen echt dat dit doorgevoerd wordt. Zelfs hun eigen mensen worden niet gespaard, onze nieuwe algemeen directeur behoort tot de mensen die ontslagen worden. Het hele bestuur staat achter ons voorlopige voorstel, maar is tevens bereid om onze alternatieve plannen te ondersteunen.'

Eva-Britt Qvist knikte ernstig en ging op de bezoekersstoel zitten.

'Wij vinden het heel goed dat de krant haar verantwoordelijkheid neemt en zich aan de volgordelijst houdt', zei ze.

Hij reikte haar een document aan waarop een lijst met namen vermeld stond.

'En met de steun van onze afspraken zal de lijst met de overtollige arbeidskrachten er zo uit komen te zien', zei hij.

Eva-Britt Qvist begon te lezen.

Ik ben benieuwd hoelang het duurt voordat ze het in de gaten krijgt.

Hij onderdrukte de impuls om op zijn horloge te kijken en de tijd op te nemen.

Minstens twee minuten verstreken.

'Maar', zei Eva-Britt Qvist toen, 'dit is toch helemaal niet de volgordelijst? Waar is Emil Oscarsson bijvoorbeeld? Hij is toch als laatste aangesteld, hij heeft immers pas afgelopen zomer zijn contract ondertekend?'

'O', zei Schyman, die haar een andere lijst aanreikte. 'Hij maakt deel uit van de nieuwe redactieleiding.'

Eva-Britt Qvist werd bleek. Zonder iets te zeggen las ze het document, ze nam de complete lijst verscheidene keren door. Daarna liet ze het papier zakken.

'Dus zo dacht je eronderuit te komen', zei ze. 'Laat me je één ding vertellen, hiermee gaan wij niet akkoord.'

Ze stond op.

'Ga zitten', zei Schyman.

'Nee', zei ze luid en duidelijk. 'Ik ga nu.'

'In dat geval hebben we een veel groter probleem, jij en ik.'

Hij ging ook staan, was een hoofd groter dan zij.

Ze bleef staan, haar hand lag al op de deurklink.

'Ik heb zojuist de toestemming van de bestuursvoorzitter gekregen om de complete redactie stil te leggen en alle medewerkers te ontslaan', zei de hoofdredacteur. 'Vervolgens stel ik aan wie ik wíl aanstellen, niet wie ik móét aanstellen. Ook al zou het het opdoeken van de krant betekenen, wij gaan dit doorvoeren. We hebben namelijk geen keuze. Het voortzetten van de activiteiten op de manier zoals het tot dusver gegaan is, is alleen maar een langzamer weg naar dezelfde afgrond.'

'En als we protesteren?'

Hij keek haar strak aan.

Alles op één kaart.

'Er zijn op de krant een heleboel belangrijke taken voor je

weggelegd, Eva-Britt. Zet je carrière niet op het spel voor een strijd als deze.'

Ze hapte naar lucht.

'Dit is een bedreiging.'

'Helemaal niet', zei Anders Schyman, die een ontsteld gezicht trok. 'Het gaat mij er alleen maar om dat we jou behouden, ook na de inkrimping. We hebben behoefte aan ervaren organisatoren, en we moeten één ding niet vergeten. Zelfs ik ben niet langer zeker van mijn positie.'

Hij trok de deur open.

'Niemand is hier voor het leven.'

Op de redactie liep zojuist Annika Bengtzon voorbij.

'Hebben jullie het gehoord?' zei ze. 'Dat konden we natuurlijk op onze klompen aanvoelen, met die flapdrol van een advocaat.'

'Wat?' zei Schyman.

'Ze wordt de zesde vrouw in Zweden die een levenslange gevangenisstraf opgelegd krijgt.'

'Wij gaan hiermee niet akkoord', fluisterde de vakbondsvoorzitter, die het bijna te kwaad kreeg.

'We worden het wel eens', antwoordde Anders Schyman met een zachte stem en een beleefde glimlach.

Terwijl Annika op weg was naar haar plek aan de desk voor de dagreporters, viel het haar op dat Eva-Britt Qvist er nogal aangedaan uitzag. Ze pakte haar laptop uit en alle documenten en uitdraaien over het geval David Lindholm en begon met negen vingers het interview met Julia uit te werken. 'Aangeklaagde politievrouw doet een boekje open' noemde ze het artikel. Ze liet Julia niet veel aan het woord, liet haar uitlatingen over de andere vrouw en wat die gedaan had weg. Het werd meer een beschrijving van het huis van bewaring en Julia's tijd daar, niets buitengewoons, maar kwetsend was het ook niet direct.

Annika was een beetje misselijk en liep naar de koffieautomaat om een bekertje teer te halen. Spoelde een paar Panodiltabletjes weg en prentte zich in dat haar misselijkheid niets te maken had met de komende avond, met het feit dat ze ermee had ingestemd om op de kinderen te passen in het appartement van Sophia Fucking Hell Grenborg. Ze deed het voor hen, voor Ellen en Kalle, omdat ze haar nodig hadden en naar haar verlangden.

Zodra ze het artikel had weggestuurd naar de bak, ging ze er eens goed voor zitten om haar eigenlijke werk te structureren.

Het ging om de vrouwen die een persoonlijke band hadden gehad met David Lindholm. Met wie had hij een relatie gehad? Waar spreek je af met je minnares? Op het werk? In de kroeg? En in je vrije tijd? Bij gemeenschappelijke vrienden, vrienden met dezelfde ambities en zakelijke interesses als jij? En hoe zou ze aan de foto's moeten komen, gesteld dat ze erin slaagde om een lijst met namen samen te stellen?

Het paspoortenregister was niet langer openbaar en hetzelfde gold voor het rijbewijzenregister. Veel mensen stonden natuurlijk met een foto op het net of in allerlei fotoarchieven, maar in alle gevallen moest de identiteit gegarandeerd zijn. Anders was het allemaal verspilde tijd en moeite.

Nou ja, dat was van later zorg.

De criteria waren tamelijk helder. Het aantal mogelijkheden was waarschijnlijk beperkt. Iemand die David goed kende. Die een seksuele relatie met hem had gehad. Die toegang had tot zijn woning. Die crimineel en meedogenloos genoeg was om David te doden, Julia op te sluiten en Alexander te kidnappen.

Dit is een aanslag op het hele gezin. Ze moet het al gepland hebben op het moment dat het wapen verdween.

Ze schudde de gedachte aan Thomas, Sophia en de kinderen van zich af.

De vrouw moet de sleutels van het appartement aan de Bondegatan te pakken hebben gekregen en ze moet Julia's SIG Sauer hebben weggenomen uit de wapenkast in de slaapkamer van David en Julia, zonder het pistool met haar eigen vingers aan te raken en zonder Julia's vingerafdrukken uit te vegen.

Ingewikkelder dan dat is het natuurlijk eigenlijk niet.

Snel spreidde ze de uitdraaien die ze had uit op het bureau, pakte blocnote en pen uit haar tas en besloot structuur aan te brengen in haar zoektocht.

1. Alle vrouwen die samen met David in het bestuur van een onderneming hadden gezeten. Dat was niet zo moeilijk, maar de zoekactie zou een aanzienlijke hoeveelheid namen opleveren. Dat het iemand van deze lijst was, was tamelijk onwaarschijnlijk en dus besloot ze ermee te wachten.

2. Alle vrouwelijke relaties van de mannen die door Davids toedoen in de gevangenis waren beland: echtgenotes, moeders, zusters, het liefst ook minnaressen.

Deze informatie was lastiger boven tafel te krijgen, maar het was te doen, en de kans dat ze raak schoot was aanzienlijk groter. Dit moest haar eerste prioriteit worden.

3. Alle vrouwen met wie David gewerkt had.

Dat moesten er honderden zijn. De beste manier om ze te checken was door de een of andere groepsfoto te bemachtigen.

4. De vrouwen voor wie hij als reclasseringsambtenaar was opgetreden.

Waren die er?

Ze realiseerde zich dat ze nog niets had gehoord van de Rijksdienst voor het Gevangeniswezen, waar ze het verzoek had ingediend om informatie te ontvangen over Davids opdrachten als vertrouwenspersoon, en dus pakte ze haar blocnote en belde het rechtstreekse nummer van de juriste. Na vier keer overgaan had ze haar aan de lijn. De vrouw zei dat ze Annika's verzoek even ging pakken en kwam een paar minuten later terug. Annika hoorde het geritsel van papieren.

'Ik kan bevestigen dat David Lindholm gedurende een groot aantal jaren als reclasseringsambtenaar en vertrouwenspersoon werkzaam is geweest', zei de juriste. 'Gedurende bepaalde perioden was hij reclasseringsambtenaar voor ... ja, drie personen tegelijk zie ik, maar tijdens zijn werk als vertrouwenspersoon heeft hij geen andere opdrachten aangenomen.'

'Kost het meer energie om vertrouwenspersoon te zijn?'

'Ja, dat kun je wel zeggen. Iemand ondersteunen die levenslang vastzit is een zware taak.'

'Kun je iets zeggen over de gedetineerden?' vroeg Annika en ze hield haar adem in.

'Nee, ik kan niets zeggen over hun identiteit. Voor deze informatie geldt de Geheimhoudingswet voor het gevangeniswezen, dit betreft een relatie van een individu. We zijn tot de conclusie gekomen dat de documenten niet openbaar zijn en dus niet kunnen worden verstrekt.'

'Oké', zei Annika. 'Zou je dan misschien één vraag kunnen beantwoorden: kan een van hen een vrouw geweest zijn?'

Annika hoorde opnieuw papiergeritsel.

'Ja, nou, dat weet ik niet ...'

'Kun je dat niet nakijken? Ik weet niet hoe het systeem werkt. Kan een man de vertrouwenspersoon van een vrouw zijn?'

'Ik denk dat daar niets op tegen is, maar misschien ook juist wel.'

'Je hoeft niet te zeggen wie het is, alleen maar of het zo was ...'

Weer hoorde ze geritsel en geblader.

'Nee', zei de juriste. 'Ik heb hier geen vrouwen, alleen maar mannen.'

'Bedankt', zei Annika en ze verbrak de verbinding.

Oké, punt vier kon ze schrappen.

Ze ging verder met punt twee.

Ging naar de website van het Infoplein en voerde de naam Stevens, Michael Harold in. Het was lastig dat ze haar linker wijsvinger niet kon gebruiken bij het typen.

Stevens stond ingeschreven op een adres in Sundsvall. Annika liet adres en achternaam staan, maar veranderde het geslacht van de zoekopdracht en *bingo*! Er stonden twee vrouwen ingeschreven op hetzelfde adres en met dezelfde achternaam: Linda Helena en Sarah Linda Hillary. De eerstgenoemde was 33 en de tweede 8 jaar oud.

De vrouw en de dochter. Ik neem de vrouw!

Ze printte de gegevens uit en zocht daarna Ahmed Svensson uit Malmö op in de database. Ze trof hem aan in een historische lijst, en door vervolgens terug te zoeken, vond ze algauw zowel dochter Fatima als ex-vrouw Doris Magdalena.

Haar neem ik ook!

Filip Andersson, wiens volledige naam Arne Filip Göran was, was niet getrouwd en evenmin getrouwd geweest. Hij leek ook geen kinderen te hebben. Aangezien zijn achternaam veel te gewoon was, lukte het haar niet om via het personen- en adresregister van de staat zijn moeder op te sporen.

Ze strekte haar nekspieren, de hoofdpijn werd minder, de Panodil begon te werken.

Dan moet ik hem maar googelen.

Ze vond hem in Wikipedia onder de categorie 'Zweedse criminelen', maar daar stond niets over een echtgenote of verloofde. Met de zoekwoorden 'filip andersson vrouw' kreeg ze veel hits, maar niet een waaruit ze kon opmaken of de bijlmoordenaar getrouwd geweest kon zijn.

Ze zuchtte. Tot dusver was het resultaat mager.

Daarom ging ze verder op de website van de Zweedse politie om te kijken of ze misschien groepsfoto's zou kunnen vinden van het personeel van verschillende politiebureaus, maar het enige wat ze vond waren een paar portretten van grijzende heren die werden aangeduid als directeur van de rijkspolitie of directeur-generaal, en verder een paar mooie, blonde vrouwen die president-directeur waren of baas van de rijksrecherche.

Shit. Dit wordt niets.

Ze graaide de uitdraaien met David Lindholms bestuurlijke activiteiten naar zich toe en besloot alles door te werken en alle namen en persoonsnummers op te schrijven van de vrouwen die deel uitmaakten van de bedrijven waaraan hij verbonden was geweest.

De eerste uitdraai van de stapel was die met de gegevens over Fly High Equipment, het bedrijf voor skydiving dat David had gerund samen met twee mannen, Christer Bure en de veel te vroeg gestorven Algot Heinrich Heiner, ook wel Henke genoemd.

Ze besloot te gaan zoeken op de vrouwen in Henkes leven en nu kwam er zowaar beweging in de zaak.

Algot Heinrich Heimer had een vrouw achtergelaten, Clara Susanna, en drie dochters die nu 23, 21 en 19 jaar oud waren. Ze heetten Malin Elisabeth, Lisa Katarina en Claudia Linn.

De kans was groot dat David deze vrouwen gekend had. Hij kon heel goed seks met ze gehad hebben of in ieder geval met een van hen. Annika besloot om van alle vier een foto aan te vragen.

Het volgende bedrijf waarop ze zich concentreerde was het topzware Pettersson Catering & Arrangementen NV, dat behalve het leveren van horecapersoneel, ook de handel in paarden tot zijn activiteiten rekende, en ze schreef de namen op van de vier vrouwen die bestuurder waren geweest. Bovendien zocht ze de vrouw van Bertil Oskar Holmberg op, ze bleek Victoria Charlotta te heten en was achttien jaar jonger dan haar man.

Dit is misschien iets!

Daarna bladerde ze wat tussen de overgebleven uitdraaien: Advice Investment Management NV en B. Holmberg Vastgoed Nacka NV. Ze keek hoe laat het was, ze wilde thuis nog kleren wassen, voordat ze naar de Grev Turegatan ging.

Ach! Wat maakt het ook uit welke kleren ik aanheb. Thomas heeft me tenslotte ook zonder gezien. En trouwens, ze worden toch niet meer droog ...

Ze huiverde even en concentreerde zich op de personen achter Advice Investment Management NV: Lena Yvonne Nordin uit Huddinge en Niklas Ernesto Zarco Martinez uit Skärholmen.

Ze noteerde Lena Yvonne en las vluchtig de andere bestuursfuncties door die de vrouw had bekleed bij het schoonmaakbedrijf in Skärholmen dat ze had gedreven met Niklas Ernesto Zarco Martinez, en bij het investeringsbedrijf dat ze samen met Arne Filip Göran Andersson had gerund ...

Er viel een doodse stilte om haar heen. Het licht van de ramen werd scherp en wit en ze deed haar mond open om iets te zeggen, maar er kwam geen geluid.

Arne Filip Göran Andersson.

De bijlmoordenaar van de Sankt Paulsgatan.

Ze hapte naar adem.

Dit kon maar één iemand zijn.

Ik wist het! Ik WIST *dat ik zijn volledige naam ergens had zien staan, het was op deze prints, dit is waarnaar ik gezocht heb ...*

Met bevende vingers zocht ze tussen de uitdraaien die ze net gemaakt had van het Infoplein, ja, verdomd, de financiële man Filip Andersson heette ook Arne en Göran.

Annika's blik gleed terug naar de vrouw die Filip Andersson en David Lindholm met elkaar verbond.

Lena Yvonne Nordin.

Ze sorteerde de papieren die voor haar lagen, probeerde de verbanden te zien.

Lena Yvonne had twee investeringsbedrijven gerund, het ene samen met Niklas Ernesto Zarco Martinez en David Lindholm, het andere met Filip Andersson.

Dit is de link! Dit is het bewijs dat David en Filip Andersson contact hebben gehad! Een vrouw die Lena Yvonne Nordin heet.

Annika noteerde naam en persoonsnummer van de vrouw, pakte met onhandige vingers haar mobiele telefoon en belde het nummer van Nina Hoffman.

'Ik heb iets ontdekt!' zei ze. Ze stond op, kon de opwinding in haar stem niet onderdrukken. 'Verdomd als het niet waar is, ik geloof dat ik iets op het spoor ben. Je weet dat ik iets in mijn hoofd had, waarop ik niet echt grip kon krijgen? Nu weet ik wat het was! Filip Andersson, je weet wel, de bijlmoordenaar ... Nina ...?'

Ze hield op met praten, luisterde naar de stilte op de lijn.

'Nina? Wat is er? Is er iets gebeurd? Huil je?'

'Levenslang', zei Nina, terwijl ze met horten en stoten ademhaalde. 'Ik begreep natuurlijk wel dat ze veroordeeld zou worden, maar niet dat het levenslàng zou zijn! En ook voor de moord op Alexander, dat is toch met geen pen te beschrijven zo verschrikkelijk ...'

Annika slikte en liet zich weer op de stoel zakken, haar vinger begon te kloppen, het deed pijn.

'Ik weet het', zei ze krachteloos. 'Het is werkelijk ...'

'Die dandy van een advocaat, hij heeft gezegd dat hij overweegt in hoger beroep te gaan aangezien Alexanders lichaam niet teruggevonden is. Alsof dat iets zou uitmaken!'

Ze klonk kwaad en huilde nu vol overgave.

'Wat zegt Julia?'

'Weet niet. Holger heeft het bericht gekregen dat ze haar teruggebracht hebben naar de verpleegafdeling. Ze zal wel ingestort zijn.'

Annika probeerde iets meelevends te zeggen, maar vond de woorden niet.

'Het is zo tekenend', ging Nina verder, 'dat ze haar een onervaren betweter als raadsman hebben gegeven, alleen maar omdat ze wisten dat hij er niets van zou bakken. Zo'n schijnproces en zulk slordig recherchewerk heb ik nog nooit meegemaakt! Natuurlijk krijgt ze levenslang! Al het andere is ondenkbaar! Het gaat tenslotte om de dood van David Lindholm, iemand moest de prijs betalen en ze werden het erover eens dat zij dat zou zijn, Julia moest het zijn, en in één moeite door hebben ze ook maar even haar kind opgeofferd ...'

'Nina', zei Annika. 'Je zou me ergens mee kunnen helpen. Ik heb rondgespeurd in allerlei archieven en ik ben iets tegengekomen wat we nader kunnen onderzoeken.'

'Wat?' zei Nina.

'Ik heb een link ontdekt. Er is een vrouw die David Lindholm met Filip Andersson verbindt.'

'Wat voor link dan?'

'Twee investeringsbedrijven. Beide waren eigendom van Lena Yvonne Nordin, het ene dreef ze samen met David Lindholm en het andere met Filip Andersson. Zegt jou die naam iets? Lena Yvonne Nordin?'

Nina Hoffman reageerde niet, ze ademde een paar keer stootsgewijs in de hoorn en snoot daarna haar neus.

'Helemaal niets.'

'Er zijn ook anderen, andere vrouwen ... Ik heb een lijst met namen en persoonsnummers, zou jij daarbij de foto's kunnen opvragen bij de Centrale Dienst van de Rijkspolitieraad?'

'Waarom dan?'

'Ik denk dat de vrouw in het appartement daar misschien bij zit. En zoals je weet zijn de pasfoto's voor mij niet toegankelijk meer ...'

Nina Hoffman ademde een paar keer in de hoorn.

'Waarom wil je die foto's hebben?'

'Julia denkt dat ze de vrouw die Alexander heeft meegenomen, zal herkennen.'

De politievrouw kreunde.

'Dus je bent van plan om ze aan Julia te laten zien?'

'Natuurlijk.'

'Ik kan niet', zei ze. 'Ik kan je niet helpen.'

'Natuurlijk kun je dat!' zei Annika. 'Voor jou is het immers alleen maar een kwestie van een vraag stellen!'

'Ik wil er niet bij betrokken raken ...'

'Nu moet je ophouden, hoor!' zei Annika, harder dan ze van plan was. 'Ik fax de lijst meteen naar het bureau.'

'Nee!' zei Nina. 'Onder geen beding. Mijn collega's mogen het niet weten.'

'Een brief dan? Zal ik die naar je huis sturen of naar het bureau?'

'Eh, ik werk vanavond, als je een brief kunt sturen ...'

'Ik verstuur hem direct per koerier.'

Annika hing op. Keek hoe laat het was.

Het was de hoogste tijd om naar huis te gaan.

Ze pakte haar laptop in en stopte de lijst in een envelop. Daarna belde ze de portier om te vragen of hij een koerier wilde bestellen.

Haar appartement zag er rommelig uit. Sinds de kinderen weer bij Thomas waren, had ze niet meer de moeite genomen om haar bed op te maken. Ze liet haar tas op de vloer van de hal vallen en ging in de deuropening staan om naar de chaos in de woonkamer te kijken.

Aangezien haar woning eigenlijk een niet-gerenoveerde bedrijfsruimte was, zaten er nergens kasten, wat inhield dat zowel kleren als beddengoed als handdoeken in stoffige stapels langs de ene korte wand lagen.

Ik moet mijn leven op orde krijgen en ik moet beginnen met mijn huis.

Ze slaakte een lichte zucht, hing haar jack op de kapstok en stroopte haar mouwen op.

Twaalf namen, meer waren het er niet geworden, twaalf namen waarbij Nina de foto's zou regelen.

De vrouw van Stevens stond op de lijst, de vrouw van Svensson en de vrouw en dochters van Henke. Verder de vier vrouwen in het bestuur van het cateringbedrijf, de vrouw van Bertil Oscar Holm-

337

gren en dan nog die vrouw met die investeringsbedrijven.

Twaalf stuks.

Ze begon koortsachtig de kleren op te rapen die op de vloer van de woonkamer lagen en gooide ze vervolgens in een wasmand. Toen ze halverwege was, ging de telefoon.

'Hallo!' zei ze nors, terwijl ze de vuile was op de vloer liet vallen.

'Ik ben op zoek naar Thomas Samuelsson', zei een donkere mannenstem met een uitgesproken Stockholms accent.

'Aha', zei Annika, waarbij ze haar gezonde hand stevig in haar zij zette. 'Die woont hier niet meer.'

'Weet je waar ik hem te pakken kan krijgen?'

'Doe als de rest van de bevolking, bel hem op zijn mobiel.'

'Heb ik geprobeerd, maar die staat uit. Heb jij zijn nieuwe vaste nummer?'

Annika haalde diep adem en besloot open kaart te spelen.

'Hij is gaan samenwonen met zijn minnares,' zei ze, 'je kunt proberen daarnaartoe te bellen.'

'Hè, shit', zei de man, en tot Annika's ergernis leek hij haast geamuseerd te zijn. 'Dus zijn minnares heeft telefoon?'

'Wie kan ik zeggen dat er gebeld heeft?' zei Annika toen ze zelf hoorde hoe onaardig ze klonk.

'Mijn naam is Jimmy Halenius en ik bel vanaf het departement. Is dit Annika?'

Annika rechtte haar rug.

Jimmy Halenius, de staatssecretaris. Thomas' chef en de rechterhand van de minister.

'Ja,' zei ze, 'klopt.'

'Nog bedankt voor het etentje laatst, dat mag ik toch wel zeggen hè, hoewel het al een tijdje geleden is.'

Ze hadden elkaar een keer ontmoet, het was tijdens dat rampzalige etentje dat Thomas en zij hadden georganiseerd in hun huis in Djursholm, een paar dagen voordat het afbrandde.

'Ook nog bedankt', zei ze kortaf.

Is dit goed? Zeg je 'ook nog bedankt' als iemand je bedankt voor een etentje? Ze moest maar eens een boek van Magdalena Ribbing kopen.

'Ik heb Thomas' memo in de mail gelezen en ik moet hem

onmiddellijk spreken, kun je dat aan hem doorgeven?'

'Hoezo?' zei ze. 'Wat is er zo belangrijk dan?'

De man antwoordde niet. Vanwege zijn spottende toon had ze verwacht dat hij iets kleinerends en seksistisch zou zeggen, iets als *daar hoef jij je hoofdje toch niet over te breken* of iets van die strekking, maar dat deed hij niet.

'Ik heb een boodschap ingesproken op zijn voicemail, maar hij heeft niet teruggebeld', zei hij. Hij klonk enigszins van zijn stuk gebracht.

Annika haalde diep adem.

'Hij werkt thuis vandaag. Ellen is ziek. Ik spreek hem vanavond, ik pas op de kinderen, want hij gaat met Sophia naar de opera ...'

Ze hield op met praten en beet op de binnenkant van haar wang, waarom vertelde ze dit aan Jimmy Halenius?

'Vraag hem mij te bellen', zei hij.

'Want anders lees ik er morgenvroeg over in de krant?' zei ze. Ze beet bijna haar tong af, *waarom zei ik dat in vredesnaam?*

Maar de staatssecretaris lachte alleen maar een beetje.

'Zoiets', zei hij en hij verbrak de verbinding.

Ze bleef een poosje met de hoorn in de hand staan.

Thomas had op het werk blijkbaar niet verteld dat ze zouden gaan scheiden en waarom zou hij ook?

Ze legde de hoorn op de haak en raapte de rest van de vuile was op. Het laatste kledingstuk van de stapel was de blauwe trui die ze de afgelopen Kerst van Thomas had gekregen, de enige die haar vorige leven overleefd had. Ze droeg die trui de nacht dat het huis afbrandde. Daarom was ze van plan geweest om het kledingstuk vanavond aan te doen, het verbond de verschillende perioden met elkaar, de persoon die ze was geweest en de persoon die ze was geworden. Bovendien wist ze dat Thomas haar die trui leuk vond staan. Het model was vrouwelijk, van voren een beetje gedrapeerd met een diep decolleté, eigenlijk totaal niet haar stijl, maar ze vond de korenblauwe kleur mooi.

Ze duwde de trui diep in de wasmand en verbeet haar tranen, *waarom moet ik me druk maken om wat hij vindt?*

Honinggeel en overladen met stucwerk, erkers en ramen met spijltjes. Dit was een van de solide investeringen van het geslacht Grenborg.

Annika stond in het donker aan de andere kant van de straat en keek omhoog naar het zolderappartement, naar het scherpe schijnsel dat uit de dakramen scheen.

Daarbinnen, daar zijn ze. In dat witte licht.

Ze was hier eerder geweest. Een jaar geleden, vorig jaar november, op de dag nadat ze had ontdekt dat Thomas vreemdging, had ze op precies dezelfde plek naar precies dezelfde gevel staan staren. Ze werd draaierig, moest steun zoeken tegen de muur achter zich om niet om te vallen. Vocht een paar seconden tegen de duizeligheid en misselijkheid, voordat ze de straat kon oversteken naar het donkerbruine, gedecoreerde portiek.

Drukte op de intercom, de code had ze niet.

Zij antwoordde, Sophia Fucking Hell Grenborg.

'Kom binnen, welkom, kom toch binnen. Zes trappen, de bovenste verdieping, het penthouseappartement ...'

Het penthouseappartement ...? Jeezez!

Het trappenhuis was uitgevoerd in geel en zwart marmer, met lambriseringen van donker eiken en rookkleurig licht dat afkomstig was van lampen met messing armaturen. De vloerbedekking was donkerblauw, en zacht als een modderige bodem.

Ze begon de trappen op te lopen, met zware stappen, wat onvast ter been.

De zolderverdieping was veel triester dan de rest van het gebouw, een witte veiligheidsdeur zat midden in een muur van witgekalkte baksteen. Het naambordje herkende ze, een onregelmatig lettertype, gegraveerd in geborsteld staal, met een handgeschreven briefje ernaast.

T. SAMUELSSON.

Ze belde aan.

Godzijdank deed Thomas open.

Ze had hem sinds juli niet meer gezien.

Hij was naar de kapper geweest. Zijn kuif stond recht omhoog, het zag er een beetje raar uit, hij leek ouder zo. Zijn gelaatstrekken waren duidelijker dan ze het zich herinnerde. Hij had een zwart pak aan en glimmende schoenen.

Ik poetste zijn schoenen altijd. Doet hij dat nu zelf?

'Mag je geen voornaam?' vroeg ze, waarbij ze naar het briefje wees.

'Je bent een beetje laat', zei hij. 'We moeten meteen gaan.'

Hij was duidelijk nerveus, draaide zich om en reikte naar zijn overjas die aan een versierde smeedijzeren kapstok hing.

Sophia F.H. Grenborg kwam van achter Thomas met een uit-gestrekte arm aan trippelen met een gemaakte glimlach op haar gezicht gelijmd. Ze had een heldergele trui aan, in combinatie met haar gele haar zag ze eruit als een paaskuiken. Het duurde een seconde voordat Annika besefte dat de trui van exact hetzelfde model was als haar korenblauwe, *jezus, wat een geluk dat ik er niet aan toegekomen ben om die te wassen.*

'Mama!'

De kreet kwam uit het appartement en werd vergezeld van rennende voetstappen. Kalle duwde Sophia F.H. Grenborg opzij en sloeg zijn armen om Annika's benen, Ellen kwam achter hem aan huppelen met haar nieuwe Poppy in haar armen en drong zich ook langs F.H. Annika liet haar tas en jack op de grond vallen, ging op haar hurken zitten en sloot beide kinderen in haar armen, lachte hard en wiegde hen beiden van de ene naar de andere kant. Het voelde alsof ze ze een half jaar niet gezien had, ofschoon ze ze maandag nog had afgeleverd bij de crèche en bij de school. Ze kuste hen op het haar en op de wangen, drukte hen tegen zich aan, kietelde hen en voor de zekerheid gaf ze Poppy ook een zoen.

Thomas schraapte zijn keel.

'Nou,' zei hij, 'dan moeten we maar gaan …'

'Hoe gaat het me je?' vroeg Annika. Ze veegde het haar van haar dochters voorhoofd en bestudeerde haar gezicht. 'Heb je vandaag nog weer overgegeven?'

Het meisje schudde haar hoofd.

Annika sloeg haar blik op naar Thomas.

'Is ze koortsvrij?'

'Sinds de lunch', antwoordde hij. 'Ze gaat morgen naar de

crèche, dus ze moet tegen acht uur naar bed. Wat heb je met je hand gedaan?'

Annika richtte zich op met haar dochter in haar armen.

'Heb me gesneden bij het eten koken. Ik heb wat werk te doen als de kinderen slapen. Is er een computer die ik kan gebruiken?'

'Zeker, zeker', zei Thomas en hij wees naar een groot atelier dat het zolderappartement bijna geheel in beslag leek te nemen.

Annika liep langs F.H. Grenborg zonder haar een blik waardig te gunnen.

'Hier is mijn werkkamer', zei Thomas en hij opende de deur van een krap hokje achter de keuken. 'Hier kun je zitten. We maken het niet laat, toch, Sofietje?'

Sofietje? Mijn god!

'Nja,' zei Sofietje F.H. Grenborg, waarna ze een jas aantrok en een paar vingerhandschoenen van zwart nappa, 'ik geloof dat moeder na afloop wil souperen, ik meen zelfs dat ze een tafel gereserveerd heeft in de Operakällaren ...'

Maar goed, mij noemde hij natuurlijk Ankje ...

'Ik ga nergens naartoe', zei Annika kort zonder naar de andere vrouw te kijken, en daarna nam ze Kalle bij de hand en liep op het geluid van *Bolibompa* af. Thomas liep haar achterna en keek naar hen, terwijl ze zich in de zwarte leren bank voor de plasma-tv installeerden om naar het kinderprogramma te kijken. Hij bleef in de deuropening staan, Annika voelde zijn blikken en merkte dat haar hart sneller ging kloppen.

Hij is zo leuk en dat korte haar staat hem hartstikke goed.

'Bedankt dat je dit wilt doen', zei hij zacht.

Ze slikte en bleef naar de tv kijken.

'Thomas, kom je?'

Hoe is het mogelijk dat hij die stem verdraagt.

Hij verdween uit de deuropening en daarna hoorde ze hoe mobiele telefoons in zakken en tassen werden gestopt. Vervolgens weerklonk het gerinkel van sleutels en ten slotte viel de deur dicht en breidde de stilte zich uit in dat afgrijselijke *penthouseappartement* van Sofietje F.H. Grenborg.

De kinderen gingen op dezelfde tijd en met dezelfde uitvluchten naar bed als bij haar thuis, wat dat betreft was er niets nieuws onder de zon. Ze wasten zich en poetsten hun tanden, verzamelden hun kleren, stopten de vuile kledingstukken in de wasmand en legden de schone opgevouwen op de stoel, deden hun pyjama aan en kozen een verhaaltje uit, en daarna kropen ze lekker dicht tegen Annika aan, die het verhaaltje voorlas. Ellen was wat weerspannig, ze had overdag een poosje geslapen en kon nu moeilijk tot rust komen. Annika ging naast haar in het smalle bed liggen en zong net zo lang liedjes voor haar tot ze in slaap viel. Daarna voelde ze aan haar ronde voorhoofd en zachte schoudertjes. Sloot haar ogen en snoof de geur van haar haren op, voelde het kietelen in haar neus.

Je bent een klein wonder.

Voorzichtig maakte ze zich los van het heerlijk bedwarme lichaam van haar dochter en ging in de deuropening staan om naar haar te kijken. Ze ging steeds meer op Thomas lijken met haar blonde haar en blauwe ogen. Haar borst trok samen, ze draaide haar hoofd weg en liep het koele appartement in. Ze huiverde en wilde dat ze een vest had meegenomen.

Het was niet alleen dat de temperatuur in het appartement laag was, het tochtte ook ergens, en de sobere inrichting versterkte het kille gevoel nog eens. Alles was wit, behalve de leren meubels, die zwart waren, en de tafels die vervaardigd waren uit glimmend chroom en glas.

De kinderen hadden twee naast elkaar gelegen minuscule kamertjes in de uiterste hoek van het atelier. Alleen hun bed paste erin en een kastje voor speelgoed. De wanden waren kaal, er lagen geen kleden op de grond, er hingen geen gordijnen en er was geen sprei.

Ik zoek de verkeerde dingen. Er ontbreekt de kinderen niets. Als Thomas zich maar om hen bekommert, dan zullen ze het goed hebben.

Ze had nooit gedacht dat ze zou gaan scheiden. Naïef genoeg had ze zich voorgesteld dat het voldoende was als ze van elkaar hielden: als ze maar genoeg liefhad, dan zou alles goed komen, ongeveer als in de verhaaltjes die ze de kinderen voorlas.

Ik vergat om met hem te leven en nu is het te laat.

Ze ging Kalles kamertje binnen, stopte zijn beddengoed in en raapte Chicken op die op de grond was gevallen. Liep daarna door het atelier naar de ruimte achter de keuken en ging achter Thomas' laptop zitten. Hij had nog dezelfde gebruikersnaam en hetzelfde wachtwoord, voor beide gebruikte hij nog steeds zijn voornaam. De verbinding was snel, net zo snel als op de krant.

Ze ging naar het Infoplein en vulde de persoonlijke gegevens van Lena Yvonne Nordin in bij het personen- en adresregister van de staat. Haar roepnaam was Yvonne, ze was 42 jaar oud en stond ingeschreven onder een postbusadres in Skärholmen. Volgens de historische lijst had ze eerder in Uppsala gewoond en in de kolom 'burgerlijke staat' stond vermeld dat ze sedert tien jaar weduwe was. Om te kijken of ze misschien kinderen had, zocht Annika op hetzelfde postadres naar mannelijke en vrouwelijke Nordins, zonder de leeftijd in te vullen.

Niente. Niemand met Nordin als achternaam in ieder geval.

Annika zag geen printer in de kamer staan en liep naar de hal om haar blocnote te halen, waarin ze de gegevens noteerde. Opende nog een Explorervenster en checkte de meest basale informatie: of de vrouw een vast of mobiel telefoonnummer had. Ze kreeg 49 hits op Yvonne Nordin, van Boden in het noorden tot Simrishamn in het zuiden, maar niemand in Skärholmen of Uppsala. Lena Yvonne Nordin kreeg één hit, een vrouw in Uddevalla, maar die heette ook Mari, dus dat zou haar wel niet zijn.

Vervolgens logde ze in op het register voor onroerende zaken en zocht op registraties die gekoppeld waren aan het persoonsnummer van Lena Yvonne Nordin.

Niets.

Ze logde in op het kentekenregister.

Daar ook niets.

Ze beet op haar lip.

Bedrijven, ze runde natuurlijk een paar bedrijven ...

Ze ging naar het vennootschapsregister en vroeg de drie bedrijven op waaraan Lena Yvonne Nordin verbonden was. Van die drie was alleen nog Advice Investment Management NV actief, het was het bedrijf waar David bestuurder was geweest. De beide andere waren uitgeschreven.

Maar nu viel haar oog op een naam die ze eerder had gezien, maar toen niet gecheckt had: Niklas Ernesto Zarco Martinez. Ook hij stond ingeschreven in Skärholmen.

Ze opende opnieuw een venster en vroeg ook zijn gegevens op.

Persoon overleden.

Annika knipperde met haar ogen.

Niklas Ernesto Zarco Martinez, 35 jaar oud, was het afgelopen jaar op Kerstavond overleden.

Die Lena Yvonne heeft een talent om sterfgevallen om zich heen te verzamelen.

Met een ongemakkelijk gevoel deed Annika een zoekopdracht naar de activiteiten van Advice Investment Management NV. De vennootschap had haar zetel op het postbusadres in Skärholmen, hetzelfde als dat van Yvonne privé. Ze pakte het kentekenregister er weer bij en voerde het organisatienummer van het bedrijf in en *hupsakee! Verdomd als het niet waar is!*

De vennootschap beschikte over een Toyota Landcruiser 100 met het kenteken TKG 298. Het voertuig was al enige jaren oud, maar bleek verzekerd en gekeurd te zijn, en ook de wegenbelasting was betaald, hetgeen betekende dat hij gebruikt werd en ergens in of niet al te ver van Zweden rondreed.

Yvonne, ik heb je auto gevonden.

Aangemoedigd door haar succes ging Annika weer naar het register voor onroerende zaken, typte ook daar het organisatienummer van de vennootschap in en wachtte geduldig, terwijl de computer een paar miljoen registraties doorploegde.

Ik moet blij zijn dat hij zich om de kinderen bekommert. Het is ongelofelijk gemeen om mij de schuld te geven van de brand, maar kan ik hem dat eigenlijk kwalijk nemen? Iedereen denkt toch dat ik het gedaan heb? En hij zorgt goed voor de kinderen ...

De computer gaf een geluidje en Annika keek naar het scherm. Eén hit.

Lybacka 2:17 kerkgemeente Tysslinge in de gemeente Örebro. *Wat?*

Het bedrijf van Yvonne Nordin bezat een pand ten noorden van Örebro!

Annika's hart begon sneller te slaan.

De registratie had precies een jaar geleden plaatsgevonden, op 2 december.

Wat betekent dit?

Lybacka 2:17. Dat was geen adres, maar zo'n hopeloze aanduiding uit het kadaster die haar niets zei.

Hoe zou ze erachter kunnen komen waar Lybacka 2:17 lag?

Ze ging naar de homepage van de gemeente Örebro om te kijken of ze misschien kaarten hadden, en wel had je ooit! Je kon de kadastrale aanduiding opzoeken op hun virtuele satellietkaarten.

Ik hou van internet! Dit is bijna te eenvoudig!

Ze vulde de kadastrale aanduiding in op het zoekformulier, de kaart rechts begon te knipperen en daarna verscheen er een satellietopname met een extreem lage resolutie die vermoedelijk een naaldbos voorstelde.

2:17 stond midden in beeld, ze zoomde uit om te kijken waar ze zich ongeveer bevond.

Een paar klikken verder zag ze op het satellietbeeld dat Lybacka 2:17 bestond uit een huisje met een bijbehorende stal dat midden in het bos lag. Na nog weer een paar keer klikken kwam ze bij een gewone kaart, waarop wegen en dorpen te zien waren. Aangezien ze geen printer had, tekende ze de kaart uit de losse pols na, zoomde daarna nog wat verder uit en zag dat het perceel ten noordwesten van Örebro lag, voorbij Garphyttan en dan verder het bos in.

Waarom heb je dit perceel een jaar geleden gekocht, Yvonne? Speelt het een rol in jouw plan?

Ze ging terug naar de homepage van de gemeente Örebro en zocht informatie op over de kerkgemeente Tysslinge en het gebied dat Lybacka heette. Ze las dat er zich daar een klein nationaal park bevond en dat er een paar in onbruik geraakte groeven lagen, de Lybackagroeven genaamd. Ernaast had je een veengebied dat Ängamossen heette en dat beschreven werd als 'begroeid met hier en daar een lage den. Rondom het veengebied bevinden zich betoverende plekjes die regelrecht aan een oerbos lijken te ontspruiten …'

Ze klikte de natuurbeschrijving weg en ging naar het telefoon-

boek van Eniro, maar vond geen nummer bij de kadastrale aanduiding Lybacka 2:17. Ten slotte liep ze naar de hal, pakte haar
mobiele telefoon uit haar tas en belde Inlichtingen, maar ook daar
ving ze bot.

Ze aarzelde even, belde daarna Nina Hoffman. Vroeg of ze de
foto's al had geregeld.

'Ben er nog niet aan toegekomen', zei de politievrouw.

'Het zal interessant zijn om te zien of Julia een van die vrouwen
herkent', zei Annika. 'Ik zit hier van alles te checken ...'

'Sorry dat ik je onderbreek, maar ik zit in de auto. Zullen we
morgenvroeg bij het politiebureau afspreken? Om acht uur?'

Annika hoorde op de achtergrond een krakende stem uit een
mobilofoon komen.

'Prima', zei ze.

Ze verbraken de verbinding en daarna sloot Annika alle Explo-
rervensters.

Haar blik viel op Outlook Express.

*Ik heb Thomas' memo in de mail gelezen en ik moet hem onmid-
dellijk spreken, kun je dat aan hem doorgeven?*

Hoezo? Wat is er zo belangrijk dan?

Ze opende het mailprogramma Outlook, klikte op 'verzonden'
en las vluchtig de geadresseerden door. Het laatste mailtje was
verstuurd naar sophia.grenborg@skl.se, skl was het samenwer-
kingsverband tussen de Zweedse gemeenten en provincies. In de
onderwerpsregel stond 'darling, ik mis je'.

Ze slikte en ging met haar blik het lijstje af.

Bijna helemaal onderaan de pagina zag ze het.

jimmy.halenius@justice.ministry.se, met als onderwerp 'memo'.

Zonder met haar ogen te knipperen opende ze het mailtje en de
bijlage.

Ze huiverde toen ze het memo doorlas.

Thomas bracht de staatssecretaris op de hoogte van het feit dat
het onmogelijk was om te voldoen aan de directieven die verbonden waren aan het onderzoek dat hij moest verrichten. Het kon
simpelweg niet.

Wanneer de levenslange gevangenisstraf werd afgeschaft, zouden de kosten voor het gevangeniswezen zodanig stijgen dat er opnieuw onderhandeld zou moeten worden over de langetermijnrichtlijnen voor de staatsbegroting.

Mijn god! Dit is je reinste dynamiet!

Daarna volgde een nauwkeurig overzicht van de effecten die tijdelijke straffen zouden hebben op het budget van de Rijksdienst voor het Gevangeniswezen. De redenering was gebaseerd op de aanname dat een uitzonderlijk lange, in tijd beperkte straf in plaats van levenslang, alle andere straffen uit het Wetboek van Strafrecht zou opdrijven, hetgeen tot gevolg zou hebben dat de financiële middelen van het gevangeniswezen binnen drie jaar met ten minste 25 procent zouden stijgen.

Ze ging terug naar de grote kamer, maar liet de computer aanstaan. Bleef staan en staarde naar het plafond, het was alsof ze in een kerk stond.

Penthouseappartement, hoe snobistisch kan een mens worden?

Ze keek hoe laat het was, het operagezelschap zou zo wel terug zijn. Rusteloos en achtervolgd door haar eigen voetstappen liep ze rond in het atelier, langs de eethoek en de gestileerde zitmeubels en terug naar de tv in de kleine woonkamer. De late uitzending van *Rapport* zou over een paar minuten beginnen. Het lukte haar om net op tijd de set-top-box aan de praat te krijgen en het juiste kanaal in te stellen, voordat het logo van het programma in beeld verscheen.

De veroordeling van Julia Lindholm tot een levenslange gevangenisstraf was het eerste item van de uitzending. De nieuwslezeres, een jonge vrouw met een grafstem, slaagde erin om in haar korte aankondiging van het item Julia zowel 'dubbele moordenaar' als 'politiemoordenaar' te noemen.

De eerste betrokkene die in beeld kwam, was officier van justitie Angela Nilsson, die met snelle passen en een rechte rug voorbijliep, gevolgd door wiebelende camera's als betrof het een slechte Dogma-productie. De officier verklaarde dat het vonnis zowel te verwachten als te rechtvaardigen was en maakte een tevreden en tegelijkertijd norse indruk.

'Een eensgezinde rechtbank deelt al mijn conclusies', zei ze. 'Daarom vind ik dit een vonnis dat op correcte wijze gemotiveerd is.'

Ja, nogal wiedes.

De situatie in de vertrekken van de arrondissementsrechtbank aan de Fleminggatan 14 leek chaotisch te zijn. Journalisten botsten tegen elkaar aan en officier Nilsson moest met haar hand de cameralampen afschermen om te kunnen zien waar ze liep.

'De berekenende wreedheid die Julia Lindholm ten aanzien van haar verwanten heeft tentoongespreid, is met geen pen te beschrijven', zei ze, waarna ze vlug door een veiligheidsdeur verdween.

Welke verwanten? Alleen zijzelf is tenslotte nog over, zij en haar ouders. En haar vriendin Nina natuurlijk.

Daarna kwam de advocaat in beeld, de jonge Mats Lennström. Zijn haar stond stijf van de gel en hij had zweetdruppels op zijn voorhoofd staan. Hij boog zo ver naar voren dat hij met zijn neus tegen de camera stootte, waardoor er een wazig vlekje op de lens verscheen.

'Euh, het was natuurlijk logisch dat het vonnis er zo uit zou komen te zien, aangezien mijn cliënte niet uit het huis van bewaring is vrijgelaten', zei hij, terwijl zijn blik over de horde journalisten doolde. 'Maar de opvatting van de arrondissementsrechtbank met betrekking tot de strafmaat deel ik niet. Ik heb onder meer moeite met de redenering van de rechtbank ten aanzien van de misdrijven jegens het jongetje, euh, Alexander. De zwakke plek is dat we nog steeds niet weten hoe hij gedood is.'

Annika zat geërgerd op de bank te draaien, *hoe weet jij dat hij dood is?*

'Ga je in hoger beroep?' schreeuwde een verslaggever.

'Euh, ik overweeg het, maar ik heb nog niet met mijn cliënte kunnen spreken, dus die vraag kan ik nog niet beantwoorden ...'

Mats Lennström liep struikelend een gang in en verdween achter een andere veiligheidsdeur.

Een derde persoon verscheen op het scherm, politieprofessor Lagerbäck, crimonoloog van de meer populistische soort, die het vonnis in de zaak-Julia Lindholm rap samenvatte in vier aansprekende formuleringen: 'Natuurlijk moest ze levenslang krijgen, andere opties waren er niet. Ze beroofde een politie-icoon van zijn mannelijkheid en daarna kwam ze met dat verhaal over het horen van stemmen. Het enige wat ik verbazingwekkend slecht vind aan het politiewerk is het feit dat men er niet in geslaagd is om de overblijfselen van dat jongetje te vinden. Dat vind ik eerlijk gezegd een grof schandaal.'

Annika zette de tv uit, ze kon de stilte voelen.

Ze zijn allemaal zo zeker van hun zaak. Waarom laat de gedachte mij niet los dat dat kind nog leeft?

Ze keek weer hoe laat het was, twintig over elf.

Waar blijven ze toch?

Geërgerd stond ze op van de bank en liep naar de hal, waar haar mobiele telefoon lag. Ze stuurde Thomas een kort en neutraal sms'je.

Weet je ook wanneer jullie terug zijn?

Een minuut later kreeg ze antwoord.

Over een uur, ruim.

Ze zuchtte. Wat zou ze in godsnaam eens doen totdat het half een was.

Ze liep naar de kamertjes met de slapende kinderen, bukte zich en snuffelde aan hun zachte nekjes. Liep naar de keuken om iets eetbaars uit de koelkast te pakken, maar bedacht zich, ze wilde het ranzige voedsel van Sofietje F.H. Grenborg niet aanraken.

Bleef voor de slaapkamerdeur staan. Hun slaapkamer. Luisterde naar de sterren en het trappenhuis.

Nog minstens een uur voordat ze thuis zijn. Ik leg alles terug zoals het was.

Ademloos en zonder geluid te maken duwde ze de deur open. Een bedlampje brandde. Ze liep naar het tweepersoonsbed, dat niet was opgemaakt. De dekbedovertrek was zwart. Er zaten ingedroogde witte vlekken op het onderlaken. Op de vloer lag een zwart slipje met afscheiding in het kruis. Ze wendde haar hoofd af en richtte haar blik op de kleerkasten.

Die namen een complete lange wand in beslag. Ze liep naar de eerste kast en deed de deur voorzichtig een stukje open.

Pakken. Thomas had nieuwe gekocht. Ze trok de kastdeur helemaal open.

Deze waren duurder dan zijn oude, die verbrand waren. Voorzichtig streek ze over het materiaal, wol, katoen, zijde.

Hij heeft altijd een goede smaak gehad, hoewel hij het leukst is in spijkerbroek en trui.

Ze deed de deur weer dicht en opende de volgende.

De jurken van Sofietje. Ze waren geel en rood en wit en zwart en gebloemd en andere waren bestrooid met lovertjes.

De druk op haar borst nam toe, ze sloot de deur en opende de volgende.

Haar ondergoed. Er lagen slipjes en jarretels en beha's, allemaal van kant en met haakjes en pareltjes.

Ik heb niet één zo'n beha, nooit gehad ook. Raakt hij daar opgewonden van?

Zij had crèmekleurige en rode en dieplila en zwarte, met of zonder schouderbandjes, met of zonder push-up.

Ze pakte een zijdezacht gevalletje met beugels en strass en hield het omhoog. Het was veel te klein. Ze legde het terug, maar aarzelde.

Ze zal nooit ontdekken dat ik het weggenomen heb. Ze vraagt zich misschien af waar het gebleven is, maar ze zal het nooit zeker weten.

Met de beha in de hand deed ze de kastdeur dicht en keek de kamer rond. Verder had ze niets aangeraakt.

Gauw verliet ze de slaapkamer en deed de deur achter zich dicht, liep terug naar de hal en propte de beha in het binnenvak van haar tas.

Op dat moment kwam er een sms'je binnen.

Van Thomas.

We maken het niet laat.

Ze smeet het telefoontje weg.

Ik wil hier niet langer blijven! Shitzooi!

Tranen welden op in haar ogen. De krijtwitte muren leunden over haar heen, ze liep op een drafje naar Kalle en hurkte neer bij zijn bed.

'Lieverd van me', fluisterde ze. 'Ik mis je zo ...'

De jongen deed zijn ogen open en keek haar verward aan.

'Wat is er, mama? Moet ik nu opstaan?'

Ze dwong zichzelf tot een glimlach.

'Nee, schat, ik geef je alleen maar een kusje. Ga maar weer lekker slapen.'

Ze richtte zich op en ging achterwaarts de kamer uit, liep wankelend door het atelier en bleef staan bij een buffetkast die tegen de achterste wand stond. Erbovenop prijkte een rij foto's in prachtige lijsten, ongeveer zoals je wel zag in Amerikaanse tv-series. Er was er een met Thomas en F.H. die elkaar omhelsden aan boord van een zeilboot, een met Thomas en F.H. die elkaar omhelsden voor de Eiffeltoren in Parijs, een met Thomas en F.H. en de kinderen op een groepsfoto bij het tweede huis van zijn ouders in de scheren …

Plotseling kon ze niet langer ademhalen, *de rotzak!*

Ze begon te huilen.

Wat zal zijn moeder tevreden zijn nu ik uit het plaatje verdwenen ben. Ze vindt vast dat Sofietje Fucking Hell Grenborg een veel betere moeder is dan ik. Hoe kan hij zo tegen me doen?

Het zelfmedelijden overspoelde haar met zo'n kracht dat haar de adem benomen werd.

Dit ga ik hem betaald zetten, de ellendeling!

Ze liep gauw terug naar Thomas' werkkamer achter de keuken, naam plaats achter de computer en veegde met een vinnige beweging haar tranen weg. De computer stond in de sluimerstand, maar kwam weer snel tot leven toen ze de muis een duwtje gaf.

Ze opende het mailtje naar de staatssecretaris nog een keer.

Wanneer dit memo uitlekte, zou dat gigantische consequenties hebben voor het hele onderzoek. Wanneer niet aan de directieven voldaan kon worden, zou het hele project schipbreuk lijden. Alles zou in de prullenbak verdwijnen en het werk zou helemaal op-nieuw moeten worden gedaan in die zin dat de regering een nieuwe onderzoeksopdracht zou formuleren met nieuwe directieven en nieuwe medewerkers.

Thomas zou zijn baan kwijtraken.

Ze staarde naar het memo, voelde haar hart tekeergaan. Keek hoe laat het was.

Half een. Ze zouden zo thuiskomen.

Hij redt zich wel. Hij heeft immers zijn Sofietje.

Wat moest ze doen om ervoor te zorgen dat niemand zou begrijpen waar het mailtje vandaan kwam?

Ze kon het niet doorsturen, dan zou Thomas' adres zichtbaar zijn. Ze kon het evenmin vanaf haar eigen mail versturen, dan zou iedereen snappen waar zij het memo vandaan had.

Ze moest een e-mailadres verzinnen, een anoniem en algemeen adres, maar toch zo geloofwaardig dat de medewerkers van de krant hun adem zouden inhouden zodra ze het in de directory met tips zagen staan.

Nóg een keer keek ze hoe laat het was en daarna ging ze naar hotmail.com.

Waar ze met bevende vingers een spiksplinternieuw e-mailadres aanmaakte.

deep-throat-rosenbad@hotmail.com

Dat kostte haar drie minuten.

Daarna stuurde ze Thomas' mailtje door naar het nieuwe adres en wachtte nerveus totdat het opdook in het Hotmailaccount. Vervolgens verwijderde ze alle gegevens waaruit kon worden opgemaakt wie het memo geschreven had en waarvandaan het verstuurd was, en daarna verstuurde ze het nog een keer, deze keer naar het mailadres van de *Kvällspressen* dat bedoeld was voor tips van de lezers.

Nog heel even en op de krant zou het signaal opklinken dat er een bericht was binnengekomen in de directory voor de tips.

De reporter die de mail checkte zou de afzender zien staan: Deep Throat Rosenbad, naar de geheime bron van Bob Woodward en Carl Bernstein tijdens de Watergate-affaire. Hij of zij zou het mailtje openklikken en het korte commentaar lezen dat zij had toegevoegd:

De tekst die ik jullie hierbij toestuur, is een intern en zeer vertrouwelijk memo van het ministerie van Justitie. De inhoud zal ingrijpende consequenties hebben voor het toekomstige werk van de regering. Staatssecretaris Halenius is geïnformeerd.

Meer niet. Dit moest genoeg zijn. Alle signaalwoorden die de redacteuren van de krant waarschijnlijk in actie zouden laten komen, werden gebruikt: intern, vertrouwelijk, regering, ministerie van Justitie, ingrijpende consequenties, staatssecretaris, geïnformeerd ...

Tot slot wiste ze alle Hotmailbestanden uit het geheugen van Explorer, ging naar Outlook om het mailtje dat ze doorgestuurd had te wissen en sloot de computer af.

In de stilte die volgde hoorde ze de lift in het trappenhuis in beweging komen.

Snel deed ze het licht in de werkkamer uit, rende op kousenvoeten door het atelier en plofte neer in de zwarte leren bank. Op dat moment ging de voordeur open.

Ze ging meteen weer staan, liep naar de hal en probeerde er moe en verbeten uit te zien.

'Hoe ging het?' vroeg Thomas.

'Goed', zei ze, en zonder een van hen aan te kijken, pakte ze haar tas en jack en verdween in het trappenhuis.

Vrijdag 3 december

Annika liep bij de Seven Eleven aan de Klarabergsgatan naar binnen en kocht de beide avondkranten, alsmede een chorizoworst voor het ontbijt. Haar handen trilden een beetje toen ze het geld op de toonbank legde, ze voelde zich ongemakkelijk, wat zou de krant met het vertrouwelijke memo gedaan hebben?

Stel je voor dat het tot een regeringscrisis leidt.

Stel je voor dat ze de clou niet begrepen hebben en het niet plaatsen.

Ze wist niet wat ze het ergst zou vinden.

Met grote ogen bestudeerde ze de voorpagina van de *Kvälls-pressen*. Die werd gedomineerd door een mooie foto van een lachende Julia met een bloemenkrans in het haar. De kop luidde 'Levenslang' en de onderkop: 'Exclusief: politievrouw Julia Lindholm doet een boekje open over de moord op haar man David, het verdwijnen van haar zoon en haar toekomst in de gevangenis.'

Dit dekte niet de inhoud van het artikel, maar ze kon het niet opbrengen om zich daarover op te winden.

Op de één stond niets over het memo.

Ze bladerde gauw verder, besefte dat ze de andere klanten in de weg stond, liep snel een stukje achterwaarts de winkel in en spreidde de krant uit over de vriezer met de ijsjes. Nam een grote hap van de worst en morste mosterd op haar verband, *hè, shit.*

De zes en de zeven waren gevuld door haar interview met Julia Lindholm. Op de acht en de negen werd het vonnis geanalyseerd, maar daar, *o, daar had je het,* op pagina tien stond het artikel over het vertrouwelijke memo van het ministerie van Justitie.

Emil Oscarsson had het geschreven. Hij had de potentie van de tip begrepen en had zowel de staatssecretaris als de persvoorlichter van de minister wakker gebeld, en ook een partijleider van de oppositie. De invalshoek was dat het onderzoek een regelrechte catastrofe dreigde te worden en dat het ministerie van Justitie gedwongen was om halsoverkop maatregelen te nemen teneinde te voorkomen dat de kosten van het gevangeniswezen volkomen uit de hand gingen lopen.

Annika slikte moeizaam.

Waar ben ik mee bezig?

Ze vroeg zich af of *Echo* het onderwerp opgepakt had en er in de ochtenduitzendingen op inging, maar ze had geen radio tot haar beschikking, dus dat kon ze niet nagaan.

Welke consequenties krijgt dit? Voor Thomas? Voor de regering?

Haar mobiel ging over, en terwijl ze in haar tas dook om het telefoontje eruit te pakken, liet ze de worst op de grond vallen.

Het was Nina.

'Julia ligt nog steeds op de verpleegafdeling. Ze mag geen bezoek ontvangen.'

Shit, shit, shit!

'Twee minuten.'

Annika propte de worst samen met de beide kranten in de prullenbak en rende naar de Bergsgatan.

Nina Hoffman had haar politie-uniform aan. Ze zag eruit of ze de hele nacht geen oog had dichtgedaan.

'Heb ik ook niet', zei ze kort. 'Om half vijf vonden we een dode man in een woning bij Hornstull. Dat nam wat tijd in beslag.'

'Weten de kranten ervan?' vroeg Annika buiten adem.

'Zag eruit als een overdosis, dus ik denk niet dat ze zich er druk om maken. Maar we moeten het natuurlijk wel onderzoeken. Wat heb je met je vinger gedaan?'

Ze stonden op het trottoir bij de ingang van het politiecomplex in Kungsholmen, Annika trok haar linkerhand in de mouw van haar jack.

'Heb me gesneden bij het eten koken', zei ze terwijl ze de Scheelegatan in keek. Ze voelde Nina's scherpe blik.

'Dat is een flink verband', zei de inspecteur.

Annika keek naar de grond, naar de natte bladeren die tegen het asfalt plakten, naar haar laarzen en naar Nina's stevige politie-schoenen.

'Vertrouwen we elkaar of niet?' vroeg Nina Hoffman, waarna ze Annika een stukje aan de kant trok om een vrouw met een kinder-wagen erlangs te laten.

'Ze waren met zijn tweeën', zei Annika toen de vrouw voorbij was. 'Twee mannen, ze trokken me een steegje in, vlak bij mijn portiek in Gamla Stan. Dat was laatst, die avond toen ik bij jou vandaan kwam. Ze sneden in mijn vinger, zeiden dat ik moest zeggen dat ik me gesneden had bij het eten koken. Ik mocht er met niemand over praten, anders zouden ze ... de volgende keer ... de kinderen opensnijden ...'

Haar keel werd dichtgesnoerd.

Nina pakte haar hand en keek naar het verband.

'Wat heb je erop gesmeerd?'

'Mosterd. Sterke.'

'Je bent zeker gehecht?'

'Ik heb acht hechtingen gekregen. De een of andere pees is vernield. Ik heb een van de mannen gebeten, hij gaf me een klap tegen mijn hoofd, zodat ik zou loslaten.'

Nina keek haar aan, haar ogen waren zwart door het slaapgebrek.

'Je weet wat ik gezegd heb. Je moet voorzichtig zijn. Met die mensen valt niet te spotten.'

Ze keek de Bergsgatan in.

'Ik denk dat je dit moet laten rusten', zei ze. 'Denk aan je kinderen.'

'Heb je de foto's?'

Nina aarzelde, daarna knikte ze.

'Kom', zei Annika. 'De banketbakker aan de Hantverkargatan is net open.'

Ze gingen aan een piepklein tafeltje bij het raam zitten.

Annika nam een koffie, Nina wilde niets hebben. Ze deed haar politiepet af en liet haar hoofd tegen de muur rusten.

'Dit riekt naar een ambtsovertreding', zei ze mat. 'Eigenlijk mag ik niet in de buurt van dit onderzoek komen.'

Ze zocht in haar zakken en haalde er een envelop uit, Annika nam die van haar over en haar hart begon sneller te kloppen. Voorzichtig pakte ze de portretfoto's eruit en bladerde ze door.

'Wie van hen is Yvonne Nordin?'

'Wat denk je?' zei Nina toonloos.

Annika spreidde de polaroidfoto's van de Centrale Dienst van de Rijkspolitieraad uit op het kleine tafeltje, pakte de ene foto na de andere op en bestudeerde ze nauwgezet.

'Nee', zei ze toen. 'Ik kan het niet raden.'

Nina draaide een van de foto's om en wees op de achterkant, waar naam en persoonsnummer van de vrouw stonden genoteerd.

Yvonne Nordin was een vrouw van begin veertig met donkerblond haar en een alledaags gezicht. Ze keek ernstig en was mogelijk iets te zwaar.

Annika Bengtzon pakte de foto en bekeek die aandachtig.

'Denk je dat ze geld heeft?'

Nina snoof.

'Dat is een puur hypothetische vraag.'

Annika keek geconcentreerd naar de foto.

'Als zij de moorden aan de Sankt Paulsgatan gepleegd heeft, dan was ze betrokken bij de louche zaakjes van Filip Andersson en dan heeft ze waarschijnlijk wel wat geheime bankrekeningen op een paar tropische eilanden. Ik heb gisteravond wat speurwerk naar haar gedaan. Ze staat ingeschreven onder een postbusadres in Skärholmen, maar ik denk niet dat ze daar woont.'

'Waarom niet?' vroeg Nina.

'Als ze David werkelijk doodgeschoten heeft en Alexander heeft gekidnapt, dan had ze daar een bedoeling mee. Ik denk dat ze Alexander bij zich heeft en dat hij niet door andere mensen gezien mag worden, in ieder geval voorlopig niet. Dus valt Skärholmen af … En daarom …'

Ze haalde haar blocnote uit haar tas en liet Nina een bladzijde zien waarop een paar onregelmatige lijnen waren getekend.

'… kocht ze precies een jaar geleden een huisje midden in het bos, ergens ten noordwesten van Örebro. Om precies te zijn, net boven Garphyttan, hier!'

Ze wees met een pen naar een kruisje op de pagina.

Nina zag er ontzettend vermoeid uit.

'Julia vertelde dat David is opgebeld door een paar vrouwen, of misschien was het ook steeds dezelfde, die eisten dat hij Julia verliet. Een van hen had een abortus laten plegen. Denk je dat dat belangrijk is?'

'Ik geloof dat ik toch maar een kop koffie neem', mompelde Nina en Annika ging er meteen een voor haar halen.

'Denk je dat die abortus belangrijk is?' herhaalde Annika toen ze de inspecteur het kopje voorzette.

'Zoiets kan een enorm trauma zijn', zei ze, waarna ze in haar koffie blies. 'Sommige vrouwen komen er nooit overheen.'

'Ja, nou,' zei Annika, die weer tegenover haar ging zitten, 'we moeten het ook niet overdrijven. Zo'n drama hoeft het nu ook weer niet te zijn. Ik heb zelf een abortus gehad toen Ellen een half jaar was en ik ben erg blij dat ik dat gedaan heb.'

Nina dronk van haar koffie.

'Dus jij hebt er helemaal geen problemen mee gehad?'

Annika stopte haar portefeuille weer in haar tas.

'Jawel, het was bijzonder lastig om telefonisch contact te krijgen. Ik heb als een idioot de hele provincie Stockholm rond zitten bellen om een afspraak voor een onderzoek te regelen, maar de gynae-cologische spreekuren die al de moeite namen om de telefoon op te nemen, hadden de eerstvolgende weken geen tijd. Uiteindelijk heb ik de moed opgegeven en ben ik uitgeweken naar Eskilstuna. Ik weet nog steeds hoe ongelofelijk opgelucht ik was toen ik de parkeerplaats weer op liep. Hoezo, je lijkt te twijfelen?'

'Niet iedereen reageert zo. Het kan een groot verdriet zijn, iemand kan zich ontzettend bedonderd voelen ...'

Annika zat geërgerd op haar stoel te draaien.

'Het wordt ook van je verwacht dat je dat zegt. Om de een of andere reden mag je niet zeggen dat je blij bent met je abortus, maar dat was ik echt. Ik wilde er op dat moment absoluut niet nog een kind bij.'

Ze zag Nina's afkeurende blik.

'Wat? Vind je dat ik een slechte vrouw ben, omdat ik blij ben dat ik een abortus heb gehad? Heb ik mijn recht om moeder te zijn verspeeld?'

'Nee, nee', zei Nina. 'Maar ik moet nu echt gaan.'

Ze stond op, Annika registreerde dat de vrouw achter de bar een verstolen blik op hen wierp. Een politie-uniform kon maken dat mensen zich schuldig gingen voelen, ook al hadden ze niets gedaan.

'Oké,' zei Annika, 'dan hou ik de foto's', waarna ze ze in de envelop stopte.

Nina bleef staan en leek te aarzelen. Daarna boog ze zich naar Annika over en liet haar stem zakken.

'Wees voorzichtig', zei ze. 'Die mensen die jou gesneden hebben, meenden wat ze zeiden.'

Daarna zette ze haar pet weer op, verliet het etablissement en sloeg de Scheelegatan in.

Annika haalde de foto's weer uit de envelop en bekeek ze een voor een.

De vrouwen waren donker, blond, jong, oud, sommige waren mooi opgemaakt, andere hadden hun haar niet gekamd.

Ze keek nog een keer naar Yvonne Nordin, naar de ietwat bedroefde ogen en het dunne haar.

Ben jij een gestoorde massamoordenares? Hoe kan ik ervoor zorgen dat Julia jou te zien krijgt?

Ze beet een paar seconden op het koffielepeltje, haalde toen pen en papier uit haar tas en schreef een kort briefje aan de Kronobergsgevangenis.

'Deze foto's moeten bezorgd worden bij Julia Lindholm. Met vriendelijke groeten, Annika Bengtzon.'

Ze stond op en haastte zich naar de Bergsgatan, waar ze de envelop afgaf bij de receptie. Daarna holde ze terug naar de bushalte bij Hantverkargatan 32, haar oude portiek, haar thuis in Stockholm tot aan het debacle van de Vinterviksvägen. Ze weigerde zelfs ook maar naar het portiek te kijken en stapte gauw in de bus.

De lucht was gelijkmatig grijs en zwaar als lood. Vermoedelijk was de zon ergens achter het ijzeren gordijn van vocht en grijsheid opgekomen, maar ze betwijfelde of hij zich ooit nog weer zou laten zien.

De bus was vol en ze kon niet zitten, waardoor ze in bochten en bij kruisingen naar alle kanten overhelde. De atmosfeer was bedompt door vochtige kledingstukken en slecht gepoetste tanden.

Toen ze bij de Gjörwellsgatan uitstapte, haalde ze opgelucht adem.

Er was vrijwel niemand op de redactie. Anders Schyman zat in zijn glazen kantoortje met de voeten op zijn bureau de laatste *Kvällspressen* te lezen.

'Verrekte goed stuk over de politiemoordenares die een boekje opendoet', zei de hoofdredacteur, toen ze zonder te kloppen het kantoor was binnengestapt. 'Maar heb je dat artikel op pagina tien gezien? We hebben de hand weten te leggen op een vertrouwelijk memo van het ministerie van Justitie waaruit blijkt dat de levenslange gevangenisstraf niet afgeschaft kan worden, dat wordt te duur.'

'Zag ik', zei ze terwijl ze op zijn bezoekersstoel ging zitten. 'Zeg, ik heb iets geweldigs te pakken. Je weet dat Julia Lindholm beweert dat ze onschuldig is, dat heeft ze vanaf het begin gedaan. Misschien zijn er manieren om dat te bewijzen.'

'Er is vannacht via de mail een tip binnengekomen. Van Deep Throat Rosenbad. Wat zegt jou dat?'

'Ik denk dat ze gelijk heeft, ik denk dat ze het niet gedaan heeft. Alexander leeft.'

De hoofdredacteur liet de krant zakken.

'Ik neem aan dat je dat op de een of andere manier kunt concretiseren.'

Annika begon te vertellen over de driedubbele moord aan de Sankt Paulsgatan vier en een half jaar geleden, dat de slachtoffers eerst een klap met een bijl tegen het hoofd kregen, waarna hun hand werd afgehakt, dat de financiële man Filip Andersson zowel door de arrondissementsrechtbank als door het gerechtshof tot levenslang werd veroordeeld voor de moorden, maar dat hij beweerde onschuldig te zijn. Ze trok de parallel met de moord op David, eerst een schot in het hoofd en daarna de verminking van het lichaam, en het feit dat Julia eveneens beweerde onschuldig te zijn.

Vervolgens vertelde ze over Davids bedrijf, dat hij in hetzelfde management had gezeten als een vrouw genaamd Yvonne Nordin, die tegelijkertijd een ander bedrijf runde samen met Filip Andersson (zie je het verband dan niet!), dat David Julia verteld had over een gestoorde vrouw die hem achtervolgde en kwaad wilde doen, maar we denken dat zíj degene was die die abortus heeft laten plegen ...

Toen ze klaar was met haar relaas, werd het doodstil in het vertrek.

Anders Schyman keek haar strak en verbeten aan.

'Abortus?' zei hij.

'Ja, ja, maar ik weet niet hoe belangrijk die is.'

'En de kleren en knuffel van Alexander, hoe zijn die in het moeras bij Julia's zomerhuisje terechtgekomen?'

'Ze heeft ze daar verstopt.'

'Wie heeft ze daar verstopt? Die Yvonne? En zij was degene die een abortus heeft laten plegen? Dus degene die Alexander verborgen houdt?'

Annika haalde het eigenhandig gefabriceerde kaartje uit haar tas en legde het op het bureau van de hoofdredacteur. Hij pakte het op en bestudeerde het aarzelend.

'Daar', zei Annika, terwijl ze naar een kruisje in het midden wees dat stond voor Lybacka 2:17 in de kerkgemeente Tysslinge, gemeente Örebro.

'Het is ongetwijfeld zo dat Filip Andersson zich schuldig heeft gemaakt aan een hoop andere dingen, maar niet aan de moorden van de Sankt Paulsgatan.'

'En Alexander is dus niet dood?'

'Het was een aanslag op het hele gezin: je doodt de man, sluit de vrouw op en steelt het kind. Alexander leeft.'

Anders Schyman legde het papiertje op zijn bureau en keek haar indringend aan.

'Is ooit duidelijk geworden wie jouw huis in brand gestoken heeft?' vroeg hij.

'Wat heeft dat ermee te maken?' vroeg ze.

De hoofdredacteur leek oprecht bezorgd.

'Hoe gaat het met je, Annika?'

Ze werd onmiddellijk kwaad.

'Dus dat is je conclusie', zei ze. 'Dat ik mezelf probeer vrij te pleiten.'

'Belaster alsjeblieft geen onschuldige mensen. Weet wat je doet.'

Ze stond op en liet het kaartje op de grond vallen, Schyman bukte zich en raapte het op.

'Weet je waaraan me dit doet denken?' zei hij, toen hij haar het papiertje aanreikte.

Ze keek naar de kronkelige lijnen en de afkortingen van de verschillende wegen.

'Aan *A Beautiful Mind*', zei ze zacht.

'Aan een wat?'

Ze slikte luid.

'Heb je hulp nodig?' vroeg hij.

Ze schudde geërgerd haar hoofd.

'Ik ben alleen een beetje uit vorm geweest,' zei ze, 'door de scheiding en zo.'

'Ja', zei hij, terwijl hij met gekruiste armen op zijn bureau ging zitten. 'Hoe gaat het daar eigenlijk mee?'

'De behandeling staat voor deze maand op de rol', zei ze. 'Daarna is alles voorbij.'

'Alles?'

Ze veegde haar haren uit haar gezicht.

'Nee,' zei ze, 'niet alles natuurlijk, maar het moeilijke gedeelte. Daarna wordt het beter.'

'Je zit nog steeds in dat oude kantoorpand? Wanneer ga je een echt huis aanschaffen?'

'Als het politieonderzoek achter de rug is en ik het verzekeringsgeld krijg.'

'En je man …?'

'Die woont bij zijn minnares.'

'Als de scheiding achter de rug is, is ze natuurlijk zijn minnares niet meer.'

Ze pakte haar tas en stopte het kaartje erin.

'Werkt hij nog op het departement van Justitie?'

'Ik geloof het wel.'

'Waarmee hield hij zich ook alweer bezig? Was dat niet het onderzoek rond het afschaffen van de levenslange gevangenisstraf?'

'Kan ik vandaag een auto mee krijgen? Ik ben vanavond terug.'

'Wat ga je doen?'

'Afspraak met een bron.'

Anders Schyman zuchtte.

'Oké', zei hij en hij reikte naar een orderbon voor een auto. 'Maar ik wil niet dat je stommiteiten uithaalt.'

Ze liep het kantoortje uit zonder om te kijken.

De auto was een anonieme Volvo van een wat ouder model, hij was donkerblauw en tamelijk vuil. Ze reed de garage van de krant uit en draaide de Essingeleden op.

Er waren twee wegen die naar Örebro leidden, een langs de noordkant en een langs de zuidkant van het Mälarmeer. Zonder na te denken stuurde ze naar het zuiden, richting Södertälje, Sträng-näs en Eskilstuna. Ze koos instinctief de bochtiger en slechtere route, puur omdat ze eraan gewend was.

Zo zitten we toch in elkaar, wij mensen. We blijven liever bij het welbekende en slechte dan dat we overgaan op iets onbekends en beters.

Er was weinig verkeer en de weg was tamelijk droog, ze kon hard rijden. Nadat ze voorbij Södertälje de E20 op gereden was, zette ze de cruisecontrol op 135 kilometer, net onder de snelheid waarbij ze haar rijbewijs zou kwijtraken als ze gepakt werd. Anne had haar dat geleerd, dat je kon rijden 'met btw'. Op 30- en 50-kilometerwegen kon je twintig kilometer te hard rijden, op 70-, 90- en 110-kilo-meterwegen werden dat er dertig. Als je met btw reed, was je natuurlijk evengoed de klos, maar het kostte je alleen maar een bekeuring.

Zie het maar als een soort kilometerheffing, had Anne gezegd.

Ze moest lachen toen ze eraan dacht, ze had Anne gemist. Haalde een vrachtwagencombinatie uit Estland in, de Volvo zoefde over de weg. Het landschap schoot voorbij zonder dat ze er erg in had, ze kende het haar hele leven al, was hier opgegroeid. De platte, bruine akkers rond Mariefred en Åkers Styckebruk, het Sörfjärden-meer dat zwak glinsterend aan haar rechterhand verscheen toen ze Härad was gepasseerd, de stukken bos toen ze Eskilstuna naderde.

Ze wierp een blik op de digitale klok op het dashboard, één minuut voor tien.

Ellen was nu weer op de crèche, Kalle had zijn eerste pauze.

Ze zette de radio aan om naar *Echo* te luisteren, de nieuwslezer had de diepste stem die ze ooit gehoord had. Toen hij met het hoofditem begon, brak het zweet haar uit.

'Het parlementaire onderzoek rond de wettelijk voorgeschreven straffen en het afschaffen van de levenslange gevangenisstraf zal worden gestaakt, aangezien niet aan de directieven kon worden voldaan. Dit meldt het ministerie van Justitie vandaag in een persbericht. Dat houdt in dat de levenslange gevangenisstraf voor onbepaalde tijd onderdeel zal blijven uitmaken van het Zweedse rechtssysteem, hetgeen door de oppositie zwaar wordt bekritiseerd ...'

Geen credit voor de *Kvällspressen*, niets over wat er met de projectdeelnemers zou gebeuren.

Ze zette de radio uit, de stilte die volgde was oorverdovend. Het gedreun van de wielen tegen het asfalt echode in het interieur, vormde nieuwe woorden met de stem van de *Echo*-man. Ze leunde naar voren, zette de radio weer aan, stemde af op het eind van de FM-band. Mix Megapol had een sterke zender in Eskilstuna op de 107,3 megahertz, ze belandde midden in een eindeloos reclameblok dat eindigde met de verzekering dat het kanaal de actuele hits afwisselde met het beste van gisteren. Ze schroefde het volume op om alle stemmen op een afstand te houden: die van Anders Schyman, van Anne Snapphane, van de *Echo*-man, van Nina Hoffman en van Sofietje Fucking Hell Grenborg ...

Ze reed net Köping uit, toen ze in de verte een benzinepomp zag liggen. Ze besloot dat ze evengoed nu kon gaan tanken en zette de richtingaanwijzer aan, sloeg de Kungsgatan in en reed het terrein van het tankstation op. Gooide de tank vol diesel en liep naar binnen om te betalen. Aangezien ze moest plassen ging ze naar de wc, waar ze ontdekte dat het wc-papier op was. Omdat ze wilde kijken of ze papieren zakdoekjes bij zich had, trok ze met een kreun haar tas naar zich toe, en terwijl ze daarin rondwoelde, raakte haar hand ineens iets glads en zijdeachtigs aan.

De beugelbeha met kant en strass uit de kast van Sophia Grenborg.

Ze legde het kledingstuk op de wastafel, waste haar handen en ging daarna op de toiletdeksel zitten met het zijdezachte stukje stof in de hand. Het prijskaartje zat er nog aan. Gekocht in Parijs. 169 euro.

Ze zag de foto bij de Eiffeltoren weer voor zich en die met de kinderen op de veranda op Gällnö.

Haar borst trok samen en woede nam bezit van haar.

Ze bukte zich en pakte haar zakmes uit haar tas, *De Kvällspressen – de beste als het erop aankomt,* en daarna sneed ze Sophia Grenborgs luxe bustehouder in kleine, kleine, kleine reepjes, eerst heel erg kleine en daarna wat grovere en rafeliger stukjes, ze glipte met het mes langs de metalen beugels en sneed zich bijna in de wijsvinger van haar linkerhand, ze bleef snijden en trekken tot ze helemaal buiten adem was en er van het niemendalletje niets meer over was dan witte kantpluisjes en rafelige stukjes stof. Ze had zin om te huilen, maar verbeet de pijn en smeet alles in de afvalbak, trok een paar papieren handdoekjes uit de houder, maakte die nat onder de kraan en duwde ze boven op de pluisjes.

Zo. Voor eeuwig uit mijn leven verbannen.

Ze deed haar best om zich tevreden te voelen, stopte het zakmes tussen de rommel in haar tas en liep weer naar de auto, waarna ze haar tocht vervolgde in de richting van Arboga. Ze moest vaart minderen en zette de radio uit, belandde achter een bergingsauto die voortkroop met een tenenkrommend gangetje van zestig kilometer per uur.

Ze was opgelucht toen ze de auto voorbij kon en de E18 richting Örebro kon opdraaien.

Wat zal ik doen als ze daar is? Wat moet ik als ze daar staat met Alexander?

Ze zou helemaal niets doen, besloot ze. Ze zou alleen maar een beetje rondkijken en daarna weggaan en de politie bellen, indien dat nodig mocht zijn.

Tevreden over haar besluit laveerde ze door Örebro en vond na een poosje de afslag naar Garphyttan. De weg werd weer smal en bochtig en was op sommige plekken glad van de vorst. De thermometer in de auto gaf nul graden aan, ze ging nog langzamer rijden.

In Garphyttan zelf sloeg ze rechts af bij een Coop Forumwinkel en kwam toen op een weg met aan de rechterkant vrijstaande huizen en links een dicht naaldbos. Vervolgens passeerde ze een sportcomplex met voetbalvelden en atletiekbanen en toen was ze het dorp weer uit.

Het begon te sneeuwen, grote aarzelende vlokken wervelden rond in de lucht zonder dat ze konden beslissen waar ze wilden landen. Het naaldbos werd steeds donkerder en dichter. Ze zette de radio aan om een beetje gezelschap te hebben, maar het enige kanaal dat ze kon ontvangen was Radio 1, waar een ernstige man de een of andere literaire tekst oplas over bruine enveloppen die waren opgelost door vocht en schimmel. Ze zette de radio weer uit.

Ik moet de stilte verdragen. Ik moet leren om met mezelf te leven.

Het landschap opende zich nu en ze passeerde een paar boerderijen in een dorp dat Nytorp heette, daarna sloeg ze links af, en toen bevond ze zich op een weg die haar deed denken aan de bospaden in de buurt van Hälleforsnäs.

Na een paar kilometer kwam ze bij een T-splitsing met een stopbord. Ze viste het kaartje uit haar tas en keek met half dichtgeknepen ogen welke kant ze op moest. Hier moest ze naar rechts en vrijwel meteen daarna weer naar links, en die weg moest ze blijven volgen tot ze niet verder kon.

Beslist schoof ze Anders Schymans reactie uit haar gedachten, nadat hij haar het papiertje had aangereikt.

Ze volgde een kleine twintig minuten de slingerende weg, passeerde een paar kaalslaggebieden, maar zag geen levend wezen, geen enkel huis.

Zo, Yvonne, je houdt blijkbaar van je rust.

Ten slotte kwam ze op een open plek, een keerplek, die ze op de satellietopname had gezien. Ze remde af en hield de adem in.

Een gigantische stadsjeep stond aan de andere kant van de open plek naast een slagboom geparkeerd, het kenteken was TKG 298.

Dat is haar auto, haar Toyota Landcruiser. Ze is hier! Ik wist het!

Annika parkeerde naast de SUV en zette de motor af, opende het portier en stapte met bonkend hart uit de auto. Snel liep ze naar de Toyota en tuurde naar binnen. Geen kinderstoeltje. Geen speelgoed op de achterbank. Geen snoeppapiertjes op de vloer voorzover ze kon beoordelen.

Aan de binnenkant van de achterruit was een stuk grijze stof getrokken, waardoor ze niet kon zien wat er in de bagageruimte lag, haar SUV, die verbrand was, had dat ook.

Ze keek om zich heen en probeerde zich te oriënteren, Yvonne Nordins huisje moest een paar honderd meter noordwaarts liggen.

Ze moet mijn auto gehoord hebben. Het heeft geen zin om er gauw weer vandoor te gaan.

Ze trok de rits van haar donsjack dicht, hees haar tas op haar schouder en kroop onder de slagboom door.

Het bos was massief en donker, aan beide kanten van het pad duwde het tegen haar aan. Ze probeerde het te bezweren door er eens goed naar te kijken, zag dat het bestond uit sparren en hier en daar een berk. Het mos was dik en zag er onaangeroerd uit, net als de vloerbedekking in de trapopgang van Sofietje Grenborg. De boomkronen strekten zich uit tot aan de loodgrijze hemel. Er vielen geen sneeuwvlokken meer, maar ze kon hun aanwezigheid ruiken in de lucht. In kuilen en achter stenen lagen ijzige resten van eerdere sneeuwbuien.

De bevroren modder kraakte onder haar laarzen, hoewel ze haar best deed geen geluid te maken.

Ergens in de buurt kabbelde een beekje, ze tuurde tussen de stammen door, maar zag geen water. Zou ze het pad durven verlaten? Zou ze het terugvinden? Haar oriënteringsvermogen was waardeloos, zonder kaarten was ze nergens.

Ze besloot haar tas als richtpunt aan een tak naast de weg te hangen. Daarna stapte ze tussen de bomen.

Als Alexander hier is, dan vindt hij het vast leuk om bij het beekje te spelen. Hij heeft dan vast en zeker een dam gemaakt, waar hij met zijn bootjes speelt.

Na een paar minuten vond ze het stroompje. Het kabbelde rustig tussen stenen en kleine ijspegels door, een eentonig en harmonisch geruis dat niet werd verstoord door dammen of houten bootjes.

Ze slikte en duwde een gevoel van teleurstelling weg. Liep wat heen en weer langs het beekje, registreerde geen tekenen van menselijke activiteit.

Godzijdank vond ze de steenslagweg terug.

Even later zag ze een rode gevel tussen de bomen opdoemen, ze hield haar pas wat in en ging achter een grote spar staan.

Het was een oud pachthuisje van het tweelingtype met twee schoorstenen en een pannendak. Uit de ene schoorsteen kwam rook en achter twee van de ramen brandde licht, naast de ramen zaten witgeverfde luiken. Op het dak was een grote schotelantenne gemonteerd. Links van het woonhuis bevond zich een schuurtje, het gebouwtje dat ze op de satellietfoto had gezien en waarvan ze gedacht had dat het een stal was. Nu zag ze dat het eerder een bergschuurtje was, misschien was het vroeger een kippenhok geweest of een werkplaats. Een smalle, onverharde bosweg liep langs het huisje en verdween rechts tussen de bomen. Om haar heen was het doodstil, zelfs de wind en de bomen hielden hun adem in.

Ze concentreerde zich en zocht naar tekenen die erop wezen dat hier een kind was geweest. Een zandbak, een fiets, een schep of wat dan ook. Ze deed een stap achter de spar vandaan en op datzelfde moment zag ze een vrouw uit het schuurtje stappen met een paar grote koffers in de hand. De vrouw kreeg haar in het oog, bleef staan en zette de koffers op de grond.

Annika's eerste instinct was om te vluchten.

Ze snijdt me in stukken. Ze geeft me een klap op mijn hoofd en daarna hakt ze mijn handen eraf.

'Hallo daar!' riep de vrouw opgewekt. 'Ben je verdwaald?'

Annika slikte en stapte het erf op.

'Ik ben bang van wel', zei ze. Ze liep naar de vrouw toe en gaf haar een hand. 'Mijn naam is Annika.'

'Yvonne Nordin', zei de vrouw met een glimlach. Ze leek wat verbaasd, maar niet nerveus. 'Kan ik je ergens mee helpen?'

Het was de vrouw van de pasfoto, daarover was geen twijfel mogelijk. Ze was van gemiddelde lengte, had donkerblond haar in pagemodel, droeg een gehaakte muts en had warme en ietwat bedroefde ogen.

'Ik moet naar de groeven', zei Annika. 'De Lybackagroeven, die

369

liggen hier toch ergens? Is het deze kant op?'

De vrouw schoot in de lach.

'Je bent niet de eerste die zich vergist', zei ze. 'Dat kleine bosweggetje is echt onmogelijk te vinden. Ik heb tegen de projectgroep die zich met het landschapsbeheer bezighoudt, gezegd dat ze de bewegwijzering moet verbeteren, maar het gaat daar net zoals het overal gaat. Wil je dat er iets gebeurt, dan moet je het zelf doen.'

Annika kon evenmin een lach onderdrukken.

'Dus ik ben te ver doorgereden?'

'Ongeveer vierhonderd meter. Aan de rechterkant staat een roodgeverfd paaltje, direct daarna sla je af.'

'Heel erg bedankt', zei Annika. Ze keek om zich heen, wilde nog niet weg. 'Je woont hier mooi', zei ze.

Yvonne Nordin zoog haar longen vol, terwijl ze genietend haar ogen dichtdeed.

'Ik vind het hier geweldig', zei ze. 'Ik heb het pas een jaar geleden gekocht, maar ik geniet met volle teugen. Als je mijn type werk doet, kun je tegenwoordig overal werken, dat is een groot voorrecht.'

Annika zag de opening en sprong er onmiddellijk in.

'Wat spannend', zei ze. 'Wat voor werk doe je?'

'Ik ben consultant', zei de vrouw. 'Ik heb een bedrijf dat zich bezighoudt met investments en management. Er zijn periodes dat ik aanwezig moet zijn bij de bedrijven die me inhuren, als interimmanager, maar zodra ik de kans krijg, ga ik hiernaartoe om kracht en energie op te doen.'

'Is het niet een beetje eenzaam?'

De vraag was haar ontglipt voordat ze er erg in had en klonk veel te scherp.

Yvonne Nordin keek haar wat verbaasd aan, daarna sloeg ze haar blik neer en knikte.

'Ja,' zei ze, 'soms wel.'

Daarna keek ze Annika aan met een wat bedroefde glimlach.

'De man met wie ik samenwoonde, is vorig jaar gestorven, op Kerstavond om precies te zijn. Ik ben er bepaald nog niet overheen. Het bos geeft me troost en rust. Ik denk niet dat ik het afgelopen jaar doorgekomen zou zijn zonder deze plek.'

Annika voelde hoe een gevoel van schaamte langzaam opsteeg van haar borst naar haar keel en ze vond geen woorden meer.

'Ik had je graag een kop koffie aangeboden,' zei Yvonne, 'maar ik sta op het punt om te vertrekken.'

'De plicht roept?' kon Annika uitbrengen, terwijl ze naar de koffers keek.

De vrouw schoot in de lach.

'Een mens neemt ook altijd te veel mee, hè? Het enige wat je echt nodig hebt zijn natuurlijk de paspoorten en tickets.'

Annika hees haar tas op haar schouder en vocht tegen het brandende schuldgevoel in haar middenrif.

'Goeie reis,' zei ze, 'en bedankt voor de hulp.'

'Geen dank', zei Yvonne Nordin. 'Kom vooral nog eens langs …'

Annika liep terug langs de steenslagweg, langs de plek waar ze het bos in was gelopen om naar het beekje te zoeken, onder de slagboom door en naar de auto.

Het was echt ontzettend koud en het was weer wat gaan sneeuwen. Ze stapte in de auto, startte de motor en zette de verwarming op vol. Kneep haar ogen stijf dicht en omklemde het stuur met haar handen.

Oef, wat pijnlijk! Wat heb ik gezwijnd.

Ze bleef met gesloten ogen zitten en werd misselijk van schaamte.

Wat een geluk dat ik niet meer blunders gemaakt heb. Stel je voor dat ik echt iets gezegd had …

Ze hoorde de woorden van Anders Schyman echoën.

Belaster geen onschuldige mensen. Weet wat je doet.

Ze slikte moeizaam, dit was werkelijk ontzettend gênant.

Sorry, dat ik zo'n ingebeelde idioot ben. Sorry, dat ik steel en kapotmaak en saboteer.

Ineens begon ze te huilen, de tranen brandden en prikten op haar wangen.

Hou op met dat zelfbeklag. Daar is geen enkele reden voor.

Ze rolde met haar schouders, veegde de tranen af met de mouw van haar jack en reed weg. Volgde de bochtige weg en passeerde na een paar honderd meter het rode paaltje dat Yvonne Nordin had genoemd.

Ik moet mezelf onder handen nemen, zo kan ik niet langer doorgaan.

Ze keek om zich heen, er zat nog steeds sneeuw in de lucht, maar het zette niet echt door. Haar maag trok samen, ze besefte dat ze de hele dag nog niets gegeten had (afgezien van twee happen chorizo, 's morgens om kwart voor acht).

In Garphyttan vond ze een pizzeria die Garpen heette en ze bestelde er de lunch van de dag. Die bleek te bestaan uit een pizza en een frisdrank naar keuze.

Annika nam een mineraalwater en ging aan een tafeltje bij het raam zitten.

Van daaruit kon ze een grote fabriek zien liggen, Haldex Garphyttan NV, ze liet haar blik over de parkeerplaats gaan.

Wat een auto's. Zo veel autobezitters die hun wagen wassen en onderhouden en laten keuren, die hun hele leven in Garphyttan doorbrengen, zonder dat ik er weet van heb …

Ze begon bijna weer te huilen, maar riep zichzelf tot de orde.

Ik zou net als Anne moeten doen. Ik moet echt mijn excuses aanbieden.

Zonder verder na te denken, pakte ze haar mobiele telefoon en zag toen dat ze een oproep gemist had. Nummer geblokkeerd, dat was vast de krant.

Ze haalde diep adem en belde toen een nummer dat ze een half jaar lang verdrongen had, een nummer dat ze vroeger minstens twee keer per dag had ingetoetst, maar daarna uit haar bewustzijn had gewist.

'Hallo, met Anne Snapphane …'

'Hoi', zei Annika. 'Met mij.'

Korte stilte.

'Hoi, Annika. Wat leuk dat je belt. Dat doet me goed.'

'Sorry', zei Annika. 'Ik heb me ook als een idioot gedragen.'

Anne legde de telefoon weg, zei in een andere hoorn 'kan ik je straks terugbellen?' en kwam toen terug.

'Je hoeft mij geen verontschuldigingen aan te bieden', zei ze.

'Ik moet zo veel mensen mijn verontschuldigingen aanbieden', zei Annika. 'Ik dender als een stoomwals over iedereen heen zonder rekening te houden met iemand anders dan mijzelf. Thomas heeft gelijk, ik pas de wereld net zo lang aan tot die overeenkomt met mijn criteria. Al het andere kan me geen moer schelen.'

'Je bent bevlogen,' zei Anne, 'en soms schiet je daarin een beetje door.'

Annika liet een lachje ontsnappen, een klein, vreugdeloos lachje.

'Dat was het understatement van de dag. Ik gebruik mensen, en ik steel en bedrieg. En ik weiger het toe te geven als ik het mis heb.'

'Niemand is perfect', zei Anne. 'Iedereen maakt fouten. Jij bent niet de enige onfeilbare mens op aarde. Het is hartstikke mooi als je dat kunt proberen te accepteren.'

'Ik weet het', fluisterde Annika, terwijl ze naar de pizzaoven keek. Een met meel bestoven bakker met een bierbuik en knalrood haar strooide net oregano over haar capricciosa.

'Waar zit je?'

Ze lachte opnieuw.

'In een pizzeria in Garphyttan. Mijn lunch komt er net aan.'

'Waar ligt in godsnaam Garphyttan?'

'Dat wil je niet weten, en je wilt ook niet weten hoe het er hier uitziet …'

'Zeg maar niets meer. Glasvezelbekleding op de wanden en gordijnen met ruches en opgedrukt bloemenpatroon die aan één kant glimmen.'

Annika lachte hartelijk.

'Exact.'

'Wat doe je daar?'

'Mezelf belachelijk maken, zoals gebruikelijk. Heb je zin om te luisteren?'

'Vanzelfsprekend.'

De pizza werd voor haar neergezet en ze mimede 'bedankt' tegen de roodharige bakker, die klaarblijkelijk ook de bediening deed.

'Ik heb me tegenover Thomas als een varken gedragen. Ik heb

zijn werk gesaboteerd en ik heb de kleerkasten in zijn nieuwe huis doorzocht, echt weerzinwekkend.'

'Ontzettend weerzinwekkend', bevestigde Anne. 'Ontzettend slecht ook.'

'En verder heb ik rond lopen wroeten in het leven van een vermoorde politieman, en ik ben blijven volhouden dat daar sporen en patronen zijn die niemand anders gezien heeft. Ik vond mezelf aldoor veel beter en slimmer dan alle anderen.'

'Jij hebt de neiging om ervan uit te gaan dat de rest van de wereld uit idioten bestaat', zei Anne. 'Dat is een van jouw karaktertrekken.'

Annika zuchtte en rolde haar pizza op tot een dikke worst, tilde die daarna met één hand op en beet erin. Aan de andere kant van de worst liep het vet eruit, het werd een stroompje dat zich een weg zocht naar het tafelkleed.

'Ik weet het', zei ze met haar mond vol kaas en pizzadeeg. 'Ik heb zo veel domme dingen gedaan, ik heb me belachelijk gemaakt bij mijn chef en bij een politievrouw die Nina heet, maar daarmee zal ik moeten leven.'

Om maar te zwijgen van wat ik Thomas aangedaan heb ...

'Schyman heeft natuurlijk de meeste van jouw slechte kanten al wel gezien', zei Anne.

Annika zuchtte weer.

'En nu denkt hij ook nog dat ik bezig ben gek te worden, maar dat is het ergste niet. Het is gewoon zo dat ik verwaand en halsstarrig ben en dat ik altijd gelijk moet hebben.'

'Maar je begint nu een beetje zelfinzicht te krijgen', zei Anne. 'Dat zal je leven een stuk eenvoudiger maken.'

Annika slikte de hap pizza door.

'Ik ben vreselijk onredelijk tegen je geweest', zei ze.

'Nou ja', zei Anne. 'Ik overleef het wel. Maar ik ben ontzettend blij dat je bereid bent om jezelf en je leven bij de lurven te pakken. Misschien zou je eens met iemand moeten gaan praten, wat denk je?'

'Misschien wel', zei Annika zacht.

'Het is mogelijk niet zo'n goed idee om naar dezelfde therapeut te gaan als ik, maar ik kan vragen of zij iemand kan aanbevelen.'

'Mmm.'

Het werd stil op de lijn.

'Annika?'

'Ja?'

'Rij voorzichtig als je teruggaat naar Stockholm en ik zou het leuk vinden als je van je laat horen als je thuiskomt. Ik heb Miranda volgende week, ze heeft Ellen gemist en wil graag met haar spelen.'

Annika's ogen vulden zich weer met tranen, deze keer van opluchting.

'Absoluut', zei ze.

'Nou, tot horens dan.'

Ze bleef nog een hele poos in de pizzeria zitten, nam een koffie, die echt lekker was en speelde een liedje op de jukebox in de hoek, 'Losing My Religion' van R.E.M. Ze kon nu toch wat vrijer ademhalen, het was goed dat ze zich kwetsbaar had opgesteld.

Ze betaalde (de roodharige man was tevens kassahulp) en liep naar buiten, waar het al voorzichtig begon te schemeren. De lucht was helderder en frisser geworden, het was opgeklaard en de wind was opgestoken.

Ze stapte in de auto en was net de weg naar Örebro opgereden, toen haar mobiele telefoon ging. Hij lag op de passagiersstoel naast haar en ze wierp een blik op het display. Nummer geblokkeerd. Dat was zeker weer de krant. Zuchtend nam ze op.

'Annika? Met Q. Waar ben je?'

Ineens was de angst er, groot, zwart en zuurstofverslindend.

'Ik zit in de auto. Is er iets met het onderzoek naar de brand?'

'Julia Lindholm heeft de envelop met jouw foto's ontvangen.'

O nee, holy shit.

'Het personeel van het huis van bewaring belde mij, nadat ze een uur had staan schreeuwen.'

Annika minderde vaart en ging in de berm staan.

'O, sorry, dat was echt niet mijn bedoeling ...'

'Het is verrekte irritant dat jij je met ons onderzoek bemoeit.'

Ze kneep haar ogen stijf dicht en voelde de schaamte op haar wangen branden.

'Het spijt me heel erg als ik jullie in de problemen heb gebracht.'

'Op de achterkant van een van de foto's staat dat de vrouw in kwestie over een pachthuisje ten noorden van Grythyttan beschikt. 'Komen die gegevens van jou?'

'Eh ja, ze woont daar. Het huisje ligt vlak bij de Lybackagroeven. Ik heb haar een uur geleden gesproken.'

'Heb je haar gespróken? Godverdomme ... Waar zit jij eigenlijk?'

Toen ze antwoordde kon haar stem het beste worden omschreven als gepiep.

'In Garphyttan. En het spijt me verschrikkelijk dat ik die foto's opgestuurd heb, het was alleen maar een misverstand ...'

'Julia beweert dat ze Yvonne Nordin herkent. Ze zegt dat Yvonne Nordin die nacht in hun appartement was. Dat zij het was die Alexander meegenomen heeft.'

'Ik voel me er zo rot over dat ik er zo'n puinhoop van gemaakt heb', zei Annika. 'Echt. Ik zat er helemaal naast, er is daar bij dat huis geen kind. Yvonne Nordin heeft er niets mee te maken.'

'Dat wilde ik eigenlijk zelf maar gaan beoordelen', zei Q. 'Ik heb zojuist een patrouille van de politie in Örebro ernaartoe gestuurd om haar mee te nemen voor verhoor.'

'O nee', zei Annika. 'Maar ze is het niet hoor, alles wat ze zei klopte.'

'Wat? Wat klopte?'

'Wanneer ze het huisje gekocht heeft, dat de man met wie ze samenwoonde overleden is. Het bedrijf dat ze runt, de auto waarin ze rijdt. Ze is een oprechte vrouw.'

Ze hoorde Q kreunen.

'Trouwens, waarschijnlijk is ze daar nu niet', zei Annika. 'Ze stond op het punt om weg te gaan. Moest ergens voor haar werk naartoe.'

'Waarheen? Zei ze waarheen?'

'Naar het buitenland neem ik aan, want ze had het over paspoorten. Is de patrouille al onderweg?'

'Ze kunnen elk moment vertrekken. Doe me alsjeblieft een lol en hou je er nu buiten.'

'Natuurlijk', zei Annika. 'Vanzelfsprekend. Absoluut.'

Ze bleef met het telefoontje in de hand zitten, het liefst was ze door de grond gegaan.

Ze had Julia hoop gegeven en Yvonne Nordin zou misschien haar vliegtuig missen ... Wat was ze ook een ongelofelijke loser.

Ze pakte de autosleutel om de auto weer te starten, maar verstijfde ineens.

Haar vliegtuig missen? De tickets? Een mens neemt ook altijd te veel mee, hè. Het enige wat je echt nodig hebt zijn natuurlijk de paspoorten en tickets.

Ze liet de sleutel los.

Paspoorten en tickets?

Waarom gebruikte Yvonne Nordin de meervoudsvormen? En waarom had ze meerdere koffers nodig voor een zakenreis?

Omdat ze niet alleen zou reizen.

Omdat ze van plan was een kind mee te nemen.

Ze riep haar eigen gedachten een halt toe.

Ik zit natuurlijk weer door te draven.

Je kon onmogelijk een kind een half jaar lang opsluiten. Het was onmogelijk om een vierjarig jongetje te verbergen in een huis in het bos zonder dat iemand erachter kwam.

Of kon dat wel?

In dat geval was hij zes maanden lang niet in de buitenlucht geweest. Dan had hij geen dammen mogen bouwen in het beekje of in de aarde mogen graven met zijn schep. Geen repen chocola mogen eten in de auto of een film mogen uitzoeken in de videotheek ...

De schotelantenne! Hij heeft naar Cartoon Network gekeken!

Ze keek op haar horloge, kwart over twee. Over een uur of wat zou het helemaal donker zijn.

Maar Julia heeft haar dus herkend.

De rit terug naar Stockholm zou een paar uur duren, maar de auto hoefde eigenlijk pas morgenvroeg weer ingeleverd te worden.

Ze aarzelde met haar hand op de sleutel, *stel dat ze ontkomt voordat de politie er is. Ik heb een voorsprong van een half uur.*

Ze draaide de sleutel om, keerde de auto en reed terug naar

Garphyttan, kwam weer door het dorp en langs de sportvelden, door het bos en door de kaalslaggebieden, zonder dat ze ook maar één andere auto tegenkwam.

Kunnen er meer wegen zijn? Natuurlijk zijn die er. Onverharde boswegen, en met zo'n auto heb je die niet eens nodig.

De Toyota Landcruiser 100 was het type voertuig dat de Amerikaanse Special Forces gebruikt hadden toen ze Irak binnenvielen, ze had de wagen herkend van tv-uitzendingen. Thomas had er een keer iets over gezegd toen ze naar *Rapport* zaten te kijken, dat de vs Japanse auto's gebruikte wanneer het er echt op aankwam.

Als ze wilde, kon Yvonne Nordin door het bos helemaal naar Noorwegen rijden.

Annika kwam weer bij het rode paaltje dat de afrit markeerde naar de Lybackagroeven, de inmiddels met water gevulde mijnopeningen waar in de prehistorie al ijzererts werd gewonnen. Ze draaide de weg in, parkeerde achter een spar, trok de handrem aan en zette de motor af. Bleef stil zitten en luisterde naar haar eigen ademhaling. Keek om zich heen naar het bos, het was behoorlijk hard gaan waaien.

Ik hoef niet tot het uiterste te gaan, ik kan toch gewoon een beetje rondkijken. De politie is immers onderweg, zou er over maximaal een half uur moeten zijn.

Ze stapte uit de auto en deed het portier voorzichtig dicht.

Yvonnes huis zou een kleine kilometer verderop in het bos moeten liggen. Ze keek naar de bomen, de wind kwam uit het noordoosten. Ze hoopte maar dat het geluid van de automotor niet bij het huis te horen was geweest.

Ze pakte haar tas en begon te lopen, had de tegenwoordigheid van geest om haar mobiel op 'geluidloos' te zetten. Haar voetstappen knerpten op de ondergrond en aangezien ze dat niet prettig vond, ging ze tussen de bomen lopen. Het mos absorbeerde haar stappen met een zwak en zuigend geritsel.

Het werd snel donker, vooral beneden bij de boomwortels, ze moest opletten waar ze liep.

Algauw doemde de open plek voor haar op. De auto was weg. Ze beet op haar lip, *shit.*

Toen zag ze dat de slagboom open was.

Misschien is ze naar het huis gereden om de auto in te pakken.

Ze liep op een drafje tussen de bomen door en kwam algauw uit bij het beekje, besloot dat te volgen en tussen de bomen door naar het huis te lopen. Ze hijgde in de wind, van inspanning, maar misschien nog meer door de spanning. Struikelde over een steen en viel languit op het mos, krabbelde weer overeind en haastte zich verder.

De auto stond op het erf, met draaiende motor en de koplampen aan. Yvonne Nordin kwam net het huis uit lopen met in iedere hand een koffer, ze leken zwaar te zijn.

Annika duwde haar lichtgekleurde tas in het mos en hurkte neer achter een kleine spar, waar ze beschermd werd door de duisternis.

Yvonne Nordin liep naar de zijkant van de auto en zette de koffers op de achterbank, deed het portier dicht en ging het huis weer in zonder de voordeur dicht te trekken.

Annika bleef zitten waar ze zat en probeerde haar ademhaling onder controle te houden.

Toen kwam de vrouw weer naar buiten met nog eens twee tassen. Deze keer liep ze naar de andere kant van de auto en verdween uit Annika's blikveld. De interieurverlichting ging aan toen ze het achterportier aan de passagierskant opendeed, Annika zag dat ze ook deze tassen op de achterbank zette. Daarna ging ze het huis weer in en deze keer trok ze de voordeur achter zich dicht.

Annika bleef op haar hurken zitten en staarde naar de auto, naar het huis, naar de deur, naar de schaduwen achter de ramen waar ze iemand zag bewegen. Het bos schudde in de wind, bomen en takken kraakten.

Ik moet zien te verhinderen dat ze vertrekt. Kan ik dichterbij komen?

Aan haar linkerhand lag het schuurtje waar Yvonne de koffers uit had gehaald, rechts liepen bandensporen, die in het bos verdwenen.

Halverwege het huis bevond zich een put met een emmer en een traditionele handpomp, daarvandaan was het nog maar een paar meter naar de auto.

Ze keek naar de schaduwen achter de ramen, er was nu geen beweging.

Haalde drie keer snel adem, greep haar tas en rende diep voorover gebogen naar de put.

Hoe kon ze een Toyota Landcruiser tegenhouden? Ze had geen snars verstand van auto's.

Deed haar tas open en wroette rond in de rommel, had ze iets bij zich wat ze kon gebruiken?

Haar hand raakte het zakmes met de boodschap *De Kvällspressen – de beste als het erop aankomt,* het mes waarmee ze de beha van Sofietje F.H. Grenborg in stukjes had gesneden.

Ik moet ermee ophouden om op die manier over haar te denken. Dat is beneden mijn waardigheid.

Ze pakte het mes, aarzelde maar een halve seconde, stormde toen naar voren en stak in de linker achterband van de Toyota. Het rubber week uiteen en liet de lucht met een luid gesis ontsnappen. Ze deed twee stappen naar rechts en stak ook de andere achterband kapot. Rende toen voorovergebogen terug naar de put en was er net weer achter gekropen toen de buitendeur openging.

Yvonne Nordin verscheen op de trap voor het huisje, met aan haar hand een klein meisje. Het kind had een roze jurkje aan, blonde lokken krulden over haar schouders. Yvonne trok zo aan het armpje dat het kind struikelde op de traptreden, maar het protesteerde niet, liep gehoorzaam mee naar de auto.

Waarom heeft ze geen jas aan? Het vriest nota bene.

Annika maakte zich zo klein mogelijk toen de vrouw en het meisje dichter bij het voertuig kwamen en hield haar adem in toen ze langs de zijdeuren naar de achterklep liepen. Ze durfde haar hoofd niet omhoog te steken, maar hoorde dat de klep werd geopend en hoe Yvonne Nordin zei 'naar binnen, jij'.

Ze kon het toch niet laten, stak haar hoofd net ver genoeg achter de put vandaan om te kunnen zien hoe het meisje in de auto kroop en in de bagageruimte ging liggen, waarna Yvonne Nordin de grijze doek dichttrok en de klep sloot.

Ineens aarzelde de vrouw, ze bleef staan en keek om zich heen. Annika dook weg achter de put en kneep haar ogen stijf dicht.

Als ze de lekke banden maar niet ontdekt! Niet naar beneden kijken!

Toen hoorde ze voetstappen die zich verwijderden en ze gluurde oneindig voorzichtig om de put heen.

De vrouw liep het huis in, vermoedelijk om het licht uit te doen en af te sluiten.

Annika haalde diep adem en rende naar de auto. Maakte de achterklep open, schoof de doek opzij die de bagageruimte aan het zicht onttrok en staarde naar het meisje dat daar lag. Het kind staarde terug met ogen die morsdood leken en Annika zag meteen dat het geen meisje was. Het was een jongetje, dat bleek en bang was. Er liep een scherp, rood litteken over de volledige rechterzijde van zijn gezicht. Annika slikte, voelde in haar jaszak en haalde een zak autoschuimpjes tevoorschijn.

'Hoi', zei ze ademloos. 'Wil je wat snoepjes?'

Het kind keek haar aan, zijn ogen begonnen te glanzen.

'Ik heb een zak vol', zei ze. 'Ze zijn hartstikke lekker. Hier!'

Ze stopte een lichtgroen snoepje in zijn mond, de jongen begon erop te kauwen en ging rechtop zitten.

'Kom, dan krijg je er nog een paar', zei ze en ze stak haar armen naar hem uit.

Het kind sloeg meteen zijn armen om haar heen. En zonder er verder nog bij na te denken trok ze de grijze doek weer dicht en sloot de achterklep. Ze rende naar de put, liet haar tas aan zijn lot over en zette koers naar het bos.

Ze dook opnieuw achter de kleine spar en op datzelfde moment ging het licht in het huis uit en werd de deur geopend. Ze zette de jongen op het mos, trok haar donsjack uit en sloeg dat om hem heen.

'Hier', fluisterde ze en ze gaf hem nog een schuimpje. 'Er zijn drie kleuren. Ik vind de roze het lekkerst.'

Het kind pakte het snoepje aan en stopte het in zijn mond, kroop daarna dicht tegen haar aan met het donsjack om zich heen geslagen.

Yvonne Nordin bereikte nu de auto, zette een handtas op de passagiersstoel en liep naar de achterklep.

Doe die niet open! Niet opendoen! Rij gewoon weg!

Annika probeerde door de duisternis gedachten naar de vrouw te sturen, maar dat werkte niet. Yvonne Nordin deed de klep open, trok de doek weg en zag dat het kind verdwenen was.

Haar bewegingen waren ineens bliksemsnel.

Ze stormde naar het huis, maakte de voordeur open, deed het licht aan en verdween naar binnen.

Annika tilde het jongetje op en rende de andere kant op, verdween tussen bomen, wind en schaduwen. Het was nu helemaal donker geworden, ze zag geen hand voor ogen en struikelde, viel bijna. De boomkronen zwiepten en bulderden boven haar hoofd, de kou beet.

Yvonne Nordin had ongetwijfeld een wapen, mogelijk met nachtkijker.

Ik moet hier weg, zo ver mogelijk weg, het liefst naar de auto.

Ze rende verder, terwijl het jongetje in haar armen hotste, en volgde het beekje naar de open plek. Het mos was zacht en glibberig, ze gleed uit en viel, *is dit de juiste richting? Ren ik de goede kant op?* Krabbelde weer overeind met het jongetje tegen zich aan gedrukt, haar ene hand om zijn lichaam, de andere om zijn blonde hoofdje.

De eerste kogel sloeg in een boomstam een paar meter rechts van haar.

Geen paniek nu, geen paniek. Rennen, rennen!

De tweede was dichterbij, pal naast haar, aan de linkerkant.

Het is een jachtgeweer, of een ander krachtig vuurwapen. Het is tamelijk moeilijk om er raak mee te schieten.

De derde floot vlak langs haar hoofd.

De volgende keer schiet ze raak. Ik moet uit haar schootsveld.

Ze dook weg achter een boomstronk, hield de jongen dicht tegen zich aan.

'Ik weet dat je hier bent', schreeuwde de vrouw door het donker, de wind nam haar woorden mee. 'Het heeft geen zin. Geef je vrijwillig óver, dan laat ik het kind leven.'

Verdomme, waar blijft die politie?

'Is er nog meer snoep?'

Het jongetje keek haar met grote, glanzende ogen aan.

'Ja, hoor', fluisterde ze en ze haalde een schuimpje uit haar jaszak, haar handen trilden zo erg dat ze het nauwelijks kon vasthouden.

Een vierde kogel sloeg in de boomstronk voor hen, waardoor stukjes hout in haar gezicht vlogen, ze voelde een schilfer in haar wang dringen en moest haar kiezen op elkaar klemmen om het niet uit te schreeuwen.

De jongen begon te huilen.

'Ze is stom', zei hij. 'Ze is hartstikke stom.'

'Ik weet het', zei Annika en de volgende seconde werd het bos opgelicht door het groot licht van een auto. Een politieauto reed langzaam over de steenslagweg in de richting van Yvonne Nordins huis. Een nieuw schot werd afgevuurd en de voorruit van de auto explodeerde, Annika hoorde iemand schreeuwen van de pijn. De auto bleef staan, reed daarna achteruit en verliet het bos net zo snel als hij gekomen was.

Kom terug, laat ons niet alleen, ze schiet ons dood!

Zo zat ze daar volkomen roerloos met het kind tegen zich aan gedrukt, doodstil, terwijl een hele minuut voorbijging. Er was geen beweging, behalve de bulderende wind was er niets te horen. Er verstreek nog een minuut, en nog een.

Haar benen begonnen te slapen van de oncomfortabele houding, ze probeerde haar voeten te bewegen om de bloedsomloop weer op gang te krijgen.

'Kom', fluisterde ze. 'Ik heb een auto, we gaan naar mijn auto.'

Het jongetje knikte en sloeg zijn armen stevig om haar hals.

Ze stond voorzichtig op en tuurde naar het huis. Op dat moment hoorde ze het starten van een auto en in de verte tussen de bomen zag ze autoverlichting aan gaan.

Ze kan niet autorijden en tegelijkertijd de nachtkijker gebruiken.

Annika richtte zich in haar volle lengte op en voelde haar jack op de grond glijden, ze liet het liggen en terwijl ze de jongen stevig vasthield, rende ze als een speer naar de weg, naar de open plek, naar de politie.

Opeens werd ze verblind door autolichten die recht in haar gezicht schenen, en ze viel.

'Je wordt onder schot gehouden', hoorde ze een man zeggen, terwijl ze op de grond lag met het kind tegen zich aan gedrukt. 'Ben je bewapend?'

'Nee', kon ze uitbrengen. 'Maar ze gaat ervandoor, Yvonne Nordin, ze zit in haar auto ...'

'Ben jij Annika Bengtzon?'

Ze knikte tegen het licht.

'En wie is dat meisje?'

De autolichten verdwenen, lieten haar in diepe duisternis achter.

'Het is geen meisje. Het is Alexander Lindholm.'

De wind zong in de bomen. De sterren schitterden in de openingen tussen de wolken, de maan was bezig op te komen. Annika zat met een grote deken om zich heen geslagen achter de politieauto zonder voorruit, het jongetje was in haar armen in slaap gevallen en lag met zijn hoofd tegen haar borst. Ze legde haar hoofd in de nek en keek naar de hemel, maar ze gaf het op, deed haar ogen dicht en luisterde naar het lied van de wind.

Ze hoorde de mobilofoon ruisen, ving mannenstemmen en gemompel op.

Er zou gauw een ambulance komen, die de politieman met de glassplinters naar het universiteitsziekenhuis van Örebro zou brengen. De ME en de hondenpatrouille zouden spoedig volgen, de politiehelikopter uit Stockholm was onderweg met een schijnwerper en een infraroodcamera.

'En je bent er zeker van dat ze niet ver zal komen met die auto?' vroeg de politieman.

'Eén band kan ze misschien verwisselen,' zei Annika zacht zonder haar ogen open te doen, 'maar twee lijkt me onwaarschijnlijk. En off the road op de velgen houdt ze het ook niet bijster lang vol.'

Er werd een grote gecoördineerde actie voorbereid, aangezien de verdachte al eerder in staat was gebleken om op politiemensen te schieten. Annika liet zich wegvoeren door de geluiden om zich heen, ze voelde de warmte en de rustige ademhaling van het kind dat tegen haar aan zat.

Toen de bus van de ME arriveerde, werd ze overeind geholpen en samen met de jongen helemaal achterin gezet, de motor draaide stationair en verspreidde zomerwarmte in het interieur. Ze gooide de rest van de schuimpjes op de deken.

'Vind jij de roze ook het lekkerst?' vroeg ze, terwijl ze een snoepje omhooghield. Om de een of andere reden wist ze dat ieder autoschuimpje negen kilocalorieën bevatte, Anne Snapphane moest haar dat verteld hebben.

De jongen schudde zijn hoofd.

'Ik vind de groene lekker.'

En dus verdeelden ze de snoepjes volgens het kleurprincipe, de groene voor hem en de roze voor haar, de witte verdeelden ze.

Het kind was net weer in slaap gevallen toen ze op de mobilofoon hoorde dat Yvonne Nordin veertienhonderd meter ten noorden van haar huisje gelokaliseerd was, terwijl ze bezig was met het verwisselen van een autoband. Ze had op de patrouille geschoten, en deze had het vuur beantwoord.

Een ambulance werd gevraagd om naar de locatie te komen, maar er was geen haast bij.

Yvonne Nordin was door de politiekogels geraakt en daarbij onmiddellijk om het leven gekomen.

ALEXANDERS GEVANGENIS
Hier werd hij een half jaar gevangengehouden

Door Patrik Nilsson en Emil Oscarsson
Kvällspressen (Garphyttan). Zes maanden leefde Alexander Lindholm (4) twee meter onder de grond, in een provisiekelder.
Soms mocht hij eruit om in de woonkamer tv te kijken, maar alleen als de luiken gesloten waren.
'Alexander leek tamelijk goed in vorm te zijn', zegt Kvällspressen-reporter Annika Bengtzon, die het jongetje na zijn bevrijding gesproken heeft.

Het pachthuisje ligt diep in het bos, tientallen kilometers verwijderd van de hoofdwegen. Een slagboom belet alle verkeer om door te rijden naar het feitelijke woonhuis.
Hier werd Alexander Lindholm (4) gisteravond door de politie van Örebro gevonden.
'We gaan ervan uit dat hij vanaf de kidnapping in Södermalm op 3 juni jongstleden in dat huis is vastgehouden', aldus de persvoorlichter van de Örebrose politie. 'In het huis aangetroffen voorwerpen duiden daarop.'
Alexander moest grotendeels leven in een provisiekelder, die bereikt kon worden via een luik in de keukenvloer.
'Daar vonden we datgene wat als zijn slaapplaats heeft gefungeerd.'
Was er verlichting in de kelder?
'Jawel, de ruimte was ingericht als een kamer, met vodden-

kleden op de vloer en een lamp aan het plafond. Er lagen ook wat sprookjesboeken en striptijdschriften.'

In de woonkamer van het huisje stond een tv-toestel en er zijn aanwijzingen dat Alexander af en toe naar kinderprogramma's mocht kijken.

'Op de bank hebben we sporen gevonden van chips en kleverige kindervingers', zegt de persvoorlichter.

De politie is vooralsnog niet bereid om mededelingen te doen over Alexanders kidnapper, de vrouw die waarschijnlijk ook schuldig is aan de moord op zijn vader.

Wel duidelijk is dat de vrouw de ontvoering zorgvuldig heeft gepland. Sommige spullen uit de kelder zijn meer dan een jaar geleden ingekocht, met name in Göteborg en Oslo.

Kvällspressen-reporter Annika Bengtzon bevond zich ter plaatse ten tijde van Alexanders bevrijding.

'Ik wil me niet uitspreken over zijn fysieke of psychische conditie, maar hij kon lopen en praten.'

Dus hij leek tamelijk goed in vorm te zijn?

'Ja.'

De miraculeuze vondst van Alexander roept vele vragen op over de rechtszekerheid in Zweden.

'Dit een juridisch uiterst interessante noot om te kraken', zegt Hampus Lagerbäck, hoogleraar aan de politieacademie. 'Hier hebben we het geval dat iemand tot een levenslange gevangenisstraf is veroordeeld voor de moord op een persoon die nog in leven blijkt te zijn. Het zal spannend zijn om te zien hoe de wetsverkrachters zich hieruit proberen te redden en hoe ze deze miskleun zullen verklaren.'

Zaterdag 4 december

Thomas smeet zijn ochtendjas op een stoel en kroop voorzichtig weer naast Sophia in bed. De stemmen van de tekenfilm waren effectief buitengesloten doordat hij de slaapkamerdeur op slot had gedraaid, de zaterdagmorgen was nog steeds jong en vol mogelijkheden.

Sophia sliep. Ze lag op haar zij met haar ene been opgetrokken en met haar rug naar hem toe gekeerd, hij schoof een stukje in haar richting en legde zijn knie tussen haar dijen. Ze bewoog een beetje in haar slaap. Hij beet in haar oorlelletje. Langzaam liet hij zijn vingers van haar middel naar haar borsten glijden. Het fascineerde hem nog steeds hoe klein ze waren. Toen hij voorzichtig in haar tepel kneep, verstijfde haar lichaam.

Ze draaide zich om en keek hem aan.

'Hoi', zei ze glimlachend.

'Hoi', fluisterde hij en hij kuste haar hals. Hij volgde met zijn vingers haar ruggengraat tot ze op een van haar billen belandden, trok haar tegen zich aan.

Ze wurmde zich los en ging zitten.

'Moet plassen …'

Ze werkte zich in haar ochtendjas, deed de slaapkamerdeur van het slot en ging naar de badkamer.

Hij bleef in bed liggen en keek naar het plafond, voelde zijn lid verslappen.

Ze nam de tijd, hij begreep nooit wat ze daarbinnen allemaal deed.

Ietwat nors trok hij het dekbed naar zich toe en wikkelde het om zich heen.

Hij was bijna weggedommeld toen ze terugkwam.

'Lieverd', zei ze, terwijl ze zijn haar aanraakte. 'Zullen we vandaag naar het museum gaan? Ik heb Rauschenbergs "Combines" nog niet gezien.'

Hij keek haar glimlachend aan en pakte haar middel stevig beet.

'Kom nog even in bed', zei hij met een dikke stem en hij trok haar lachend over zich heen. 'Nu heb ik je!'

Geërgerd werkte ze zich los.

'Ik heb mijn haar gedaan', zei ze en ze ging weer zitten, op een armlengte afstand van hem. 'En ik vroeg of je zin hebt om naar het Moderna Museet te gaan. Je kunt toch in ieder geval antwoord geven?'

Zijn teleurstelling ging over in boosheid, hij bokste het hoofdkussen naar boven, zodat het een ruggensteuntje werd tegen het hoofdeinde van het bed.

'En ik wilde een beetje intimiteit', zei hij.

'Intimiteit', echode ze. 'Je wilde seks, draai er nou niet omheen.'

'En wat is daar mis mee?'

Ze keek hem aan met haar bleke ogen, je kon ze nauwelijks zien als ze geen make-up ophad.

'Het is mogelijk om intimiteit te hebben zonder seks.'

'Jawel, maar ik ben gek op seks.'

'Ik ook wel, maar ...'

'Hoewel jij natuurlijk niet klaarkomt.'

Hij had het gezegd voordat hij er erg in had. Ze reageerde als op een oorvijg, kreeg een schok en werd bleek.

'Wat bedoel je daarmee?'

Hij merkte dat zijn mond droog werd.

'Het was geen kritiek', zei hij.

'Dat was het natuurlijk wel', zei ze, zonder zich te verroeren.

'Ik dacht alleen maar dat het wat leuker voor jou zou worden als je ook een orgasme kon krijgen. Misschien zou je zelf een beetje kunnen meehelpen? Of we zouden kunnen proberen dat ik ...'

Ze stond op zonder hem aan te kijken.

'Het is niet belangrijk voor mij. Ga me niet zitten vertellen wat ik moet voelen. Ik neem de verantwoordelijkheid voor mijn eigen seksualiteit, jij kunt de verantwoordelijkheid voor die van jou nemen.'

Hij klemde zijn kaken op elkaar, *ik ook altijd met mijn grote bek*.

'Ik begrijp dat dit ontzettend moeilijk en zwaar voor je geweest is', zei ze. 'Om op die manier je werk kwijt te raken moet vreselijk onrechtvaardig voelen, je hebt tenslotte alleen maar gedaan wat je opgedragen was …'

Hij sloeg het dekbed weg en ook hij reikte naar zijn ochtendjas, de mogelijkheden van de zaterdagmorgen waren uitgeput en verwerkt.

'Ik ben mijn werk niet kwijtgeraakt', zei hij. 'Waar heb je dat vandaan?'

Ze keek hem verbaasd aan.

'Maar je zei toch dat het onderzoek al is stilgelegd?'

'Jawel,' zei hij, 'maar mijn contract loopt tot oktober volgend jaar. Ik heb Halenius gistermiddag gesproken, ik ga deel uitmaken van een onderzoek naar grensoverschrijdende valutatransacties.'

Hij bestudeerde haar gelaatstrekken, bespeurde hij een greintje teleurstelling?

Ze deed haar ochtendjas uit en ging voor haar kast staan om ondergoed uit te zoeken.

'Weten ze wie naar de pers gelekt heeft?' vroeg ze over haar schouder.

Hij slaakte een diepe zucht.

'Vermoedelijk de perssecretaris. Maar de leiding lijkt alleen maar opgelucht te zijn dat het project van de baan is, ze hebben nooit gewild dat de straffen verhoogd zouden worden, hetgeen het onvermijdelijke resultaat zou zijn geweest.'

'Dus je bent helemaal niet in ongenade geraakt?'

Als hij niet beter geweten had, zou hij denken dat ze teleurgesteld klonk.

Hij keek haar aan.

'Ik zal waarschijnlijk nooit meer met Per Cramne werken,' zei hij, 'maar daar kan ik uitstekend mee leven.'

Ze draaide zich weer om naar de kast.

'Jij hebt niet toevallig mijn nieuwe beha gezien? Die Franse, met de zijden cups?'

Hij zuchtte opnieuw, geluidloos en diep.

Annika stapte commissaris Q's kale werkkamer binnen. Haar vinger deed pijn, ze had een infectie gekregen aan de snijwond en de wijkverpleegster had haar antibiotica voorgeschreven. Het stukje hout was uit haar wang verwijderd, maar er zat nog een korst en ze had een flinke pleister.

Ze nam plaats in de bezoekersstoel van de politieman en ontmoette zijn blik. Hij droeg vandaag een extreem verbleekt overhemd, dat waarschijnlijk ooit geel was geweest.

Hij knikte naar haar hand.

'Wat heb je met je vinger gedaan?'

Ze keek hem rustig aan.

'Een paar types lieten me weten dat ik te veel aan het wroeten was.'

'Heb je aangifte gedaan?'

Ze schudde haar hoofd.

'Wie kunnen het geweest zijn?' vroeg Q.

'Er zijn verscheidene mogelijkheden. De handlangers van Yvonne Nordin, of van Filip Andersson, of misschien van Christer Bure ...'

Commissaris Q zuchtte.

'Wat had jij in godsnaam in Lybacka te zoeken?'

Annika merkte dat haar ogen zich versmalden.

'Is dit een verhoor? Is dat de reden dat ik hier ben? Als dat het geval is, dan wil ik dat je je aan de regels houdt. Ik wil na afloop een uitdraai zien en alles goedkeuren.'

Hij kreunde geërgerd, stond op, liep om zijn bureau heen en deed de deur zorgvuldig dicht. Bleef met zijn rug naar haar toe gekeerd bij het raam staan, zijn armen over elkaar geslagen.

'Jij moet niet in je eentje op pad gaan om mensen die van een moord verdacht worden op te zoeken, begrijp je dat nou niet?'

Ze keek naar zijn rug.

'Het lijkt er bijna op dat je je om me bekommert.'

'Ik bekommer me om verslaggevers van tabloids', zei hij. 'Tenminste dat heb ik gedaan, om sommige ...'

Even klonk hij merkwaardig tam, daarna draaide hij zich om en liep terug naar zijn bureau.

'Is Julia nu vrijgelaten?' vroeg Annika.

'De voorgeleiding heeft vanmorgen om twee uur plaatsgevonden', zei hij, terwijl hij ging zitten. 'Ze zit op dit moment samen met Alexander in een opvanghuis voor gezinnen, ze zullen daar een tijdje moeten blijven.'

'Komt er een nieuwe rechtszaak?'

'Ja, zowel de aanklager als de advocaat heeft al beroep aangetekend bij het gerechtshof, en in die procedure zal Julia vrijgesproken worden. Daarna is de zaak juridisch afgehandeld.'

'Hoe is het met het jongetje?'

'Hij zal uitgebreid medisch onderzocht worden, maar alle vitale functies die normaal zijn voor een vierjarige, zijn blijkbaar intact, hij loopt en praat en weet wat je op de wc doet, dat soort dingen. Dat weet jij vermoedelijk beter dan ik ...'

Annika knikte. De gedachte aan zijn warmte en lichaamsgewicht gaf haar nog steeds een behaaglijk gevoel. Het lange nachtelijke wachten had haar niet rusteloos gemaakt, integendeel. Een vrouw van maatschappelijk werk in Stockholm had haar kort na middernacht opgehaald uit Örebro, het jongetje was gaan huilen en had gezegd dat hij bij Annika wilde blijven. Ze had beloofd dat ze hem zou komen opzoeken en dat ze dan autoschuimpjes zou meenemen.

'Ik vraag me af wat er gebeurt met een klein kind dat zoiets meemaakt', zei Annika voor zichzelf. 'Zou hij zich normaal kunnen ontwikkelen?'

'Er zijn een paar dingen die ik je wil vragen,' zei Q, 'maar er is niet echt een aanleiding om dat in een formeel verhoor te doen. Yvonne Nordin zal natuurlijk niet worden aangeklaagd voor de moord op David of voor de ontvoering van Alexander, dus we kunnen het tamelijk informeel houden. Heeft ze op je geschoten?'

Annika slikte en knikte toen.

'Vier schoten. Hoe is ze gestorven?'

'Onze scherpschutter heeft haar in de borst getroffen. Er komt natuurlijk een onderzoek, maar ik kan me nauwelijks voorstellen dat hem dit zal worden aangerekend. De omstandigheden waren bijzonder zwaar, midden in het bos, het was aardedonker, met alle consequenties van dien voor wat betreft het zicht en de complexiteit van de beoordelingen. Bovendien schoot zij met als doel om politiemensen te doden, dat had ze eerder gedaan.'

Annika keek uit het raam.

'Ze had haar koffers gepakt. Ik vraag me af waar ze naartoe zou gaan.'

'Mexico', zei Q. 'De tickets lagen in haar auto, van Gardermoen via Madrid. Valse Mexicaanse paspoorten, waarop Alexander een meisje was, dat Maja heette.'

'Dus ze was werkelijk van plan om door de bossen naar Noorwegen te rijden?'

'Als een alternatief, zeker.'

Q klikte iets aan op zijn beeldscherm, Annika peuterde aan haar verband.

'Denk je dat we er ooit achter komen wat er werkelijk gebeurd is?' vroeg Annika. 'Met betrekking tot David, of de moorden aan de Sankt Paulsgatan?'

'Aangezien Yvonne Nordin dood is, heeft Filip Andersson besloten om te gaan praten', zei Q. 'Zijn advocaat heeft zich vanmorgen al gemeld, hij heeft medegedeeld dat ze bij de Hoge Raad om een heropening van de zaak hebben verzocht.'

'Denk je dat hij een kans maakt?'

'Er zijn aan de Sankt Paulsgatan vingerafdrukken aangetroffen waarvoor nooit een match was gevonden', zei Q. 'Ze waren van Yvonne. Maar we moeten meer vinden, voordat we haar met de daden kunnen verbinden. Een moordwapen, bijvoorbeeld, of het DNA van de slachtoffers in haar auto of iets dergelijks. Maar doorslaggevend zal zijn dat Filip Andersson bereid is om opening van zaken te geven. Hij beweert dat Yvonne hem erin geluisd heeft, dat zij de politie getipt heeft en zijn broek heeft afgeleverd bij de stomerij.'

Annika keek Q aan, ze probeerde te begrijpen wat hij zei.

'Je laat er geen gras over groeien', zei ze. 'Je hebt al met Filip Andersson gepraat.'

'Hij weet veel meer dan we altijd vermoed hebben. Er zijn verbanden tussen deze mensen waarvan we niet hebben geweten.'

'Ze hadden samen een bedrijf', zei Annika. 'Een of ander investeringsbedrijf.'

'Jawel,' zei Q, 'maar hun relatie is aanzienlijk nauwer dan dat. Filip Andersson en Yvonne Nordin waren broer en zus. Of beter gezegd, halfbroer en -zus.'

Annika knipperde met haar ogen.

'Is dat waar?'

'Hoezo? De meeste mensen hebben broers of zussen, hoor.'

'Ja, jawel, ik wist wel dat Filip een zus had, maar niet dat het Yvonne Nordin was. Ze bezocht hem eens per maand in Kumla.'

'Dat heb je verkeerd begrepen', zei Q. 'Yvonne Nordin, of Andersson zoals ze voor haar trouwen heette, lag extreem overhoop met haar broer. Je laat niet iemand levenslang opsluiten als je niet pisnijdig bent.'

'Zijn zuster bezocht hem regelmatig, dat zeiden ze toen ik daar was.'

'Hoezo, "daar"? Ben jij ook in Kumla geweest?'

Ze draaide wat op haar stoel, ontweek de vraag.

'Waarom was ze zo kwaad op haar broer?'

'We zullen alle gelegenheid krijgen om daarachter te komen. Maar ze heeft geen bezoekjes aan Kumla gebracht, dat kan ik je verzekeren. Hij zal nóg wel een zuster hebben. Wanneer ben je daar geweest?'

'Eerder deze week. Maar Yvonnes relatie tot David Lindholm dan? Hadden ze een verhouding?'

'Verscheidene jaren. Ze runden samen dat bedrijf en zouden gaan trouwen zodra ze genoeg geld verdiend hadden, dat was wat Yvonne geloofde.'

'En ze liet een abortus plegen waar ze nooit overheen kwam?'

'David beloofde haar dat ze een nieuw kind zouden maken, zodra hij van Julia gescheiden was.'

Annika zei een poosje niets.

'Hoe weet Filip dat? Ze lagen toch met elkaar overhoop?'

Q antwoordde niet.

'Wat?' zei Annika. 'Hoe weet je dat Yvonne inderdaad kierewiet werd van die abortus?'

Q schommelde een paar keer met zijn stoel, voordat hij antwoord gaf.

'De collega's in Örebro hebben wat dingen in het huis aangetroffen die daarop wijzen', zei hij.

'Wat dan? Babykleren?'

'Een kamer.'

'Een kámer?'

MAJA'S KAMER stond op een bordje op de deur. Helemaal ingericht in roze, met meubels en kleren en speelgoed, alles met het prijskaartje er nog aan. We hebben nog niet alles kunnen bekijken, maar er zijn brieven en dagboekaantekeningen en handwerkjes voor het dode kind.'

'Het was geen kind', zei Annika. 'Het was een niet-levensvatbaar embryo. Hoewel ze misschien niet gek werd door het verlies van de vrucht, maar door het feit dat hij haar in de steek liet.'

Ze schudde haar hoofd bij haar eigen gedachten.

'Maar als je van drie personen de handen hebt afgehakt, dan was je misschien al eerder gek.'

'Als zij dat tenminste gedaan heeft', zei Q.

Ze zwegen weer een poosje. Annika zag de vrouw voor zich, haar alledaagse gelaatstrekken, haar bedroefde ogen.

'Wat zei ze die eerste keer toen je met haar praatte, toen je naar de weg vroeg?' vroeg de politieman.

Annika keek uit het raam, het was weer gaan sneeuwen.

'Dat ze het huis een jaar had, dat de man met wie ze samenwoonde afgelopen Kerst overleden was, dat ze haar eigen bedrijf had. Alles klopte, ze leek zo … normaal. Aardig, eigenlijk.'

'Niklas Ernesto Zarco Martinez was niet haar partner. Dat was een drugsverslaafde die fungeerde als stroman voor het bedrijf, hij zou de klappen opvangen op de dag dat ze failliet gingen en het bedrijf leeggehaald werd. Hij kreeg het afgelopen jaar een injectie met vervuilde drugs als kerstcadeautje.'

Ze beet op haar lip.

'Maar als Martinez als stroman dienstdeed, waarom zat David dan in het bedrijf?'

Q antwoordde niet.

'Dat hij een bedrijf runde met Yvonne kan ik goed begrijpen, aangezien ze een verhouding hadden, maar waarom zat David in de besturen van die andere bedrijven? Weten jullie dat?'

Q vouwde zijn handen en legde ze achter zijn nek.

'De man is dood en het onderzoek is niet op hem gericht.'

'Ik denk dat David Lindholm verrekte crimineel was en dat de bedrijven waaraan hij verbonden was, afgezien van Fly High Equipment, dekmantels waren voor het witwassen van geld of andere criminele shit. Hij zat vast en zeker in die besturen om een vinger aan de pols te houden, om de betrokkenen eraan te herinneren dat ze geen ontsnappingsmogelijkheid hadden.'

'Ben je klaar?' vroeg de commissaris.

Annika keek op haar horloge.

'Ik moet eigenlijk naar de krant. Ik heb de auto nog niet terug-gebracht die ik gisteren geleend heb.'

'Nog één ding', zei Q. 'We hebben antwoord uit Engeland ontvangen met betrekking tot een brandtechnisch onderzoek waartoe we een paar maanden geleden opdracht hebben gegeven, nee, het was zelfs nog in de zomer. Je zult de conclusie interessant vinden.'

Annika verstijfde, kreeg moeite met ademhalen.

'Er is een baksteen die we gelokaliseerd hadden in het afge-brande huis, onderzocht. De technisch rechercheurs zijn tot de conclusie gekomen dat die steen gebruikt is om het raam van de kamer van jouw zoon in te gooien, voordat de brandbom naar binnen gegooid werd. De Britten hebben er een vingerafdruk op gevonden.'

Haar hart sloeg op hol, haar keel was kurkdroog.

'Én we hebben die afdruk kunnen identificeren', zei hij. 'Hij is van een oude bekende. Ik neem aan dat je je The Kitten herinnert?'

Annika verslikte zich en begon te hoesten.

'Zij? De beroepsmoordenares van het Nobelfeest? Maar ... waarom?'

'De politie beschouwt de brandstichting als opgelost. Zij heeft het huis in de hens gestoken.'

Annika zat als aan haar stoel genageld.

'Maar', zei ze, 'ik dacht dat het de buurman was. Hopkins.'

'Ik weet dat je dat dacht, maar je had het mis.'

'Het moet een vergissing zijn', zei Annika. 'Het past niet in haar patroon. Je hebt het zelf gezegd, de brand was iets persoonlijks, een misdrijf uit haat. Waarom zou ze mij haten?'

'Ophouden nu', zei Q. 'Onderken dat je je vergist hebt. En jij hebt haar ontmaskerd, kan het persoonlijker?'

Annika stond op en liep naar het raam, bleef daar staan en keek naar de vallende sneeuw.

'Ik weet dat ik de neiging heb om verkeerde beoordelingen te maken. Dat gebeurt zelfs tamelijk vaak.'

Q zei niets.

Annika liet de sneeuw de sneeuw en draaide zich om naar de commissaris.

'Maar jullie weten zeker dat ze die nacht in Zweden was?'

'Bronbescherming', zei hij.

'Wat?' zei Annika. 'Hoezo dan?'

Hij wees naar de bezoekersstoel.

'Ga zitten. We hebben het een half jaar kunnen stilhouden. De kring is verrekte beperkt.'

'Dat houdt op de lange duur geen stand', zei Annika. 'Alles komt naar buiten.'

Hij lachte luid.

'Jezus,' zei hij, 'wat zit jij ernaast. Het is precies andersom. Bijna niets komt naar buiten. Bronbescherming?'

Ze keek naar haar schoenen en ging zitten, knikte kort.

'The Kitten is in de vroege morgen van 3 juni jongstleden op Arlanda gegrepen', zei Q. 'Ze probeerde op een vals, Russisch paspoort naar Moskou te vliegen.'

Annika sloeg haar armen over elkaar.

'So what? Jullie pakken toch iedere dag criminelen op?'

Q glimlachte.

'Dit is eigenlijk best grappig. Ze was enorm verontwaardigd toen we haar oppakten. Niet omdat we haar aanhielden, maar omdat haar zelfmoordpil niet werkte.'

Annika trok haar wenkbrauwen op.

'Nee, het is echt waar', zei Q. 'Ze had pillen gekocht waarvan ze dacht dat het cyanide was, maar het bleek Tylenol te zijn.'

'Tylenol?'

'Een normale Amerikaanse pijnstiller, bevat dezelfde werkzame stoffen als Alvedon en Panodil.'

'Ah', zei Annika. 'Mijn favorieten.'

'Tylenol en cyanide zijn al eens eerder verwisseld, hoewel de andere kant op. In 1982 stierven zeven personen in Chicago nadat ze pillen hadden genomen uit een potje Tylenol. Het bleek cyanide te zijn.'

'Waarom is het zo geheim dat The Kitten een pijnstiller kapotgebeten heeft? En waarom hebben we daar niets over gehoord? Ze moet toch in hechtenis zijn genomen, en zo langzamerhand zou ze aangeklaagd moeten zijn ...'

Q antwoordde niet. Annika sperde haar ogen open.

'Ze is niet vervolgd binnen het Zweedse rechtssysteem. Staat niet eens als aangehouden geregistreerd. Jullie hebben haar uitgeleverd aan de vs! Zomaar uitgeleverd, alsof het niets is!'

Ze stond weer op.

'Jullie hebben haar teruggestuurd naar een land dat de doodstraf toepast! Dat is een schending van de vn-conventie, dezelfde conventie die jullie geschonden hebben toen jullie toelieten dat de cia mensen liet ophalen op Bromma ...'

De commissaris stak een hand in de lucht.

'Alweer mis,' zei Q, 'in achtendertig staten. Maar twaalf doen het niet, waaronder Massachusetts. Ze krijgt levenslang, zoveel is wel zeker. En dan hebben we het over levenslang, geen achttien jaar en daarna gratie.'

'Maar wat is er nu dan zo controversieel?'

'Denk eens na!'

Annika schudde haar hoofd.

Het was Hopkins niet! Dat ik me zo kon vergissen.

'Dus hij heeft de brandweer gebeld? Hij probeerde ons te redden in plaats van in brand te steken?'

'We hebben haar uitgewisseld', zei Q.

Ze staarde hem aan.

'We hebben een deal gemaakt met de Amerikanen en we hebben haar uitgewisseld tegen een andere persoon.'

Ze deed haar ogen dicht en herinnerde zich een verhit gesprek op de redactie, hoorde in haar hoofd de schelle stem van Patrik Nilsson.

De regering heeft de yanks iets in ruil gegeven. We moeten erachter zien te komen wat dat is. Een razzia tegen mensen die aan filesharing doen? Toestemming voor de CIA op om Bromma te landen?

Er ging een schok door haar heen.

'Jullie hebben haar uitgewisseld tegen Viktor Gabrielsson!'

'Officieel is ze door de FBI opgepakt. Dat blijkt uit alle officiële stukken in deze kwestie. Wij zullen nooit kunnen beweren dat ze die nacht in Zweden was.'

'En in plaats daarvan kwam de politiemoordenaar thuis. Vinden jullie dat een goede ruil?'

'Het was niet mijn beslissing, maar dat was wel de reden dat ik me moest gaan bezighouden met het onderzoek naar de brand in jouw huis.'

Ze probeerde het te begrijpen.

'Dus jullie hebben haar sowieso vanaf het begin verdacht?'

'Ze stond op de shortlist.'

'Wat betekent dit voor mij?'

'Zoals ik al zei, de politie beschouwt de brand als opgelost. In de stukken zal hij helaas worden gekwalificeerd als een onopgehelderde zaak. Sorry.'

'Wat?' zei Annika. 'Dus mijn naam zal nooit fatsoenlijk gezuiverd worden?'

Hij schudde licht met zijn hoofd en het leek zowaar alsof het hem oprecht speet.

'Maar', zei ze, 'het verzekeringsgeld dan?'

'Dat kun je denk ik op je buik schrijven.'

Ze kon een lachje niet onderdrukken, een uitermate bitter lachje.

'Je hebt mijn huis, het huis van mijn kínderen verkwanseld zodat jij bij de FBI in een goed blaadje kon komen en een politiemoordenaar naar huis kon halen.'

De commissaris hield zijn hoofd scheef.

'Zo zou ik de kwestie niet willen definiëren.'

'Wat adviseer je mij om te doen?'

'Je heb toch nog wel geld over van de Draak?'

Ze zuchtte diep en sloot haar ogen.

'Thomas en ik hebben wat er over was verdeeld. Mijn helft is niet eens genoeg voor een tweekamerflat in Södermalm.'

'Dan zul je moeten lenen, net als iedereen. Of gaan huren.'

Ze lachte weer, een boosaardig lachje.

'Een huurappartement? En waar zou ik dat moeten vinden?'

'De politievakbond bezit her en der in de stad wat panden. Ik kan regelen dat je in een ervan een appartement krijgt, wil je dat?'

Ze keek hem aan en voelde zich misselijk worden van teleurstelling.

'Jezus, er wordt wat af gesjacherd tegenwoordig.'

'Ja,' antwoordde hij met een brede glimlach, 'vind je ook niet?'

Annika gooide op weg naar de redactie de autosleutels in een mandje op de balie van de portiersloge, dankbaar dat er niemand zat die haar zou kunnen uitfoeteren omdat ze de auto te lang gehouden had.

Ze voelde zich vreemd leeg, opgelucht, maar ook verdrietig.

Volgende week zou de echtscheiding worden uitgesproken, na het verplichte half jaar bedenktijd. Zelf had ze het nog graag even uitgesteld, het liefst zou ze de kwestie in alle rust met Thomas bespreken, maar het onderwerp was nooit aan de orde gekomen, zij was er niet over begonnen en hij evenmin. Feit was dat ze niet fatsoenlijk met elkaar gepraat hadden sinds die avond toen hij wegging en het huis afbrandde.

Ook dat heb ik verkeerd gedaan. Ik heb waarschijnlijk alle fouten gemaakt die een mens maar kan maken.

Maar wat Julia betreft had ze gelijk gehad.

Ze pakte een kersverse krant uit de krantenstelling en bekeek de voorpagina. ALEXANDER VANNACHT GEVONDEN, riep de één haar toe. De onderkop was een klassieker – Oma in tranen: 'Het is een wonder.'

De rest van de pagina werd in beslag genomen door een van de crèchefoto's van Alexander (de Spijker was woest geweest toen ze geweigerd had om een nieuwe foto van hem te mms'en).

Ze nam de ankeilers vluchtig door, las dat het mysterie van de verdwenen Alexander Lindholm (4) eindelijk opgelost was. De grootmoeder van het jongetje, Viola Hensen, verklaarde: 'Het is met geen pen te beschrijven hoe gelukkig we zijn.'

Voor meer informatie werd verwezen naar vier katernen en het middenblad.

Snel bladerde ze de krant door. Patrik Nilsson had de artikelen geschreven over Yvonne Nordins dood en Alexanders gevangenschap. Annika had hem achtergrondinformatie aangeleverd en ze werd op een paar plaatsen geciteerd. Ze werd beschreven als ter plekke aanwezig tijdens de ontknoping, maar kwam op geen enkele manier naar voren als de drijvende kracht in deze geschiedenis. Tot haar eigen verbazing voelde ze zich daar heel goed bij, want helemaal op de achtergrond lag de wetenschap dat ze het evengoed mis had kunnen hebben. Emil Oscarsson had een overzichtsartikel geschreven over de moord op David, de rechtszaak tegen Julia en Alexanders verdwijning. Het was een uitstekende tekst, die jongen was een echte aanwinst.

Ze sloeg de krant dicht en legde die terug in de stelling, ze was zo moe als een hond. Liep de redactie op om met de Spijker en Schyman af te stemmen wat ze voor de krant van morgen zou schrijven en verbaasde zich erover hoeveel mensen er waren. De zaterdagmorgen was over het algemeen het rustigste dagdeel van de hele week, maar vandaag was de redactie zo goed als voltallig.

'Heeft Alexander ze op de been gekregen?' vroeg Annika, die haar tas op Berits tafel zette.

'Hij en de lijst met ontslagen medewerkers', zei Berit, die over haar brilmontuur gluurde. 'De lijst is gistermiddag bekendgemaakt. Schyman heeft de wob-lijst omzeild door de halve personeelssterkte tot redactieleiding te bevorderen.'

'De oude vos', zei Annika, terwijl ze zich op Patriks stoel liet ploffen. 'Staan jij en ik erop?'

Berit schudde haar hoofd en keek haar onderzoekend aan.

'Op geen van beide. Dat was niet nodig. We werken hier zo lang dat we geen risico lopen. Maar jij bent op avontuur geweest, begrijp ik.'

Annika legde haar voeten op Berits bureau.

'Ze stond op het punt ervandoor te gaan met het kind', zei ze. 'Ze kon op het nippertje tegengehouden worden.'

'Omdat jij haar autobanden kapotgesneden hebt', zei Berit.

Annika kreeg een schok en keek haar collega indringend aan.

'Hoe weet jij dat? Dat stond niet in de krant.'

Tot haar verbazing begon Berit te blozen, dat had ze nog nooit gedaan.

'Iemand vertelde me dat', zei ze en ze begon met wat papieren in een bureaula te rommelen.

'Met wie heb je gepraat dan? Met iemand van de politie?'

Berit schraapte haar keel en haalde een stapel papieren uit de la.

'Ja, ik heb met Q gepraat.'

Annika trok verbaasd haar wenkbrauwen op.

'Met Q? Maar die heb ik net gesproken …'

Ik bekommer me om verslaggevers van tabloids. Tenminste dat heb ik gedaan, om sommige …

Ineens viel het muntje en wel met zo'n klap dat Annika de adem inhield.

'Het was Q!' zei ze. 'Jij hebt een verhouding gehad met de commissaris …'

'Kun je niet wat harder praten?' zei Berit verbeten.

'En ik maar denken dat hij homo was!'

Berit keek haar aan en deed haar bril af.

'Is dat relevant?'

Annika staarde haar collega aan, keek naar haar grijzende haar en rimpelige hals. Probeerde zich haar ontmoetingen met de commissaris voor te stellen, hoe ze gezoend en gevrijd hadden.

'Wow', zei ze. 'Hij is natuurlijk best leuk.'

'En verder is hij ontzettend goed in bed', zei Berit, die haar bril weer opzette en verderging met schrijven.

'Hebben jullie gezien dat ik lid geworden ben van de redactieleiding?' zei Patrik Nilsson, die een kopie van de lange lijst omhooghield.

Annika liet haar voeten op de grond glijden en pakte haar tas.

'Gefeliciteerd', zei ze.

Patriks hele wezen straalde hoogmoed uit en hij richtte zijn blik op Ronja, de reporter met de tijdelijke aanstelling, die net de redactie wilde verlaten met een doos vol persoonlijke bezittingen onder de arm.

'Hoe is het jou vergaan, Ronja?'

'Het kan me niet schelen', zei Ronja met opgeheven hoofd. 'Ik ga freelancen, ik ga naar Darfur om de gevechten daar te verslaan. Dat is pas echt belangrijk.'

'In tegenstelling tot al die futiliteiten waarmee we ons op deze redactie bezighouden', zei Patrik.

Ronja bleef staan en stak haar kin in de lucht.

'Daar gaat het om leven en dood.'

'En dat is in Zweden nooit het geval?' zei Annika.

Ronja draaide zich op haar hielen om en nam afstand van haar ex-collega's, die daar met hun brede kont aan de desk zaten, terwijl ze zich veilig waanden in de valse veronderstelling dat hun werkelijkheid zekerder en beter was dan die van haar.

Ineens schaamde Annika zich en wist ze weer hoe onzeker en ellendig zij zich had gevoeld toen ze nog een tijdelijk contract had.

'Maar vertel me één ding', zei Patrik, die zich tot haar wendde. 'Wie gaf jou die tip over Yvonne Nordin? Wie vertelde jou dat de politie bezig was om haar aan te houden?'

Ze keek naar het joch dat echt een jaar ouder was dan zijzelf, naar zijn nieuwsgierige ogen, zelfvoldane glimlach en grenzeloze zelfvertrouwen, en ze voelde zich duizend jaar oud.

'Ik had een bron', zei ze. 'Een heel goede bron.'

Daarna ging ze naar de Spijker om te horen wat ze voor hem kon doen.

Het was al avond toen Annika haar artikel afgerond had. Het werd een tamelijk diffuus verslag over Yvonne Nordins daden en beweegredenen, zonder enige bronverwijzing. Ze realiseerde zich dat het resultaat erg magertjes werd, maar ze wilde Nina of Julia of David niet te kijk zetten, zelfs Filip Andersson niet, en dus hield ze zich aan de feiten die te verifiëren waren: dat Yvonne samen met David een bedrijf had gerund, dat ze had aangedrongen op een verhouding en wilde dat David ging scheiden, dat ze mogelijk ook schuldig was aan andere geweldsdelicten. Dat de politie onderzocht of er een verband bestond met de driedubbele moord aan de Sankt Paulsgatan, dat Filip Andersson bij de Hoge Raad een verzoek zou indienen tot heropening van zijn zaak (met betrekking tot dat laatste had ze de nodige gegevens, inclusief het zaaknummer van het gerechtshof).

Ze stuurde het artikel naar de bak, zette haar computer uit, klapte hem dicht en stopte hem in haar tas. Liep langs de kamer van Schyman en zag hem daar achter zijn bureau zitten, wiebelend met zijn stoel.

Hij zag er grauw en afgemat uit. Hij was de afgelopen herfst ouder geworden.

Ik ben benieuwd hoelang hij het nog volhoudt. Hij moet inmiddels tegen de zestig lopen.

Ze klopte op de deur en zag hem schrikken, alsof hij diep in gedachten verzonken was geweest, hij gebaarde dat ze moest binnenkomen. Ze ging op zijn bezoekersstoel zitten.

'Ik neem aan dat een verontschuldiging hier gepast is', zei hij.

Annika schudde haar hoofd.

'Geen verontschuldigingen meer', zei ze. 'Ik heb een overdosis gehad. Hoe gaat het met je?'

Het laatste ontglipte haar zomaar, ze wist niet waar het vandaan kwam.

Hij zuchtte diep.

'Ik had het bijltje er bijna bij neergegooid, door dit gedoe met de inkrimping', zei hij.

Hij zweeg en keek uit over de redactie, liet zijn blik langzaam over de reporters gaan, over de computers, de radiostudio's, de opmaak- en de webredacteuren. Aan de andere kant van de dakramen was het alweer donker geworden, de korte decemberdag werd afgelost door een lange, winderige nacht.

'Ik hou van deze krant', zei hij. 'Ik had nooit gedacht dat ik dat zou zeggen, maar het is waar. Ik weet dat we fouten maken en soms te ver gaan, dat we weleens mensen aan de schandpaal nagelen op een manier die alle perken te buiten gaat, maar we vervullen een functie. Zonder ons wordt de democratie brozer. Zonder ons wordt de samenleving gevaarlijker en harder.'

Ze knikte langzaam.

'Ik help het je hopen,' zei ze, 'maar ik ben er niet zeker van.'

'Je hebt gisteren goed werk geleverd.'

'Niet echt', zei ze. 'Ik heb niets geschreven, ik heb geweigerd een foto van Alexander te mms'en.'

'Ik dacht meer aan het algemeen menselijke.'

'Het is een hartstikke ingewikkelde geschiedenis', zei Annika. 'Ik geloof dat niemand echt snapt hoe het allemaal zit. Alle betrokkenen hebben verschillende motieven en beweegredenen gehad om te handelen zoals ze gedaan hebben. Misschien zijn ze allemaal schuldig, hoewel niet exact aan de zaak waarvoor ze zijn aangeklaagd of veroordeeld ...'

Anders Schyman zuchtte opnieuw.

'Ik denk dat ik nu maar naar huis ga', zei hij.

'Ik ook', zei Annika.

'Wil je een lift?'

Ze aarzelde.

'Graag, dank je.'

Ze stonden op, de hoofdredacteur deed het licht uit, maar deed geen moeite om de deur op slot te doen. Ze liepen de redactie over en gingen toen naar beneden, naar de garage, waar zijn auto stond.

'Waarom dacht je dat Julia onschuldig was?' vroeg hij, toen ze langs Norr Mälarstrand reden.

Ze besloot openhartig te zijn.

'Ik denk dat ik me met haar identificeerde. Als zij onschuldig was, dan was ik het ook.'

'Heb je nog iets van de politie gehoord? Hebben ze nog iets ontdekt over de brand?'

Ze slikte.

'Nee', zei ze kort, terwijl ze door de autoruit naar buiten keek.

Hij zette haar af bij een bushalte op de Munkbrobrug.

'Je moet zorgen dat je een echte woning krijgt', zei hij.

'Ik weet het', zei ze, voordat ze het portier dichtsmeet.

EPILOOG

Vrijdag 24 december

De dag voor Kerst

Met piepende remmen minderde de trein vaart en stopte bij het verlaten perron. Stuifsneeuw gierde om de locomotief en wagons, zocht zich langs lasnaden en deurkieren een weg naar binnen en wikkelde de lange trein in een knerpend omhulsel van ijs.

Ze was de enige die uitstapte.

Met een kreun rolde de trein verder en liet haar alleen achter met de gierende wind. Ze bleef even staan en keek om zich heen, liet haar blik over de Ica Maxi gaan, over het hotel en de kerk van de pinkstergemeente. Daarna zette ze met zachte, stille stappen koers naar de uitgang van het station. Liep door de met ijs bedekte tunnel naar het plein, vervolgde haar weg langs de taxistandplaats en bakkerij Svea en kwam zo uit op de Stenevägen.

De wind sloeg met volle kracht in haar gezicht, ze zette haar capuchon op en trok de koordjes aan. Haar rugzak voelde zwaar, hoewel alleen het kerstcadeautje erin zat en de boterham die ze op de terugweg wilde opeten. Ze liep langzaam langs de vrijstaande huizen, die aan weerszijden van de weg stonden, hield haar hand op tegen de wind om achter gordijnen en kerststerren naar binnen te kunnen kijken. Daar had je warmte en gemeenschap, haardvuren die vonkten en kerstbomen die fonkelden en geurden.

Ze hoopte dat de mensen daarbinnen waardeerden wat ze hadden.

Het elektrische hek verscheen in haar blikveld en ze sloeg links af de Viagatan in. Zoals ze al zo vaak had gedaan, volgde ze de oneindige muur naar de poort en de parkeerplaats, ze liep en liep en liep zonder merkbaar dichterbij te komen.

Toen ze eindelijk de intercom naast de grote entree had bereikt, hingen er ijspegels aan haar wimpers.

'Ik kom voor Filip Andersson', zei ze.

'Welkom', zei de vrouwelijke bewaker.

Het slot begon te zoemen en ze trok het zware hek open, daarna liep ze snel en doelbewust door de geasfalteerde gang naar de volgende poort. De samengepakte sneeuw in het stalen hek links van haar had een grillige muur van ijs gevormd.

Ze was nu aangeland bij de derde controle, drukte weer op de knop. Gebruikte zoals gewoonlijk beide handen om de deur van de bezoekafdeling open te duwen. Eenmaal binnen, veegde ze de sneeuw en het gruis van haar schoenen, deed haar capuchon af en knipperde het ijs rond haar ogen weg. Liep toen snel naar kluis nummer één en stopte haar jas en sjaal erin, maakte haar rugzak open en haalde het kerstcadeautje eruit en zette toen ook haar rugzak in de kluis. Drukte op de vierde intercom en werd de veiligheidscontrole binnengelaten. Legde het kerstcadeautje op de band naast het röntgenapparaat en stapte door het metalen poortje. Het piepte niet, dat deed het nooit. Ze wist welke schoenen en riemen ze niet moest dragen.

'Vrolijk kerstfeest', zei de vrouwelijke bewaker glimlachend toen ze haar politie-insigne op de receptiebalie legde.

'Jij ook.'

De bewaakster hing het insigne op het prikbord, blijkbaar zouden ze kamer nummer vijf krijgen.

'Ik heb je al ingeschreven, dus je hoeft alleen maar te tekenen', zei de vrouw tegen haar en ze ondertekende met haar duidelijke, verzorgde handschrift: *Nina Hoffman, familielid.*

'Het gaat goed met het heropeningsverzoek, hoorde ik', zei de bewaker.

Nina glimlachte.

'We gaan ervan uit dat hij tegen de paasdagen vrij is.'

'Kom maar, ik zal je binnen laten. Filip is onderweg.'

Nina pakte het kerstcadeautje van de band en liep achter de bewaakster aan de bezoekersgang in, bleef staan bij het dienwagentje en pakte er een sinaasappel en een thermoskan met koffie af.

'Een boek, neem ik aan?' zei de bewaakster, terwijl ze naar het pakje knikte.

'*La reina del sur*, van Arturo Pérez-Reverte. Een detective, over drugssmokkel aan de Spaanse kust.'

De vrouw leek geïmponeerd.

'Dus Filip leest boeken in het Spaans?'

Nina's glimlach doofde uit.

'Dat deden we alle drie.'

Dankbetuiging

Dit is een roman. Alle personen zijn ontsproten aan de fantasie van de schrijfster, alle gebeurtenissen zijn fictie.

Er is mij echter veel aan gelegen om organisaties en fenomenen die echt bestaan, in mijn boek correct te beschrijven. Daarom heb ik, zoals gebruikelijk, enige research gepleegd en beslag gelegd op de tijd van een allerlei mensen, die ik het hemd van het lijf heb gevraagd om erachter te komen hoe bepaalde dingen functioneren. Zonder de hulp van deze mensen had ik deze roman niet kunnen schrijven.

Hartelijk bedankt voor jullie geduld!

Matilda Johansson, politieagente in Stockholm, voor studiebezoeken en gesprekken over auto 1617 en voor hulp met betrekking tot terminologie, formulieren en andere details.

Thomas Bodström, voorzitter van de justitie-commissie in het parlement, voor onder meer informatie over de geschiedenis en toepassing van de levenslange gevangenisstraf, over directieven en de verdere gang van zaken bij het instellen van onderzoekscommissies in opdracht van de regering alsmede voor het proeflezen van mijn tekst.

Björn Engström, voorlichter bij de provinciale meldkamer van de politie, voor details rond de dienstwapens van politiepersoneel en de consequenties bij het verlies daarvan.

Håkan Franzén, verantwoordelijk voor het afwikkelen van zaakschade bij Folksam in Stockholm, voor informatie over de procedure bij een mogelijke brandstichting in het eigen huis.

Anna Rönnerfalk, psychiatrisch verpleegkundige, voor informatie over diagnoses en symptomen bij mensen met verschillende karaktertypen, wanneer deze onder zware, psychische druk staan.

Peter Rönnerfalk, directeur bij de provincie Stockholm, voor details rond procedures binnen de gezondheidszorg, onder meer in verband met het inzetten van ambulances.

Ulrika Bergling, veiligheidscoördinator bij de Kronobergsgevangenis in Stockholm, voor het feit dat we de luchtruimten op het dak mochten bezoeken en voor de mogelijkheid die we kregen om de omslagfoto te maken op de afdeling voor gedetineerden met volledige beperkingen.

Kenneth Gustafsson, adjunct-directeur van de gevangenis in Kumla, alsmede Jimmy Sander en Hilde Lyngen, gevangenbewaarders in Kumla die verantwoordelijk zijn voor de interne veiligheid, voor een rondleiding op de bezoekafdeling van de inrichting en informatie over het verkrijgen van toestemming voor telefoongesprekken en bezoek.

Eva Cedergren, huisjuriste bij de Rijksdienst voor het Gevangeniswezen, voor informatie over de toepassing van het openbaarheidsprincipe op reclasseringsambtenaren en vertrouwenspersonen binnen het gevangeniswezen.

Ulf Göranzon, persvoorlichter van de provinciale recherche in Stockholm en Karin Segerhammar, administrateur bij de personeelscommissie van de Rijkspolitieraad, voor hun toelichting bij de openbaarheidsregels in verband met door de commissie behandelde zaken.

De medewerkers van uitgeverij Piratförlaget en van Bengt Nordin Agency.

En, ten slotte en boven al: Tove Alsterdal, sinds 23 jaar de eerste die alles wat ik schrijf leest, voor discussies, voor indeling en structurering, voor karakteranalyses en voor al die andere dingen die belangrijk zijn voor al mijn romans.

Ik ben tevens goed geholpen door Terése Kleins scriptie, die zij heeft geschreven aan de rechtenfaculteit van de universiteit van Lund: 'Tijdelijk levenslang – Een vergelijkend onderzoek naar het verschijnsel gratie en de wet op de wijziging van de levenslange gevangenisstraf'.

Met de vrijheid die een schrijver heeft, heb ik gebouwen, pizzeria's en een verzekeringsmaatschappij verzonnen of een andere locatie gegeven.

Alle eventuele fouten komen geheel en al voor mijn rekening.

Liza Marklund bij De Geus

Paradijs

Bij de redactie van de avondkrant waar onderzoeksjournaliste Annika Bengtzon werkt, komen twee telefoontjes binnen. Een vrouw vraagt aandacht voor Het Paradijs, een toevluchtsoord voor bedreigde mensen. Een andere vrouw zegt meer te weten over twee lijken die onlangs in de haven zijn gevonden, en over een grootscheepse sigarettenroof.

Prime time

Verslaggeefster Annika Bengtzon verdiept zich in de moord op tv-ster Michelle Carlsson, die na afloop van opnamen voor een tv-programma levenloos wordt aangetroffen in een mobiele regiekamer.

Springstof

Annika Bengtzon wordt in de week voor Kerstmis 's nachts uit bed gebeld met de mededeling dat er een bom is ontploft in het olympisch stadion, waar de voorbereidingen voor de Olympische Spelen in volle gang zijn. Annika heeft al snel het vermoeden dat het niet om een terroristische aanslag gaat.

Studio Zes

Op het kerkhof is het lichaam van een jonge vrouw gevonden. Ze is verkracht en gewurgd. Het spoor leidt naar een vriend van het slachtoffer, eigenaar van seksclub Studio Sex, waar zij werkte als stripteasedanseres. Het lijkt een eenvoudige moordzaak, maar Annika Bengtzon vergaloppeert zich.

De Rode Wolf

Annika Bengtzon wil een artikelenserie schrijven over terrorisme en verdiept zich onder meer in een oude, nooit opgehelderde aanslag. Dan komt een belangrijke informant, vlak voordat ze hem zou ontmoeten, bij een auto-ongeluk om het leven.

Ondergedoken
I.s.m. Mia Eriksson

Liza Marklund vertelt het verbijsterende verhaal van Mia Eriksson, een jonge vrouw die verliefd wordt op een Libanese vluchteling. De relatie begint als een idylle, maar steeds meer begint hij haar te behandelen als zijn bezit. Als ze hem ten slotte verlaat en met een andere man trouwt, gaat hij haar en haar kinderen naar het leven staan.

Asiel
I.s.m. Mia Eriksson

Mia Eriksson en haar gezin moeten uiteindelijk hun heil buiten Zweden zoeken om de wraak van Mia's Libanese ex-verloofde te ontlopen. Na vier jaar lang onderduiken in eigen land is ze gedwongen te vertrekken. De reis gaat naar Zuid-Amerika, maar dat heeft Mia weinig te bieden. Ze weet ten slotte de Verenigde Staten binnen te komen. Daar zal Mia, na jarenlange volharding, de eerste westerse vrouw zijn die asiel krijgt op grond van huiselijk geweld in haar geboorteland.

Er is een speciale plek in de hel voor vrouwen
die elkaar niet helpen

Met Lotta Snickare
Hoe solidair zijn vrouwen eigenlijk met elkaar?

Liza Marklund en Lotta Snickare analyseren in dit boekje luchtig
maar scherp de positie van vrouwen en mannen in onze samenleving na alle emancipatiegolven.
In het eerste deel beschrijven ze volgens welk recept de samenleving jongens en meisjes 'maakt': door ze (nog steeds) vanaf de
geboorte ongelijk te behandelen. Het tweede deel laat zien hoe dat
recept doorwerkt in het leven van vrouwen, en in het derde deel
worden tips gegeven over hoe je je staande kunt houden in een
mannensamenleving.
Dat klink allemaal belerend en passé, maar niets is minder waar.
Het is juist een eyeopener voor vrouwen die het gevoel hebben dat
ze nooit goed genoeg gepresteerd hebben, terwijl ze toch veel
hebben bereikt.

Het testament van Nobel

Tijdens het Nobelprijsgala wordt de controversiële winnaar van de
Nobelprijs voor Geneeskunde neergeschoten op de dansvloer.
Journaliste Annika Bengtzon is een van de getuigen in het politieonderzoek. Ze dringt dieper en dieper door in de achtergrond van
de moordzaak – en in de geest van de moordenaar. En overal komt
ze sporen tegen van Alfred Nobel, de briljante wetenschapper met
het tragische leven.